Sabine Vöhringer
Schatten über Saint-Tropez

Ein Fall für Conny von Klarg

Kriminalroman

GOLDMANN

Sollte diese Publikation Links auf Webseiten Dritter enthalten, so übernehmen wir für deren Inhalte keine Haftung, da wir uns diese nicht zu eigen machen, sondern lediglich auf deren Stand zum Zeitpunkt der Erstveröffentlichung verweisen.

Penguin Random House Verlagsgruppe FSC® N001967

1. Auflage
Originalausgabe Mai 2022
Copyright © 2022 by Wilhelm Goldmann Verlag, München,
in der Penguin Random House Verlagsgruppe GmbH,
Neumarkter Str. 28, 81673 München
Umschlaggestaltung: UNO Werbeagentur, München
Umschlagmotive: mauritius images/Raphaël navarro/Alamy;
FinePic®, München
Redaktion: Susanne Bartel
KS · Herstellung: ik
Satz: KompetenzCenter, Mönchengladbach
Druck und Bindung: GGP Media GmbH, Pößneck
Printed in Germany
ISBN: 978-3-442-49261-9

www.goldmann-verlag.de

Für eine der schönsten Regionen der Welt,
für die tief in meinem Herzen
immer ein Platz reserviert sein wird.

À cœur vaillant rien d'impossible.
Für ein tapferes Herz ist nichts unmöglich.

Jacques Cœur

1

Conny von Klarg hetzte über das Rollfeld des kleinen Privatflughafens in Oberschleißheim, wenige Kilometer nördlich von München. Ihr erster offizieller Auftrag als Reisejournalistin für das Magazin *La Voyagette* führte sie nach Südfrankreich.

Es war ihr gelungen, die Herausgeberin Marie Sommer für einen Beitrag über Saint-Tropez zu begeistern. Genauer gesagt für ein Porträt über Simonette Bandelieu, die Grande Dame der Hotellerie an der Côte d'Azur, mit der sich Conny seit frühester Kindheit tief verbunden fühlte. Die rüstige Siebzigjährige führte in zweiter Generation ein Boutiquehotel am Alten Hafen des ehemaligen Fischerdörfchens. Ein einmalig schöner, wildromantischer Ort mit traumhaftem Blick über die Bucht, in dem nicht nur Brigitte Bardot und Gunter Sachs, sondern auch Connys Eltern ihre erste gemeinsame Nacht verbracht hatten. Die berühmte Liebe auf den ersten Blick.

Conny freute sich riesig auf Simonette und ihr kleines Paradies, das wie geschaffen war für ihren ersten Artikel für *La Voyagette*, der überzeugen musste. Außerdem hatte sie ihrer großmütterlichen Freundin einiges zu erzählen und brauchte dringend ihren Rat. Sie war an einen Punkt gelangt, an dem es galt, mit jemandem über die neu gestellten Weichen in ihrem Leben zu sprechen. Niemand würde sie besser verstehen als Simonette, auf deren umsichtige Klugheit sie fest vertraute und die ihr helfen würde, letzte Zweifel zu zerstreuen.

Es war kurz nach sechs Uhr morgens – viel zu früh für Connys Empfinden – an einem Montagmorgen Mitte Juni, der mit einem heftigen Sommergewitter zu beginnen drohte. Im Westen türmten sich bereits dunkelgraue Wolkengebirge auf. Der Wind peitschte ihr Regentropfen und ihre schulterlangen blonden Haare, die sich an den Spitzen lockten, ins Gesicht. Zu dumm, dass sie sich vor lauter Vorfreude auf die mediterrane Wärme für das weiße Sommerkleid statt für Jeans entschieden hatte. Immerhin hatte sie sich vor dem Verlassen ihres neuen Apartments in Bogenhausen ihre honigfarbene Lederjacke über die Schulter geworfen, sonst hätte sie jetzt noch mehr gefroren.

Conny war längst in die Jacke geschlüpft, deren auffällige Farbe mit ihrem von Natur aus warmen Teint verschmolz und bei Sonnenschein das Blau ihrer Augen in hellem Türkis leuchten ließ. Mit jeder Muskelfaser ihres zierlichen, aber drahtigen Körpers kämpfte sie jetzt gegen die Naturgewalten an. Sie presste sich ihre Reisetasche aus wasserdichtem Segeltuch fester gegen die Brust und spürte den Laptop hart an den Rippen. Sie war spät dran. Der Berufsverkehr auf dem Mittleren Ring war dichter gewesen als gedacht.

Sven Olafsson, Jungunternehmer und Hobbypilot aus Stockholm, erwartete sie bereits vor der Cessna, seinem Privatflugzeug. Sosehr sie sich auch freute, ihn wiederzusehen, versetzte sein Anblick ihr doch einen Stich. Denn Sven war der beste Freund von Félix Weißenstein, mit dem Conny seit nunmehr rund zwölf Jahren und bis vor vier Monaten eine komplizierte Beziehung geführt hatte. Kompliziert nicht nur deshalb, weil Félix als Halbfranzose seit sechs Jahren in Frankreich lebte. Als sie alle drei noch in München gewohnt hatten, hatten sie so manche feuchtfröhliche Nacht miteinander durchgefeiert, obwohl die beiden Männer zehn Jahre älter waren als sie. Jetzt fiel es ihr schwer, angesichts des immer gut gelaunten Schweden nicht an Félix zu denken.

Sven musste jährlich eine gewisse Anzahl an Kilometern fliegen, um seine Fluglizenz zu behalten. Das hatte er nun zum Anlass genommen, endlich die seit Jahren verschobene Reise zu Félix anzutreten, der in Nizza das Haus seiner Familie mütterlicherseits übernommen hatte.

Conny und Sven waren sich vor zwei Tagen zufällig in Schwabing über den Weg gelaufen, nachdem sie in den letzten Jahren wenig Kontakt gehabt hatten. Er wohnte jetzt in der schwedischen Hauptstadt und hatte in München einen Zwischenstopp eingelegt, um ehemalige Studienfreunde zu besuchen. Als sie angedeutet hatte, beruflich nach Südfrankreich zu müssen, hatte er ihr spontan die Mitfluggelegenheit angeboten, und sie hatte – ebenso spontan – zugesagt.

Ungeduldig lief Sven jetzt mit seinen überlangen Beinen neben seiner treuen Cessna auf und ab. Der Geruch von Kerosin lag in der Luft, wie um Conny zu verdeutlichen, dass sie ihr Leben gleich dem schlaksigen

Schweden und seiner kleinen Propellermaschine anvertrauen würde.

Das Flugzeug wirkte bei diesem Wetter wie ein Spielzeug im Matchbox-Format, nie und nimmer wie eine leistungsstarke Maschine, die sie beide über die Alpen nach Cannes bringen könnte.

Einige Meter vor dem Flugzeug sprang ihr plötzlich ein faustgroßer roter Ball, vom Wind getrieben, entgegen. Reflexartig ließ Conny ihre Reisetasche auf den Boden gleiten und bekam den Ball gerade noch mit beiden Händen zu fassen, bevor die Böen ihn auf die Weite der Rollbahn treiben konnten. Sie blickte sich um.

Der Ball gehörte anscheinend einem vielleicht vierjährigen Jungen, der im Hangar neben einem Mann im blauem Overall stand, der mit einem Schraubenzieher in den ölverschmierten Händen über eine Flugzeugmotorhaube gebeugt ebenfalls zu ihr herübersah – wohl der Vater. Beide lächelten sie erwartungsvoll an.

Obwohl Sven ungeduldig mit den Armen gestikulierte, rannte Conny zu dem Kind und drückte ihm den Ball in die weit geöffneten Hände. »Was für ein schöner Ball! Pass gut auf ihn auf, sonst trägt ihn noch der Wind fort.«

Der Junge griff nach seinem Spielzeug und strahlte sie glücklich an.

Unwillkürlich musste Conny an ihre eigene Kindheit und ihre Eltern denken. Man verlor so leicht, was man liebte. Aber das wollte sie dem Kleinen nicht sagen. Er wusste noch nicht, wie es war, wenn das Schicksal mit voller Wucht zuschlug.

Begeistert warf der Junge den Ball auf den Boden und fing ihn lachend wieder auf. Der Vater nickte Conny dankend zu, bevor er sich tief über die Haube beugte und weiterschraubte.

Sie eilte zurück, hob ihre Tasche auf und lief die restlichen Meter zu Sven.

»Endlich.« Er strich sich seine von den Regentropfen feuchten blonden Strähnen aus der Stirn, nachdem er Conny kurz an sich gedrückt hatte. So fest, dass sie einen Moment nach Luft rang. »Wenn wir nicht gleich starten, lässt die Flugleitung uns nicht mehr hoch. Das Gewitter kommt rasant näher.«

Conny beobachtete skeptisch die dicken Wolken am Himmel, die sich jetzt bedrohlich nah immer dichter übereinanderschichteten.

Sven nickte ihr auffordernd zu, und sie kletterten ins Flugzeug. Es wackelte, als eine Windbö nach der anderen sich unter die Tragflächen schob.

Conny erklomm wie selbstverständlich den Copilotensitz und verstaute ihre Reisetasche im Fußraum dahinter, bedacht darauf, dass ihr Laptop gerade lag. Dann schnallte sie sich an und war startklar. Das feuchte Baumwollkleid klebte an ihren Schenkeln.

Sven warf ihr einen prüfenden Blick zu.

»Nur zu!«, beruhigte sie ihn. Sie hatte in seinem Blick einen letzten Zweifel erkannt, ob sie den nächsten Stunden gewachsen wäre. Denn was er bei diesem Flug wohl am wenigsten gebrauchen konnte, war eine Hysterikerin, die ihr Frühstücksmüsli auf der Windschutzscheibe verteilte.

»Ich vertraue dir voll und ganz«, sagte sie und schluckte den jähen Anflug von Bedenken tapfer hinunter. Vernünftig war das nicht, was sie gerade taten. Aber wann waren sie je vernünftig gewesen?

»Und wenn wir gegen eine Felswand geschleudert werden?« Sven grinste sie an.

»Dann laufen wir eben zu Fuß weiter.« Entschlossen presste sie die Lippen aufeinander, während jede Faser ihres Körpers vor Erregung zu kribbeln begann.

»Und wenn sich einer von uns dabei verletzt?« Er blieb hartnäckig.

»In dem Fall schleppe ich dich bis zur nächsten Hütte.«

Er lachte gebeugt zu ihr hinab, weil er bei seiner Größe selbst im Sitzen den Kopf etwas einziehen musste, um nicht an die Decke zu stoßen. »Ich hatte ganz vergessen, dass du über Bärenkräfte verfügst.«

»Mach dich nur lustig.« Sie streckte sich und knuffte ihn in die Seite.

Sven setzte das Headset auf und funkte den Tower an. »Hier Cessna 172. An Flugleitung.«

»Hier Flugleitung.«

»Cessna 172, SE-ASTO. Auf dem Vorfeld. Wir fliegen nach Sicht. Auf dem Weg nach Cannes. Bereit zum Start.«

Aus dem Funkgerät ertönte durch eine Rückkopplung ein Pfeifen, dann war die Stimme des Flugleiters zu vernehmen. »Sind Sie wirklich sicher, dass Sie da hochwollen? Die meisten Flüge wurden gestrichen.«

»Wir müssen. Alles im Griff.«

»Sie werden schon wissen, was Sie tun. Start frei.«

Conny sah, wie Vater und Sohn am Hangar ihnen nachwinkten, und riss bei der Beschleunigung den Mund weit auf. Die Räder hoben ab, und sofort wurde die Cessna von einer Bö erfasst, sodass sie ruckartig an Höhe gewannen. Luftwirbel tobten unter den Tragflächen, während das Flugzeug dröhnend durch die Wolken pflügte.

Sven zwang die Maschine in eine steile Linkskurve, brachte sie auf Kurs. Geschickt fand er Wolkenlöcher, tastete sich höher und höher. Nach einer gefühlten Ewigkeit geschah das Unerwartete, und sie durchbrachen die letzte Wolkenschicht. Sonne und blauer Himmel empfingen sie so jäh und strahlend, dass sie kurz geblendet waren.

»Ursprünglich wollte Félix seinen Vater in München besuchen und mit uns zurückfliegen. Aber wie so oft in letzter Zeit ist ihm was dazwischengekommen«, sagte Sven mit seinem schwedischen Akzent, während er den Autopiloten einschaltete, den Sitz schräg drehte und sich sichtbar entspannter zurücklehnte.

Conny stöhnte stumm auf. Sie hatte es geahnt. Natürlich kam die Sprache sofort auf Félix, über den sie sich kennengelernt hatten. Aber sie wollte jetzt nicht über ihn reden. Sie war nicht wegen ihm auf dem Weg nach Südfrankreich. Bei ihrem letzten Streit hatte er ihre Gefühle tief verletzt.

Sicher, in all den Jahren hatten sie sich schon das eine oder andere Mal gestritten und als Folge eines temperamentvollen Wortgefechts auch getrennt. Doch nie hatte sie auch nur in Betracht gezogen, dass es endgültig sein könnte. Aber diesmal schien es so. Dabei war sie bis vor vier Monaten felsenfest davon überzeugt gewesen, dass Félix' Leben so schicksalhaft mit ihrem verbunden war, dass nichts sie jemals trennen würde. Für einen Moment war alles wieder präsent.

Es war Félix gewesen, der ihr damals – an diesem Tag kurz nach ihrem achtzehnten Geburtstag, der ihr Leben von einer Sekunde auf die andere völlig verändern sollte – die Nachricht vom Tod ihrer Eltern überbracht hatte. Sie war zu der Zeit zum Schüleraustausch in Nizza gewesen, wo Félix bei seiner französischen Mutter lebte und im letzten Semester Psychologie studierte.

Sie kannten sich über seinen Vater, den alten Alexander Weißenstein, der ein Geschäftspartner von Connys Vater und ein Freund der Familie war. Als sogenannter Businessengel hatte er Patente ihres Vaters, der als Elektroingenieur zahlreiche Erfindungen gemacht hatte, innerhalb seines internationalen Netzwerks verkauft.

Selbst zutiefst bewegt von der Nachricht über den plötzlichen Tod ihrer Eltern, hatte der alte Weißenstein seinen Sohn gebeten, ihr die traurige Nachricht persönlich zu überbringen und sie nach Deutschland zurückzubegleiten.

Félix war damals im Haus ihrer Gasteltern erschienen. Ein schrecklicher Augenblick, in dem – allem zum Trotz – auch ihre leidenschaftliche Beziehung begonnen hatte, deren Ende sie jetzt verdrängen musste, wollte sie nicht in wütende Tränen ausbrechen.

»Wow! Der Blick ist atemberaubend. Jedes Mal aufs Neue.« Conny drehte sich zu ihrer Reisetasche um und kramte im Seitenfach nach ihrer Sonnenbrille. Schließlich zog sie ein strapazierfähiges, extravagantes Designerexemplar mit großen Gläsern und breiten schwarzbraun marmorierten Bügeln hervor. Der Designer selbst hatte ihr die Brille als Dankeschön dafür geschenkt, dass sie seine Pressetexte überarbeitet hatte. Am rechten Bügel prangte das goldene Logo. Liebevoll strich sie mit der Spitze ihres Zeigefingers darüber, bevor sie begann, die Brillengläser mit dem Saum ihres Kleides zu putzen.

»Wie hoch sind wir?«, fragte sie dabei, um sich und Sven von Félix abzulenken.

»Zehntausend Fuß. Was sagst du dazu?«

»Ein Traum!«

»Das meine ich nicht. Wusstest du, dass Félix vorhatte, nach München zu kommen?«

Ihr war klar, dass Sven mit der Frage auf den aktuellen Stand ihrer Beziehung abzielte. Dass er mehr wissen wollte. Dass er vielleicht sogar dachte, ein Recht darauf zu haben, weil er irgendwie auch ein Teil ihrer Beziehung war. Aus Respekt vor den gemeinsam verbrachten guten alten Zeiten. Trotzdem würde sie jetzt nicht darauf eingehen.

Sie schüttelte kurz den Kopf. »Er hat mich über seine Pläne nicht informiert. Warum?«

Svens Blick ruhte nachdenklich auf ihr. »Er hätte wohl gestern Vormittag einen Workshop am Landeskriminalamt in Wiesbaden geben sollen. Da hätte es sich angeboten, einen Abstecher nach München zu machen und seinen Vater zu besuchen.«

Conny starrte betont unbeteiligt aus dem Fenster, während sie die Gläser prüfte, für sauber befand, die Sonnenbrille aufsetzte und zurechtrückte. Sie zog die Beine auf den Sitz und gab sich entspannt, obwohl die Neuigkeit sie innerlich aufwühlte.

»Wer hätte damit gerechnet, dass er eine Koryphäe auf seinem Gebiet wird? Aber inzwischen hat Félix kaum noch Zeit für die Praxis. Wird immer häufiger gerufen, wenn es um Kapitalverbrechen geht, und ist schon weit über die Grenzen Frankreichs hinaus bekannt«, fuhr Sven unbeirrt fort, anscheinend wild entschlossen, ihr eine Regung zu entlocken.

Ja, Conny wusste nur zu gut, dass Félix sich zu einem anerkannten Psychologen entwickelt hatte, der aufgrund seiner treffsicheren Expertisen immer öfter von der Kriminalpolizei bei der Aufdeckung und Prävention von Verbrechen um Hilfe gebeten wurde. Um Täterprofile zu analysieren und Attentate und Serienmorde zu verhindern. Ursprünglich hatte er hauptsächlich in Frankreich gearbeitet, war als deutsch-französischer Muttersprachler und mit seinen während eines Auslandssemesters in den USA vertieften Englischkenntnissen jetzt aber auch vermehrt in Deutschland und im Rest Europas gefragt.

»Du hast es auch nicht schlecht erwischt«, tröstete Conny Sven, weil sie glaubte, neben der Bewunderung einen Anflug von Wehmut über die vergangenen Zeiten aus seinen Worten herausgehört zu haben. Sven, der mit Félix in den USA gewesen war, war zwar passionierter Hobbypilot, verdiente sein Geld jedoch als Geschäftsführer einer Sportartikelfirma.

Sichtbar mit Connys Antwort zufrieden, grinste er und fragte: »Weißt du, wie es Félix' altem Herrn geht?«

»Er hört kaum noch und trägt ein Hörgerät. Aber geistig ist er immer noch topfit.«

»Das heißt, du siehst ihn nach wie vor regelmäßig?«

»Du weißt ja, dass Alexander mich nach dem Tod meiner Eltern bei sich aufgenommen hat. Er ist zwar zu einem ganz schönen Eigenbrötler geworden, aber ich habe ihm viel zu verdanken.« Sie lachte, obwohl sie nicht gern an den Tag zurückdachte, an dem sie vor dem Nichts gestanden hatte. Auch wenn inzwischen über ein Jahrzehnt vergangen war, war er ihr so präsent, als wäre das alles erst gestern passiert.

»Er dir aber auch. Du hast ihm immerhin seinen Sohn zurückgebracht.« Sven verschränkte die Arme und betrachtete den blauen Himmel.

Zum Teil, dachte sie. Aber es stimmte, dass Félix seinen Vater, nachdem sie in die Weißenstein'sche Villa am Isarhochufer im Münchner Süden eingezogen war, häufiger und länger besucht hatte. Sogar ein Praktikum hatte er in der Landeshauptstadt gemacht. Zu der Zeit, als auch Sven zufällig dort gewesen war und die beiden auf sehr kreative Art und Weise alles getan hatten, um ihr, Conny, dabei zu helfen, über den Verlust ihrer Eltern hinwegzukommen.

»Aber letztlich ist Félix in Nizza geblieben.« Conny seufzte. Genauso wie der alte Weißenstein hatte sie sich gewünscht, er hätte sich für ein Leben in München entschieden.

»Weil er mit Leib und Seele Franzose ist«, sagte Sven wie zu sich selbst.

Insgeheim musste sie ihm recht geben. Félix hatte sich in Frankreich immer wohler gefühlt als sonstwo auf der Welt. Er liebte die Sprache, ihre Melodie, die die Worte sich selbst finden ließ. Die Art zu leben, das Essen, den Wein. Darin waren sie sich sehr ähnlich.

Zwar war Conny keine Halbfranzösin, doch auch sie fühlte sich von klein auf mit Frankreich verbunden. Ihre Großmutter Katharina hatte ihr halbes Leben in Südfrankreich verbracht. Über sie war auch der Kontakt zu Simonette entstanden, mit deren Mutter Claudette Connys Großmutter eng befreundet gewesen war. Katharina hatte zunächst Claudette und später Simonette im Hotel ausgeholfen, wann immer Not am Mann gewesen war.

»Schon. Aber auch wegen seiner Praxis. Und Emanuelle«, fügte Conny fast trotzig hinzu.

Emanuelle. Die Frau, die Félix geheiratet hatte, wenige Wochen bevor die Ironie des Schicksals ihn und Conny zusammengeführt hatte.

Félix stand damals kurz vor dem Diplom, Emanuelle war eine Studienkollegin. Die Heirat war von Anfang an als psychologisches Experiment geplant gewesen. Um allen Zweiflern zu beweisen, dass sogar ein Gefühl wie die Liebe erlernbar war. Entstanden war die Idee während einer Vorlesung, und nach einer angeregten, hochdifferenzierten Fachdiskussion hatten die beiden umgehend das Aufgebot bestellt, zwei Wochen später geheiratet und Familie und Freunde erst anschließend darüber informiert.

Doch nachdem Conny die schöne Französin bei einem Abendessen anlässlich ihres Antrittsbesuchs bei ihrem Schwiegervater in der Weißenstein'schen Villa kennengelernt hatte, bezweifelte sie, dass das Experiment das einzige Motiv war. Die lebhafte, elegante Emanuelle besaß eine solche Ausstrahlung, dass selbst Conny nicht anders konnte, als ihrem Charme zu erliegen, obwohl es ihr gleichzeitig das Herz zerriss. Sie hatte Mühe gehabt, die Beherrschung nicht zu verlieren.

Félix und Emanuelle gaben das perfekte Paar ab. Beide groß und schlank, gut aussehend und intellektuell. Unter normalen Umständen hätte Conny sich sofort zurückgezogen, doch als Félix ihr wie nebenbei sein Ehe-Experiment gestanden hatte, war sie bereits auf eine geradezu kindliche, unwiderrufliche Art in ihn verliebt gewesen. Außerdem waren er, Alexander und Sven nach dem Tod ihrer Eltern alles gewesen, was sie in München hatte, wo Alexander Weißenstein ihr ein Studium finanzierte. Ihre Eltern waren beide Einzelkinder gewesen, die Großeltern verstorben, Freunde und Bekannte lebten in ihrem alten Heimatort in Baden-Württemberg.

Félix und sie waren immer tiefer in diese Situation hineingeschlittert, und Conny hatte trotz allem nicht wahrhaben wollen, dass die Gefühle zwischen Emanuelle und ihm ebenso intensiv sein konnten wie die zwischen ihnen.

Bis vor acht Monaten hatte die Ménage-à-trois zwischen Nizza, wo Emanuelle nach der Heirat gemeinsam mit Félix im Haus seiner Mutter lebte, und München bestens funktioniert. Eine Dreiecksbeziehung, die allerdings insofern ungerecht war, als nur zwei von ihr wussten. Emanuelle, die an eine geschwisterliche Freundschaft zwischen ihnen glaubte, hatte keine Ahnung gehabt.

Wenn es nach Conny gegangen wäre, hätte sie Emanuelle eingeweiht. Doch Félix hatte darauf bestanden, das Experiment – er war bei dieser Bezeichnung geblieben – nicht zu gefährden.

Vor acht Monaten hatte Emanuelle dann überraschend die Scheidung eingereicht, Experiment hin oder her. Angeblich, ohne von Félix und Conny zu wissen. Eine Entwicklung, die eigentlich Anlass zur Freude gegeben hätte, weil sie damit endlich mit offenen Karten spielen und ihre Beziehung zeigen konnten. Doch es war anders gekommen. Félix hatte sich nur vier Monate später von ihr getrennt. Für Conny völlig überraschend.

»Wie geht es seiner Mutter und den Großeltern?«, fragte Sven nun.

»Die Großeltern sind gestorben, und die Mutter lebt im Heim. Félix hat dir doch bestimmt erzählt, dass er jetzt allein in der Villa in Nizza wohnt? Mit der Praxis im Erdgeschoss ...«

Sven wiegte den Kopf. »Du weißt ja, wie wir Männer sind. Wir reden über alles Mögliche, aber kaum über Persönliches. Er meinte, dass er oft beruflich zur Kriminalpolizei nach Paris gerufen wird. Glaubst du, die Ehe mit Emanuelle ist auseinandergegangen, weil er so viel arbeitet?«

»Frag mich etwas Leichteres.« Conny umfasste ihre Knie, seufzte und starrte wieder aus dem Seitenfenster. Sie spürte, dass Sven ihr eine Gelegenheit bieten wollte, um sich auszusprechen. Doch sie war nicht bereit dazu. Der Trennungsschmerz saß noch zu tief.

Sven beobachtete sie gespannt, was ihr nicht entging. Er war der Einzige, der ihr Beziehungschaos immerhin annähernd kennen dürfte. Und der, allen Tatsachen zum Trotz, der Meinung war, dass sie die ideale Frau für seinen besten Freund war.

»Warum hat er den Besuch bei seinem Vater abgesagt?«, hakte sie nun doch nach.

»Ein Mord, Näheres durfte er mir nicht verraten. Der Fall ist wohl ganz überraschend an ihn herangetragen worden, deshalb ist er schon gestern zurückgeflogen. Aber bei dem Wetter heute früh in München hätte er vermutlich sowieso einen Linienflug genommen«, grinste Sven.

Beide lachten.

Conny sah Félix vor sich. Er würde es nie zugeben, doch bei all seiner Genialität war er ein Angsthase und Hypochonder ersten Grades. Im gleichen Maß, wie sie einen Hang zum kreativen Chaos hatte, das sie – verbunden mit ihrer Hartnäckigkeit – oft in abenteuerliche und gefährliche Situationen brachte. Wahrscheinlich ein weiterer Grund, warum es mit ihnen nicht geklappt hatte. Und vermutlich nie wieder klappen würde.

»Wenn er Zeit hat, holt er mich in Cannes am Flughafen ab«, meinte Sven.

Bitte nicht, stöhnte sie innerlich. Sie hatte keinerlei Interesse, Félix jetzt an der Côte d'Azur zu treffen, dem erotischen Fixstern ihrer Beziehung, wo alles begonnen hatte. Ihre Zeit in Südfrankreich sollte nicht mit einer

Achterbahn der Gefühle starten. Sie wollte sich voll und ganz auf ihren Artikel konzentrieren, schließlich musste sie sich bei *La Voyagette* erst noch beweisen.

Eine neue Wolkenschicht, eine plötzliche Bö, und sie stürzten metertief, fielen aus dem blauen Paradies.

Conny war es, als ob ihr Bewusstsein auf der Stelle verharrte, während ihr Körper nach unten sackte. Übelkeit war die Folge. Sie war nicht schwindelfrei, aber sie zwang sich, mit den Turbulenzen umzugehen. Das Gefühl des Kontrollverlustes zu genießen. Immerhin wurde sie so von ihrem Gedankenkarussell heruntergerissen.

Eine halbe Stunde später flogen sie, eingehüllt in dicken Nebel, über den Brenner. Ein Sichtflug ohne Sicht. Kurz darauf tauchte ein Gipfel so überraschend unter ihr auf, dass sie ihre Beine hochzog und das Gesäß anspannte. Der raue graue Fels war nur wenige Meter von ihnen entfernt, sie sah die Kollision schon vor sich.

Sven riss den Steuerknüppel mit aller Kraft zu sich heran, blieb aber ansonsten gelassen. Die Cessna stieg wieder, der Motor dröhnte.

»Viel Spielraum nach oben bleibt uns leider nicht«, meinte er.

»Bist du schon mal über die Alpen geflogen?«

»Das alte Mädchen hat schon ganz anderes geschafft.«

»Also nicht.« Conny schob sich die Sonnenbrille auf die Stirn und suchte den Luftraum unter ihnen nach weiteren Gipfeln ab. Bei dem undurchdringlichen Nebel eine schier unmögliche Aufgabe. Ein Schauder durchlief sie. Die Temperatur im Cockpit war empfindlich gesunken.

»Was genau führt dich eigentlich an die Küste?«, fragte Sven.

Conny lächelte bei dem Gedanken an Simonette. »Stimmt, das hatte ich dir ja noch gar nicht erzählt. Ein Beitrag. Ich schreibe jetzt für ein Reise- und Lifestyle-Magazin. *La Voyagette*. Du erinnerst dich an Simonette und ihr Hotel am Alten Hafen von Saint-Tropez? Wir haben bestimmt schon einmal darüber gesprochen.«

Sven nickte. »Ich erinnere mich. Du hast es nicht nur einmal erwähnt.« Dann lachte er. »Das nenne ich mal eine Hundertachtzig-Grad-Wendung! Von der Politik zu den schönen Dingen des Lebens. Immerhin sind die deutlich ungefährlicher – solange du dich nicht mit einem Koch oder einem Hotelmogul anlegst.«

Conny grinste, als sie sich den rundlichen Koch François vorstellte, der zum Inventar von Simonettes Restaurantküche gehörte und sich vor fünf Jahren den ersten Michelin-Stern erkocht hatte. »Hab ich nicht vor.«

Plötzlich fiel ihr ein, dass sie vergessen hatte, Simonette ihre voraussichtliche Ankunftszeit mitzuteilen. Doch hier oben hatte sie bestimmt keinen Empfang, und das Handy lag neben dem Laptop zwischen T-Shirts sicher verpackt.

Da Simonette jedoch nicht nur in ihrem Hotel arbeitete, sondern dort auch eine Suite im Dachgeschoss bewohnte, war sie quasi omnipräsent. Es bestand also keine Gefahr, sie bei ihrer Ankunft nicht persönlich anzutreffen. Zugegebenermaßen hatte die alte Dame bei ihrem letzten Telefonat vor einer Woche entgegen ihrer sonstigen Gelassenheit etwas zerstreut und nervös gewirkt, aber Conny hatte das der Aufregung über den geplanten Artikel zugeschrieben. Schließlich war *La Voyagette* nicht irgendein Blatt. Mit einer Auflage von über einer halben Million Exemplaren je Ausgabe bei einer exklusiven Leserschaft im deutsch- und französischsprachigen Raum genoss die Zeitschrift einen herausragenden Ruf. Sicher war Simonette während ihres Gesprächs bereits im Geist die Fotografen durchgegangen, die sie noch kurzfristig damit beauftragen könnte, aktuelle Bilder des Hotels zu machen.

In dem Moment begann die Cessna, so heftig zu wackeln, dass Sven aus der Schräglage zurück in seine gebückte Haltung schnellte und den Steuerknüppel mit beiden Händen packte.

»Nur noch bis Bozen, dann haben wir das Gröbste hinter uns«, versicherte er Conny. »Anschließend geht es nach Mailand, Genua und weiter die Küste entlang. Ein Kinderspiel.«

Sie schwiegen.

Die Cessna stieg und fiel zwischen Himmel und Erde in schnellem Stakkato. Conny zwang sich, daran zu denken, was sie in Saint-Tropez erwartete. Daran, dass Simonette und sie sich zur Begrüßung in den Armen liegen würden. Und an den eisgekühlten Pastis danach. Sie konnte ihn schon auf der Zunge schmecken. Als sie den Anisschnaps das erste Mal getrunken hatte, hatte er sie an Lakritze erinnert, die sie eigentlich nicht mochte. Inzwischen liebte sie ihn. Mit Eiswasser und Zitronenzesten serviert. An einem gemütlichen lauen Sommerabend mit Freunden war er nicht wegzudenken.

Trotz der zunehmenden Kälte im Flugzeug wurde ihr ob dieser Vorstellung wohlig warm, und ihr Atem beruhigte sich wieder. Es würde schon alles gut werden.

2

Einige Stunden später fuhr Conny vergnügt in einem gemieteten schneeweißen Peugeot-Cabrio die Küstenstraße von Cannes Richtung Saint-Tropez entlang. Es war windiger als am Flughafen, doch sie ließ das Verdeck geöffnet und wickelte sich ihren beigen Pashminaschal um den Kopf, ein unverzichtbarer Begleiter auf Reisen. Auch die Lederjacke ließ sie an.

Sie erfreute sich an dem azurblau glitzernden Meer, dem tiefblauen Himmel, den Pinien, den pinkrot blühenden Oleanderbüschen auf dem Streifen zwischen den Fahrbahnen und den Bougainvilleen, die an Mauern und terrakottafarbenen Steinhäusern mit Fensterläden in leuchtendem Hellblau rankten. Der herbsüße Geruch von Salzwasser stieg vom Meer auf und vermischte sich mit dem Duft nach wildem Lavendel und Thymian, die in der *garrigue* an den Berghängen wucherten. Diese Gras-, Kräuter- und Gestrüppmischung, die so typisch für die Provence war und wenig Regen brauchte.

Immer wieder atmete sie tief ein, um die unterschiedlichen Düfte in sich aufzunehmen, während sie die

Sonnenstrahlen und den Fahrtwind auf der Haut genoss. Wie sie dieses unvergleichliche Licht liebte, das schon Künstler wie Paul Signac, Pablo Picasso und Henri Matisse an die Côte d'Azur verschlagen hatte. Es war, als ob es alle düsteren Gedanken vertrieb und die Stimmung, ohne dass man selbst etwas tun musste, heiter und leicht machte.

Je länger sie Richtung Westen fuhr, vorbei an bekannten Orten wie Théoule-sur-Mer, Le Trayas und La Baumette, umso tiefer tauchte sie in die einzigartige Schönheit der Landschaft ein.

Rund um Cap Estérel wurde das Meer links von ihr wilder. Die Wellen kräuselten sich dicht aneinander, und die Azurtöne des Wassers wandelten sich stetig. Am Horizont, wo Meer und Himmel verschmolzen, kämpften Segelboote in spektakulärer Schieflage gegen den Wind an, der den Himmel – jetzt eine Nuance heller als das Meer – wolkenlos gefegt hatte.

Entlang des Ufers bogen sich Zitrusbäumchen, Oliven, schlanke Zypressen, breite Schwarzkiefern und majestätische Palmen, während dicke Korkeichen dem Wind trotzten und alle gemeinsam als tiefgrüne Farbtupfer mit den Felsen in leuchtendem Ockerrot kontrastierten. Dazwischen lagen immer wieder kleine Buchten, an deren Felsen das Wasser peitschte, sodass es seinen salzigen Geruch umso intensiver verströmte.

An einer Stelle, an der die Straße dem Meer besonders nahe kam, spritzte das Wasser bis auf die Windschutzscheibe des Peugeots, und einige Tropfen landeten auf

Connys Wangen. Sie versuchte, sie mit der Zunge zu erreichen. Als ihr das nicht gelang, wischte sie kurzerhand mit dem Handrücken darüber und leckte mit der Zungenspitze daran, um das Salz zu schmecken. Es war so herrlich, wieder hier zu sein. Seit ihrem letzten Besuch bei Simonette waren über zwei Jahre vergangen.

Am Liebreiz dieser Landschaft würde Conny sich niemals sattsehen können. Auch deshalb zog es sie immer wieder hierher. Während sie mit der einen Hand lenkte, um dem kurvigen Straßenverlauf zu folgen, wickelte sie sich mit der anderen den Schal enger um den Kopf. Der Wind frischte unangenehm auf.

Mistral. Ausgerechnet heute.

Der sogenannte Boss aller Mittelmeerstürme. Einer provenzalischen Bauernregel zufolge würde er, sobald er einmal da war, die nächsten drei, sechs oder neun Tage toben. Kühl und trocken fiel er das Rhônetal herab, bevor er sich über die Küste ausbreitete.

Innerlich fluchte sie, denn sie hatte den Wind noch nie gemocht. Sie schickte ein Stoßgebet gen Himmel, dass die gnadenlose Böenwalze entgegen der Wetterregel nicht während ihres gesamten Aufenthalts über die Landschaft fegen würde. Denn mehr als knapp sieben Tage hatte sie diesmal nicht. Leider. Schließlich war sie nicht hier, um Urlaub zu machen. Am kommenden Montagvormittag wollte sie mit Sven wieder zurückfliegen.

»Zur abgemachten Zeit am gleichen Ort«, hatten sie sich gegenseitig versichert, bevor sie sich mit einer innigen Umarmung am überschaubaren Privatflughafen von

Cannes verabschiedet hatten. Félix war Gott sei Dank nicht erschienen.

Bei Boulouris kurz vor Saint-Raphaël jubelte Connys Herz trotz des Windes so laut, dass sie am liebsten aus voller Kehle gesungen hätte. Stattdessen begann sie, in Gedanken die einleitenden Sätze ihres Artikels zu formulieren. Blieb zu hoffen, dass sie sich an sie erinnern würde, wenn sie später an ihrem Laptop saß.

Als der Satzfluss ins Stocken geriet, stellte sie sich ihre Ankunft vor. Simonette stand meist in der Lobby, um jeden neuen Gast persönlich zu begrüßen. Dann der Willkommens-Pastis, kredenzt mit Simonettes herzlichem Charme, der sie umfangen würde wie die Arme einer liebenden Mutter. Etwas später zum *déjeuner* mittags fangfrische Austern, eine kurze *sieste*, ein *grand café au lait*. Danach der erste Sprung ins Meer. An der windgeschützten Stelle am Alten Hafen, die noch immer ein Geheimtipp war.

Und abends ein umfangreiches *dîner* an ihrem Stammtisch im Hotelrestaurant auf der Terrasse zum Meer. Simonette und sie hatten sich so viel zu erzählen. Der Klang der französischen Sprache würde Conny davontragen. Die Worte würden sich von selbst finden, ohne dass sie nachdenken müsste. Freudige Erwartung und Tatendrang durchströmten sie wie die Wärme und das Sonnenlicht. Ihr standen ein paar wundervolle Tage bevor – trotz Arbeit. Sie war glücklich hier, wo sie als Kind und Jugendliche gemeinsam mit ihrer Mutter und Großmutter einen großen Teil der Schulferien verbracht hatte. Hier war sie so verwurzelt und fühlte sich so geborgen wie sonst nirgendwo auf der Welt.

Selbst bei Mistral.

Während sie weiterfuhr, wanderten ihre Gedanken. Ihr Leben hatte sich in den letzten Monaten komplett verändert. Noch vor Kurzem war sie ruhelos von einem Land ins andere gejettet. Im Auftrag der größten internationalen Nachrichtenagentur hatte Conny Wirtschaftsexperten und Politiker interviewt, die unter Druck standen. Oft war sie dabei allein gewesen, aber immer dort, wo sich ein Skandal anbahnte. Manchmal entgegen allen Vorschriften. Und sie war gut gewesen in dem, was sie tat.

Conny seufzte bei der Erinnerung daran, dass einige spannende Interviews, Bilder und Videos, die sie geführt und aufgenommen hatte, nie gezeigt oder gedruckt worden waren. Dabei hatte sie immer wieder und unermüdlich dafür gekämpft, bis es bei ihrem letzten Auftrag zum Eklat gekommen war.

Sie dachte an die Auszeichnungen auf ihrem Schreibtisch in ihrer Wohnung. An die zahlreichen Urkunden, den Deutschen Journalistenpreis.

»Viel zu viel Aufmerksamkeit für dein Alter«, hatte ihr Chef in der Zentrale in Berlin, wo sie häufig gewesen war, ihr bei der Übergabe des letzten Preises vor versammelter Redaktion ins Ohr gehaucht.

Schweigepokal, so hatte sie den goldenen Bleistift auf dem Sockel später getauft und das Preisgeld dem Verein »Frauen in Not« gespendet.

Während der Fahrtwind und der Mistral in ihre Haare

griffen und das Meer mit den weißen Schaumkronen in aufgewühlter Gelassenheit wogte, beglückwünschte Conny sich dazu, dass ihr Leben in Zukunft gänzlich anders verlaufen würde. Nicht selten hatte sie in den letzten Jahren an Simonette gedacht und an die gemeinsame Zeit, die ihnen blieb. Denn auch Simonette wurde nicht jünger.

Die Erinnerung an die sorglosen, hellen Tage, die sie bei ihr im Hotel verbracht hatte, hatte in ihr die Erkenntnis reifen lassen, dass – wie ihre Mutter zu sagen pflegte – jeder seines Glückes Schmied war. Außerdem war sie neugierig darauf zu erfahren, ob es sie glücklicher machen würde, statt inmitten von Intrigen und Komplotten auf der Sonnenseite des Lebens zu wandeln. Dort, wo Freizeit, Luxus und Schönheit zu Hause waren.

Würde das funktionieren? Würde sie glücklich werden, weil sie sich mit Schönem umgab? Aber wo fing Oberflächlichkeit an? Wohnte selbst dem Luxus ein Schrecken inne?

Sie versuchte, die dunklen Gedanken zu verdrängen und den Blick auf die Segelboote im Hafen von Saint-Raphaël zu genießen, bis sie die Promenade erreichte und spontan in eine Lücke einscherte.

Direkt neben der charakteristischen Basilique Notre-Dame de la Victoire und einer überdimensionalen Palme lag Simonettes Lieblingsboulangerie. Mit dem besten französischen Gebäck weit und breit, das man hier *viennoiserie* nannte, weil es angeblich in Wien erfunden worden war.

Schon von Weitem empfing sie das verführerische Aroma von *pains au chocolat, croissants, chaussons aux pommes, pains aux raisins* und *brioches*. Conny kaufte großzügig ein und konnte sich nur mit Mühe davon abhalten, auf der weiteren Fahrt davon zu naschen. Schließlich wollte sie die Köstlichkeiten mit Simonette teilen.

3

Der Verkehr hielt sich entlang der Küstenstraße Mitte Juni in Grenzen, da die Hauptsaison noch nicht begonnen hatte. Schon bald passierte Conny die Brücke von Sainte-Maxime und umfuhr eine halbe Stunde später die Altstadt von Saint-Tropez.

Da das *La Maison des Pêcheurs* in den engen Gassen der Fußgängerzone lag, wo wegen der Auslagen und üppigen Außendekorationen der Boutiquen und Blumengeschäfte mit dem Auto so gut wie kein Durchkommen war, bog sie in Richtung Zitadelle ab und parkte auf einem der vom Hotel für die Gäste reservierten Plätze am Friedhof. Der schönste und friedvollste Ort der ewigen Ruhe, den sie je gesehen hatte. Sie war angekommen.

Beschwingt zog Conny die Lederjacke aus, in der ihr jetzt zu warm wurde, und strich sich ihr Baumwollkleid glatt. Dann nahm sie die Reisetasche und die Tüte duftender *viennoiseries* vom Beifahrersitz und schlenderte gut gelaunt durch die Gässchen in Richtung Hotel.

Im Ort herrschte eine geschäftige und fröhliche Stimmung. Am Marktplatz waren Stände aufgebaut, an denen Köstlichkeiten der Provence angeboten wurden. Der Duft von Oliven und Käse streichelte Connys Nase und machte ihr bewusst, wie hungrig sie war.

Unter den Schatten spendenden Platanen vor der Mairie spielte eine Gruppe älterer Männer Boule. Als Conny unter ihnen eine Frau in den Dreißigern in Polizeiuniform entdeckte, sah sie genauer hin.

Die Frau wirkte ausgesprochen aufgebracht. Klein, drahtig und mit rot leuchtendem Pagenkopf fuchtelte sie in typisch französischer Manier mit den Armen, um ihre Worte glaubhaft und energisch zu unterstreichen. Es schien, als wollte sie die Männer von etwas überzeugen. Die hörten ihr zwar wortlos zu, schüttelten dann aber den Kopf und konzentrierten sich auf den nächsten Wurf.

C'est la France, dachte sie lächelnd und blieb, als ein Sonnenstrahl sie traf, für einen Augenblick stehen, um seiner Wärme auf ihren Wangen nachzuspüren. Ihre Gedanken schweiften zurück zu der rothaarigen Frau. Sie war ihr bekannt vorgekommen. Aber ihr Gehirn war zu träge, um länger darüber nachzugrübeln. Heute hatte sie noch frei. Kein Stress. Keine Verpflichtungen. Einfach nur die Eindrücke auf sich wirken und den Kopf ausgeschaltet lassen.

Zum Glück drang der Mistral nur selten bis in den Dorfkern vor. Die Berge im Hinterland hielten ihn zum Großteil ab. Doch als Conny die freie Stelle am Hang nahe dem Alten Hafen erreichte, überraschte er sie und tobte sich mit aller Kraft an ihr aus.

Mit der Reisetasche über der linken Schulter, auf deren Schulterblatt der Laptop drückte, und der Jacke und Tüte mit dem Gebäck in der rechten Hand, lief sie die letzten Meter den Berg hinunter. Noch ein paar vereinzelt liegende ehemalige Fischerhäuser, frisch renoviert in den so typischen Pastelltönen und mit blauen Fensterläden, dann war der Blick wieder frei.

Sie stand an einem herrlichen, noch unbebauten, weitläufigen Grundstück. Le Terrain en Bord de Mer, was so viel bedeutete wie: die Wiese zum Meer. Die Einheimischen nannten sie kurz: Le Terrain-Mer.

Erneut hielt Conny kurz inne.

Sie vergaß Zeit und Ort, so gebannt saugte sie den Anblick der Bucht von Saint-Tropez in sich auf, bis ihr das unverwechselbare Aroma von Feigen in die Nase stieg. Sie hingen noch unreif an einem Baum am Hang, doch der süßliche Duft, den die tropfenförmigen grünen Früchte verströmten, ließ ihre spätere Fülle erahnen.

Unsagbare Zufriedenheit und das warme Gefühl, zu Hause zu sein, breiteten sich in ihr aus, als sie die drei dominanten Zypressen erblickte, die sich auf Le Terrain-Mer vor dem blauen Himmel schlank im Wind wiegten.

Als Kind hatte Conny an heißen Sommernachmittagen gern in deren schattiger Mitte mit einem Buch gesessen, wenn es ihr im Hotel, wo sie während der Ferien bei ihrer Großmutter wohnte, zu hektisch geworden war. Mit Begeisterung hatte sie ihren Sitzplatz den am Nachmittag immer länger werdenden Schatten der Koniferen angepasst.

La petite cachette, das kleine Versteck, so hatte Simonette diesen Platz damals getauft und ihr mit einem Blick, den Conny nicht zu deuten wusste, über die Wangen gestrichen.

Sie lächelte, als sie Jacques' Hubschrauber einige Meter hinter den Zypressen entdeckte. Jacques Viscard, seit fast zwei Jahrzehnten Simonettes treuer Verehrer, war also auch vor Ort. Sie hatte sich oft gefragt, wie es dem freiberuflichen Industriedesigner aus Paris gelungen war, dieses wunderschöne Fleckchen Land als seinen privaten Hubschrauberlandeplatz nutzen zu dürfen, wann immer er Simonette besuchte. Vermutlich dank ihrer Beziehungen.

Normalerweise thronte der Hubschrauber mitten in der *garrigue*, doch heute stand er so, als ob er sich hinter den drei Zypressen verstecken wollte. Soweit das einem Hubschrauber möglich war.

Erst als Conny den Blick von dem weißen Ungetüm mit den gelben Streifen und schwarzen Rotoren losriss, entdeckte sie den Kran, der sich etwas abseits drohend in die Höhe reckte.

Wurde Le Terrain-Mer jetzt etwa bebaut? Die Vorstellung schmerzte sie, denn wenn ihr alles zu viel wurde, hatte sie sich in Gedanken oft hierhingeträumt. Wer würde hier wohnen? Wem gehörte Le Terrain-Mer eigentlich? Conny nahm sich vor, Simonette bei Gelegenheit zu fragen. Wer, wenn nicht sie, würde mehr darüber wissen?

Nachdenklich legte sie die letzten Meter zurück, bog um die Ecke, und da war es endlich: *La Maison des Pêcheurs*.

Der warme gelbe Farbton der Hotelfassade hob sich

eine Nuance heller und frischer von dem der Nachbarhäuser ab. Der Name spannte sich in eleganter Serifenschrift über die gesamte Breite des Hauses. In seiner Mitte das Logo, das auf die Geschichte des Gebäudes verwies und den Bezug zu seinem Namen herstellte: ein Fischer mit einem überdimensionalen Fisch im Netz auf einer kreisrunden pastellblauen Holzscheibe, die das Meer symbolisierte. Das Haus der Fischer.

Simonettes einzigartiges Refugium. Ein in sich geschlossenes Ensemble ehemaliger Fischerhäuser, das zu einem charmanten Boutiquehotel umgebaut worden war. Eleganz vom Feinsten mit diesem melancholischen Hauch von französischer Vergänglichkeit, der Conny wie immer, wenn sie ihn wahrnahm, tief berührte.

Sie trat durch die von zwei weißen Oleanderbüschen in opulenten Blumenkübeln flankierte Holztür mit dem geschnitzten Seestern in der Mitte. Über ihr waren vier quadratische Glasscheiben in die Wand eingelassen, die, wie sie wusste, von einem Glasbläser im Hinterland angefertigt worden waren und das Blau und Gelb der Umgebung schillernd reflektierten.

Kaum stand sie in der offenen Tür, war sie auf einen freudigen Aufschrei der Begrüßung gefasst. Doch in der kleinen Lobby, wo normalerweise helles Lachen, ein eifriges *»Oui, oui, Madame!«* und französische Satzfetzen die Luft erfüllten, herrschten Leere und Totenstille.

Heute wirkte der Raum unheimlich und düster, auch wenn die Wände in einem hellen Beigeton gestrichen waren und die in Holz eingefassten vier Rundbögen, in deren

Mitte sich seitlich die Rezeption befand, Gemütlichkeit verbreiten sollten. Doch auf den roten Samtsesseln, die an runden Bistrotischen in den Nischen hinter den Rundbögen standen, saßen keine Gäste, und der Marmorboden mit dem eleganten schwarz-weißen Schachbrettmuster blitzte so frisch poliert, als hätte ihn seit dem Morgen noch niemand betreten. Selbst die sogenannte Hall of Fame in der größten dem Eingang gegenüberliegenden und sonst hell erleuchteten Nische, die auf Simonettes Maman Claudette, die Gründerin des Hotels, zurückging, erstrahlte nicht im üblichen Glanz. Zwar hingen die mit Lichtspots gekonnt in Szene gesetzten gerahmten Autogramme mit persönlichen Widmungen prominenter Stammgäste nach wie vor an der Wand, aber es stand niemand davor, um sie zu bewundern.

Die Liste der hier verewigten berühmten Stammgäste war schier endlos, und die Fläche mit Autogrammen hatte sich im Laufe der Jahre in den Gang und fast bis zum Fahrstuhl ausgedehnt: Brigitte Bardot mit Gunter Sachs, Romy Schneider mit Alain Delon, Jane Birkin mit Serge Gainsbourg und Kate Barry. Natalie Wood, Catherine Deneuve, Charles Aznavour, Eddy Mitchell, Audrey Hepburn, Mick und Bianca Jagger, Maria Callas und der Regisseur Roger Vadim. Sie alle waren hier gewesen.

Heute stand im Foyer hinter der Rezeption einzig Anaïs Ruon, Simonettes rechte Hand und Nichte zweiten Grades. Groß und schlank im dunkelblauen Bleistiftrock und in weißer Bluse. Ihr kinnlanges goldbraunes Haar umspielte den schlanken Hals und fiel ihr in dicken Strähnen ins Gesicht, als sie sich jetzt mit sorgenvoll gerunzelter Stirn über das Reservierungsbuch beugte. Sie verschwand fast im Schatten einer Skulptur, die auf dem Tresen stand und eine Neuerwerbung von Simonette sein musste.

Die Hotelchefin hatte ein Faible für Kunst allgemein, aber vor allem für Bilder von Impressionisten, die einmal an der Côte d'Azur gelebt hatten. Einige davon hingen in den weiteren drei Nischen. Außerdem besaß sie eine kleine, aber bemerkenswerte Privatsammlung mit Werken von Paul Signac, der einst in Saint-Tropez gewohnt und gewirkt hatte. Diese Schätze befanden sich allerdings in ihrer großzügigen Suite im Dachgeschoss.

Im Gegensatz zu Signacs pointillistischen Werken war diese Skulptur abstrakt. Auf einem dünnen, gebogenen Stab balancierte eine Art Kugel aus kupfernem Lochblech. Das Gebilde wirkte so fragil, als könnte die Kugel jeden Moment herunterfallen.

Anaïs zuckte zusammen, als Conny sich räusperte. Ihre mandelförmig geschnittenen tiefblauen Augen weiteten sich voller Schreck, als sie sie erkannte.

»Bonjour, Anaïs. Was ist denn hier los? Das Foyer ist ja ganz verwaist.« Conny lief zur Rezeption.

»Conny! *Mon Dieu, tu es arrivée?* Hast du Simonettes Nachricht nicht bekommen?«

»Simonette hat mir eine Nachricht geschickt?«, fragte Conny und kam sich dabei einfältig vor.

»Ja, letzte Nacht. Ich stand neben ihr, als sie sie geschrieben hat.«

Erst jetzt fiel Conny ein, dass sie ihr Handy nach dem

Aufladen in der vergangenen Nacht nicht wieder eingeschaltet, sondern direkt neben den Laptop in die Reisetasche gepackt hatte. Sie hatte geahnt, dass sie am Morgen in Eile sein würde.

»Habt ihr etwa spontan beschlossen, das Hotel für das Fotoshooting zu schließen? Damit keine Gäste auf den Fotos sind und wir keine Probleme wegen verletzter Persönlichkeitsrechte bekommen? Das wäre doch nicht nötig gewesen.« Conny legte die Tüte mit den duftenden *viennoiseries* auf den Tresen und beugte sich nach vorn, um die Directrice mit den üblichen drei *bises* zu begrüßen. Links, rechts, links. »Ich freu mich so, Anaïs! *Dis-moi*, wo ist Simonette?«

»*C'est terrible!* Ich weiß gar nicht, was ich sagen soll.« Die junge Frau starrte Conny aus rot geränderten Augen an.

Hatte Anaïs etwa geweint? Ihr zarter Porzellanteint schimmerte blasser als sonst. Plötzlich entzog Anaïs ihr die Hände und schlug sie vors Gesicht. Die junge Frau wirkte völlig durch den Wind.

Vom Nachbarhaus zur Rechten, das im Gegensatz zu den Häusern in Richtung Meer nicht zum Hotel gehörte, dröhnte jetzt ein dumpfes Geräusch, das nach Bauarbeiten klang. Die Skulptur auf dem Tresen begann, gefährlich zu vibrieren.

Anaïs schien den Lärm nicht zu hören und verharrte mit den Händen vor ihrem Gesicht. Wahrscheinlich ging das schon länger so, und sie hatte sich bereits daran gewöhnt. Dabei war es ein ausgesprochen unangenehmes Geräusch. Als ob Luft angesogen und wieder ausgeblasen wurde. Warum hatte Simonette ihr nicht erzählt, dass in der Nachbarschaft Bauarbeiten im Gang waren?

Conny wurde ungeduldig, weil Anaïs immer noch nichts sagte. Sie war eine wirklich feine junge Frau, konnte mit ihrer ausgeprägten Sensibilität aber unberechenbar sein.

»Anaïs, bitte. Dis-moi! Wo ist sie?« Conny breitete die Arme aus.

Statt einer Antwort drehte sich Anaïs wortlos um, nahm einen Schlüssel vom Brett und reichte ihn Conny.

Er war groß und golden mit einem flauschigen roten Wollpüschel, das sie sofort durch ihre Finger gleiten ließ. Einmal hatte sie vor der Heimreise den Schlüssel absichtlich in ihren Koffer gesteckt und vorgegeben, ihn nicht mehr zu finden. Er war ihr Schatz. Ein Schatz, der von einem Sehnsuchtsort stammte, der Wärme und Geborgenheit verhieß und der bis heute als Glücksbringer in ihrem Nachtkästchen neben dem Bett lag.

Anders als erwartet, griff Anaïs nicht als Nächstes nach Stift und Zettel, um Connys Daten aufzunehmen, die sie natürlich längst kannte, die aber aus bürokratischen Gründen stets abgefragt werden mussten, sondern blieb stocksteif stehen.

Leicht genervt warf Conny den Schlüssel in die Luft und fing ihn wieder auf. »Bitte, Anaïs, raus mit der Sprache: Was ist hier los?«

»Sie haben sie abgeführt. Heute in aller Frühe.«

Eine Pause entstand.

In einer Art Übersprunghandlung zog die junge Frau

ein undefinierbares hellbraunes Knäuel aus Wildleder aus einer Schublade und knetete es unkontrolliert mit ihren feingliedrigen, zitternden Fingern. Sie war unübersehbar nervös, wenn nicht gar panisch.

Während Conny versuchte, die gerade gehörten Worte zu verarbeiten, starrte sie auf das Knäuel. Ein Babyschuh? War Anaïs schwanger? Im richtigen Alter wäre sie. Genau wie Conny. Der Schuh sah gebraucht aus, seine Form wirkte altmodisch, das Wildleder verblichen und abgegriffen. Auf einer Seite entdeckte Conny einen Fleck, wie er entstand, wenn Öl Leder durchtränkte. Nein, einen solchen Schuh würde man heute mit Sicherheit keinem Neugeborenen anziehen.

»Abgeführt?« Conny war bewusst, dass ihre Bemerkung nicht gerade geistreich war. »Von wem? Und wo ist sie jetzt?«

»In la Station de la Police municipale am Neuen Hafen. Von Madame le Chef de la Police Yvonne Saigret und le Commissaire Dubois aus Marseille. Pasquale war auch dabei.«

»Pasquale?«

»Mein älterer Bruder. *Le flic.* Der Polizist.« Nicht ohne Stolz setzte sie hinzu: »Er wurde Anfang des Monats zum Brigadier befördert und ist jetzt direkt Yvonne unterstellt.«

Conny erinnerte sich wieder an den übergroßen Pasquale mit der blonden Haarmähne, der immer etwas ungelenk und aus seiner Uniform herausgewachsen aussah. Dann machte es klick. Genau, die Rothaarige vor dem Rathaus war Yvonne Saigret gewesen.

»Ich habe Yvonne gerade beim Boulespielen gesehen«, sagte sie und runzelte die Stirn. Hatte sie vielleicht wegen der Sache mit Simonette so aufgeregt auf die Männer eingeredet?

Anaïs war wieder verstummt, nestelte nun mit Daumen und Zeigefinger nervös an dem winzigen Lederbändchen des Babyschuhs. Sie hatte ihre Fassung noch immer nicht wiedergefunden.

»Wo ist Jacques?«, fragte Conny und versuchte, ihre Gedanken zu ordnen, damit die Fragen nicht völlig unsortiert herauspurzelten. Jacques würde Klarheit schaffen.

»Bei la Police municipale, nehme ich an. Bei Simonette.«

»Weshalb?« Conny starrte die Skulptur mit dem löchrigen Ball an. Die entscheidende Frage war ihr erst jetzt eingefallen. »Ich meine: Was wirft man Simonette überhaupt vor? Weshalb wurde sie verhaftet?«

Als Anaïs den Babyschuh beiseitelegte, waren ihre Augen weit aufgerissen. Ihre Lippen bewegten sich kaum, als sie sprach.

»Mord.« Sie atmete hörbar aus. »Sie wurde wegen des Mordes an Henri Moreau verhaftet.«

Conny durchlief ein Zittern. Das musste ein schlechter Witz sein. »Simonette soll Henri Moreau ermordet haben?«

Den Namen hatte sie schon einmal gehört. Sie erinnerte sich, vor Kurzem einen Artikel über einen gewissen Henri Moreau gelesen zu haben. Doch in welchem Zusammenhang?

Anaïs nickte.

Conny überlegte angestrengt. Henri Moreau. Plötzlich setzten sich die Puzzleteile zusammen. »*Der* Henri Moreau?«

Erneutes Nicken.

Konnte es sich wirklich um ihn handeln? Aber warum nicht? In Saint-Tropez traf sich der internationale Jetset, am Neuen Hafen herrschte die weltweit höchste Dichte an Millionären. Vielmehr: Milliardären. Man musste sich nur die Jachten anschauen. Wäre die Welt eine Waage und Geld Kilos, Saint-Tropez würde für Schlagseite sorgen. Trotzdem musste Conny auf Nummer sicher gehen.

»Der Milliardär, der aktuell auf allen Social-Media-Kanälen und in den Feuilletons zu sehen ist?«, hakte sie nach. »Wegen des spektakulären Museumsneubaus in Paris in direkter Sichtachse zum Tour d'Eiffel mit einer viel beachteten Impressionisten-Sammlung? Matisse, Renoir, Monet, Picasso, Signac und viele mehr ...«

»*Oui. Oui*, das ist er.«

»Aber was um alles in der Welt hat oder hatte Simonette mit Henri Moreau zu schaffen?«, fragte Conny ungläubig und dachte dann laut nach. »Okay, sie liebt Kunst, vor allem die Impressionisten, aber sie hat weiß Gott anderes zu tun, als deswegen jemanden umzubringen. Und ganz abgesehen davon: Sie hasst negative PR.«

Simonette schätzte Publicity nicht um jeden Preis. Besser keine Presse als schlechte Presse, das war ihr Lebensmotto. Conny erinnerte sich daran, wie sie ihr einmal erklärt hatte: »Ich stehe mit meinem Hotel für Qualität, und die muss in jedem öffentlichen Satz, in jedem Wort zu lesen sein.« Deswegen war Conny so stolz, dass sie Simonette mit ihrem Beitrag in *La Voyagette* endlich einen wirklichen Dienst erweisen konnte.

»Je ne sais pas.« Mit dem Babyschuh in der Hand, blickte Anaïs sie ratlos an.

Aber da war ein Aufflackern in ihren Pupillen, das Conny nicht gefiel. Sie hatte genügend Interviews geführt, um zu spüren, wann jemand mehr wusste, als er zugab. So wie Anaïs jetzt. Sie mauerte.

Hatte Conny eben noch gehofft, Simonettes Festnahme sei ein übler Scherz, so war es dieses Flackern, das sie daran zweifeln ließ. Wenn Anaïs etwas verschwieg, musste mehr dahinterstecken als ein banaler Irrtum der Polizei.

Fassungslos stellte sie ihre Tasche neben die Gebäcktüte auf den Tresen. »Was genau ist geschehen?«

»Moreau wurde am Samstag vor zwei Wochen, am Vormittag nach dem alljährlichen Italienischen Fest, tot in seiner Villa aufgefunden. Erstochen«, begann Anaïs stockend. »Die Ermittlungen liefen seither auf Hochtouren. Simonette wurde einige Male befragt und gestern dann auf dem Revier verhört. Deswegen hat sie dir noch in der Nacht, als sie wieder zurück war, die Nachricht geschickt. Sie hatte wohl schon so ein Gefühl. Heute früh haben sie sie dann abgeholt. Pasquale hat mir verraten, dass sie sie nach Marseille bringen wollen. Irgendwann im Laufe des Tages. Er meinte, sie kommt bestimmt nicht so schnell zurück.«

Conny war, als ob ihr die Beine weggezogen wurden.

Mit einer Hand hielt sie sich an der Rezeption fest. »Hat sie einen Anwalt?«

Anaïs nickte. »Madame l'Avocat Gary.«

Connys Gedanken überschlugen sich, und sie begann zu frieren. Kurz entschlossen schlüpfte sie in ihre Lederjacke, die sie die ganze Zeit mit der einen Hand fest umklammert gehalten hatte. »Ich muss sofort zu Simonette.«

»Das wird nicht möglich sein. Also, Commissaire Dubois aus Marseille, der war nicht sehr nett.« Anaïs hob bedauernd die schmalen Schultern.

Conny schob ihr die Tasche so heftig entgegen, dass diese das Gleichgewicht verlor und mit ihrem ganzen Gewicht gegen die schwere Skulptur mit dem kupfernen Lochball stieß, die umkippte. Sie konnte sie gerade noch auffangen, bevor sie auf den Marmorboden knallte.

Nachdem Conny die Skulptur sorgsam an ihren Platz zurückgestellt hatte, gab sie Anaïs den Schlüssel zurück und kramte ihr Handy aus der Tasche. »Sei so lieb und bring meine Sachen aufs Zimmer, Anaïs.«

Ohne Anaïs' Reaktion abzuwarten, verließ sie das Hotel.

4

Sie musste sie sehen. Musste wissen, wie es ihr ging. Sicher würde sich alles aufklären. Hunger und Müdigkeit der Reise waren verflogen.

Tatsächlich hatte Conny Simonettes Nachricht während des Laufens beim hektischen Scrollen auf ihrem Handy neben einigen weiteren entdeckt, die sie unbeachtet ließ. Simonette hatte ihr am Abend zuvor, kurz vor Mitternacht, geschrieben: *Chérie, je suis desolée. Bleib zu Hause!!! Melde mich. Bise Si*

Während Conny durch die engen Sträßchen der Altstadt hetzte, googelte sie Henri Moreau.

Die Einträge ergaben ein eindeutiges Bild. Ein mittelgroßer Endfünfziger mit Stiernacken und grauer Igelborstenfrisur. Einer, der einfach überrollte, was ihm im Weg stand. Ein Selfmademan, der durch Spekulationen an der Börse und geschickte Investitionen heute zu den reichsten Franzosen gehörte. Er hatte ein internationales Hotelimperium aufgebaut und war dabei gewesen, weltweit eine neue Art von Museum zu etablieren. Außerdem galt er als Kunstsammler und Mäzen und war eng vernetzt mit dem Elysée.

Vor Connys geistigem Auge tauchte die bald siebzigjährige Simonette auf. Feingliedrig, elegant und trotz ihres Alters noch agil. Sie hatte ihr Leben lang hart gearbeitet, ohne immer den entsprechenden Lohn dafür zu ernten.

Conny entdeckte einige Artikel über den Mord, darunter in *Le Monde*, *Le Figaro* und *Le Parisien*. Außerdem einen besonders ausführlichen Beitrag im *Nice Matin*, der von Fotos von Moreaus Anwesen unweit von hier und von seiner Megajacht begleitet wurde. Der Milliardär war vor zwei Wochen, erstochen in seiner Villa, von seiner Frau Charlotte gefunden worden. Man nahm an, dass er den oder die TäterInnen gekannt hatte. Auch einen gezielten Raubmord schloss man nicht aus, bis eindeutig feststand, dass nichts fehlte. Die Überprüfung schien sich jedoch kompliziert zu gestalten, da zahlreiche Geschäftsunterlagen im Haus gefunden worden waren, über die niemand den Überblick zu haben schien.

Täterinnen? Conny schüttelte den Kopf. Ging man etwa von einer weiblichen Bande mit Simonette als Anführerin aus? Die Geschichte wurde immer grotesker.

Als Conny den Text über das Museum fand, der ihr noch im Gedächtnis gewesen war, überflog sie ihn erneut und las nicht nur von einem internationalen Netzwerk, sondern auch von einer exklusiven, weltumspannenden Hotelkette, an der Moreau maßgeblich beteiligt war, von Charity-Veranstaltungen und riesigen Spendenbeträgen.

Auf verschiedenen Fotos war eine attraktive, üppige Dunkelhaarige in den Vierzigern an Moreaus Seite zu sehen, seine Frau Charlotte. Aber auch mit anderen Damen schien er zu Lebzeiten recht eng gewesen zu sein. In einem Halbsatz war von einer offenen Ehe die Rede, in der man sich vertraute.

Conny war so in den Artikel vertieft, dass sie erst aufschreckte, als sie mit Macht am Ärmel ihrer Lederjacke nach hinten gezogen wurde und ein Citroën neben ihr hupte. Instinktiv schlug sie den Arm weg, verlor das Gleichgewicht und landete unsanft im Straßengraben.

Als sie sich mühsam aufrappelte, hatte nicht nur ihr weißes Kleid einen unschönen Fleck an der Seite, auch ihr linkes Knie meldete sich mit einem bekannten Schmerz. Sie hatte es sich im vergangenen Winter bei einem Sturz beim Skifahren unglücklich verdreht, und dem Stich hinter der Kniescheibe nach war das jetzt wieder passiert.

Der alte gelbe Citroën hielt an, und sein Fahrer sprang heraus. »*Êtes-vous folle, Madame! Putain de merde!*«

Nein, sie war nicht verrückt, nur abgelenkt gewesen. Rechts und links von Conny begannen Autos zu hupen.

Der Mann, der Conny an ihrer Lederjacke zurückgezogen und vor Schlimmerem bewahrt hatte, versuchte, den Fahrer mit hochrotem Kopf mit einem Schwall französischer Worte zu beruhigen.

Dann bot ihr Retter ihr seine Hand, um sie zu stützen. Vermutlich wegen ihres immer noch schmerzverzerrten Gesichts. »Sie sehen blass aus, Madame. Kann ich helfen?«

Ihr Handy, wo war ihr Handy? Conny bückte sich panisch und entdeckte es im staubigen Rinnstein. Während sie sich erleichtert wieder aufrichtete, musterte sie den Mann genauer.

Er sah gut aus. Dunkel glänzende Locken, braune Augen, leicht olivfarbener Teint. Leger in Jeans und weißem T-Shirt. Typ Lebenskünstler oder Barmann. Genau so, wie man sich einen Südfranzosen vorstellte. Er war in ihrem Alter und etwas größer als sie.

»Danke«, erwiderte sie schließlich. »Besser nicht.«

Er streckte ihr seinen sehnigen, behaarten rechten Arm mit der Handfläche nach oben immer noch entgegen und schaute ihr direkt in die Augen. »Benoît Lapaisse.«

Sie trat demonstrativ von einem Bein aufs andere, um

zu verdeutlichen, dass sie keine Zeit hatte. »Conny von Klarg.« Pause. »Danke!«

Ihr war bewusst, dass sie herzlicher sein könnte. Aber sie konnte an nichts anderes denken als an Simonette.

»Sie haben es eilig?« Er lächelte charmant.

»Ja, es tut mir leid.«

Anaïs hatte gesagt, dass geplant war, Simonette heute noch nach Marseille zu bringen. Conny durfte sie auf keinen Fall verpassen. Wäre sie erst einmal in den Mühlen der Justiz verschwunden, würde es kaum mehr möglich sein, ein persönliches Wort mit ihr zu wechseln.

»Sie sehen aus, als ob Sie eine Stärkung gebrauchen könnten. Kann ich Sie einladen, quasi als kleine Entschädigung für den Unfall?«

»Sie können ja nichts dafür. Danke für das Angebot, aber es geht leider nicht.«

Er zuckte mit den Schultern. »Wenn Sie jetzt keine Zeit haben, wie wäre es mit heute Abend? Lust auf *un dîner*? In meiner Brasserie? Wir sind bekannt für die besten *steak-frites* weit und breit.« Dabei rollte er mit den Augen und fuhr sich mit der Zunge über die Lippen. Ihr Retter strahlte sie an wie ein kleiner Junge, der ihre Antwort kaum erwarten kann.

Gegen ihren Willen musste sie lachen, nahm die Visitenkarte, die er ihr hinhielt, und betrachtete sie. *Brasserie Lapaisse* stand auf der einen Seite in schnörkelloser roter Schrift über den Kontaktdaten. Auf der anderen war eine gezeichnete Ansicht des Restaurants zu sehen. Also doch kein Barmann, sondern ein Brasseriebesitzer. Sie dachte nach. Er kam von hier. Die Gastronomen waren ein überschaubarer Kreis, sie kannten sich alle. Sollte sie ihn direkt auf Simonette ansprechen?

Sie gab sich einen Ruck. »Sagt Ihnen der Name Simonette Bandelieu etwas?«, fragte sie.

»Simonette? *Mais bien sûr!*«

Natürlich kannte er sie. Ob er auch wusste, was passiert war? Unschlüssig drehte sie die Visitenkarte zwischen den Fingern. »Kennen Sie sie gut?«

»Ziemlich«, antwortete er, sichtlich bemüht, einen vertrauensvollen Eindruck zu erwecken.

»Wissen Sie, was passiert ist?«, fragte sie weiter.

Er zog die dichten dunklen Augenbrauen hoch. »*Bien sûr.* In diesem Ort bleibt nichts geheim.«

»Können wir darüber reden?«

Er nickte und blickte sich dabei um, als ob er sichergehen wollte, dass sie nicht beobachtet wurden. Dann zeigte er auf die Karte. »Heute Abend?«

Conny lächelte. »*D'accord.* Heute Abend.«

»Um halb zehn?«, schlug er vor. »Dann ist der größte Ansturm vorbei.«

Sie hielt einen Daumen hoch und humpelte davon, während sie innerlich die Zähne aufeinanderbiss, um bei den ersten Schritten vor Schmerz nicht laut aufzuschreien.

Ungeachtet ihres verdrehten Knies, drängte Conny sich kurz darauf durch die Menschengrüppchen am Neuen Hafen Richtung der Police municipale. Am Nachmittag sammelten sich hier Einheimische und zahlreiche Touristen aus dem Umland, um dem Treiben zuzuschauen und die ankernden Jachten zu bewundern.

Das Polizeigebäude lag unweit der seit Louis de Funès' schauspielerischer Meisterleistung in den Sechzigerjahren weltberühmten Gendarmerie, die heute ein Museum war. Die Filmkomödie *Der Gendarm von Saint-Tropez* hatte maßgeblich zum Ruhm des Städtchens beigetragen und den Neuen Hafen zum Hotspot gemacht. Hier musste auch Moreaus gigantische Jacht vor Anker liegen. Vermutlich eine der größten.

Es war Nachmittag, und die Bootsbesitzer zeigten sich an Deck. Ein Schauspiel, das Conny an einen Zoobesuch erinnerte. Die Passanten bestaunten die Menschen auf den Jachten, die sich lässig gestylt den ersten Drink des Tages genehmigten. Die Bootseigner hingegen taten so, als würden sie die Flaneure, die sich ungeniert über ihre Jachten, Körper und Outfits mokierten, nicht wahrnehmen.

Die andere Seite der Medaille.

Die, deren Faszination ihr wohl für immer unerklärlich bleiben würde. Sie fand es unangenehm, wenn Eitelkeit und Neid so unmittelbar aufeinanderprallten. Trotzdem wurden anscheinend beide Seiten davon angelockt. Warum sonst zahlte man schier horrende Gebühren, um hier zu ankern? Und warum vertat man seine Zeit mit staunender Bewunderung, die so leicht in Missgunst umschlug?

Als Conny vor der Police municipale ein Aufgebot an Polizeiwagen und eine Menschentraube erkannte, rannte sie los, obwohl ihr bei jedem Schritt ein Schmerz wie von einem Messer ins linke Knie fuhr.

Die Ansammlung konnte nur Simonette geschuldet sein. Schließlich geschah es in dem kleinen Ort nicht jeden Tag, dass eine potenzielle Mörderin verhaftet wurde, und Simonette war auch noch stadtbekannt. Ob auch Freunde unter den Zuschauern waren?

Der erste Polizeiwagen setzte sich mit Blaulicht in Bewegung, bahnte sich den Weg durch die Menge, die ihm nur zögerlich Platz machte. War das der Wagen, der Simonette nach Marseille bringen sollte? Von der kleinen Polizeistation in der Provinz in die dafür ausgewählte Hauptstelle?

Sie musste Simonette wissen lassen, dass sie vor Ort war. Dass sie ihr helfen würde bei allem, was ihr bevorstand. Conny lief so schnell, dass sie atemlos die Kreuzung erreichte, als der Wagen diese überquerte.

»Simonette!«, schrie sie, als sie eine zierliche Person auf dem Rücksitz erspähte, und winkte. Durchs Seitenfenster sah sie, dass die alte Dame kerzengerade saß, rechts und links von ihr ein Polizist. Vermutlich aus Marseille. Und vorne auf dem Beifahrersitz Yvonne Saigret. Der volle rote Pagenkopf war unverkennbar. Conny sah der Chef de la Police an, wie unangenehm ihr die Situation war.

Kein Wunder, denn die Familien waren seit Generationen befreundet. Yvonnes Mutter war dem Koch François schon zur Hand gegangen, als Yvonne noch ein Baby gewesen war. Sie hatte die Fische ausgenommen und vorbereitet, die ihr Mann, ein Fischer, zuvor gefangen und angeliefert hatte. Nicht selten hatte sie Yvonne mit zur Arbeit gebracht, wenn niemand auf sie aufpassen konnte.

Simonette hatte die Kleine regelmäßig in ihren Armen in den Schlaf gewiegt, das hatte sie Conny einmal erzählt. Und jetzt war Yvonne bei ihrer Überführung nach Marseille dabei, hatte womöglich die Ermittlungen geleitet.

Conny erinnerte sich, dass Yvonne bei ihrem letzten Besuch noch Bürgermeisterin gewesen war. Wahrscheinlich hatte sie sie deshalb in ihrer Uniform auf dem Bouleplatz nicht erkannt. Die quirlige Französin war so stolz gewesen, weil sie – eine Polizistin aus einfachen Verhältnissen – zur Bürgermeisterin gewählt worden war. Ein Amt, das sonst der politischen Elite vorbehalten blieb.

Als Madame le Maire hatte Yvonne sich mit ihrer Naturverbundenheit und ihrem Sinn für Gerechtigkeit leidenschaftlich für nachhaltigen Tourismus eingesetzt. Erbarmungslos ließ sie falsch parkende Ferraris und Porsches genauso abschleppen wie die Peugeots und Renaults der Einheimischen. Sie setzte sich rückhaltlos für die Schwächeren ein. Nicht zur Freude aller Bürger. Und Gäste.

Simonette hatte Yvonne immer bei ihren Aktivitäten unterstützt, obwohl sie sich damit nicht nur Freunde machte. Auch als ein überengagierter Gegenkandidat aufgetaucht war, der über beste Beziehungen in die Politik verfügte. Er hatte die gerechtigkeitsliebende Bürgermeisterin mit allen Mitteln bekämpft und dabei auch zu unkonventionellen Waffen gegriffen. Als denkwürdig galt der Tag, als er Ketten an ihrer Wohnungstür hatte anbringen lassen, um sie vom Rathaus fernzuhalten. Alle Zeitungen im Var hatten darüber berichtet. Im Anschluss hatten sich

Yvonne und der Kandidat, an dessen Namen Conny sich nicht erinnerte, eine wahre Schlammschlacht vor Gericht geliefert.

Trotzdem oder gerade deshalb musste Yvonne die letzte Wahl gegen ihn verloren haben, sonst wäre sie jetzt nicht hier. An ihrem altgedienten Platz bei der Police municipale. Die Niederlage musste Yvonne, die das Herz am rechten Fleck hatte, hart getroffen haben. Denn anders als in Deutschland war diese Einheit der Polizei in Frankreich dem Bürgermeister unterstellt. Was für eine Schmach! Ausgerechnet ihrem einstigen Widersacher berichten zu müssen. Immerhin als Madame le Chef de la Police, als Polizeihauptmeisterin, aber dennoch.

Conny seufzte, als ihr Blick auf den Fahrersitz fiel.

Hinter dem Lenkrad saß ein Endvierziger mit Halbglatze, dunklem Bart, langen Koteletten, Anzug, Krawatte und verschlossener Miene. Den Gesichtszügen nach hatte er algerische Wurzeln. Mit unter den dichten Brauen hervorquellenden Augen beugte er sich so nah an die Windschutzscheibe, wie es sein rundlicher Bauch zuließ. Das also war Commissaire Dubois aus Marseille. Es schien ihm nicht zügig genug voranzugehen, denn er schaltete zusätzlich zum Blaulicht die Sirene ein.

Hinter ihm starrte Simonette mit durchgedrücktem Rücken geradeaus. Ganz die alte Kämpferin, die Conny kannte. Instinktiv spannte auch sie die Muskeln an, um sich gegen den Anblick zu wappnen. Es schmerzte zu sehr, die stolze alte Dame in dieser misslichen Situation zu sehen.

»Simonette!« Conny trat näher und klopfte an die Scheibe.

Der Kopf des Commissaire ruckte in ihre Richtung, und der Wagen beschleunigte, jedoch nur wenige Meter.

Langsam und würdevoll wandte sich Simonette um und lächelte Conny an. Es war ein Lächeln, das ein Geheimnis barg und sie keinesfalls beruhigte.

5

Simonette fixierte durch die Windschutzscheibe die Straßenmitte. Conny! Wieso war sie hier?

Das durfte nicht sein. Um nichts in der Welt wollte sie Conny, *sa petite chérie*, in diese Unannehmlichkeiten hineinziehen.

Hatte sie denn ihre Nachricht nicht erhalten? *Mon Dieu!* Connys Anblick versetzte Simonette einen Stich.

Aus den Augenwinkeln nahm sie wahr, wie Yvonne auf dem Beifahrersitz hin- und herrutschte. Weder sie noch Conny konnten ihr jetzt helfen. Sie war auf sich allein gestellt. Nicht dass das ungewöhnlich gewesen wäre. Eigentlich war es schon immer so gewesen. Schon in ihrer Kindheit hatte sich ihre Maman Claudette mehr um die Bar und das Hotel gekümmert als um sie, und Simonette hatte ihre Probleme alleine gelöst.

Aber diesmal war es ernster. Diesmal ging es um den

Rest ihres Lebens. Um ihre und andere Existenzen. Und nicht zuletzt um das Andenken ihrer Mutter.

Weder wollte sie ihre letzten Lebensjahre hinter Gittern verbringen – das Gefängnis in Marseille gehörte angeblich zu den gefürchtetsten in Frankreich – noch mitansehen, wie *La Maison des Pêcheurs* und alles, was damit zusammenhing, in fremde Hände fiel und ihr Lebenswerk womöglich zerstört wurde. Sie durfte sich durch Connys Anwesenheit einfach nicht aus dem Konzept bringen lassen.

Moreau war tot. Und das war gut so.

Simonette verschränkte die Hände im Schoß. Zum ersten Mal seit Monaten empfand sie eine tiefe Ruhe und Zufriedenheit. Das Gefühl war stärker als die Angst vor dem, was sie erwartete. Der Stein war ins Rollen gebracht worden. Jetzt hieß es, Geduld zu bewahren.

Das Autotelefon zerschnitt die drückende Stille. Es brummte tief in gleichmäßigem Rhythmus los, als sie in die Straße Richtung Ramatuelle einbogen. Unweit des Restaurants *Dans les Vignes*, wo inmitten von Weinreben allabendlich ein einziges, aber stets köstliches Menü serviert wurde. Voller Wehmut erinnerte Simonette sich an die unzähligen lauen Sommerabende, die sie mit Jacques dort verbracht hatte.

Commissaire Dubois, der die Geschwindigkeitsbegrenzung gehörig überschritt, drückte endlich auf einen Knopf neben dem Lenkrad und nahm den Anruf an. »*Oui?*«

»*Eh bien, c'est moi, mon commissaire.* Etienne. Es hat funktioniert. Er ist da, und alles ist vorbereitet.«

»*Très bien.*« Sichtlich zufrieden beendete der Commissaire das kurze Telefonat und beschleunigte erneut.

Simonette sah, wie Yvonne ihm einen fragenden Blick zuwarf und er die Stirn in tiefe Falten legte. Seine Miene war so verschlossen, dass sie anscheinend davon absah nachzuhaken.

Simonette presste die Lippen fest aufeinander. Man hatte sie bisher im Unklaren über den weiteren Ablauf gelassen, aber sie konnte sich denken, was geschehen würde. Natürlich würde man sie erneut verhören. Noch intensiver, mit weit professionelleren Methoden als bisher. Dem Anruf entsprechend, wartete jemand Wichtiges in Marseille auf sie. Ein Spezialist? Vielleicht von Paris lanciert? Schließlich war Moreau nicht irgendwer gewesen. Er war eine Berühmtheit gewesen, ein nationales Aushängeschild. Bestens vernetzt mit Politikerkreisen. Hatte sich bei der Einweihung des Pariser Museums nicht der Innenminister persönlich Schulter an Schulter mit ihm gezeigt?

Tant pis. Egal. Wen immer sie geschickt hatten, er würde bei ihr auf Granit beißen. Sie würde weiter eisern schweigen.

Simonette versank tief in Gedanken. Warum nur waren die Geister der Vergangenheit zurückgekehrt? Warum nur war Moreau vor circa einem Jahr plötzlich in Saint-Tropez auf der Bildfläche erschienen? Warum hatte er ausgerechnet dieses Fleckchen Erde in ihrer unmittelbaren Nähe für sein neues Fünfsternewellnessresort ausgewählt? Damit hatte das Unglück angefangen.

Aber Fahrt aufgenommen hatten die Dinge erst, als wie

aus dem Nichts Béla und Yannik, diese beiden schicksalhaften »Freunde« aus der Vergangenheit, wiederaufgetaucht waren. Obwohl sie die letzten Jahrzehnte komplett von der Bildfläche verschwunden gewesen waren.

Sie konnte sich noch gut an den Schreck erinnern, der ihr bei Madeleines spitzem Schrei in die Glieder gefahren war. Madeleine, ihre etwas jüngere Cousine, mit der sie auch eine lebenslange Freundschaft verband, hatte die beiden zuerst entdeckt.

An dem Morgen vor rund einem Monat waren sie gemeinsam über den Fischmarkt geschlendert. Seit Langem fanden sie endlich wieder einmal die Zeit, sich auf ein Gläschen Rosé, frische Garnelen und Weißbrot bei *Chez Maurice* zu treffen, obwohl es erst Vormittag war.

Beide liebten sie die Stimmung auf dem Markt. Wenn die Händler ihre Waren präsentierten, wenn sie sich gegenseitig die neuesten Gerüchte zuriefen und mit Stammkunden und Freunden das eine oder andere Schwätzchen hielten. Ein Moment der Ruhe vor dem nächsten Ansturm. Und natürlich die Frotzeleien mit Maurice, der um diese Zeit seine Gäste persönlich bediente, den Verkauf des fangfrischen Fischs beaufsichtigte und für jeden einen Scherz übrig hatte.

Simonette hatte ihrer Cousine gerade von Moreaus neuestem Schlag gegen sie berichtet. Er hatte doch tatsächlich die Frechheit besessen, auf dem Balkon des Nebenhauses, das er bereits erworben hatte, eine Luftwärmepumpe zu installieren. Das Gerät sog dauerbrummend die Luft an, um sie in Wärmeenergie umzuwandeln. Doch damit nicht genug. Er hatte die Pumpe zu allem Überfluss so eingestellt, dass sie abwechselnd abschaltete und wieder ansprang, was besonders unangenehm war. Wegen der Lärmbelästigung waren bereits zahlreiche Gäste abgereist. Simonette hatte die Geräusche gerade so anschaulich wie möglich geschildert, da schrie Madeleine plötzlich auf und schlug sich die Hand vor den Mund.

Simonettes Blick folgte dem ihrer Cousine. Was sie sah, ließ sie fast von ihrem Hocker kippen, ohne dass es am zweiten Gläschen Rosé gelegen hätte.

Vor vier Jahrzehnten waren die beiden Männer von einem Tag auf den anderen verschollen. Jetzt waren sie wieder da. Unverkennbar, auch wenn sie wie Madeleine und sie gealtert waren. Simonette hätte sie in jeder Lebenslage auf Anhieb wiedererkannt. Kurz schien es, als würde ihr Herz aufhören zu schlagen, aber sie musste sich jetzt unbeeindruckt zeigen. Sie zwang sich, tief durchzuatmen, und sah schnell zu Madeleine. Die Freundin und Cousine war leichenblass.

Die beiden Männer stiegen aus einem Land Rover, in dem eine dunkelhaarige Frau saß, deren Anblick die dunklen Wolken am Himmel in Hurrikanvorboten zu verwandeln schien.

Charlotte Moreau.

Die Ehefrau des Mannes, der ihr das Leben seit Wochen zur Hölle machte. Nicht nur mit der Installation der Luftwärmepumpe, die ihre Gäste vertrieb. Auch mit seinen Plänen, sein Fünfsternewellnessresort ihr direkt vor die Nase zu setzen. Mitten in die Aussicht auf die Bucht, die sie zeitlebens jeden Tag aufs Neue erfreute. Und der für die Umsetzung seiner Pläne bereits dabei war, ein Gebäude nach dem anderen um sie herum aufzukaufen.

Simonettes Glieder wurden langsam taub, sie war unfähig, sich zu bewegen. Madeleine hingegen sprang vom Hocker, der geräuschvoll umkippte.

»*Ce n'est pas vrai*«, flüsterte ihre Cousine mit vor Schreck geweiteten Augen.

Doch es war real. Und genauso erschreckend wie die Anwesenheit der Geister aus der Vergangenheit war deren Verbindung zu Charlotte und damit zu ihrem Mann Henri Moreau. Warum saß sie in dem Land Rover, aus dem die beiden ausgestiegen waren?

Simonette beobachtete, wie Béla mit einer souveränen Armbewegung die Fahrertür zuschlug und Charlotte etwas zurief, das sie akustisch nicht verstand. Trotz des Schrecks, der sie lähmte, durchzuckte sie der Gedanke, dass er noch immer attraktiv war.

Ein durchtrainierter Riese. Der gewellte Haarschopf, sein Markenzeichen, voll wie eh und je. Wenn auch inzwischen schneeweiß. Doch immer noch mit diesem Charisma, dem kaum eine Frau widerstehen und dem das Alter nichts anhaben konnte. Ebenso wenig wie der zur Schau gestellten Selbstverständlichkeit, dass es nur natürlich war, dass ihm die Welt zu Füßen lag.

Sein Begleiter Yannik dagegen wirkte noch fahriger als damals. Er war mittelgroß und so dürr, dass die abgetragenen Kleider an ihm mehrere Nummern zu groß aussahen. Seine schnellen, unkontrollierten Bewegungen mussten dem jahrzehntelangen Drogenkonsum geschuldet sein. Sein ungepflegter Bartwuchs und die dünnen mausgrauen Haare verliehen ihm nicht die Würde des Alters, sondern verdeutlichten vielmehr, dass er das metaphorische Loch, in das er schon damals gekrochen war, bis heute nicht verlassen hatte.

Wenn sie daran zurückdachte, wie gut sie Yannik, der so viel Leid über sie gebracht hatte, kannte, trieb es ihr die Schamröte ins Gesicht.

»Lass uns gehen, bevor sie uns entdecken.« Madeleine zog an ihrem Blusenärmel.

»Warum?«, fragte Simonette. Schlagartig erkannte sie, dass Flucht sinnlos war. Sie richtete sich auf, streckte sich.

Wut und Kampfgeist meldeten sich so jäh zurück, wie der Schreck sie zuvor gelähmt hatte. Rückzug wäre die schlechteste Strategie und würde nur in eine Sackgasse führen. War nicht das Auftauchen der beiden ein Zeichen dafür, endgültig mit der Vergangenheit abzuschließen? Schließlich barg jede Herausforderung auch eine Chance. Und eigentlich hatte Simonette den Moment der Wahrheit schon viel zu lange herbeigesehnt.

Sie war es Madeleine schuldig, hatte sie auf dem Fischmarkt gedacht. Und nicht nur ihr. Mit großem Schmerz erinnerte sie sich an Dominique. Madeleines jüngere Schwester, die unter so traurigen Umständen in jungen Jahren verstorben war und deren Andenken mit so vielen zwiespältigen und quälenden Gefühlen verbunden war, dass sie sie – ebenso wie Madeleine – aus ihrem Leben verbannt hatte. Auf dem Rücksitz des Polizeiwagens schluckte sie die Tränen hinunter, die beim Gedanken an Dominique jäh in ihr aufstiegen.

Blicke dem Tiger ins Auge, dann greift er nicht an, waren ihr auf dem Fischmarkt die Worte ihrer mutigen Mutter Claudette wieder eingefallen.

»Wenn wir jetzt klein beigeben, haben sie uns in der Hand, Madeleine«, hatte sie zu ihrer Cousine gesagt. »Lass uns kämpfen!«

Nein, sie würde nicht fliehen. Und die beiden würden genauso wenig von selbst verschwinden wie Moreau. Es war nur eine Frage der Zeit, bis sie ihren Trumpf ausspielen und mindestens fünf Leben zerstören würden. Sie waren im Besitz der Munition, die Moreau bislang gefehlt hatte. Sie konnten ihm Informationen aus der Vergangenheit liefern, die weder Simonette noch Madeleine an die Öffentlichkeit zerren wollten. Moreau würde ihren wunden Punkt, der sie erpressbar machte, sofort erkennen. Und wenn Béla und Yannik sich dessen erst bewusst waren, dann würden sie die Wahrheit so zurechtbiegen, dass sie den größtmöglichen Nutzen daraus zogen. Rücksichtslos und ohne Kompromisse. Genau wie Moreau.

Sie musste den Spieß umdrehen. Aber dafür müsste sie sich konfrontieren, und die Konfrontation würde für ihre Cousine schmerzhafter sein als für sie.

»Madeleine, wir schaffen das«, sagte sie.

Madeleine starrte sie nur an. »Du bist doch verrückt! Denk nur an Pasquale!«

»Ich denke sehr wohl an deinen Sohn. Natürlich denke ich an ihn. Auch in seiner Funktion als Polizist. Er ist so stolz auf seine Beförderung. Aber ich denke genauso an deine Tochter. Für Anaïs wird es auch nicht leicht, ebenso wie für dich und Émile, schließlich ist er dein Ehemann. Und natürlich denke ich auch an mich. Es wird für uns alle schwer. Aber es ist wichtig. Du weißt das. Wir müssen das durchstehen. Einen anderen Weg sehe ich nicht.«

»Simonette! Ich würde es dir nie verzeihen...« Ohne den Satz zu beenden, raffte Madeleine ihre Einkäufe zusammen und eilte davon.

Simonette blieb sitzen.

Und dann hatten die drei sie entdeckt.

Das war der Anfang vom Ende gewesen. Damit hatte das Schicksal seinen Lauf genommen. So unweigerlich wie das eines Fischs, den François in der Restaurantküche auf den Teller legt, während der Gast bereits darauf wartet, ihn zu verspeisen.

Jetzt, als Dubois auf der Autoroute du Sud in Richtung Marseille raste und seine Krawatte lockerte, fragte sie sich, ob ihr Schweigen das vorgespurte Geschehen tatsächlich ändern würde.

Was hatte sie Anfang des Jahres – als es für sie noch keinerlei Relevanz hatte – noch gleich im *Nice Matin* über die Untersuchungshaft in französischen Gefängnissen gelesen? Bei der Lektüre war ihr ein Schauer des Unbehagens über den Rücken gelaufen, und sie hatte sich unweigerlich gefragt, was man tun könne, um die Situation für die Untersuchungshäftlinge zu verbessern.

Es sei die Hölle hinter Gittern, hatte der Journalist seine Eindrücke aus dem Marseiller Gefängnis geschildert, das die Liste der Anstalten mit den miserabelsten Verhältnissen anführte. Drei bis vier Gefangene auf neun Quadratmetern. Putz, der von den Wänden bröckelte. Fenster mit verrosteten Eisenstäben, die weder Licht noch Luft hereinließen. Im Sommer kletterten die Temperaturen auf über vierzig Grad, im Winter herrschte beißende Kälte. Jede Dritte schlief auf dem Boden, weil der Platz für Betten fehlte. Es gab kein Essen, sondern Fraß.

Simonette drückte den Rücken gegen die Lehne des Wagens und stellte sich auf harte Zeiten ein.

6

Simonette hatte ihr nicht einmal zugewinkt. Sie hatte völlig entrückt gewirkt. Noch immer fassungslos starrte Conny dem Wagen hinterher, als ein lautstarker Streit vor der Polizeistation ihr Interesse weckte. Sie drehte sich um.

Jacques Viscard, Simonettes Lebensgefährte, der überdurchschnittlich groß und dabei athletisch und schlank gewachsen war, packte gerade den hünenhaften, stämmigen Pasquale, Anaïs' älteren Bruder, an der Jacke seiner Uniform und schüttelte ihn unsanft. Neben Pasquale wirkte selbst Jacques geradezu zwergenhaft und der Angriff aussichtslos.

Conny konnte sich denken, warum. Wahrscheinlich wollte Jacques nicht verstehen, wieso Pasquale zuließ, dass man Simonette nach Marseille brachte. Obwohl Jacques klar sein musste, dass Pasquale in seiner Position als Brigadier kaum einen Einfluss darauf hatte, brauchte er wohl ein Ventil.

»Wie konntest du nur! *Putain!*« Jacques zog immer noch heftig an Pasquales Uniformjacke, stellte sich auf die Zehen, um sich größer zu machen, und fletschte die Zähne. Doch nichts davon rief bei dem Riesen eine Reaktion hervor. Schließlich stieß er ihn mit aller Kraft von sich.

Pasquale wippte nur leicht vor und zurück, bevor er sich wieder fest und breitbeinig wie ein Standbild hinstellte und die Krawatte mit den gelben Brigadierstreifen zurechtrückte. Ganz Hüter des Gesetzes.

»Sie wird verhungern, *crétin*!« Jacques hob drohend die Hand.

Conny schmunzelte trotz des flauen Gefühls in ihrem Magen. Typisch, dass Jacques selbst jetzt ans Essen dachte. Als ob Simonette im Moment nicht andere Probleme hätte. So aufgebracht, dass er jemanden als Vollidioten bezeichnete, hatte sie ihn noch nie erlebt. Aber seine Sorge war berechtigt. Simonette war ein Gourmet. Sie aß nur, was ihr schmeckte, und das Essen in der Untersuchungshaft würde mit der Sterneküche in ihrem Restaurant sicherlich nicht zu vergleichen sein. Lange durchstehen würde sie das nicht.

»Jacques Viscard. *C'est quoi ces conneries?*« Pasquale rückte seine Gürtelschnalle zurecht und nahm eine Haltung an, die deutlich machte, dass er keinerlei weitere Dummheiten von Jacques dulden würde. »Ich könnte dich wegen Beamtenbeleidigung festnehmen, vergiss das nicht!«

»Dann puste ich, wenn ich wieder frei bin, beim nächsten Start mit meinem Hubschrauber die gesamte Polizeistation über den Haufen.« Jacques unterstrich jedes seiner Worte mit weit ausholenden Gesten. Es wirkte lächerlich, die Umstehenden tuschelten amüsiert hinter vorgehaltener Hand. Obwohl ihm bewusst sein musste, dass er übertrieb, fuhr er fort: »Wirst sehen, die löst sich dann einfach in Luft auf.«

Weil Conny sah, dass einige der Anwesenden ihr Handy zückten, griff sie ein. Sie wollte die beiden davon abhalten, sich zur Belustigung der Zuschauer zu zerfleischen. Energisch packte sie Jacques am Ärmel, zog ihn mit sich weg und drehte sich zu ihm. »*Bonjour*, Jacques. Das führt doch zu nichts. Beruhige dich. Damit hilfst du Simonette nicht. Was kann Pasquale dafür!?«

»Conny! *Mon Dieu!*« Jacques ließ von Pasquale ab, starrte sie an wie eine Erscheinung und raufte sich schließlich mit beiden Händen die Haare.

Nachdem er realisiert hatte, dass sie es wirklich war, umarmte er sie, drückte ihr drei Begrüßungsküsschen auf die Wangen und sagte: »Bin ich froh, dass du hier bist. Es ist alles so schrecklich! Ich verstehe das einfach nicht. Als ich heute früh aufgestanden bin, war die Welt noch in Ordnung. Aber dann rief Anaïs an und bat mich, sofort zu kommen, weil Simonette in Schwierigkeiten sei. Als ich eintraf, hatte man sie bereits auf die Polizeistation gebracht und Marseille verständigt.«

Conny berührte ihn besänftigend an der Schulter. »Ich bin auch ganz fassungslos. Ich hatte keine Ahnung…

Simonette hat mir gestern Nacht noch eine SMS geschrieben, um meinen Besuch zu canceln, aber ich habe die Nachricht nicht gesehen.«

Insgeheim war sie froh darüber, denn sonst wäre sie jetzt unter Umständen nicht hier und könnte der alten Freundin nicht zur Seite stehen.

»Lass uns was trinken gehen, ich bin am Verdursten«, sagte Jacques mit hängenden Schultern und einem tiefen Seufzer. Und mit einem letzten Blick auf die Umstehenden fügte er hinzu: »*Tous des dinges!*«

Conny nickte, für sie war die Situation ebenfalls eine Idiotie sondergleichen. Und am Verdursten war sie auch. Wenn es nach ihr gegangen wäre, hätte sie jetzt etwas Starkes bevorzugt. Eigentlich jede Art von Alkohol, nur nicht ihren geliebten Pastis. Den gönnte sie sich nur, wenn es etwas zu feiern gab, als Genuss oder als Belohnung. Keinesfalls in einem Moment wie diesem.

Jacques trank seit einiger Zeit keinen Alkohol mehr. Niemals. *Jamais.* Simonette hatte Conny die Gründe anvertraut, da Jacques nicht darüber sprach. Jahrelang hatte Alkohol einen hohen Stellenwert in seinem Alltag gehabt, bis er im letzten Jahr nach dem Besuch einer Weihnachtsfeier schwer angetrunken Zeuge eines Unfalls wurde, bei dem eine junge Frau ums Leben kam. Jacques war überzeugt, dass er erfolgreich Erste Hilfe hätte leisten können, wenn er nur nüchtern gewesen wäre. Das Erlebnis hatte ihn zum Abstinenzler werden lassen.

Vom Neuen Hafen bogen sie in eine schmale Seitengasse in Richtung Place des Lices ab und ließen sich in einem Bistro mit blauer Markise und helllila Fensterläden nieder, die einen fröhlichen Kontrast zu der pastellorangenen Fassade boten. Conny war das Bistro zuvor nie aufgefallen. Es musste neu oder frisch renoviert sein.

Der Kellner, der wohl das Bedürfnis nach Privatsphäre in ihren Mienen las, wies ihnen etwas abseits ein rundes Tischchen mit hellen Korbstühlen zu. Jacques ließ sich als Erster erschöpft nieder und streckte die langen dünnen Beine in den weißen Jeans weit von sich. Seine nackten Füße steckten in hellbraunen Ledermokassins.

Conny bestellte einen *menthe à l'eau* und trotz Jacques' Abstinenz einen Noilly Prat, den sie, kaum war er da, schnell hinunterstürzte. Sie brauchte jetzt etwas, um die Neuigkeiten zu verdauen, und der Wermut mit der bitteren Kräuternote wärmte wohlig ihren Magen.

»Erzähl«, sagte sie dann.

»*Merde!*« Jacques knallte eine zerdrückte Packung Gauloises, die er aus seiner Gesäßtasche gezogen hatte, auf den Tisch, zündete sich aber keine Zigarette an. Er hatte lediglich ein Wasser mit Eiswürfeln und einer Zitronenscheibe bestellt. Auf seiner Stirn bildete sich eine Berg-und-Tal-Landschaft aus asymmetrischen Falten. Das melancholische Zusammenspiel von Augen und Mund drückte nach der eben noch sichtbaren Wut eine verzweifelte Traurigkeit aus, der eine bittere Wehmut folgte, noch bevor er an seinem Wasser nippte. Jacques sah so mitgenommen aus wie ein Basset, der sein Frauchen verloren hat.

»Simonette wurde heute Vormittag gegen elf Uhr festgenommen, kurz bevor ich gelandet bin. Bis eben wurde sie hier verhört. Weil man mich nicht zu ihr gelassen hat, habe ich vor der Polizeistation gewartet und gehofft, dass man sie freilässt, aber umsonst. Es kamen immer mehr Leute, auch Journalisten. Du hast sie ja gesehen. Pasquale hat sie mit den nötigen Informationen versorgt, da habe ich mitgehört. Man wirft ihr vor, Henri Moreau ermordet zu haben.« Er starrte auf die helle Steintischplatte und schüttelte ungläubig den Kopf. »Im Laufe der Befragung muss sich der Verdacht erhärtet haben, vielleicht sind sogar Beweise aufgetaucht, und jetzt hat man sie nach Marseille überführt.«

Er trank einen weiteren Schluck, dann sprudelte es aus ihm heraus. »Kein Wunder. Sie schweigt. Sagt keinen einzigen Ton zu ihrer Entlastung.«

Conny entging nicht, dass er das Wort Mord vermied. »Was sagt ihre Anwältin? Ist sie gut?«

»Claire Gary? Die beste weit und breit. Sie hat alles versucht, um zu vermeiden, dass Simonette nach Marseille muss, aber der war das egal. Sie hat genau drei Worte zu Claire gesagt: ›*On verra bien.*‹«

»Und was werden wir sehen?« Unter anderen Umständen hätte Conny jetzt gern etwas gegessen. »Das muss doch alles ein schlechter Scherz sein. Worauf gründet sich der Verdacht? Gibt es denn wirklich Beweise?«

»*C'est ça! Oui, c'est horrible.*« Jacques rieb sich das Kinn. »Warum bin ich dieses Jahr nur nicht zum Italienischen Fest aus Paris gekommen!«

»Mach dir keine Vorwürfe«, sagte Conny. »Fand das Fest in der Mordnacht statt?«

Sie kannte das Straßenfest. Die Altstadt war dann mit Fahnen geschmückt, ganz Saint-Tropez und viele Besucher aus der Umgebung waren auf den Beinen. Sie war selbst mehrere Male dabei gewesen. Es wurde viel getrunken, gelacht und in den Gassen zu Livemusik getanzt, die aus den Lokalen drang. Auf dem Markt am Place des Lices drehte sich ein Karussell für Kinder, es gab Zuckerwatte und Luftballons, Kunsthandwerk aus der Region sowie französische und italienische Spezialitäten. Viele Jachtbesitzer planten das Event bei ihrer Cruise explizit ein. Wenn man jedoch eher wie Jacques den stillen Genuss liebte, musste man nicht jedes Jahr dabei sein.

Jacques nickte traurig. »Ja, Moreau wurde in dieser Nacht getötet. Wäre ich da gewesen, dann hätten Simonette und ich gemeinsam das Fest besucht, und sie hätte ein Alibi. Warum war ich genau in dem Moment ihres Lebens nicht bei ihr?«

Es war unübersehbar, dass er sich das nicht verzeihen konnte.

»Wann genau war das Fest?«, fragte Conny.

»Am ersten Freitag im Juni.« Jacques zog die Augenbrauen in der Mitte hoch, was den Ausdruck des Bedauerns noch verstärkte.

Damit zogen sich die Untersuchungen also bereits über mehr als zwei Wochen hin. In der Zeit hatte man sicher einiges an Beweisen zusammentragen können, was nicht auf eine voreilige Entscheidung hindeutete, was die Festnahme von Simonette betraf.

»Hat Simonette dich denn nicht vorgewarnt? Sie stand

doch sicher schon länger unter Verdacht.« Conny schenkte Leitungswasser aus der Karaffe nach, die der Kellner inzwischen auf den Tisch gestellt hatte, bevor der Pfefferminzsirup im Glas sich seinem Ende zuneigte.

Jacques zuckte mit den Schultern und ließ sich tiefer in den Korbstuhl sinken. »Weder sie noch Anaïs haben auch nur ein Sterbenswörtchen verraten. Ich habe natürlich in Paris in *Le Monde* von dem Mord gelesen, kurz nachdem er geschehen war, und Simonette darauf angesprochen. Ich wusste ja von ihren Schwierigkeiten mit Moreau. Sie war bestürzt, hat aber das Thema gewechselt und gemeint, darüber müssten wir reden, wenn ich das nächste Mal vor Ort bin.«

»Was bringt man denn gegen sie vor?«, fragte Conny verstört. Je mehr sie darüber hörte, desto irritierter war sie.

Jacques fischte die Zitronenscheibe aus seinem jetzt leeren Glas und biss hinein. Er verzog den Mund ob der Säure. »Man hat wohl unter anderem Simonettes Schal an der Mauer zu Moreaus Grundstück gefunden.«

»Na und?«, fuhr Conny hoch. »Den kann sie doch irgendwann bei einem Besuch dort verloren haben.«

Jacques pflückte ein Segment nach dem anderen mit den Schneidezähnen aus der Zitronenscheibe heraus und ließ es zwischen den Lippen verschwinden. »Nun ja, das Verhältnis der beiden war nicht gerade so, dass man sich besucht. Wie auch immer. Wenn sie sich wenigstens äußern würde! Aber nein, sie schweigt eisern.«

»Der Mörder könnte den Schal absichtlich in der Nähe des Tatorts deponiert haben, um ihr den Mord in die

Schuhe zu schieben«, überlegte Conny laut. »Aber wer könnte Simonette so hassen, um so etwas zu tun?«

Jacques zuckte müde mit den Schultern und ließ seine langen Arme seitlich an seinem Körper hinabbaumeln, als wäre jegliche Kraft aus ihnen gewichen. »Das ist noch nicht alles: Simonette wurde zur Tatzeit in Moreaus Garten beobachtet.«

»Wie das? Was könnte sie dort gewollt haben?«

»*Je ne sais pas.*« Jacques schüttelte den Kopf.

»Aber das ist doch überhaupt nicht ihr Stil!« Conny weigerte sich, sich vorzustellen, dass Simonette unerlaubt ein fremdes Grundstück betrat. »Waren denn irgendwelche Spuren am Schal? Blut? Ich habe in einem Onlineartikel gelesen, dass Moreau erstochen wurde.«

Jacques blickte sie traurig an und beugte sich ihr entgegen. »Ich weiß einfach nicht, was ich denken soll. Die Beamten haben auch das Laguiole-Messer, das Simonette von ihrer Mutter Claudette geerbt hat, aus ihrer Küche mitgenommen. Laut Pasquale gehen sie davon aus, dass es sich dabei um die Mordwaffe handelt.«

»Das Messer mit der geschmiedeten Biene zwischen Klinge und Griff?« Conny hatte die Biene mit den lila funkelnden Augen aus Amethyst als Kind bewundert. Sie erinnerte sich, dass die Messerklinge extrem lang und scharf gewesen war.

Er nickte.

Conny musterte Jacques nachdenklich. Sein Alter war ihm heute im Gegensatz zu sonst anzusehen, dabei war er jünger als Simonette, Mitte fünfzig. Eigentlich ein Mann in den besten Jahren. Aber in diesem Moment kam er Conny vor wie ein Greis.

»Aber wie soll denn die zierliche Simonette diesen Koloss erstochen haben?« Conny winkte dem Kellner und bestellte einen zweiten Noilly Prat, den Jacques – wie sie wusste – unkommentiert lassen würde. Es fiel ihr schwer, die Realität zu akzeptieren.

»Das Messer wurde schon zur Untersuchung ins kriminaltechnische Institut nach Marseille geschickt.« Jacques lehnte sich in seinem Korbstuhl zurück.

»Typisch«, sagte Conny. Wenn es blöd lief, wanderte es von dort weiter nach Paris. Der zentralistischen Verwaltung geschuldet, wie so vieles in Frankreich. Und das würde dauern. Conny wäre bei Simonettes Entlassung, wenn es denn dazu kam, wovon sie allerdings ausging, nicht mehr hier. Sie hatte fünf Tage für die Recherche und zum Schreiben ihres Artikels genehmigt bekommen, was bereits viel war. In der Regel waren es nur drei oder maximal vier. So hatte sie das Wochenende anhängen können, um zumindest eine Woche hier zu verbringen und Montagvormittag mit Sven wieder zurückzufliegen.

»Sie werden nichts finden.« Es klang, als wollte sie sich selbst davon überzeugen.

Jacques fuhr sich mit den Händen übers Gesicht. »Sie wird verhungern.«

»Selbst wenn Simonette nicht gerade Moreaus Freundin war, das Motiv würde doch niemals ausreichen, um damit einen Mord zu begründen«, entfuhr es Conny tonlos, nachdem sie sich Simonettes Lage hatte durch den Kopf gehen lassen. Kein Noilly Prat mehr, beschloss sie. Erst recht nicht auf leeren Magen, sonst käme sie nicht mehr hoch. Irgendwie hatte sie das ungute Gefühl, dass eine Menge Arbeit hier auf sie wartete – und zwar nicht nur in Form einer zu schreibenden Reportage.

»Sie hat dir nichts erzählt?«, fragte Jacques.

»Nein, was denn?« Conny richtete sich in ihrem Stuhl gerade auf. Was kam jetzt noch?

»*La Maison des Pêcheurs* steht kurz vor dem Ruin. Das letzte Jahr war für niemanden hier leicht. Aber seit Moreaus Auftauchen hat sich Simonette mehr mit dem drohenden Fünfsternewellnessphantom beschäftigt als mit ihren Gästen.« Er sah sie fragend an. »Sie hat mit dir nicht darüber gesprochen?«

Conny senkte den Blick. Es stimmte, sie hatten kaum telefoniert im letzten Jahr. Sie war so beschäftigt gewesen, dass sie nicht einmal bemerkt hatte, dass die sonst regelmäßigen Gespräche ausgefallen waren. Sie spülte ihr Schuldbewusstsein mit dem restlichen verdünnten Minzsirup hinunter.

Jacques nickte. »Verstehe. Ich habe mich auch schon gewundert, warum sie so wenig von dir erzählt hat. Aber mach dir keine Vorwürfe. Manchmal läuft einem einfach die Zeit davon. Sie war sehr verschlossen in den letzten Monaten.« Er rieb sich das Kinn. »Ich war auch seltener hier als sonst. Es war übrigens nicht Simonette, die mir von ihren finanziellen Problemen erzählt hat, sondern Anaïs. Ich habe natürlich meine Hilfe angeboten, aber Simonette weigerte sich strikt, sie anzunehmen. Du weißt ja, wie sie ist. Ihre Maman, die alle vergöttert haben, hat die Bar und das Hotel aufgebaut. Und Simonette soll es zumachen? *Impossible!*«

Natürlich war das unmöglich. Conny konnte und wollte sich nicht vorstellen, dass es *La Maison des Pêcheurs* nicht mehr geben könnte. »Du übertreibst!«

»Ist dir der Lärm nicht aufgefallen? Immer zu den Stoßzeiten ist er vom Restaurant bis zur Rezeption zu hören. *Le matin, le midi, le soir.* Seit über einem Monat geht das so. Und das zu Beginn der Saison.« Er machte eine unwirsche Handbewegung. »Mit dem Ergebnis, dass die Gäste früher abreisen oder gleich wegbleiben. So etwas spricht sich rum. Auf den einschlägigen Reiseportalen im Internet finden sich bereits zahlreiche negative Kommentare. Und all das geht auf das Konto von Henri Moreau.«

Conny erinnerte sich nur allzu gut an das unangenehme und unüberhörbare Brummen, das plötzlich ertönt war, als sie vorhin mit Anaïs gesprochen hatte. »Ich dachte, das sind normale Bauarbeiten«, sagte sie.

Er schüttelte seufzend den Kopf. »Moreau hat Simonette zig Angebote unterbreitet. Er wollte *La Maison* kaufen. Natürlich hat sie immer abgelehnt.«

»Aber ich verstehe nicht ...« Sie wollte es einfach nicht glauben. »Wie kann er es wagen ...?«

»Komm.« Jacques griff nach der zerdrückten Gauloises-Packung und klemmte dreißig Euro unter den Aschenbecher auf dem Bistrotisch, bevor er sich erhob. »Das musst du sehen.«

7

Was Jacques ihr wohl zeigen wollte? Zielsicher holte er weit aus mit seinen langen Beinen in den weißen Jeans, die in Kombination mit dem azurblauen Polohemd so typisch für ihn waren und perfekt zum Farbenspiel der Umgebung passten. Wieder schlug er die Richtung zum Neuen Hafen ein.

Da Conny um einiges kleiner war als er, hatte sie trotz aller Sportlichkeit Schwierigkeiten, in den schmalen Gassen Schritt zu halten, wo ihnen immer wieder Menschen entgegenkamen.

Seine Haltung drückte Verschlossenheit aus. Hielt er Simonette womöglich für schuldig? Sicher, er hatte bisher nichts Derartiges angedeutet, doch Argumente zu ihrer Verteidigung hatte er auch nicht vorgebracht. Allein der Gedanke löste bei Conny Übelkeit aus. Sie musste und würde alles tun, um ihn und jeden anderen, der diese Meinung teilte, vom Gegenteil zu überzeugen. Aber wie?

Die Übelkeit wurde stärker. Trotz oder wegen der beiden Gläser Noilly Prat. Und vor Hunger und im Keim erstickter Wiedersehensfreude. Aber vor allem vor Respekt vor dem, was auf sie zukommen würde.

Sie hatte sich ihren Aufenthalt hier so anders vorgestellt. Mit Simonette auf dem Balkon ihrer Dachterrassensuite plaudern, durch die Gassen schlendern, shoppen, schwimmen und sich ihrem Artikel an dem kleinen Schreibtisch in ihrem Hotelzimmer widmen. Sie hatte sich bereits vorgestellt, ihn so zu verrücken, dass ihr Blick auf die Bucht fiel, wann immer sie vom Laptop aufsah. Aber die veränderte Situation würde sie in Zeitnot bringen. Als Erstes musste sie herausfinden, was wirklich passiert war. Vorher würde sie kein Wort schreiben können.

Sven erwartete sie in einer Woche in Cannes zum Rückflug, und schon tags darauf stand ihre nächste Reise nach Dubai an. Der Flug war von der Redaktion bereits fest gebucht, und sie war noch in der Probezeit.

Sicher, sie verstand sich gut mit Marie Sommer, der Herausgeberin von *La Voyagette*. Aber wenn sie diesen Auftrag wegen privater Angelegenheiten absagte und zudem den versprochenen Artikel über *La Maison des Pêcheurs* nicht lieferte, könnte sie gleich kündigen. Und eine Kündigung konnte sie sich nicht leisten.

Sie dachte an ihr neues, sündhaft teures Domizil in München-Bogenhausen. Es hatte ihres ganzen Dekorationstalents bedurft, aus der Zweizimmerwohnung ein gemütliches Zuhause zu machen, und die Miete und die Kaution, die sie hingeblättert hatte, hatten ein Loch in ihr Konto gerissen. Conny wollte nicht wieder umziehen müssen, weil sie sich die Wohnung nicht mehr leisten konnte. Sie sollte ihr Zufluchtsort sein. Wo sie die Tür hinter sich schließen konnte und der Rest der Welt draußen blieb. Wo sie sicher war.

Die Gedanken jagten kreuz und quer durch ihren Kopf. Immer wieder tauchte das Bild von Simonette im Polizeiauto auf, es hatte sich ihr eingebrannt.

Sie nahm sich vor, erst einmal mehr über Henri Moreau herauszufinden. Mehr über sein Verhältnis zu Simonette. Mehr über sein Umfeld. Trotz des überdurchschnittlich gut situierten Elternhauses war er ein Selfmademilliardär gewesen, das wusste sie immerhin schon durch ihre Kurzrecherche. Aber hatte er sein Geld wirklich mit seinem Hotelimperium verdient? Welche Rolle spielten der Kunsthandel und das Mäzenatentum?

Plötzlich knallte Conny gegen Jacques' Rücken. Er war abrupt stehen geblieben und sie zu sehr in Gedanken gewesen. Ein Stich fuhr ihr ins Knie, aber sie ließ sich den Schmerz nicht anmerken und sah sich um.

Sie standen am Ende einer schmalen Gasse an der nordwestlichsten Ecke des Neuen Hafens. Vor ihnen erhob sich der Tour du Portalet, der alte, behäbige Wachturm, der etwas ausgesetzt vom Hafen lag und eine freie Sicht weit über die Bucht bot. Hier war es still und kühl, es roch nach Meer und Fisch. Die Ausläufer des Mistrals drückten in die Bucht und ließen Connys Haar wehen. Das Meer musste um diese Jahreszeit noch unter zwanzig Grad haben.

Hier wirkte alles wie ausgestorben, während sich, nur wenige Meter entfernt, die Reichen und Schönen gestylt im Rampen- und Sonnenlicht aalten und sich Familien in Kleidern, Shorts, T-Shirts und Socken in Sandalen im Schatten ihres Glanzes über das Kopfsteinpflaster schoben. Mit einem völlig überteuerten Eis in der Hand, das nach wenigen Sekunden klebrig und zuckersüß an den Fingern herunterlief. Genau so eines hätte sie jetzt auch gern gehabt, dachte Conny, und prompt rumorte ihr Magen wieder.

»Das ist sie.« Jacques deutete auf eine Megajacht, die sicher über hundertzwanzig Meter maß.

Conny kniff die Augen zusammen, um besser sehen zu können. Die Jacht ankerte vor der Bucht. Von ihr aus musste man Le Terrain-Mer mit den drei Zypressen bestens im Blick haben.

»Moreaus Bötchen?«, fragte sie sicherheitshalber nach.

Jacques nickte. »Es ankert nicht im Neuen Hafen, sondern abseits vom Trubel. Die Charlotte.«

»Er hat das Boot nach seiner Frau benannt?« Conny suchte nach dem Schriftzug auf der Jacht, aber sie war zu weit entfernt, um die Buchstaben zu entziffern.

Ein zustimmendes Augenzwinkern.

»Sieht riesig aus«, stellte sie fest. »Aber auch irgendwie verlassen und abgeschottet. Die Fenster sind verspiegelt, oder?«

Ein weiteres Nicken. »Charlotte bleibt meist an Bord.«

Jacques griff in seine Gesäßtasche. Erst jetzt fiel Conny auf, dass sie etwas ausgebeult war. Er zog einen kleinen Feldstecher hervor und richtete ihn auf das Deck. »Seit sie mit ihrem Mann Simonette piesackt, beobachte ich sie, wenn ich hier bin.«

»Und dafür hast du extra einen Feldstecher dabei?«, fragte Conny überrascht.

Er nickte ernst. »Auch als ihr Mann noch lebte, hat sie die Villa nur selten betreten und meistens hier Hof gehalten. Die aktuelle offizielle Erklärung dafür, dass sie jetzt noch an Bord ist, lautet, dass sie auf die Freigabe der Leiche wartet.«

»Ich habe gelesen, dass sie ihn nach dem Fest am Samstagvormittag im Wohnraum der Villa entdeckt hat. Aus irgendeinem Grund hat sie die Jacht an diesem Vormittag also verlassen. Die Frage ist: warum? War sie eigentlich auf dem Fest?« Conny kniff die Augen noch stärker zusammen, konnte auf dem Schiff aber keine Bewegung ausmachen.

Jacques brummte: »Keine Ahnung.«

»Sicher hätte sie dann ausgeschlafen.« Conny dachte nach. »Sie muss einen wichtigen Grund gehabt haben, Moreau am Samstagvormittag aufzusuchen. Kommt dir das nicht seltsam vor?«

Sie drehte sich zu ihm um.

»Weil sie ihn nicht erreicht hat? Weil sie verabredet waren und er nicht erschienen ist?« Jacques zuckte scheinbar gleichgültig mit den Schultern, während er weiter durch den Feldstecher starrte.

»Haben die beiden Kinder?«, fragte Conny. »Jemand, der mit dem Erben nicht warten will?«

Jacques schüttelte den Kopf. »Soweit ich weiß, gibt es nur einen Neffen, der in den USA lebt. In *Le Monde* stand, dass er zur Beerdigung in Paris erwartet wird. Wie eine ganze Menge illustre Persönlichkeiten.« Immer noch starrte er durch das Fernglas, obwohl alles ruhig blieb.

»Wenn wir über Geld sprechen, bekommt das Thema Alibi eine ganz neue Dimension«, stellte Conny fest. »Sicher finden sich Menschen, die es mit der Wahrheit nicht ganz so genau nehmen, wenn ein paar Hunderttausend winken. Heißt es nicht immer, die meisten Täter kommen aus der Familie? Charlotte und der Neffe könnten doch gemeinsam jemanden damit beauftragt haben, Moreau umzulegen.«

»Der Neffe steht nicht im Fokus der Ermittlungen.« Jacques reichte ihr den Feldstecher. »Ebenso wenig wie Charlotte.«

Sie nahm ihn entgegen und fixierte die Jacht. Noch immer tat sich nichts. »Und warum nicht? Sie ist schließlich seine Frau.«

»Das ging aus der Berichterstattung in *Le Monde* ganz deutlich hervor. Kein Motiv. Dafür ein Alibi.« Jacques schaute sich um, als suchte er etwas. Schließlich ließ er sich auf die Kaimauer nieder.

Conny konnte durch den Feldstecher endlich die eleganten dunkelbraunen Buchstaben des Schiffsnamens entziffern. Auf dem C von Charlotte thronte ein goldenes Krönchen. »Und zwar?« Sie blickte zu Jacques hinunter.

»Solche Details wurden in der Presse nicht genannt.« Er rollte mit den Augen.

Sie fixierte wieder die Jacht. »Du hast außer mit Anaïs noch mit keinem hier gesprochen, oder? Auch mit Yvonne nicht?«

Er ließ die Beine baumeln, wobei er mit den Fersen seiner Mokassins an die Kaimauer stieß, wie um seinem Missmut Ausdruck zu verleihen. »Wir hatten noch keine Gelegenheit, unter vier Augen zu sprechen. Ich habe nur gehört, was Pasquale vor der Polizeistation zu den Journalisten gesagt hat.«

Conny fand es unprofessionell, dass man die Presse zwischen Tür und Angel informiert hatte, dachte dann aber, dass der Ablauf vermutlich der ungewohnten Situation geschuldet war, die alle überforderte.

»Das Erbe muss doch gigantisch sein, meinst du nicht? Der Neffe ist kein direkter Nachkomme. Vielleicht hat Moreau ihn aus seinem Testament gestrichen und dafür den Tierschutzverein eingesetzt.« Sie redete sich in Rage. »Du weißt doch, wie das läuft. Oder er hatte eine Geliebte und wollte handeln, bevor es zu spät ist.«

Jacques schüttelte den Kopf. »Seit wann denkst du in solchen Klischees, *mon chérie*? Aber nett deine Versuche ...«

»Seit ich mir vorstellen kann, dass Moreau ein Despot war?« Sie senkte den Arm mit dem Feldstecher. »Nach allem, was ich über ihn gelesen habe, liegt das ziemlich nah.« Auf keinen Fall wollte sie einfach aufgeben.

Jacques erhob sich wieder vom Kai, schüttelte seine Beine und streifte die kleinen Steinchen ab, die an den Jeans klebten.

»*C'est vrai!* Er war ein Arschloch. Aber seinen Neffen muss er den Fotos nach, die anlässlich Moreaus Tod aus den Archiven ausgegraben und abgedruckt wurden, vergöttert haben.« Er stellte sich neben sie. »Der Neffe führt die Geschäfte in den USA und ist Moreaus designierter Nachfolger, das geht aus seinen Aufsichtsratspositionen eindeutig hervor. Allerdings hält er sich kaum in Europa auf, und Moreau war seit Jahren nicht in den USA. Oft können sie sich also in der letzten Zeit nicht gesehen haben, das habe ich recherchiert.«

Conny nickte zufrieden. Jacques hatte also durchaus nicht tatenlos zugesehen, was mit Simonette geschah.

»Weitere Verwandte?«, fragte sie hoffnungsvoll und gab ihm das Fernglas zurück.

»Soweit ich das beurteilen kann, keine weiteren Freunde oder Verwandten, die eine Rolle spielen sollten«, erstickte Jacques den Hoffnungsschimmer auf ein brauchbares Motiv im Keim, schob den Feldstecher wieder in die Gesäßtasche und bat sie, ihm zu folgen.

Conny passte seine Reaktion nicht. Bei einer so reichen Familie durfte dieses Motiv nicht von vornherein ausgeschlossen werden. Sie nahm sich vor weiterzurecherchieren.

Sie kletterten über aufgeschüttete riesige Steinquader, die wie ein Damm in die Bucht ragten, bis zu dem schmalen Weg vor dem Tour du Portalet. Die Ausläufer des Mistrals wühlten das Meer zu steilen Wellenbergen auf, die knapp unter ihnen gegen die Felsen krachten und Gischt hochspritzen ließen.

Conny strich sich einen salzigen Tropfen von ihrer Wange. Bei dem Wind war das Meerwasser wärmer als die Luft.

Jacques zückte wieder seinen Feldstecher, da sie den Bug der Jacht von ihrem jetzigen Standpunkt aus noch besser im Blick hatten.

»Und Charlotte?«, kam Conny noch einmal auf die frischgebackene Witwe zu sprechen. »Angeblich führten sie eine offene Ehe. Das stelle ich mir kompliziert vor. Noch dazu mit einem Milliardär. Hatte sie keine Angst davor, abserviert zu werden? Vielleicht für eine Jüngere? Ohne das zu erhalten, was ihr zusteht?«

»Sie hat keinen Vorteil vom Tod ihres Mannes.« Jacques lächelte ironisch. »Nicht sie, sondern er hat sie gebraucht. Er hätte sie nie verlassen. Egal, wie viele Liebschaften es in ihrer Ehe gab – auf beiden Seiten. Die zwei hatten das gleiche Ziel: Geld.«

»Warum bist du dir da so sicher?« Conny blieb skeptisch.

»Ich habe sie beobachtet.« Jacques setzte den Feldstecher ab und kletterte einen Steinquader weiter nach vorne, was gefährlich aussah.

»Meinst du nicht, dass diese Charlotte eine äußerst begabte Schauspielerin ist?« Conny ging leicht in die Hocke und tat es ihm gleich, bedacht darauf, weder das Gleichgewicht zu verlieren noch auf einer feuchten Stelle auszurutschen.

»Bestimmt.« Jacques lachte kurz, aber freudlos auf. »Glaub mir, ich merke, wann jemand die Bühne betritt und wann er es ernst meint. Moreau und sie hatten ein einziges gemeinsames Ziel, und damit meinten sie es bitterernst: ihren Reichtum und ihren Einfluss zu vergrößern. Dabei haben sie sich kongenial ergänzt. Das hat sie zusammengeschweißt.«

Connys Gehirn arbeitete auf Hochtouren. Wenn Jacques recht hatte, verfügte Charlotte zusätzlich zu ihrem den Fotos nach extravaganten Aussehen über weitere Stärken.

Als in ihrer Hosentasche etwas vibrierte und brummte, griff sie hinein und zog ihr Handy heraus. Fast glitt es ihr aus der Hand, als sie den Namen des Anrufers las. Seinen persönlichen Klingelton hatte sie nach ihrem Trennungsstreit vor vier Monaten schweren Herzens gelöscht und seitdem nichts mehr von ihm gehört. Sie hatte sich fest vorgenommen, ihn aus ihrem Leben zu verbannen, weil sie überzeugt davon gewesen war, dass er genau das mit ihr beabsichtigt hatte.

Félix.

Mit schneller schlagendem Herzen wischte sie den Anruf weg. Trotzdem konnte sie nicht verhindern, dass ihr Blick an der gegenüberliegenden Küste entlang in Richtung Nizza glitt, was von hier aus natürlich nicht zu sehen war. Dabei lag die Stadt ihrer gemeinsamen Liebe gerade einmal knapp siebzig Kilometer Luftlinie entfernt. Irgendwo dort hielt Félix sich jetzt auf. Und hatte vermutlich gerade daran gedacht, dass sie hier war, weil Sven es ihm erzählt hatte. Fast war ihr, als könnte sie seine Nähe körperlich spüren.

Zum Glück wurde Conny sofort abgelenkt. An Bord tat sich etwas. Vier stämmige, asiatisch aussehende Männer trugen ein Beiboot auf die von ihnen abgewandte Seite.

»Wie viel Mann Besatzung?«, fragte sie Jacques.

»Es wechselt. Im Moment reduziert. Ohne Charlotte sollten es ungefähr zehn sein.«

»Gib endlich zu, dass du auch glaubst, dass die Witwe etwas mit dem Mord zu tun hat.« Der Hoffnungsschimmer flackerte wieder in ihr auf. »Warum sonst beobachtest du die ganze Zeit die Jacht?«

Er wiegte den Kopf hin und her. »Irgendetwas ist seltsam.«

»Dann schauen wir uns das Bötchen eben etwas genauer an«, schlug Conny spontan vor. Die Strecke wäre machbar, die Wassertemperatur erträglich, der Wellengang stark, aber nicht lebensgefährlich. Sie hielt schon Ausschau nach einem Stein, unter dem sie ihre Sachen verstecken konnten. Der Moment schien ideal. Die Crew war dabei, das Schiff zu verlassen.

»Rüberschwimmen? Jetzt? Bist du des Wahnsinns?« Jacques starrte sie entgeistert an. »*Pas du tout*, das ist doch viel zu kalt. Wenn wir erfrieren, ist Simonette kaum geholfen. Außerdem will ich dir noch etwas zeigen. Etwas, das Simonettes Lage allerdings nicht einfacher macht.«

»Du hast meine Frage gerade eben nicht beantwortet, Jacques«, wechselte sie das Thema. »Glaubst du, dass sie etwas mit dem Mord zu tun hat?«

Seufzend überreichte er ihr den Feldstecher. »Ich glaube, dass du dir selbst ein Bild machen solltest. *C'est compliqué.* Komplizierter, als du denkst.«

Sie registrierte, dass er sich immer noch um eine Antwort drückte, und spähte angestrengt durch das Fernglas. Während sie es schärfer stellte und ob der schwankenden See um ihr Gleichgewicht kämpfte, beobachtete sie, wie das Beiboot mit hoher Geschwindigkeit davonschoss. Richtung Westen.

Sie blickte ihm nach. Vier Personen an Bord. Ein Asiate in weiß-blauer Marinekleidung am Steuer. Seine Besatzungskollegen, die geholfen hatten, das Boot zu Wasser zu lassen, waren an Bord der Jacht geblieben.

Neben dem Steuermann stand ein stattlicher Riese aufrecht wie ein Baum im Sturm. Sein silberweißer Haarschopf passte sich dem Fahrtwind stromlinienförmig an. Neben ihm kauerte ein weit kleinerer Mann auf einem Sitz, so dünn, dass seine Silhouette mit dem Meer zu verschmelzen schien. Ganz hinten, am Heck, thronte eine Frau wie eine barocke Galionsfigur. Das lange braune Haar flatterte wie ein dunkler Schleier, während sie sich mit den Händen auf den Vordersitz stemmte.

Die Witwe Charlotte Moreau.

Conny stutzte. Hatte Jacques gerade nicht gemeint, sie bliebe meistens an Bord? Fragte sich, warum sie ausgerechnet jetzt die Jacht verließ. Immerhin schien sie sich in vertrauter Gesellschaft zu befinden.

8

Ihr Puls schlug schon wieder schneller, als sie mit Jacques wenig später Le Terrain-Mer erreichte. Was nicht nur daran lag, dass sie unablässig darüber nachdachte, wie es Simonette ging, sondern auch an ihrer schlechten Kondition.

Sie blieb stehen, um zu verschnaufen und den Blick zu genießen, während Jacques den Hügel hinauf zu seinem Hubschrauber lief.

Das verdrehte Knie schmerzte stärker, als Conny sich eingestehen wollte. Aber auch all die Strapazen der letzten

Monate forderten ihren Tribut. Sie war prinzipiell sehr bewegungsfreudig, mochte Schwimmen und Yoga. Aber der Jobwechsel und der Umzug hatten sich negativ auf ihre Disziplin ausgewirkt, was sich jetzt rächte. Sie war weit unter ihr normales Fitnesslevel gefallen und schwor sich, das baldmöglichst zu ändern.

Die Sonne näherte sich dem Horizont, hüllte alles in ein unvergleichlich warmes Licht. Die blaue Stunde, die eigentlich eine rote war. Der Moment, in dem sich Liebende am Strand in die Arme sanken und lange nicht mehr losließen. In dem Romantik, aber auch Melancholie und Vergänglichkeit greifbar wurden.

Selbst bei Mistral, der sie hier, etwas oberhalb der Bucht, wieder voll erwischte und ihr Kleid aufbauschte. Oder gerade dann, wenn man es dramatisch liebte. Dann wurde man von Leidenschaft übermannt, sobald sich die Wellen wild und unberechenbar an der Küste brachen.

Sie dachte an Félix.

Lag es daran, dass ihr Handy in diesem Moment wieder vibrierte? Am Mistral und der damit verbundenen Stimmung? An der Mischung aus Dramatik und Sehnsucht, die ihre Beziehung bestimmte, seit sie sich an diesem schicksalhaften Tag in Nizza wiederbegegnet waren? Rührten daher ihr beschleunigter Herzschlag und die weichen Knie?

Sie würde nie vergessen, wie Félix – damals nur wenige Jahre jünger als sie heute – das Zimmer ihrer Gastfamilie in Nizza betreten hatte.

Conny schrieb gerade in ihr Tagebuch. Obwohl schon

achtzehn Jahre alt, war sie das erste Mal alleine im Ausland, ohne ihre Eltern. Wenn sie nicht mit ihrer Mutter nach Saint-Tropez fuhr, begleiteten sie beide den Vater so häufig wie möglich auf seinen Dienstreisen, bei denen er Unternehmen seine Erfindungen vorstellte.

Conny hatte sich danach gesehnt, erwachsen zu sein. Doch wider Erwarten fühlte sie sich während des Austauschs grenzenlos einsam. Sie wurde von heftigem Heimweh gequält. Simonette war zu der Zeit ausgerechnet in Paris, sodass sie sie am Wochenende nicht besuchen konnte. Tagsüber sprach Conny kaum, auch nicht in der Schule, dafür vertraute sie ihre Gefühle, die sie schier zu zerreißen drohten, jeden Abend nach dem *dîner* ihrem Tagebuch an.

Ihre Gastmutter Manon erschien plötzlich im Türrahmen und unterbrach sie beim Schreiben. »*Conny, il y a quelqu'un, qui veut te voir!* Ein gewisser Félix Weißenstein.«

Félix war hier und wollte sie sehen? Der Sohn von Alexander Weißenstein, dem Mentor ihres Vaters? Félix, den sie vor Jahren das letzte Mal getroffen und schon immer bewundert hatte.

Wow, dachte sie, als er hinter Manon auftauchte. Aus dem pickeligen Teenager war ein richtiger Mann geworden. Und aus ihr, dem kleinen Mädchen, wurde in dem Moment eine junge Frau mit Schmetterlingen im Bauch.

Dunkle Locken. Männlich kantiges Gesicht. Das Blau seiner Augen changierte ins Grüne. Der Effekt kam von den goldenen Sprenkeln auf seiner Iris, die ihr schon als Kind bei ihm aufgefallen waren und die seinem Blick etwas Unergründliches gaben. Römische Nase. Denkerstirn. Sportlich, groß. Sie fand nichts an ihm auszusetzen. Nicht einmal den leicht hervorstehenden Adamsapfel, der ihr sonst bei Männern weniger gefiel. Allerdings stand er seltsam steif da. Und hatte einen Blick aufgesetzt, der nichts Gutes verhieß.

Dann – immer noch im Türstock stehend – presste er ansatzlos die Worte heraus, die ihr alles nahmen, was bis dahin wichtig gewesen war. Die ihr Leben von einer Sekunde auf die andere komplett veränderten. Die sie ins Nichts schleuderten. Die eine unbeschwerte und behütete Jugendliche in eine einsame Erwachsene verwandelten.

Worte, die sie von da an für immer begleiten würden. In jeder Minute, an jedem einzelnen Tag. Für den Rest ihres Lebens.

Weil ein winzig kleiner Zufall die Weichen anders als geplant gestellt hatte, weil die Würfel anders gefallen waren. Womit sie alles verlor, was ihr Leben bis dahin so glücklich, so voller Liebe und Zuversicht gemacht hatte.

Damals war Félix noch nicht der feinfühlige Psychologe, der Gefühle bewusst zu lenken wusste. Der in Extremsituationen behutsam vorging, um die Wucht einer Mitteilung zu mildern, und seine Worte auf die emotionale Verfassung seines Gegenübers abstimmte. Die Situation mit Conny hatte ihn im Grunde überfordert.

»Ich muss dir etwas sagen.« Weil er die meiste Zeit in Frankreich lebte, hatte er diesen unwiderstehlichen leichten französischen Akzent, obwohl er zweisprachig aufgewachsen war.

Pause.

Er beobachtete ihre Reaktion. Bemerkte er die Überraschung, die sein unangekündigtes Erscheinen und der Ernst seiner Stimme in ihr ausgelöst hatten?

Er ging zu ihr, ließ sich neben sie aufs Bett sinken, nahm ihre Hand. »Conny, deine Eltern sind tot. Beide.«

Pause.

»Ein Autounfall. Die Polizei ermittelt noch ...«

Ein Kurzschluss in ihrem Gehirn. Ein schwarzer Fluss, der ihre Seele flutete, riss ihren Verstand mit, ertränkte ihn in seinem öligen Strom.

Sie entzog ihm ihre Hand, sprang auf, lief aus dem Zimmer, die Treppe hinunter. Manon, die sich ins Erdgeschoss zurückgezogen hatte, stellte sich ihr in den Weg. Conny stieß sie beiseite und hatte das Haus verlassen, ehe sie jemand zurückhalten konnte. Sekunden später hörte sie Manon und Félix, die ihr etwas hinterherriefen.

In ihrer Erinnerung sah Conny sich mit nackten Füßen den Hang zum Strand hinabstürzen. Die Brandung war heftig, doch sie übertönte das Rauschen in ihren Ohren nicht. Nur die salzige Luft schmeckte beruhigend und versöhnlich. Der eiskalte Sand kitzelte ihre nackten Fußsohlen.

Am menschenleeren Strand rannte sie ins Wasser, getrieben vom Wunsch, den öligen dunklen Fluss mit Helligkeit zu füllen. Stürzte sich in die Wellen, verlor sich in den Fluten, die sie schwerelos mit ihren Eltern zu verbinden schienen.

Sie war eine gute Schwimmerin. Und sie kannte das Meer an diesem Strandabschnitt, wusste, dass der feine Sand der Bucht immer wieder von spitzen und scharfen

Felsen durchstoßen wurde. Jetzt achtete sie nicht darauf. Sie schwamm. Das war das Einzige, was sie tun konnte.

Die Wellen türmten sich übereinander. Plötzlich rauschte eine meterhohe Wasserwand auf sie zu. Sie verpasste den Moment, um darunter hindurchzutauchen oder sich mit der Welle davontragen zu lassen, und eine tonnenschwere Gewalt packte sie, überspülte sie, riss sie mit sich, zerrte sie in die Tiefe. Sand und Wasser wirbelten durcheinander, pressten sich ihr in Mund und Nase, nahmen Besitz von ihr, bis sie mit voller Wucht mit einem Felsen kollidierte. Ihr Kopf traf auf etwas Hartes, eine Kante bohrte sich in ihre Stirn, direkt über der rechten Augenbraue. Wasser mischte sich mit Blut.

Die Wellen verschlangen sie. Sie wurde eins mit dem Leben und dem Tod. Gab sich ihm hin, dem schwarzen Strom, der sie in die Unendlichkeit zog. Frei und leer glitt sie in eine tiefe Bewusstlosigkeit.

Erst kämpfte sie gegen die Arme an, die an ihr zerrten, als sie zu sich kam, aber irgendwann ließ ihre Kraft nach.

Félix. Er war ihr nachgelaufen. Nachgeschwommen. Zog sie an Land und wieder ins Leben.

Sie zitterten beide. Ihr Kleid bestand nur noch aus Fetzen. Er riss ein Stück Stoff ab, band es um ihren Kopf, um das Blut zu stillen, das aus der Stirnwunde rann. Dann holte er seine Kleider, die er bis auf die Unterhose – vorausschauend, wie er war – an den Strand geworfen hatte, bevor er ins Wasser gesprungen war, und legte sein Hemd und seine Arme um sie, um sie zu wärmen.

Sie spürte seinen lebendigen Körper. Roch das Salz auf

seiner feuchten Haut. Und schrie. Wie von Sinnen. Wie ein Tier, das nicht wusste, wie ihm geschah.

Er hielt sie fest, ihren Kopf an seine Brust gedrückt. Wiegte sie wie ein Kind, bis sie still wurde.

Und urplötzlich verwandelte sich ihr Gefühl des grenzenlosen Verlusts. Als ob Félix' Lebenskraft in ihre Adern schoss. Irgendwann spülte eine wohlige Wärme die Taubheit in ihren Gliedern weg und breitete sich in ihren Bauch aus. Sie wollte immer so sitzen bleiben, immer von ihm gehalten werden, seine Kraft spüren. Wollte, dass seine Arme sie von nun an in jeder Minute umschlossen wie jetzt. Sie blickte zu ihm auf.

Er war ihr vertraut, ein Stück ihrer Biografie. Er kannte ihre Eltern. Ihre Geschichte. Er wusste, wie schwer der Verlust für sie war.

Alles war jetzt. Alles war hier.

Die Erkenntnis überwältigte sie. Zusammen mit der Gewissheit, dass es nur ein Dasein gab. Und auf einmal war er da: der Wunsch zu überleben.

Sie schauderte und öffnete die Lippen.

Was dann geschah, war von so großer Heftigkeit wie die Welle, die sie eben fast in den Tod gezogen hatte. Sie liebten sich mit der verzweifelten Leidenschaft, die kein Morgen kennt. Klammerten sich an das, was man Wirklichkeit nennt. Für Conny war es das erste Mal, Félix war erfahren gewesen.

Seitdem war er ein Teil von ihr.

Der Teil, den sie loslassen musste, erinnerte sie sich, als sie mit ihren Gedanken ins Jetzt zurückkehrte.

Sie war kein Teenager mehr, sondern eine erwachsene Frau. Sie hatte eine klare Vorstellung von ihrem Leben. Félix hatte sich scheiden lassen. Sie hatte gedacht, dass sie nun zusammensein könnten, dass das Versteckspiel ein Ende haben würde, dass er sich zu ihr und ihrer Liebe bekennen, dass sie einen Platz für ihre gemeinsame Zukunft finden würden. Doch es war anders gekommen.

Er war abweisend geworden, war, als sie ihn zur Rede stellte, geschickt ausgewichen und hatte sie zu vertrösten gesucht, was sehr verletzend gewesen war. Daraufhin hatte ein Wort das andere ergeben, und sie hatten sich alles an den Kopf geworfen, was sich aufgestaut hatte, bis Conny schließlich ihr Apartment verließ. Ihre kleine Einzimmerwohnung in der Nähe des Münchner Flughafens, die ihr zwischen den Reisen als Stützpunkt gedient hatte und die ihr Liebesnest gewesen war, weil Félix jeden Besuch bei ihr perfekt als einen bei seinem Vater tarnen konnte.

Als sie zurückgekehrt war, war er weg gewesen. Seitdem hatten sie nichts mehr voneinander gehört, und sie hatte bald darauf nach einem anderen Job und einer neuen Wohnung Ausschau gehalten, um ihrem Leben eine andere Richtung zu geben und ihn zu vergessen. Was ihr, wenn sie ehrlich sich selbst gegenüber war, nur schwer gelang. Es verging keine Stunde, in der sie nicht an ihn dachte und die Wärme und Geborgenheit, die er ihr gegeben hatte, nicht geradezu körperlich vermisste.

»Na, so verträumt kenne ich dich ja gar nicht.« Während Conny tief in Gedanken versunken war, war Jacques von seinem Hubschrauber mit einem Aktenkoffer zurückgekehrt. »Komm«, er zeigte in Richtung der drei Zypressen. »Setzen wir uns zwischen die Bäume auf ein paar Steine.«

9

Wenig später ließen sie sich dort nieder und genossen für einen Moment die Abendstille. Dann nahm Jacques ein kleines Stöckchen und begann mit ihm, ein Loch zu graben, bis die Erde feucht wurde. Erst war Conny irritiert, aber als er sich eine Gauloise zwischen die Lippen schob, ahnte sie den Grund dafür. Das Loch diente als Aschenbecher. Eine Vorsichtsmaßnahme gegen die Brandgefahr. Jetzt im Juni hielt die sich zwar noch in Grenzen, doch schon bald würde die *garrigue* bei dem geringsten Funkenflug aufflammen wie Zunder. Jedes Jahr brannten riesige Flächen ab, und die Gemeinden kamen mit dem Aufforsten nicht hinterher. Da tat man gut daran, schon im Frühsommer Asche und Kippen tief zu vergraben.

Jacques hielt ihr eine Zigarette hin, sie lehnte ab, er zündete seine an und stieß blaue Rauchschwaden in die Luft. Sie sog tief den Geruch ein, der sie an die mit Félix und Sven durchfeierten Nächte erinnerte, als sie alle drei um die Wette qualmten. Vornehmlich Gauloises, die Félix aus Frankreich mitbrachte.

Sie fuhr sich über die Narbe auf ihrer Stirn über der

rechten Augenbraue, wie um alle störenden Gedanken mit dieser Geste zu vertreiben. Der rund fünf Zentimeter lange weiße Strich, der der Symmetrie ihres Gesichtes eine interessante Note verlieh, wie ihr oft gesagt wurde, würde sie immer daran erinnern, dass Félix ihr das Leben gerettet hatte. Nachdenklich beobachtete sie, wie Jacques, mit der Kippe im Mund, den Aktenkoffer öffnete, ein zusammengefaltetes Papier herausnahm und es vor ihr ausbreitete.

Es war eine großformatige Zeichnung. Er deutete auf einen Punkt. »*Et voilà!* Wir sind hier.«

Conny erkannte einen Ausschnitt aus einem Katasterplan. Um Le Terrain-Mer, den Alten Hafen sowie rund die Hälfte des Viertels, in dem Simonettes Hotel stand, zog sich eine rote Linie.

»Die Zeichnung hat mir ein Freund aus Paris zugespielt, der für ein bekanntes internationales Architekturbüro arbeitet«, erklärte Jacques. »Moreau hatte bereits vor zwei Jahren einen Wettbewerb für sein geplantes Wellness- und Luxusresort ausgeschrieben. Rein hypothetisch sollte es direkt hierhin gebaut werden.« Er nahm einen tiefen Zug und beschrieb mit der Zigarettenspitze einen Kreis auf dem Plan. »Demnach säßen wir hier auf der Terrasse des Restaurants.«

»Na bravo.« Conny rollte mit den Augen.

»Mittlerweile explodiert *mon ami*, wenn man den Namen Moreau in seiner Nähe auch nur flüstert. Tage und Nächte hat er sich für diesen Wettbewerb um die Ohren geschlagen, und was ist am Ende rausgekommen? Ein feuchter Händedruck. Er meint, *Moreau c'est un vrai connard de salaud*. Bekannt dafür, die besten Ideen zu klauen und sie dann mit seinen eigenen Leuten umzusetzen.«

»Arschloch hin oder her ... Verpflichtet man sich mit der Ausschreibung von so einem Wettbewerb nicht automatisch, den Auftrag zu vergeben?« Conny glaubte, so etwas mal gehört zu haben.

»Schon, aber es gibt Möglichkeiten, das zu umgehen. Zum Beispiel einen im Verhältnis zum Arbeitsvolumen gering dotierten Preis, der ausdrücklich nicht die Auftragsvergabe beinhaltet, aber großzügigerweise für Imagezwecke eingesetzt werden kann.« Jacques' Zigarettenspitze glühte auf.

»Und das reicht, damit angesehene Architekten mitmachen?« Conny war skeptisch.

Jacques rutschte auf dem Stein nach vorne und inhalierte tief. »Du kannst dir doch vorstellen, wie das ist, Conny. Die Büros wollen sich profilieren. Denken, ihr Entwurf sei so genial, dass später eine Ausnahme gemacht wird. Jeder will für einen Milliardär arbeiten, und das hat Moreau ausgenutzt. Es hat ihm Spaß gemacht, mit ihren Hoffnungen zu spielen.«

Ja, das konnte sie sich tatsächlich vorstellen.

Jacques kickte mit dem Fuß einen Stein beiseite.

»Die erfolgreichsten Patente meines Vaters wurden von anderen umgesetzt«, erinnerte sich Conny laut. »Auch nach seinem Tod. Das Prinzip dabei ist banal.« Sie griff nach zwei vertrockneten Zypressenzapfen, von denen zahlreiche weit verteilt im Sand lagen, rieb sie in der linken

Hand aneinander und spürte, wie die Massage ihre aufflackernde Wut besänftigte. »Der Entwurf wird nur minimal verändert, aber damit hat der eigentliche Urheber vor Gericht kaum noch eine Chance.«

Jacques nickte und stützte die Ellenbogen auf die Knie. »So ist es. Moreau hat sich ins Fäustchen gelacht, während andere Zeit, Köpfchen und Manpower investierten. Auf wirklich gute Ideen hat er Designschutz angemeldet. Du hast von seinem Museum in Paris gehört?« Er sah sie kurz an, um sich zu vergewissern. »Mit allen Mitteln hat er versucht, diesen Typus von Museumsbau patentieren zu lassen. Auch in Cannes ist ein weiterer dieser Art geplant.«

»Architektur patentieren? Ist das denn möglich?« Sie runzelte die Stirn und ließ die Zapfen in die rechte Hand gleiten. »Ich weiß, dass es drei Kriterien gibt, die zutreffen müssen, um eine Idee schützen zu können.« Conny hielt nacheinander den linken Daumen, Zeige- und Mittelfinger in die Luft, um sie zu verdeutlichen: »Die Idee muss neu sein, sie muss eine Erfindung sein, und sie muss gewerblich anwendbar sein. Dürfte schwierig sein, das auf ein Museum zu übertragen.«

Jacques nickte zustimmend. »Du liegst genau richtig. Patentierte Architektur gibt es bisher kaum, wie mir mein Architektenfreund erzählte. Läuft dem Prinzip entgegen. Architekten arbeiten anders. Prozesse und Ideen werden öffentlich debattiert, neue Entwicklungen angestoßen.«

Er betrachtete nachdenklich seine Zigarette, die sich ihrem Ende zuneigte. »Moreau hat sich wegen seiner neuen Betrachtungsweise von Architektur mit einer Menge Leute angelegt. Trotzdem hat er an seiner Vision festgehalten, sein Museum patentieren zu lassen. Die endgültige Entscheidung steht noch aus.«

Mit Moreaus Stiernacken vor Augen, beugte sich Conny über den Katasterplan und überlegte, dass der Täter oder die Täterin aus dem Umfeld der betrogenen Architekten stammen konnte.

Da stach ihr das Offensichtliche ins Auge. »Schau mal! Das Projekt betrifft nicht nur dieses Grundstück hier und die Nachbarhäuser. Auch Simonettes Hotel ist im Weg, wenn der Plan stimmt! Moreau hat das gesamte Gebiet von *La Maison des Pêcheurs* bis runter zum Alten Hafen und bis Le Terrain-Mer für das Resort eingeplant. Das dürften gut und gerne drei Hektar sein!«

Jacques inhalierte trotz des inzwischen weit heruntergebrannten Stummels erneut tief. Es dauerte so lange, bis er den Rauch wieder ausblies, dass Conny schon befürchtete, er würde gleich umkippen. Doch er hustete nur kurz. »Moreau hat großzügig geplant: private Anlegestege, Strand, Infinitypools, Saunalandschaft, mehrere Restaurants, das volle Programm, meint mein Architektenfreund.« Er drückte den Stummel in das vorher gegrabene Loch. »Für Simonette wurde es ab dem Zeitpunkt kritisch, als Moreau sich sicher war, dass ihm dieses Grundstück hier tatsächlich bald gehören würde.«

Conny warf die Zypressenzapfen in den Sand, während sie daran dachte, wie oft sie als Kind und Jugendliche hier gesessen und die Bücher ihrer Mutter verschlungen hatte. Erst sämtliche Folgen von *Hanni und Nanni* und später die Krimireihen von Edgar Wallace, Elizabeth George und schließlich Stephen King. Sie fühlte sich hier so heimisch, als hätte sie einen berechtigten Anspruch auf dieses Fleckchen Erde. »Mein Grundstück?«

Jacques schenkte ihr einen dümmlichen Blick, der nicht zu ihm passte. »Deins?«

Resigniert seufzend betrachtete sie die vereinzelten noch von der bereits untergegangenen Sonne bestrahlten rötlichen Wölkchen, während die Dunkelheit nach der Landschaft griff.

»Nur eine Spinnerei, vergiss es«, sagte sie dann desillusioniert. Was konnte sie dagegen tun, dass das Grundstück verkauft wurde? Sie musste es geschehen lassen, doch der Gedanke, dass dieses einmalige Fleckchen Erde Moreau gehören sollte, brannte in ihr wie Feuer. »Aber wie kann das sein?«

»Anaïs geht davon aus, dass die Vorverträge bereits unterzeichnet sind. Bei allem Chaos heute Morgen hat sie mir das noch zugeflüstert.« Jacques zuckte mit den Schultern. »*Rien à faire.*«

»Bedeutet das, dass Le Terrain-Mer bereits so gut wie in Moreaus Besitz ist?« Conny konnte sich dunkel daran erinnern, dass das Immobilienrecht in Frankreich anders war als das in Deutschland. Dass Vorverträge bindend waren.

Jacques nickte.

»Aber Moreau ist doch tot«, fiel ihr ein. »Geht das Kaufrecht dann automatisch auf den oder die Erben über?«, fragte sie, während in ihr der Traum zerplatzte, irgendwann einmal zumindest eine Parzelle dieses Grundstücks zu besitzen. Wobei selbst das unrealistisch gewesen war.

»Das kann ich dir nicht sagen.« Jacques griff wieder nach dem Stöckchen und schaufelte damit das Loch mit der Zigarette zu. Dann blies er den Sand von der Spitze und deutete auf diverse Punkte auf dem Plan. »Alle diese Häuser gehören bereits Moreaus eigens dafür gegründeter Holding. Ich habe versucht herauszufinden, welches Notariat mit der Abwicklung der Formalitäten betraut ist, aber bisher ohne Erfolg.«

Conny blickte zur Jacht hinunter. Hier war man ihr näher als zuvor beim Tour du Portalet. Während sie dort vor allem den Bug des Schiffes im Blick gehabt hatten, sahen sie nun die Backbord-Flanke und das Heck. Verlassen und gebieterisch lag das riesige Schiff da. Wie gern hätte sie es aus dieser traumhaften Kulisse ausradiert.

»Wem hat Le Terrain-Mer denn bisher gehört? Und wie konnte derjenige auch nur daran denken, dieses kleine Paradies zu verkaufen?« Es war ihr schlichtweg unbegreiflich.

»*La coopérative des pêcheurs et des vignes.*«

»Aha, und was soll ich mir darunter vorstellen?« Sie verschränkte die Arme vor der Brust.

»So eine Art Genossenschaft der Fischer und Weinbauern. Du weißt ja, dass Saint-Tropez bis Ende des neunzehnten Jahrhunderts ein beschauliches Fischerdörfchen war. Seither gehört einigen Familien dieses Grundstück. Ursprünglich waren sie alle Fischer, aber als der Fischertrag zurückging, haben sie Weinberge im Hinterland gekauft und *la coopérative* gegründet, die jetzt die Eigentümerin von Le Terrain-Mer ist. Rechtlich muss das damals kompliziert gewesen sein, aber es hat funktioniert.«

»Du weißt ja mehr als ein Geschichtsbuch.« Beeindruckt hob Conny die Augenbrauen. »War Simonettes Großvater nicht auch Fischer?«

Jacques nickte. »So ist es. Deswegen ist Simonette ebenfalls Mitglied der *coopérative*.«

Völliges Unverständnis machte sich in ihr breit. »Aber wieso will die *coopérative* das Grundstück jetzt verkaufen?«

Jacques änderte seine Haltung auf dem Stein und verlagerte sein Gewicht weiter nach vorne. »Moreau hat ihr ein Angebot für das Grundstück unterbreitet, das man nicht ausschlagen konnte. Frag mich nicht, in welcher Höhe. Ich kenne die Summe nicht, aber sie muss beträchtlich sein.«

Auch Conny tat ihr Hinterteil langsam vom unbequemen Sitzen weh. Sie ließ sich nachdenklich in den Sand sinken und umfasste ihre Knie. Das linke schmerzte noch immer.

Jacques begann, den Katasterplan zusammenzufalten. »Seit einem halben Jahr wird in der *coopérative* heftig darüber diskutiert, ohne dass auch nur ein Wort an die Öffentlichkeit gedrungen ist, das war Moreaus Bedingung. Die einen wollten verkaufen, die anderen nicht. Aber die Zeiten haben sich geändert. Die meisten Mitglieder sind nicht mehr als Fischer oder Weinbauern tätig. Schau dir Simonette an. Sie führt ein Hotel mit Gourmetrestaurant.« Er nickte in die entsprechende Richtung. »Natürlich kommen bei ihr Produkte der Genossenschaft in Form von Wein und frischem Fisch auf den Tisch. So viel, wie eben geliefert werden kann, der Rest wird zugekauft.«

Er kämpfte mit einer Falte im Plan, die sich nicht knicken lassen wollte. Nachdem er das Problem gelöst hatte, fuhr er fort. »Wenn man ein Go-local-Konzept verfolgt, dann hat das durchaus Zukunft. Dennoch: Nur ein einziger Fischer ist *la coopérative* geblieben. Émile, der Mann von Simonettes Cousine Madeleine, der Vater von Anaïs. Deswegen hat man sich darauf geeinigt, die Chance zu ergreifen, das Grundstück zu Geld zu machen und die Genossenschaft neu aufzustellen.«

»Wein hat durchaus Zukunft«, meinte Conny und umfasste ihre Schienbeine enger. »Ich hab vor Jahren sogar mal ganz in der Nähe bei der Lese mitgeholfen.«

»Siehst du. Bestimmt auf einem der Weinberge der *coopérative*.« Jacques hatte dem Plan sein rechteckiges Format zurückgegeben.

»Aber Simonette hat doch bestimmt dagegengestimmt? Hat sie denn nicht erkannt, was Moreau im Schilde führt?« Conny war überzeugt, dass eine Kämpferin wie Simonette ihm nie das Feld überlassen hätte.

»Sie wurde gnadenlos überstimmt. Im Vorfeld hat sie Himmel und Hölle in Bewegung gesetzt, und dennoch ist es ihr nicht gelungen, die anderen zu überzeugen.« Mit diesen Worten verstaute Jacques den Plan wieder in der Aktentasche.

Simonette. Conny konnte sie vor sich sehen. Sie hatte ihr immer zugehört, aber in ihre Probleme hatte sie sie nicht eingeweiht. Sie ließ die Knie los und breitete ihre Arme aus. »Trotz allem verstehe ich immer noch nicht wirklich, warum die *coopérative* das Grundstück nicht behalten wollte. Es hätte doch sicherlich auch andere Wege gegeben, zukunftstauglich zu werden.«

»Du unterschätzt die Macht des Geldes, Conny.« Aus Jacques' Mund klang der Satz durchaus philosophisch.

So jäh, wie sich Übelkeit nach dem Genuss von verdorbenem Fisch im Magen breitmacht, keimte ein Verdacht in Conny auf. »Bestechung?«

»Nicht auszuschließen. Leider lässt mich Benoît Lapaisse immer wieder abblitzen.«

»Benoît Lapaisse?«, fragte sie verwirrt, rutschte auf die rechte Pobacke und zog die Visitenkarte aus der Gesäßtasche ihrer Jeans. Die Namen waren identisch, das ließ sich selbst in der Dämmerung erkennen.

»Er ist der Sprecher der Genossenschaft. Ein netter junger Mann, zu dem Simonette immer ein enges Verhältnis hatte. Bis zu dem Zeitpunkt, als Moreau auftauchte. Da hat Benoît seine Zukunft anscheinend plötzlich in einem anderen, strahlenderen Licht gesehen. Wie so viele hier.«

»Und du meinst, er hat sich bestechen lassen?« Conny hatte Zweifel an der Theorie. Ihr war der geistesgegenwärtige Mann, der sie vor dem Zusammenstoß mit dem Citroën bewahrt hatte, sympathisch gewesen.

Jacques legte den Kopf schief und verzog skeptisch den Mund. »Vorstellen kann ich es mir eigentlich nicht«, gab er zu. »Benoît ist engagiert und ehrlich, sonst wäre er nicht Sprecher der *coopérative* geworden wie vorher schon sein Großvater. Es ist ein Amt, das große Vertrauenswürdigkeit voraussetzt, und die hat er sich erkämpft. Er ist ein Idealist mit hohen Zielen, obwohl er es nicht leicht hatte.«

»Wieso?«, unterbrach Conny ihn.

»Sein Vater ist früh gestorben. Er war auch Fischer und hat bei Simonettes Maman Claudette in der Bar gearbeitet, bevor sie zum Hotel umgebaut wurde. Er hatte so einen altfranzösischen Namen ... Warte, er fällt mir bestimmt gleich ein ...« Jacques legte einen Zeigefinger ans Kinn. »Rousel. *C'est ça*, so hieß er. Simonette hat ihn einmal erwähnt. Sie war mit Benoîts Maman befreundet. Sie hat Rousel noch vor Benoîts Geburt verlassen und ist zu ihren Eltern nach Aix-en-Provence gezogen. Nach Rousels frühem Tod hat sie manchmal Benoîts Großvater hier besucht. Er hat seinem Enkel die Brasserie und die Genossenschaftsanteile überschrieben. Von ihm hat Claudette die an die ursprüngliche Bar angrenzenden Häuser gekauft. Die, in denen heute das Hotel ist.« Er sah sie an. »Aber lassen wir das, das ist nur verwirrend und tut nichts zur Sache.«

Komplizierte Familienverhältnisse, dachte Conny und fühlte, wie die Kälte des Sandes in ihren Körper kroch, während sie Mitleid mit Benoît fühlte. Auch er hatte früh einen Elternteil verloren.

Jacques erhob sich. »Wichtig ist, dass Moreau plötzlich Benoîts Vorbild war. Aber auch das kann man ihm nicht verdenken. Er ist jung. Will etwas aufbauen ... Für ihn stand der Deal für eine goldene Zukunft der *coopérative, tu comprends*? Sicher, Benoît ist ein Filou, aber kein Egoist. Und niemand, der sich bestechen lässt.« Jacques' Miene verriet Verständnis für den jungen Mann.

Conny nickte. So schätzte sie ihn auch ein.

»Benoît Lapaisse.« Sie erhob sich und hielt ihm triumphierend die Visitenkarte hin. »Ich habe ihn heute kennengelernt.«

»Wie das?« Jacques warf einen Blick darauf und sah Conny dann überrascht an.

»Er hat mich vor einem Krankenhausaufenthalt gerettet.« Sie steckte die Karte zurück. Dann schilderte sie ihm die Begegnung, während sie zum Hubschrauber zurückgingen, Jacques den Aktenkoffer auf dem Rücksitz verstaute, eine Decke darüber- und die Tür zuwarf.

»Umgekehrt wär in dem Fall besser gewesen«, erwiderte er lapidar. »Dann wär Benoît dir jetzt etwas schuldig.«

»Ich treffe ihn heute Abend. Er hat mich eingeladen.«

Jacques zeigte nicht die erhoffte Begeisterung. »Er wird dich kaum in die Hintergründe des Moreau-Deals einweihen, *ma chérie*. Du solltest mittlerweile wirklich wissen, wie die Südfranzosen ticken. Sie haben sich jahrhundertelang gegen vom Meer her einfallende Feinde gewehrt. Gegen Sarazenen, Normannen und Piraten zur Wehr gesetzt. Glaub mir, da werden sie bei einer Conny von Klarg nicht klein beigeben. Auch wenn du hübscher bist denn je.«

Sie ging auf das Kompliment nicht ein. Heute Vormittag hatte sie sich noch gefühlt, als könnte sie Bäume ausreißen, da hätte sie über die Bemerkung erfreut gelächelt. Doch jetzt war sie müde und hungrig.

»Wir holen Simonette da raus.« Sie packte Jacques am Ärmel und zwang ihn, sie anzusehen. »Egal, wie!«

Er schüttelte ihre Hand ab. »Glaubst du etwa ernsthaft, dass sie gegen einen Giganten wie Moreau eine Chance hat? Er hat alle Geschütze aufgefahren, die selbst nach seinem Tod noch feuern können.«

Conny sah sich um, saugte den Anblick in sich auf. Die Wiese zum Meer war ein Goldschatz, den Moreau sich nie aus den Händen hätte nehmen lassen. Er war wie ein Jäger gewesen, dessen Lust am Töten steigt, je schwieriger das Wild zu erlegen ist. »David gegen Goliath«, sagte sie.

Jacques nickte. »Klein gegen Groß.«

»Er hat Simonette eingekreist wie ein Adler seine Beute. Er wollte sie aushungern, metaphorisch gesprochen, sie mürbe machen, bis sie auf sein Angebot eingeht.« Conny musste sich auf dem schmalen Pfad auf jeden Schritt konzentrieren, um in der einbrechenden Nacht nicht über einen Stein zu stolpern, als sie sich jetzt auf den Rückweg machten. »Er hat die Macht seines Geldes gegen sie genutzt. Eine bodenlose Ungerechtigkeit, von der jeder gewusst, gegen die aber keiner aufgemuckt hat. Alle hatten Angst, es sich mit dem Stärkeren zu verderben.«

Es war traurig. Genau die Art von scheinheiligem Verhalten, die Conny zur Weißglut brachte. Und ausgerechnet Simonette war ihm zum Opfer gefallen.

»Wir dürfen nicht zulassen, dass sie diesen ungleichen Kampf verliert, Jacques!« Conny senkte die Stimme. »Hier wird ein Spiel gespielt. Mein Gefühl sagt mir, dass es eine Menge Mitspieler gibt. Und dass Simonette die Zeche zahlen soll, obwohl sie überhaupt nicht mitgespielt hat.«

10

Jacques und sie liefen über das Kopfsteinpflaster in der Rue des Remparts. *La Maison des Pêcheurs* war nur noch wenige Meter entfernt, als Jacques in der schmalen Gasse mit einer älteren Französin zusammenprallte, die ihnen, mit einem leeren Korb in der Hand, gebeugt entgegengehuscht war.

»Madeleine!«, rief er und bückte sich nach dem Korb, der zu Boden gefallen war.

Die Frau entriss ihm den Korb und wollte weiter, aber Jacques hielt sie am Ärmel fest.

Sie hatte feine Gesichtszüge, trug die Haare wild hochgesteckt. Die geblümte, knittrige Bluse hing aus einem gestreiften, mehr als knielangen Rock. Ihre Schultern fielen nach unten, als würde die Schwerkraft sie zu Boden ziehen. Die Lippen, denen anzusehen war, dass sie einstmals voll gewesen waren, umspielten bittere Falten. Die ausdrucksstarken mandelförmigen Augen, die denen von Anaïs verblüffend ähnlich sahen, lagen in tiefen Höhlen. Ihre ovale Gesichtsform erinnerte an Simonette.

Conny konnte sich denken, wem sie gegenüberstand.

Sie hatte viel von Simonettes Cousine Madeleine gehört, auch wenn sie ihr persönlich bisher nie begegnet war. Was hauptsächlich daran lag, dass Madeleine in der Saison auf den Märkten der Region mit ihrem Blumenstand unterwegs war.

»Nicht so schnell, Madeleine. Hast du schon gehört? Sie haben Simonette nach Marseille gebracht.« Seine Stimme klang vorwurfsvoll, als ob die Frau etwas dafür könnte.

Für den Bruchteil einer Sekunde wirkte Madeleine erschrocken, starrte auf das Kopfsteinpflaster. Als sie antwortete, ging sie nicht im Geringsten auf das ein, was Jacques gerade gesagt hatte.

»Ich suche Anaïs. Sie war nicht auf dem Friedhof. Weißt du, wo sie ist?«, stieß sie kurzatmig hervor.

»Warum hätte sie denn auf dem Friedhof sein sollen?«, fragte Jacques.

Madeleines Blick huschte unstet von rechts nach links. »Es ist wegen dem Grab ... Aber sie war nicht da.« Sie schlug sich auf den Mund.

»Wegen dem Grab deiner Mutter?«, fragte Jacques geduldig.

»Meiner Mutter?« Madeleine wirkte, als wäre sie gerade aufgewacht. »Ja, genau.«

Jacques schüttelte den Kopf ob des konfusen Gesprächs und stellte Conny vor. »Madeleine, das ist Conny. Du weißt schon, Connys Großmutter Katharina hat *La Maison des Pêcheurs* nach Claudettes Tod weitergeführt, als Simonette noch in Paris studierte. Conny, *voilà* Madeleine Ruon, Anaïs' und Pasquales Maman und Simonettes Cousine.«

Madeleine nickte beiläufig.

Conny musterte sie erstaunt. Es war kaum zu glauben, dass diese Frau einen Riesen wie Pasquale geboren hatte. Sie war zwar nicht klein, aber ausgesprochen zierlich.

»*Enchantée.*« Conny beugte sich zu Madeleine, um sie mit Bises zu begrüßen, aber Madeleine wich zurück.

Conny überraschte ihr Verhalten. Simonette hatte ihr bei ihrem letzten Gespräch anvertraut, dass sie plante, Anaïs das Hotel zu überschreiben. Simonette selbst war kinderlos und hatte keine weiteren Verwandten, aber mit Anaïs als Besitzerin würde das Hotel in der Familie bleiben, hatte sie erleichtert gemeint. Conny hatte ihr zu der Entscheidung gratuliert.

Sie hatte sich Madeleine ähnlich vorgestellt wie Simonette und Anaïs: als eloquente, distinguierte, weltgewandte Dame, die mühelos soziale Kontakte pflegte. Aber im Moment wirkte Madeleine eher verwirrt und abgekämpft, wie eine Eigenbrötlerin, der die Nähe von anderen Menschen nicht behagte. Sie sah älter aus als Simonette, obwohl sie einige Jahre jünger sein musste.

Madeleines Kleidung, wenn auch ursprünglich von einem gewissen Schick, war jetzt knittrig und fleckig. Ihre Füße steckten in Gartenschuhen, die so breit ausgetreten waren, dass sich ihre Füße darin verloren. Das damenhafte Parfüm mit einer holzig-blumigen Note und einem Hauch von Meersalz verblasste hinter einem moderigen Geruch. Conny hatte Mitleid mit der Frau.

Auf einmal sah sie Anaïs in einem anderen Licht. Hinter der Rezeption wirkte sie immer so perfekt. Professionell freundlich, aber distanziert. Selbst ihr gegenüber. Jetzt wurde Conny klar, dass auch Anaïs ein Päckchen zu tragen hatte. Letztendlich wie alle. In Anaïs' Fall hatte es wohl mit ihrer Familie zu tun. Madeleine und Pasquale fielen beide aus dem konventionellen Raster, was Anaïs wohl unangenehm war. Versuchte sie mit ihrer Perfektion, das Gegengewicht zu den beiden familiären Sonderlingen zu sein?

»Anaïs war vorhin noch im Hotel«, wollte Conny Madeleine beruhigen, bevor ihr bewusst wurde, dass seitdem Stunden vergangen waren.

»Jetzt ist sie nicht mehr da.« Madeleine knetete mit zittrigen Fingern etwas, das herunterzufallen drohte. Dann fiel es. Und Conny erkannte, was es war: ein Babyschuh. Er sah aus wie der, den Anaïs bei ihrer Ankunft im Hotel in den Händen gehalten hatte. Braunes Wildleder. Verblichen. Abgegriffen.

Conny bückte sich danach, belastete dabei das verdrehte Knie und schrie sofort innerlich auf, so heftig war der stechende Schmerz. Sie blinzelte die Tränen weg, als sie das Schühchen zu fassen bekam, drehte es hin und her, um nach dem öligen Fleck zu suchen. Keiner da. Es musste der zweite Schuh von dem Paar sein.

»Wie süß«, sagte sie und gab das Schühchen Madeleine zurück. »Erwartet ihr Familienzuwachs?«

»*Ce n'est pas vos affaires!*«, zischte Madeleine sie an.

Conny wich zurück. War ihr Mitleid verfrüht gewesen?

Aber Madeleine kam ihr immer noch erschreckend schutzbedürftig vor.

Jacques stützte Madeleine an einem Arm, wollte verhindern, dass sie das Gleichgewicht verlor. Doch die Frau stieß ihn weg, das Gesicht so verzogen wie eine alte Hexe.

»Ich habe Simonette gewarnt, sie soll die Füße stillhalten«, presste sie hervor. »Aber nein, sie musste ja wie immer ihren Kopf durchsetzen. Merkt euch eines: Sie hat es für sich getan. Wie alles die ganzen Jahre vorher auch. Aber ich will damit nie wieder etwas zu tun haben. Und Anaïs und Pasquale auch nicht. *Compris?* Ich kann ihr nicht helfen. Wenn ihr überhaupt noch zu helfen ist.«

Mit erhobenem Haupt ließ Madeleine den Blick schweifen, als fürchtete sie, beobachtet zu werden.

»Was hat Simonette denn getan?« Conny erschrak, so klar hallte ihre Stimme in der engen Gasse wider.

Madeleine musterte sie lange mit einem schmerzvollen Blick aus ihren mandelförmigen Augen. »Die Vergangenheit soll man ruhen lassen, Kind!« Und nach einer kurzen Pause stieß sie durch zusammengepresste Lippen hervor: »Gerade du solltest das wissen.« Dann lief sie davon, bemüht, ihre Haltung wiederzufinden.

Conny wandte sich völlig perplex an Jacques. »Warum soll gerade ich wissen, dass man die Vergangenheit besser ruhen lässt?«

Er zuckte mit den Schultern. »Mach dir keine Gedanken. Sie ist einfach verwirrt. Das geht schon seit rund einem Monat so. Keine Ahnung, was mit ihr los ist, aber Simonette hat mich vorgewarnt, dass Madeleine sonderbar geworden ist. Sie meinte, sie sei völlig überarbeitet und habe Probleme mit dem Alter. Die Situation hat sich so hochgeschaukelt, dass Simonette und Madeleine sogar Streit hatten.«

Conny überlegte. Ob das wirklich alles war? Hatten die Worte wirklich nichts zu bedeuten? Sie sah wieder zu Jacques, der Madeleine kopfschüttelnd hinterherstarrte.

»So hab ich mir als Kind die Hexe im Märchen vorgestellt«, meinte Conny. »Ist sie immer so? Ich dachte, Anaïs und damit auch ihre Familie stünden hinter Simonette, genau wie wir? Aber bei Madeleine habe ich mich wohl getäuscht. Und selbst was Anaïs betrifft, bin ich mir nicht mehr sicher. Sie hat Simonette mit keinem Wort verteidigt. Kann das an ihrem Streit liegen? Dann muss er ziemlich heftig gewesen sein. Außerdem war da etwas in ihrem Blick, als ob sie mehr wüsste, als sie sagt.«

Jacques atmete hörbar aus. »Mein Eindruck ist, dass es Streit in der Familie gibt, seit Moreau auf der Bildfläche aufgetaucht ist. Ich bin davon ausgegangen, dass es um den Verkauf von Le Terrain-Mer geht. Aber nach gerade eben habe ich auch so meine Zweifel, ob das alles ist. Und es stimmt, Simonette war sehr bedrückt über die Auseinandersetzung mit Madeleine.«

»Warum um Le Terrain-Mer?«

»Ich habe dir doch von Madeleines Mann erzählt, dem alten Émile. Er ist Mitglied der Genossenschaft und der letzte aktive Fischer. Trotzdem hat er für den Verkauf gestimmt. Obwohl damit Anaïs' Zukunft auf dem Spiel steht.«

Conny bekam eine Ahnung davon, warum Simonette auf ihre Cousine wütend gewesen sein könnte. »Warum haben Madeleine und ihr Mann sie nicht dabei unterstützt, den Verkauf zu verhindern? Wenn das Grundstück an Moreau oder seine Firma geht, bedeutet das das Aus für *La Maison*, das ist doch logisch! Das Hotel, das Anaïs übernehmen soll. Eine so mächtige Konkurrenz in direkter Nähe, das würde der Betrieb nicht überleben.«

»So ist es«, stimmte Jacques ihr zu. »Aber Madeleine will nicht, dass Anaïs das gleiche Leben führt wie Simonette und nur für das Hotel lebt. Und Émile erzählt schon lange, dass Le Terrain-Mer Unglück über seine Familie gebracht hat. Ständig murmelt er irgendetwas wie: *Finissons-le!*«

»Was soll beendet werden?«, fragte Conny verdutzt.

Jacques zuckte mit den Schultern.

Also ein Grundstück, das Unglück bringt, dachte Conny und stieß einen resignierten Seufzer aus. »Gibt es eigentlich einen einzigen Menschen hier, der hinter Simonette steht?« Sie bezweifelte es.

»*Les amis d'hier deviennent les ennemis d'aujourd'hui*«, gab Jacques eine seiner Weisheiten von sich.

»Die Freunde von gestern sind die Feinde von heute«, übersetzte Conny leise. Trotzdem weigerte sie sich zu glauben, dass es Moreau gelungen war, mit seinem Geld eine jahrzehntelange Freundschaft unter Verwandten, wie die der beiden Frauen, zu zerstören. Sie kannten sich ihr ganzes Leben lang. Madeleine mochte verwirrt sein, aber nicht intrigant. Es musste mehr dahinterstecken.

Das Aufblitzen des Schreckens in Madeleines Augen, als

Jacques Marseille erwähnt hatte, wollte Conny nicht aus dem Sinn gehen. Hier ging es um etwas Schwerwiegendes, um etwas sehr Emotionales.

»Beenden wir es ...« Sie sah Jacques an. »Wie hat Émile das gemeint?«

»Wenn jemand das herausfindet, dann du, Conny, mit deiner Hartnäckigkeit. Ich habe keine Ahnung.«

Sie spürte, wie die Verantwortung schwer auf ihren Schultern lastete, als sie das Hotel betraten.

»Nein, mein Lieber«, sagte sie an Jacques gewandt. »Wenn, dann finden wir das zusammen heraus.«

Die Rezeption war nicht besetzt. Kein Mensch in der Lobby. Der Raum wurde von dem unangenehmen Geräusch beherrscht, das Conny schon bei ihrer Ankunft aufgefallen war.

Jacques verzog den Mund, als bereitete es ihm Schmerzen, es zu ignorieren, und ging hinter den Tresen. Er griff in die unterste Schublade des Tisches, tastete nach etwas.

»Ich war noch nicht zu Hause. Mein Hausschlüssel ist an der Rezeption hinterlegt, so hat Simonette immer Zutritt, wenn sie will«, sagte er. »Begleitest du mich? Dann lernst du endlich mein kleines Reich hier kennen.«

Sie schüttelte den Kopf, auch wenn sie Jacques' Domizil, das er erst Anfang des Jahres erworben hatte, gerne gesehen hätte. Aber dafür war jetzt keine Zeit.

»Deine Zimmernummer?« Er drehte sich zum Schlüsselbrett um.

»Die Zweihundertzwei.« Kaum hatte Conny die Zahl ausgesprochen, wurde sie von Traurigkeit überwältigt.

Die Zweihundertzwei war nicht nur eine der Suiten mit dem schönsten Blick auf den Golf von Saint-Tropez, sie war weit mehr als das. Ihre Großmutter Katharina hatte sie während ihrer Zeit hier »das Tor zum Himmel« genannt, weil sie die Aussicht auf das azurblaue Meer, den Himmel, die Pinien und die Hügel jenseits der Bucht glücklich gemacht hatte.

Jetzt schien sie Conny eher eines zur Hölle zu sein, da sich in der Idylle ein unbekannter Schrecken versteckte. Irgendwo dort draußen musste ein Mörder lauern, während Simonette zu Unrecht im Gefängnis saß und ihr kleines Paradies unterzugehen drohte.

Nichts war mehr, wie es gestern noch gewesen war.

11

Trotzdem waren das Mobiliar und das Ambiente in der Suite so hell und licht, wie Conny es in Erinnerung hatte.

Im gelben Salon begrüßte sie der Kronleuchter im mediterranen Landhausstil. Auf dem Jugendstilstuhl mit der weißen Husse lag ihre Reisetasche. Den mit kräftigen Pinselstrichen weiß lackierten Holzschreibtisch im Shabby Chic schmückte ein Sträußchen Lavendel.

Im Hauptraum thronte das mit einem gesteppten weißen Leinenüberwurf bedeckte Kingsizebett mit Kissen in hellen Pastelltönen vor der lavendelfarbenen Wand. In der rechten Ecke lud die Chaiselongue zu einem Nickerchen oder einer Pause mit einer Tasse dampfendem Thymiantee ein. Auf dem Beistelltischchen hatte jemand einen Teller mit frischen Früchten für sie bereitgestellt. Der warmbeige Travertin mit der akzentuierten Maserung auf dem Boden sowie der helle Marmor im Bad, dessen Tür offen stand, rundeten den Landhausstil elegant ab.

Die weißen Leinengardinen wehten im Zusammenspiel mit dem zarten Chiffon darüber im Wind, als Conny jetzt den kleinen Balkon betrat, um den Blick weit über die Bucht und den Alten Hafen gleiten zu lassen. Vereinzelte Lichter waren bereits eingeschaltet. Ein einsames Fischerboot schaukelte im Wind in der fortgeschrittenen Dämmerung. Links davon reihten sich wie Schuhschachteln unterschiedlicher Höhe die für den provenzalischen Mittelmeerstil so typischen Häuser aneinander. In ockerfarbenen und orangenen Pastelltönen mit meist azurblauen Fensterläden. Passend zu Himmel und Meer. Rechts davon Le Terrain-Mer. Mit den drei markanten Zypressen, die sich wie dunkle Schattenfiguren vom Himmel abhoben.

Conny schaute wieder auf das dunkle Meer hinaus. Vor dem Horizont sah sie auch von hier aus die Megajacht, die einfach nicht zu ignorieren war. Sie kam ihr vor wie eine Galeere, die jeden Moment die Kanonen ausfahren könnte.

Sie ging ins Zimmer zurück, packte das Nötigste aus, stellte den Laptop auf den Schreibtisch, steckte den Akku zum Aufladen an. Dann warf sie über mehrere Kleiderbügel, was aufzuhängen war, bis sie plötzlich von der

Erinnerung überwältigt wurde und sich aufs Bett sinken ließ.

Der Tag war so anders verlaufen als geplant. Sie hätte ihn so gerne mit Simonette verbracht, den Artikel besprochen, Fotos geplant, den Abend bei einem Pastis mit ihr und Jacques ausklingen lassen.

Simonettes Reich – dieses kleine Hotel hier – war immer so etwas wie ihr Rückzugsort gewesen. Ihr Hideaway. Das Einzige, was noch von ihrer Familie übrig war. Vom Leben ihrer Eltern.

Nur dieses Fleckchen Erde und die warmen Erinnerungen an schöne Stunden waren ihr geblieben. Familienbande. Da sie keine Geschwister hatte und ihre Großeltern schon gestorben waren, gab es niemanden mehr, der ihre Eltern so gekannt hatte wie sie. Der ihr Andenken gemeinsam mit ihr bewahrte und ehrte. Mit Ausnahme von Simonette.

Conny hatte sich in den Sommermonaten hier als Teil der Familie gefühlt. Trotz des Altersunterschiedes hatten sich Simonette und Connys Mutter nahegestanden wie Schwestern.

Sie würde nie vergessen, wie Simonette am Grab ihrer Eltern um Fassung rang, als die ersten Schaufeln feuchter Erde auf die Särge rieselten. Sie hatten einander in diesen schweren Stunden beigestanden. Simonette hatte ihr Halt gegeben. Ihr und Félix war es zu verdanken, dass Conny sich nicht zu ihren Eltern ins Grab hatte fallen lassen. Getrieben vom Wunsch, bei ihnen zu sein.

Asche zu Asche. Staub zu Staub.

Ihre Eltern hatten sich in diesem Hotel kennengelernt. Liebe auf den ersten Blick. Es war einfach passiert.

Ihre Maman Céline besuchte damals Connys Großmutter Katharina, die, obwohl Simonette das Hotel längst übernommen hatte, regelmäßig Zeit hier verbrachte. Ihr Vater war im Auftrag einer Firma in Marseille und hatte einen Tagesausflug nach Saint-Tropez gemacht. Im Restaurant, wo ihre Mutter aushalf und ihr Vater eine Stärkung zu sich nahm, waren sie einander begegnet. Von dem Augenblick an, als ihre Mutter ihrem Vater beim Servieren in einem Moment der Unachtsamkeit sein Ratatouille über die neue weiße Hose kippte, waren sie – nach dem ersten Schreck – unzertrennlich.

Wenige Tage später hatte Simonette den beiden ihre berühmte Brigitte-Bardot-Suite zur Verfügung gestellt. Die direkt neben der Zweihundertzwei lag. Und in der sie gezeugt worden war, wie ihre Mutter ihr einmal kichernd anvertraute. Conny wusste, dass die Beziehung ihrer Eltern einzigartig gewesen war. Von Anfang an bis zum Schluss.

Die Tränen, die so lange versiegt gewesen waren, begannen zu fließen. Keine Chance. Sie kam nicht dagegen an.

Nach einer gefühlten Ewigkeit fiel ihr das anstehende Treffen mit Benoît Lapaisse wieder ein.

Als sie sich schließlich vom Bett erhob, brummte ihr Handy auf dem Nachttisch, und der Schmerz in ihrem Knie kehrte zurück.

Auch ohne den speziellen Klingelton wusste sie sofort, dass er es war. Diesmal zögerte sie, ihn wegzuwischen.

Félix war tief verwachsen mit ihrer Trauer. Er wusste, wie es in ihr aussah. Dennoch schreckte sie davor zurück, sich ihm jetzt anzuvertrauen.

Sie schob das Handy unter das Kopfkissen, trocknete die Tränen und schleppte sich ins Bad. Zumindest lenkte sie der Schmerz im Knie von ihren Achterbahn fahrenden Gefühlen ab. Er war ein Mittel gegen die Wunde in ihrem Herzen.

Sie zwang sich, es zu genießen, dass Félix scheinbar unbedingt mit ihr reden wollte, während sie sich auszog, sich unter die Dusche stellte und heißes Wasser über Gesicht und Schultern rinnen ließ.

12

Félix stand im langen, fensterlosen Flur des Polizeipräsidiums der Police nationale am Place Bougainville in Marseille.

Man wartete auf ihn. Doch er musste mit Conny sprechen, bevor er sich des neuen Falles annahm. Der Beginn des anstehenden Verhörs hatte sich nun bereits so lange hingezogen, da kam es auf ein paar weitere Minuten auch nicht mehr an.

Warum ging sie nicht ran? Beim ersten Versuch hatte er aufgelegt, als die Mailbox ansprang. Nun hörte er die Ansage ab und trat dabei von einem Fuß auf den anderen.

Ihre Stimme versetzte ihm einen Stich. Seit dem letzten Mal, als er die Ansage gehört hatte, hatte sie den Text geändert. Außerdem hörte sie sich klarer und selbstbewusster an als früher. Mit dieser Erkenntnis schwand seine Hoffnung auf eine zweite Chance.

Conny hatte anscheinend keinen blassen Schimmer davon, in welchem Dilemma er sich befand. Sonst hätte sie sich doch längst bei ihm gemeldet, nachdem sie erfahren hatte, dass Simonette verhaftet worden war.

»Wo bleiben Sie, Félix?« Commissaire Dubois klang ungeduldig und vorwurfsvoll.

Félix gab ihm mit einem Handzeichen zu verstehen, dass er sich gedulden sollte.

Doch Dubois schien unbeeindruckt. »Le Ministre de l'Intérieur! Er ist in der Leitung und fragt, wann es endlich losgeht. Wir haben bereits viel Zeit mit sinnlosen Formalitäten vertan!«, rief er durch den Flur. In der einen Hand hielt er ein *grand bol de café*, mit der anderen winkte er Félix hektisch herbei.

Dubois sprach diesen provenzalischen Dialekt, bei dem an die Nasale ein g angehängt wurde. *Demeng mateng il y aura du peng.* Wann immer Félix ihn hörte, musste er an seinen Exschwiegervater denken. Und an diesen Satz, der so typisch für ihn war. *Demain matin il y aura du pain:* Morgen früh gibt es wieder Brot. Emanuelles Nichten und Neffen aus Paris bogen sich regelmäßig vor Lachen, wenn ihr Grand-Père loslegte.

Dubois wurde von seiner Ungeduld beherrscht. Als ob eine Überdosis Abführmittel in seinem Kaffee ihn in einen ständigen Aufruhr versetzte. Die aktuelle Situation schien unerträglich für ihn. Von Anfang an waren dem Commissaire bei diesem Fall die Hände gebunden, er stand in der Schusslinie zwischen Innenministerium und Öffentlichkeit.

»*Je suis desolé!*« Félix setzte eine entschuldigende Miene auf und hielt das Mikro am Handy mit einer Hand zu, als wäre *le Président soi-même* in der Leitung. Der Innenminister war jetzt sein geringstes Problem.

Es war nicht zu übersehen, dass es den Commissaire brennend interessierte, mit wem zu sprechen dem Psychologen aus Nizza jetzt wichtiger war, als die Hauptverdächtige zu verhören. Hatte Dubois sein Entsetzen bemerkt, als er gerade eben Simonettes vollen Namen genannt hatte? In der Akte, die Félix zur Verfügung gestellt worden war, wurde die Verdächtige nur als Nummer erwähnt.

Er hatte Simonette noch nicht gesehen. Die vorbereitenden Formalitäten hatten sich bis eben hingezogen.

Mittlerweile hatte er sich an diese übliche Anonymität gewöhnt, weil sie ihm letztendlich half, sich ein möglichst objektives Bild der betroffenen Personen und der Zusammenhänge zu verschaffen.

Insgesamt wirkte Dubois wenig begeistert von seiner Anwesenheit, und Félix konnte es ihm nicht verdenken. Wer schätzte es schon, wenn ihm jemand vor die Nase gesetzt wurde. Noch dazu in einem Moment, in dem es mehr denn je darum ging, sich zu profilieren, weil der Innenminister sich eingeschaltet hatte.

Dabei war es bei Weitem nicht das erste Mal, dass Félix

sich mit diesem Problem konfrontiert sah. Für die Polizeibeamten stellte seine Präsenz indirekt ihre Professionalität infrage, und der eifrige Dubois, mit dem er schon einige Male zusammengearbeitet hatte, war jemand, der sich besonders schnell angegriffen fühlte.

Unter normalen Umständen konnte Dubois, der eine algerische Mutter und einen französischen Vater hatte und mit Vornamen Mehdi hieß, ganz umgänglich sein. Jetzt aber schien er Félix' Anwesenheit als persönliche Beleidigung zu empfinden und bemühte sich nicht einmal, das zu verbergen.

Doch wie sollte er Simonette verhören, ohne vorher mit Conny gesprochen zu haben, von deren Besuch Sven ihm erzählt hatte? Er musste wissen, ob sie irgendwelche Informationen hatte. Wenn er etwas bei Simonette erreichen wollte, dann musste er eine Brücke bauen. Sie mit Insiderwissen konfrontieren. Sie dürfte noch nicht wissen, wer sie verhören würde. Dieses Überraschungsmoment war seine Chance.

Er drückte erneut die Wahlwiederholung.

Niemand ging ran. Wahrscheinlich hatte sie keine Ahnung, dass Simonettes Fall ausgerechnet auf seinem Schreibtisch gelandet war, und war immer noch verletzt, weil er nach ihrem letzten Streit wortlos ihr Apartment verlassen und sich seitdem nicht mehr gemeldet hatte, was sie als klares Zeichen der Trennung verstehen musste.

Er hatte Zeit gebraucht. Sie hatte ja keine Ahnung, um was es ging. Und nun war es für eine Entschuldigung zu spät.

Es war kurios, dass man ausgerechnet ihn zurate gezogen hatte. Wenn man ihn um Hilfe bat, handelte es sich normalerweise um Härtefälle. Um Serienmörder. Psychopathen. Attentäter. Erpresser, die auch vor Menschenraub nicht zurückschreckten.

Dennoch hatte le Ministre de l'Intérieur persönlich Félix heute am frühen Morgen aus dem Schlaf gerissen. Der Fall Moreau zog weite Kreise. Die Verbindungen des Mordopfers erstreckten sich wie ein eng gewobenes Netz bis tief in das Herz des Élysées, und Monsieur le Ministre wollte nichts anbrennen lassen, bloß nicht selbst ins Rampenlicht rücken.

Klar und deutlich hatte er Félix zu verstehen gegeben, dass Simonette die ideale Verdächtige sei. Eine alte Dame, die sich von Moreau um ihr Lebenswerk gebracht gesehen und zum Messer gegriffen hatte. *Et voilà!* Keine weiteren Ermittlungen. Unter den Umständen wäre es hinfällig, tiefer in Moreaus Leben zu graben. Kein Grund zur Panik in Saint-Tropez. Nur eine arme alte Irre.

Überführt von ihm, Félix.

Seine Aufklärungsquote hatte sich herumgesprochen. Schneller und weiter, als ihm lieb war, weshalb Félix in diesem Moment ziemlich in der Bredouille steckte.

Er hatte Simonette gleich zu Anfang seiner Beziehung mit Conny kennengelernt. Simonette war nach dem Verlust ihrer Eltern eine wichtige Bezugsperson für sie gewesen, und sie hatten sich in den ersten Jahren öfter heimlich in Saint-Tropez getroffen, bis sie ihm Hausverbot erteilt hatte. Daher hatte Félix ein klares Bild von Simonette, auch wenn er sie nun seit rund fünf Jahren nicht mehr gesehen hatte: So ein edler Charakter Simonette auf der einen Seite war, so ausgeprägt waren ihr Starrsinn und ihre Hartnäckigkeit.

Er hatte noch während des Workshops im LKA in Wiesbaden zugesagt, den Auftrag zu übernehmen, ohne auch nur einen Blick in die Akte geworfen zu haben. Ohne die Details und den vollständigen Namen des Verdächtigen zu kennen. Sonst hätte er wegen Befangenheit abgelehnt. Doch jetzt war es zu spät dafür.

Und Conny würde ihm das nie verzeihen.

Aber selbst wenn er sich jetzt noch weigern würde, würde Monsieur le Ministre de l'Intérieur das nicht gelten lassen. Denn er war zu allem Unheil ein Duzfreund seiner Familie mütterlicherseits.

Félix' Großvater war Professor an der Grande École in Nizza gewesen und verfügte deshalb über beste Kontakte in die französische Verwaltungselite, die seine Mutter mit ihrem Talent zur Pflege sozialer Kontakte – vor allem solcher, die nützlich waren – in die nächste Generation hinübergerettet hatte.

Doch Félix war es unmöglich, Simonette die Grube zu graben, auf die man hoffte. Allerdings wäre ihm wohler, wenn er von ihrer Unschuld überzeugt wäre.

Erneut versuchte er, Conny zu erreichen.

Als Dubois drohend auf ihn zuschritt, drehte er sich weg und flüsterte eindringlich, nachdem der Aufnahmeton erklungen war: »Ruf zurück! Es ist wichtig!«

Bevor er hinzufügen konnte, dass es um Simonette

ging, riss Dubois so heftig an seinem Arm, dass ihm das Handy aus der Hand glitt und über den Boden schlitterte.

»*Pardon!*« Dubois spielte den Betroffenen perfekt. Er hatte es geschafft, bei seiner Aktion keinen Tropfen Café aus seinem *grand bol* zu verschütten.

Félix bückte sich nach seinem Telefon und spürte, wie der Schmerz ihm in die Schläfen schoss. Wie so oft, wenn der Mistral die Küste hinabfegte. Er ignorierte Dubois und wünschte, er hätte dem Commissaire eine eigene Packung Café mitgebracht. Den besonderen. Frisch geröstet. Aus Möwenkacke. Genau das Richtige bei seiner Ungeduld.

Madame l'Avocat Gary, Simonettes Anwältin, die Félix von anderen Fällen kannte und die er für fähig hielt, erwartete ihn in dem kleinen Flur vor dem Verhörraum. Sie hatte das Recht, der Befragung beizuwohnen, doch Félix wusste aus Erfahrung, dass es der Beziehung zwischen Verhörter und Psychologen förderlich war, wenn sie allein waren und ein Moment der Intimität entstehen konnte.

Er nahm die Anwältin beiseite. »*Madame Gary, une minute, s'il vous plaît.*« Mit wenigen Worten erklärte er ihr sein Anliegen, und sie verstand.

Würdevoll drehte sie sich zu Commissaire Dubois. »Ich habe etwas vergessen, *mon commissaire*. Warten Sie nicht auf mich.« Dann nickte sie Félix kurz zu, machte auf dem Absatz kehrt und verschwand.

Gegen seine Gewohnheit ließ Félix sein Handy eingeschaltet, als er den Verhörraum betrat. Vielleicht hatte Conny ja ein Einsehen und rief ihn doch noch zurück.

13

Minutenlang ließ Conny heißes Wasser über ihren Körper laufen, bevor sie sich mit dem nach Rosen duftenden Duschgel einrieb. Das frische Gelb der Badfliesen mit dem Lavendelmotiv hob ihre Laune. Den Gedanken an Félix schob sie weit von sich.

Als sie sich anschließend allerdings im Spiegel musterte, wurde ihr klar, dass die Dusche nicht ausreichen würde, um ihr Gesicht nach dem Weinanfall wieder in seinen Normalzustand zu versetzen. Ihre Augen blinzelten wie schmale Striche aus dick verquollenen Lidern, die Nase wirkte doppelt so breit und glänzte puterrot.

Eilig schlüpfte sie in ihren Bikini, kuschelte sich in den flauschigen Bademantel, der auf jedem Zimmer lag, ging die Treppe ins Foyer hinunter, nahm den Hinterausgang zum Alten Hafen und stieg über eine Leiter ins azurblaue Meer. Mit kraftvollen Zügen schwamm sie los, genoss das erfrischende Salzwasser und die lockernden Schwimmbewegungen, pflügte durch die vom Mistral unruhigen Wellen.

Je weiter sie aufs offene Meer hinausschwamm, desto kühler wurde die Strömung. Doch Conny hielt auf die Megajacht zu, die auch in der Dunkelheit deutlich zu erkennen war. Bald sah sie, dass Charlotte und ihre Kompagnons gerade von ihrem Landgang zurückgekehrt sein mussten. Lange, schmale Kartons wurden jetzt in das

Beiboot verladen. Charlotte thronte mit einem Feldstecher an Deck und überwachte alles. Gerade ließen zwei Matrosen ein mit einem Seil gesichertes Paket ins Beiboot hinab, in dem die zwei Männer warteten, die Conny schon kannte. Der Riese mit dem vollen silberweißen Haarschopf nahm den Karton entgegen. Der kleine Hagere assistierte ihm und verlor dabei mehrmals fast das Gleichgewicht.

Conny beschlich das seltsame Gefühl, Zeugin von etwas zu werden, das nicht für ihre Augen bestimmt war. Was wohl in den Paketen war?

Sie überlegte vorzugeben, in Seenot zu sein. Eine naive Schwimmerin, die ihre Kräfte überschätzt hatte, zu waghalsig gewesen war. Während sie noch darüber nachdachte, wurden ihre Handgelenke steif und taub vor Kälte.

Einige Minuten trat sie auf der Stelle, tauchte schließlich unter und drehte ab. Sie brauchte mehr Hintergründe, um zu verstehen, was hier vor sich ging. Dazu versprach sie sich einiges von ihrem Treffen mit Benoît Lapaisse. Als sie weit genug vom Boot entfernt war, kraulte sie zurück.

Zurück am Hotel bemerkte sie, dass sie, so überstürzt, wie sie zum Schwimmen aufgebrochen war, den Zimmerschlüssel vergessen hatte. Sie fand die Hintertür verschlossen vor – wie üblich bei einem Notausgang, der sich nur in eine Richtung öffnete. Sie hatte beim Verlassen des Hotels versäumt, das Einrasten der Tür mit einem Stopper zu verhindern. Also nahm sie den Haupteingang, schlich an der heute ausnahmsweise unbesetzten Rezeption vorbei und warf im Vorüberhuschen einen Blick ins Restaurant. Keine Spur von Anaïs.

Aber ihr älterer Bruder Pasquale gestikulierte auf seine langsame Art im Gespräch mit Jacques, der anscheinend doch nicht nach Hause gegangen war und vor Simonettes Stammtisch stand. Hier pflegte die Hôtelière auf der Eckbank zu sitzen, ihre Gäste zu empfangen, zu bewirten, Hof zu halten. Jetzt war ihr Platz leer.

Beide Männer wirkten erregt, aber sprachen so leise, dass Conny nichts verstand, obwohl sie kurz angestrengt lauschte. Außerdem war da eine Vertrautheit zwischen den beiden, die sie irritierte. Hatte Jacques ihr wirklich alles erzählt, was er wusste?

Schließlich wurde der schwerfällige Pasquale lauter, und Conny konnte doch ein paar Satzfetzen erhaschen: »*Mon père, il dit* ... die Männer haben Anaïs mitgenommen. So wie damals Dominique ... Und dass etwas Furchtbares geschehen wird.«

Sie konnte mit den Informationen wenig anfangen. Welche Männer?, wunderte sich Conny. Und wer war Dominique?

Sie überlegte, ob sie ihnen ihre Fragen stellen sollte, beobachtete dann aber, wie Jacques eine Hand beruhigend auf Pasquales Schulter legte und sie dann wieder zurückzog, weil Pasquale so groß war.

»Mach dich nicht verrückt, Junge«, sagte er.

Aus den weiteren Worten schloss Conny, dass die Police municipale nicht offiziell nach Anaïs suchte, obwohl Madeleine ihre Tochter als vermisst gemeldet hatte. Anaïs war eine erwachsene Frau, die nicht über jeden Schritt, den sie tat, Rechenschaft ablegen musste, und die Zeit ihrer Abwesenheit war noch zu kurz, als dass die Beamten aktiv werden mussten. Laut Pasquale war seine Mutter verrückt vor Angst.

Warum sollte Anaïs in Gefahr sein?, fragte Conny sich. Auf der anderen Seite war es schon ungewöhnlich, dass die Directrice gerade jetzt, wo sie gebraucht wurde, verschwand.

Anaïs, neun Jahre jünger als ihr Bruder, übernahm sonst die Rolle des ältesten Geschwisterteils. Sie war die Besonnenere, die Intelligentere der beiden. Pasquale liebte sie abgöttisch.

Doch sosehr Jacques sich auch zu bemühen schien, Pasquale beruhigte sich nicht. Schließlich drehte sich der Brigadier behäbig und ungelenk wie ein Bär ab und stieß hervor: »Er sieht aus wie ich.«

Jacques setzte sein Pokerface auf. »Das bildest du dir nur ein.«

Aber Pasquale schüttelte den Kopf und wackelte breitbeinig davon, die Ärmel und Hosenbeine seiner dunkelblauen Uniform viel zu kurz für ihn.

Man könnte meinen, er stamme von einem Wikinger ab, dachte Conny. Und ähnelt er nicht Henri Moreau?, flüsterte ihr Unterbewusstsein ihr zu, während sie sich die schmerzenden Handgelenke rieb und mit steifen Zehen und vor Kälte kribbelnder Haut unbemerkt von den beiden in ihre Suite hinaufschlich. Oder spielte ihr die Fantasie einen Streich?

Was gäbe sie für einen Blick in den rechtsmedizinischen Untersuchungsbericht. Moreau war erstochen worden. Wenn sie den Einstichwinkel kennen würde, könnte sie daraus die ungefähre Größe des Täters ableiten. Oder würde gerade der Winkel ein Indiz gegen Simonette sein? Schließlich konnte sich jeder kleiner machen. Aber bedachte ein Mörder ein solches Detail? Nur wenn er abgebrüht oder professionell war, schoss es ihr durch den Kopf, und das traf auf Pasquale kaum zu.

Wie kam sie nur auf die Idee, ihn zu verdächtigen? Weil er in Moreau instinktiv eine Gefahr für Anaïs' Zukunft im *La Maison des Pêcheurs* gesehen hatte und seiner Schwester, die er vergötterte, helfen wollte?

Als aus der Küche der herrliche Duft von frisch gegrillten Garnelen, Zitrone und Kräutern der Provence zog, machte sich wieder ihr Magen bemerkbar. Im Gegensatz zu sonst waren nur wenige Tische besetzt, obwohl das Restaurant Hotelgästen und Besuchern von außerhalb offen stand. Auch das Brummen war wieder zu hören, das anscheinend, wie vom toten Moreau beabsichtigt, einen Teil der Kundschaft vertrieb. Dementsprechend war nur ein Kellner eingeteilt, der gelangweilt an einer Säule der zum Hafen hin offenen Terrasse stand und den vorbeischlendernden Touristinnen nachstarrte.

Trotz ihres Hungers galt Connys erster Griff dem Handy, kaum dass sie ihre Suite betreten hatte. Zum Glück war sie unverschlossen, da sie den Schlüssel vergessen und die Tür nur hinter sich zugezogen hatte.

Félix hatte weitere sechsmal versucht, sie zu erreichen. Sie kämpfte gegen den Drang an, doch dann gab sie ihm nach und hörte seine Nachricht ab. »Ruf zurück! Es ist wichtig!«

Okay, dachte sie, aber wann war es das nicht? Das anschließende Scheppern irritierte sie. War ihm das Handy auf den Boden gefallen, bevor er noch etwas Nettes hatte hinzufügen können?

Sie löschte die Nachricht, überlegte, seine Nummer zu blockieren, tat es dann aber nicht. Sollte sie vielleicht eher die Ortungs-App aktivieren? Sie griff sich einen Apfel von dem Obstteller neben der Chaiselongue, biss hinein und überlegte, ob Félix wohl gerade mit Sven in Nizza war. Vielleicht saßen die beiden genau in diesem Moment in ihrem, Connys, Lieblingsrestaurant mit Blick auf die Promenade des Anglais?

Die Ortungs-App hatten sie und Félix in besseren Zeiten heruntergeladen. Er hatte darauf bestanden. Um zu vermeiden, dass er sie aus dem Schlaf riss, wenn sie sich in einer anderen Zeitzone befand. Sie presste den Finger auf das Icon. Das Kreuz zur Löschung erschien. Die Versuchung war groß, doch sie tat es nicht. Der Gedanke, die Ortungs-App zu löschen und damit eine weitere Kontaktmöglichkeit zu Félix zu eliminieren, schmerzte, trotz aller Verletzungen, die er ihr zugefügt hatte.

Ein Blick auf das Display sagte ihr, dass sie sich weit über die in Frankreich übliche halbe Stunde bei ihrem Treffen mit Benoît verspäten würde. Eile war geboten, um ihn nicht noch länger warten zu lassen.

Sie widerstand der Versuchung nachzuschauen, wo Félix sich aufhielt, und nahm sich fest vor, ihn ab sofort für immer, wenn nicht aus ihren Gedanken, dann doch wenigstens aus ihrer Gefühlswelt zu streichen.

14

Simonettes stahlblaue Augen fixierten ihn, als er die Tür aufriss. Ihr kalter Blick fuhr Félix durch Mark und Bein. Immerhin entlockte sein Anblick ihr zwei unverhoffte Worte. »*Mon Dieu!*« Dann hatte sie sich wieder im Griff und schwieg.

In etwa das hatte er erwartet. »*Bonjour, Madame.*« Er setzte sich ihr an dem einfachen Holztisch gegenüber.

Sie nickte gnädig und knapp, dann breitete sich eine schwere Stille über ihnen aus.

Sie sahen sich mit einem zusätzlichen Problem konfrontiert. Eine Kamera war so ausgerichtet, dass sie sie beide gleichzeitig im Blick hatte, in der Mitte des Tisches stand das Mikro. Félix war sich nur allzu bewusst, dass hinter der getönten Scheibe Dubois und sein Team jede ihrer Gesten beobachteten. Und der Innenminister per Video zusah und zuhörte.

Félix hätte sich gerne den schmerzenden Nacken massiert, ließ es aber, um nach außen gelassen zu wirken. So als hätte er alles unter Kontrolle. Simonette starrte standhaft an ihm vorbei, während er sie musterte. Ihr weißes Haar trug sie damenhaft frisiert. Eine lange goldene Kette baumelte an ihrem Hals. Noch wirkte sie gepflegt wie eh und je, trotz der Stunden, die sie sich bereits in Gewahrsam befand. Er mochte sich dennoch nicht vorstellen, wie sich ihr Anblick nach ein paar Tagen in Haft verändert hätte.

Aus ihrer beherrschten Haltung sprach kalter Verstand. Sie schien kein Wort darüber verlieren zu wollen, wie gut sie sich kannten. Diese Karte überließ sie dankenswerterweise ihm. Den Joker, der schnell zum schwarzen Peter werden konnte. Er beschloss, die Karte aufzunehmen und sie ganz außen in dem Blatt, das er auf der Hand hielt, einzusortieren. Es würde sich zeigen, wann und wie er sie ausspielte.

Betont gelassen klappte Félix die Akte auf, vertiefte sich in die bisherigen Unterlagen, betrachtete die Fotos, las die entscheidenden Details noch einmal nach. Die Leiche auf dem Seziertisch der Rechtsmedizin mit der Stichwunde in der Leiste. Der goldene Würfel, den der tote Moreau in seiner Faust umklammert gehalten hatte. Eine Information, die man der Presse bewusst vorenthalten hatte.

Leider waren am Würfel, laut dem Bericht der Spurensicherung, so viele unterschiedliche Fingerabdrücke, dass es unmöglich war, jeden einzelnen davon jemandem zuzuordnen. Eine Detailaufnahme des Würfels zeigte, dass er nicht wie üblich aus drei, sondern aus zwölf Seiten bestand, er sah also fast aus wie ein Ball. Ein ungewöhnliches Exemplar, das musste Félix zugeben. Eine Sonderanfertigung?

Alles sprach bisher gegen Simonette. Der Schal, die Tatsache, dass sie zur Tatzeit ganz in der Nähe des Tatorts gesehen worden war, die Tatwaffe, die sich in ihrem Besitz befunden hatte. Wobei noch abschließend zu klären war, ob Moreau wirklich damit erstochen worden war, doch Art und Form des Messers sprachen dafür.

Eine lange schmale Klinge hatte Moreaus Beckenarterie

durchtrennt. Ein hoher Krafteinsatz war dafür nicht nötig gewesen. Der Angreifer hatte nur wissen müssen, wohin er stechen musste. Die Todesursache war in Fachkreisen unter Corona mortis oder Arcus mortis bekannt. Die Wunde hatte kaum geblutet, das Blut sich binnen kürzester Zeit im Bauchraum gesammelt. Das Perfide an der Verletzung war, dass sie, auch wenn sie gewaltsam zugefügt worden war, offiziell nicht als vorsätzlicher Mordanschlag galt. Das traf nur auf willentlich zugefügte Stiche in den Brustraum zu.

Der Stich, der Moreau das Leben gekostet hatte, war dennoch zielgenau gesetzt worden. Über der Leiste Richtung Wirbelsäule. Félix schloss daraus, dass der Täter Grundkenntnisse der menschlichen Anatomie besaß. Er erinnerte sich, dass Conny ihm erzählt hatte, dass ihre Großmutter Katharina nach Claudettes Tod das Hotel geführt hatte, weil Simonette nicht direkt übernehmen konnte, da sie in Paris studierte. Hatte Conny hierbei nicht erwähnt, dass sie eigentlich Ärztin hatte werden wollen und gar nicht geplant hatte zurückzukehren? Er dachte scharf nach. Hatte sie nicht sogar gemeint, Simonette hätte mehrere Semester Medizin studiert?

Madame l'Avocat Claire Gary hatte auf einer aufwendigen Spezialuntersuchung des Messers in Paris bestanden. In den Fugen und Verästelungen der Platine seines Griffs wären selbst nach intensiver Reinigung Reste von Blut- und Sekretspuren nachweisbar. Die Anwältin spekulierte darauf, dass man keine von Moreau finden würde, womit Simonette entlastet wäre.

Damit hatte Madame Gary die Gefahr möglicher Nachlässigkeiten in der knapp ausgerüsteten Provinz zum Nachteil ihrer Mandantin geschickt eliminiert. Außerdem hatte sie nach der Spezialuntersuchung, bei der das Messer sorgfältig auseinandergenommen und mit einem speziellen Licht analysiert werden würde, eine DNA-Untersuchung organisiert. Würde man dabei Spuren finden, die eindeutig Moreau zuzuordnen wären, verschlechterte sich Simonettes Lage erheblich.

Félix betrachtete das Messer auf dem Foto genauer. Es wirkte exklusiv und teuer, fast wie ein Einzelstück. Selbst wenn sich keine Spuren daran fänden, würde die Staatsanwaltschaft die Übereinstimmung der Form hervorheben, was die Waffe betraf, die Moreau die tödliche Wunde zugefügt hatte. Denn deren Aussehen stand bereits durch einen Gutachter fest.

Madame Gary hatte der Akte ihrerseits eine Notiz vom Hersteller beifügen lassen, die belegte, dass es nur drei Sätze à vier verschiedener Messer dieser Art gab, von denen eins so aussah wie das, das bei Simonette gefunden worden war. Leider war die Liste der Käufer bei einem Großbrand vor zehn Jahren vernichtet worden. Das vorliegende Exemplar musste aus den Siebzigern stammen.

»Exzellente Wahl«, stellte Félix fest. »Ein Filetiermesser von Laguiole en Aubrac.« Er beobachtete Simonettes Reaktion.

Sie zuckte mit keiner Wimper.

»Ein scharfes, schmales Küchenmesser. Die Klinge zwanzig Zentimeter lang. Entgegen seiner eigentlichen

Bestimmung perfekt als Stichwaffe geeignet.« Er rieb sich das Kinn, während er ihre Reaktion beobachtete. »Mit dreidimensional geschmiedeter Biene, einer durchgehenden, filigran guillochierten Platine und einem Griff aus Olivenholz.«

Es war erstaunlich, wie gelassen Simonette blieb. Einer der Gründe, warum er Psychologie studiert hatte, war, dass er sich davon erhofft hatte, hinterher Frauen und ihre Beweggründe besser zu verstehen. Aber das war ihm weder bei seiner Mutter noch bei Conny oder Emanuelle geglückt, wie sollte er da Simonette verstehen?

Er besah sich den Übergang von Klinge und Griff genauer. Die Biene am Messerrücken war aus der sich im Griff als Rückenplatine fortsetzenden Klinge geschmiedet. Von einem ihrer Flügel war ein winziges Stück abgebrochen, was bei der Solidität des verarbeiteten Materials nur mit roher Gewalt möglich war. Jemand hatte also ausgesprochen brachial damit hantiert.

»Messer wie dieses galten im neunzehnten Jahrhundert als Statussymbol.« Félix hielt Simonette das Foto hin.

Ihre Mundwinkel umspielte kaum sichtbar ein kleines, geheimnisvolles Lächeln, wie es Menschen eigen ist, die einen Trumpf im Ärmel haben. Félix wartete. Würde sie ihn jetzt ausspielen?

Froh, ein vergleichbar unverfängliches Thema gefunden zu haben, dozierte er weiter. »Laguiole-Messer dieser Art sind unter Sammlern sehr beliebt. Der französische Adel führte sie den Gästen beim *dîner* regelrecht vor. Je aufwendiger ein Laguiole-Messer war, desto reicher der Eigentümer. Familie Rothschild ist für ihre Sammlung bekannt. Teile davon kann man in der Villa Ephrussi oberhalb von Saint-Jean-Cap-Ferrat bewundern.«

Das Museum mit dem herrlichen Park gehörte mit zu seinen liebsten Ausflugszielen, wenn er Zeit und Muße hatte. Er hielt das Foto näher an seine Augen, inspizierte die Biene. »Es gibt Exemplare, bei denen die Augen der Biene mit Edelsteinen besetzt sind.«

Er sah in dem Moment auf, in dem Simonette kaum merklich die Augenbrauen hochzog.

»Ihres?«, fragte er und hielt ihr das Foto hin.

Sie blickte es unverwandt an und musterte ihn dann ebenso ausdruckslos.

Auf den ersten Blick waren an dem Messer keine Spuren erkennbar. Man hatte es blitzsauber in der kleinen Privatküche von Simonettes Suite im Dachgeschoss des Hotels sichergestellt.

»Meinen Sie, man wird Blutrückstände darauf finden?« Er vermied es, sie mit Namen anzureden. »*Eh bien.*« Er klappte die Mappe zu, warf sie auf den Tisch. »Das sieht nach einem eindeutigen Fall aus.«

Simonette verharrte immer noch regungslos.

»Offen gestanden frage ich mich, was ich hier soll«, sagte er in Richtung der unsichtbaren Wand, um sie zu provozieren.

Die meisten im Verhörraum packten aus, witterten eine Chance, sich doch noch einen Vorteil zu verschaffen, wenn das Gegenüber signalisierte, dass das Gespräch sich dem Ende zuneigte. Und wer nicht das Wort ergriff, gab zumindest durch seine Mimik zu verstehen, dass es schon eines größeren Aufwands bedurfte, um ihm oder ihr die Zunge zu lockern, was sich aber lohnen würde.

Er wendete sich wieder Simonette zu. Sie hob den Kopf nur leicht an. Ihr Hals war so lang, dass sie einem Kormoran ähnelte. Als wäre sie auf der Hut, als müsste sie den Überblick über ihr Nest behalten.

»Ihre Chancen stehen miserabel«, fuhr er fort. »Es fehlen nur noch Ihr Geständnis oder mein psychologischer Bericht, dann wird Anklage erhoben. Auch ohne das Ergebnis der Messeranalyse. Die Tatsache, dass Sie zur Mordzeit im Garten des Opfers gesehen wurden, wiegt schwer. Darüber dürften die Ermittler Sie aufgeklärt haben?«

Außerdem, da war sich Félix nach dem Anruf des Innenministers sicher, würde man dem Analyseergebnis keine Priorität einräumen. Im Gegenteil. Im Fall seines gegen sie sprechenden Berichts würde man sich die Kosten dafür einfach sparen. Er sah den Stempel schon vor sich: aus Arbeitsüberlastung eingestellt.

Einmal, so erinnerte er sich, hatte diese zierliche Frau die Contenance verloren und war auf ihn losgegangen. Conny hatte ihr damals in seinem Beisein und nach einigen vorangegangenen gemeinsamen Besuchen beim Frühstück erzählt, dass Félix verheiratet war. Hatte sie da nicht auch das scharfe Brotmesser, mit dem sie gerade ihr Croissant geteilt hatte, fester gepackt? Seine Erinnerungen wurden klarer. Stimmt, sie hatte damit drohend auf ihn gezeigt, und es hatte nicht viel gefehlt, und sie hätte es ihm in die Magengrube gerammt.

Von einem Moment auf den anderen war er in ihrem Ansehen vom Gipfel des Mount Everest auf den Grund des Marianengrabens gestürzt. Sie hatte überraschend emotional reagiert, obwohl sie ansonsten eine eher beherrschte Person war. Noch bevor sie das Frühstück beendet hatten, hatte sie ihm unterstellt, mit Connys Gefühlen zu spielen, und ihm Hausverbot erteilt.

Das war ziemlich genau fünf Jahre her. Seitdem waren sie sich nicht wiederbegegnet. Einmal davon abgesehen, dass sie jetzt unter Mordverdacht stand, hatte sie sich kaum verändert.

Félix seufzte innerlich. Vor seinem inneren Auge sah er sich knietief durch den Schlamm der Kanalisation von Nizza waten. Dieses erste Verhör war mit einer vollen Stunde angesetzt worden. Sollte er abbrechen? Aber was dann? Er blieb sitzen, ohne die Arme zu verschränken, wie er es gern getan hätte.

Sie sah ihn nicht einmal aus den Augenwinkeln an.

Félix war sich bewusst, dass die gesamte Mannschaft inklusive des Innenministers darauf hinfieberte, dass er Simonette zum Sprechen brachte. Doch jeder weitere Versuch würde nur seine Position ihr gegenüber gefährden, und bei diesem Fall hätte jeder noch so kleine Fehler eine Explosion der Gefühle unterschiedlichster Interessensgruppen zur Folge. Während die einen – allen voran der Innenminister – den Fall schnellstens gelöst sehen wollten und Simonette eine willkommene Täterin war, würde Conny ihn, sollte es so weit kommen, ungekocht mit Haut und Haar verschlingen, um ihn unverdaut wieder auszuscheiden und in der Toilette hinunterzuspülen.

Letzteres durfte auf keinen Fall passieren.

Der Karriereknick, der aus seinem Verhalten für ihn resultieren würde, war ihm egal. Seine Beziehung zu Conny nicht. Sie würde ihm nie verzeihen, wenn sie Simonette zukünftig im Gefängnis besuchen müsste. Sogar in dem Falle, dass es einen guten Grund dafür gäbe. Conny würde eine Lösung von ihm fordern, die beinhaltete, dass Simonette freikam.

Bevor die Stunde vorüber war, erhob er sich. »Sie wirken nicht sonderlich beunruhigt.«

»Würde das helfen?« Sie schaute ihm direkt in die Augen, hielt seinem Blick stand, bis Commissaire Dubois von außen die Tür aufriss.

Es war Félix' bisher miserabelstes Verhör. Noch dazu vor großem Publikum. Conny hatte nicht zurückgerufen, dafür klingelte sein Handy, als er das Verhörzimmer verließ.

Der Innenminister.

Kurz entschlossen wischte er den Anruf weg.

Er nahm den kürzesten Weg zum Aufzug und fuhr in die Tiefgarage, wo sein blauer Alpine A110 wartete. Der Sportwagen würde ihn, wenn er es mit der Geschwindigkeitsbegrenzung nicht ganz so genau nahm, in gut zwei Stunden nach Nizza bringen. Über sein Handy wählte Félix seine bevorzugte Playlist aus. Klassik. Als *Arabesque Nr. 1* von Claude Debussy den Innenraum erfüllte, spürte er, wie sich seine Nackenmuskeln entspannten und seine aufgestauten Gefühle mit der Melodie ins Universum flossen.

15

Im Hotel gab Conny Benoît Lapaisse per WhatsApp Bescheid, dass sie sich verspäten würde. Das Schwimmen hatte ihr gutgetan. Die Augenschwellung war nur noch erkennbar, wenn jemand genau hinsah, und dank Contouring hatte sich auch die Nase wieder auf ihre natürliche Breite reduziert.

Sie hatte ihr weißes Sommer- gegen ein rotes Etuikleid getauscht. Dazu trug sie cremefarbene Chucks. Zum runden Ausschnitt hatte sie lange Ohrringe gewählt, der einzige Schmuck.

Sie versprach sich einiges von dem Gespräch. Laut Jacques war Benoît Lapaisse als Sprecher der *coopérative* mit dem Verkauf von Le Terrain-Mer betraut, und sie war sich ziemlich sicher, dass das herrliche Fleckchen Land eine zentrale Rolle in diesem Kampf um Macht und Geld spielte. Sie hoffte, dass Benoît ihr mehr zu den Hintergründen innerhalb der *coopérative* und zum aktuellen Stand des Grundstücksverkaufs verraten würde. Wenn ihm denn danach war.

Als sie die gut besuchte Brasserie in der Rue du Portalet in der zweiten Reihe zwischen Altem und Neuem Hafen betrat, lächelte er ihr breit über den Tresen hinweg entgegen. Als hätte er auf sie gewartet. Ganz der souveräne Brasseriebesitzer, der stolz seinen Besitz präsentierte.

Das kleine Restaurant strahlte Gemütlichkeit aus. Einige der Tische standen auf dem Gehsteig links vom Eingang, rechts davon waren die bodentiefen Fenster weit geöffnet, sodass der Gastraum zur Gasse hin halb offen war. Die Gäste aßen, unterhielten sich gut gelaunt, stießen mit bauchigen Weingläsern an.

Conny ging selbstbewusst auf Benoît zu, die honigfarbene Lederjacke hatte sie sich über die Schulter geworfen.

Je näher sie kam, desto mehr entblößte sein Strahlen einen kleinen Spalt zwischen den sonst perfekt stehenden weiß blitzenden Zähnen. Sein Lächeln wuchs sich zu einem verschmitzten Grinsen aus. Sicher hatte er schon zahlreiche Touristinnen verführt. Benoît war attraktiv. Dabei wirkte er trotz aller Männlichkeit auch wie ein verträumter Romantiker. Und wie ein Idealist, wie er jetzt in seinem offenen weißen Hemd, mit hochgekrempelten Ärmeln und mit der umgebundenen Schürze galant etwas in die Küche rief. Sie fand ihn – das musste sie sich eingestehen – anziehend.

»*La voilà!*« Er legte das Besteck weg, das er eben noch abgetrocknet hatte, lief um den Tresen herum, umarmte sie fest wie eine gute Freundin und drückte ihr abwechselnd drei *bises* auf beide Wangen.

Conny gefiel sein Geruch nach gegrillten Meeresfrüchten und Olivenöl. Seine Haut, seine sehnigen Arme und

Hände. Sie nahm einen Hauch sentimentaler Traurigkeit an ihm wahr, die gleich wieder einer fröhlichen Geschäftigkeit wich, ihm aber eine gewisse Tiefe verlieh.

Sie lächelte. »*C'est sympha ici!*«

»Ja, nett und nicht gerade riesig, aber es ist meins.« Er band die rote Schürze ab, bat einen Kellner, seinen Job hinter dem Tresen zu übernehmen, und führte sie zu einem runden Tischchen ganz in der Nähe. Es war geschmackvoll mit zwei Gedecken sowie Gläsern für Wasser und Wein vorbereitet. Der Platz war so gewählt, dass Benoît den Überblick behalten konnte, ihnen aber gleichzeitig etwas Privatsphäre blieb.

Aus der Reaktion der Mitarbeiter, die sie nun grinsend musterten, bevor sie miteinander tuschelten, schloss Conny, dass Benoît nicht das erste Mal in Damenbegleitung hier saß.

Durch das geöffnete Fenster sah sie die Passanten die Gasse entlangflanieren. Die Abendluft drang vom Meer her herein, die Kerzen auf den runden Tischchen tauchten alles in ein warmes Licht. Sie ließ den Gastraum auf sich wirken, sog das lebhafte Ambiente in sich auf. Worte flogen melodisch hin und her, Gläser klirrten. Die Atmosphäre war locker und leicht, ein typischer Sommerabend im Süden. Die schon etwas verblichenen Holzmöbel, die roten Kerzenständer und Stuhlkissen sorgten ebenso wie die schwarz-weißen Drucke an den Wänden, die Details aus Saint-Tropez zeigten, für Gemütlichkeit.

Wäre da nicht das Bild von Simonette, einsam in einer dunklen Gefängniszelle, das in ihrem Hinterkopf lauerte, dachte Conny schwermütig, dann könnte sie diesen Abend durchaus genießen.

Aber selbst wenn die Menschen hier wüssten, in was für einer Situation sie sich befand, würde die wenigsten Simonettes Schicksal berühren. Das beschäftigte hauptsächlich Jacques und sie. Und vielleicht den einen oder anderen Mitarbeiter, der schon lange im Hotel oder Restaurant tätig war. Genauso wie Anaïs und Madeleine. Wobei sich Conny bei Letzterer nicht sicher war.

Diese Gewissheit und der Kontrast von auswegloser Not und unbeschwerter Vergnügtheit wühlten sie so auf, dass sie ihre Umgebung kurz vergaß. Sie würde um jeden Millimeter Gerechtigkeit für Simonette kämpfen und nicht aufgeben, bevor ihre Unschuld bewiesen war.

»Hunger?« Benoîts Stimme war warm und voller Energie.

»Sieht man mir das an?« Sie lächelte zurück und kam sich vor wie der sprichwörtliche Wolf im Schafspelz. »Seit wir uns heute begegnet sind, habe ich nur einen Apfel gegessen.«

»*Mon Dieu! Tu dois avoir une faim de loup!*« Er griff hinter sich, wo gerade ein Garçon vorbeilief, und zauberte ein Schälchen mit verführerisch duftender schwarzer Tapenade und einen Korb mit frischem Baguette auf den Tisch. Er hatte recht, sie hatte wirklich einen Bärenhunger.

Er ließ sich rittlings ihr gegenüber nieder, legte sich cool eine Serviette über seinen Arm und mimte den Ober. »*Du vin, Madame? Blanc ou rouge?*«

Sie spielte mit. »Heute bitte keinen Château Lafite

Rothschild, Monsieur! Aber den Weißen vom Haus *avec plaisir, s'il-vous-plaît.*«

»Eine gute Wahl, Madame! Er ist formidable.« Und wieder normal: »Also, er ist wirklich okay und wird dir schmecken. Wir duzen uns doch, oder?«

Sie nickte, und er holte einen Weinkühler und eine von der Kälte beschlagene Karaffe mit Weißwein aus der Bar. Sie stießen mit den Gläsern an.

»Conny.«

»Benoît. *Enchanté.*«

»*Enchantée.*« Sie nahm einen Schluck. Der Wein war trocken und frisch. Perfekt temperiert. Mit leichter Fruchtnote von Pfirsichen und Birnen.

»Er kommt aus dem Hinterland.«

»Das habe ich mir schon gedacht«, nickte sie. »Von den Weinbergen der Genossenschaft. Ich habe schon mal bei der Weinlese geholfen.«

»*C'est pas vrai!*« Er zog ungläubig die Augenbrauen hoch.

»Doch. Ich sag die Wahrheit.«

»Du bist also nicht zum ersten Mal in der Gegend?«

Conny schüttelte den Kopf, strich ordentlich schwarze Olivenpaste auf eine Baguettescheibe und biss hinein. »Ein Wunder, dass wir uns nicht schon früher begegnet sind«, sagte sie, während sie noch kaute. »Meine Großmutter hat für *La Maison des Pêcheurs* gearbeitet. Ich habe seit meiner Kindheit viele Sommer hier verbracht.«

Seine Reaktion war kaum als erfreut zu bezeichnen. Er runzelte die Stirn.

»Na, dann kennst du dich ja aus«, überspielte er schließlich seine Überraschung. »*Alors*, was nimmst du? Fisch oder Fleisch?«

»Ich bin noch unentschlossen.«

»Dann empfehle ich beides. Zum Start unsere *moules*. Wir kochen die Muscheln in Olivenöl, Tomatenmark und selbst getrockneten Kräutern der Provence.« Er führte die Finger an die Lippen, bevor er einen Kuss in die Luft schickte. »Anschließend unseren Klassiker: Filet mit Pfefferkruste, *frites, salade*. Das Filet vom Charolais-Rind aus dem Burgund wird als Rinderhälften angeliefert, die wir selbst zerlegen. Und dann, wenn du noch Platz hast, das beste Dessert der Welt: *la crème brulée à la maison*. Sie ist legendär. Ich bin schon gespannt, ob du das Geheimnis herausschmeckst. Und beim Fleischgang wechseln wir zum Roten. Was meinst du?«

»Hört sich perfekt an.« Sie prostete ihm lächelnd zu.

»Medium?« Er legte den Kopf schief.

»Rare, bitte. Ich liebe es blutig.« Sie fuhr sich mit der Zunge über die Lippen.

»Du bist ja eine ganz Gefährliche!«, lachte er. Anscheinend war er wieder guter Stimmung.

»Kann schon sein.«

Er stand auf und verschwand für einen Moment in der Küche, um die Bestellung persönlich aufzugeben.

»Du kennst Simonette gut, deswegen hast du vorhin bei deinem Fast-Unfall nach ihr gefragt, oder?«, kam er direkt auf den Punkt, als er zurück war. Er tauchte sein Brotstück in die Olivenpaste, und sie tat es ihm gleich. »Wärst du auch gekommen, wenn ich sie nicht kennen würde?« Benoît setzte sich wieder rittlings auf den Stuhl.

Mit dem wild gelockten Haar wirkte er wie ein ungestümer Junge. Obwohl er anders aussah, erinnerte seine draufgängerische Seite sie ein bisschen an Félix, was sie vorsichtig werden ließ.

»Du hast mir heute sozusagen das Leben gerettet«, wich sie einer direkten Antwort aus. »Das ist mir erst später klar geworden.«

Er grinste zurückhaltend. So naiv, ihr schlecht verpacktes Kompliment für bare Münze zu nehmen, war er nicht. Der Punkt ging an ihn. Vielleicht sollte sie lieber mit offenen Karten spielen. Sie brauchte und suchte Verbündete, und er könnte einer sein.

»Simonette ist heute nach Marseille gebracht worden«, platzte es aus ihr heraus.

»*Incroyable.*« Benoît schüttelte den Kopf. Eine steile Falte grub sich zwischen seine Augenbrauen.

Sie stutzte. Hatte er nichts davon mitbekommen?

Sein Blick glitt in die Ferne. Er atmete schwer. Die Muscheln wurden serviert und erlösten sie von der Stille.

»*Bon appétit!*« Conny drückte die schwarzen Muschelhälften auseinander, ließ das feste gelborangene Fleisch auf der Zunge zergehen.

Benoîts Züge entspannten sich, und er strahlte sie an. »Toll, eine Frau, die gern isst.«

Doch sie konnte ihm ansehen, dass er mit den Gedanken woanders war.

»Ich glaube nicht, dass Simonette die Täterin ist«, sagte

er schließlich und wischte sich mit der Serviette über den Mund.

Sie hätte ihn am liebsten umarmt. »Weißt du, dass du der Erste von allen bist, denen ich bisher hier begegnet bin, der das klar und deutlich ausspricht?«

»Natürlich hatte sie mehr als einen Grund. Aber, *excuse-moi*, Simonette ist eine alte Dame!«

So hatte Conny auch Jacques gegenüber argumentiert. Inzwischen überzeugte sie die Begründung nicht mehr. Auch weil ihr wieder eingefallen war, wie fit Simonette war. Sie praktizierte seit Jahrzehnten Yoga, begann noch immer jeden Tag mit einem Kopfstand.

Auf dem Weg zur Brasserie hatte Conny den Mord bereits im Geist durchgespielt und dabei die ihr bekannten Details berücksichtigt. Henri Moreau wirkte träge und wenig sportlich. Vermutlich war er von dem Angriff überrascht worden.

Körperlich traute sie Simonette die Tat durchaus zu. Sie war beweglich, kräftig und zäh. Aber eben nur körperlich. Unmöglich, dass Simonette ein gezücktes Messer in den Bauch ihres Erzfeindes getrieben hatte. Nein. Niemals. Egal, was ihr Moreau angetan hatte, das war nicht ihr Stil. Sie kämpfte mit anderen Waffen. Sicher, in den letzten Jahren hatten sie sich selten gesehen, hauptsächlich telefoniert. Aber niemals hätte sie sich so verändern können.

»Ich habe mir heute dieses Grundstück angesehen.« Sie wischte den Rest Tapenade mit einem Stück Weißbrot auf.

»Welches Grundstück?«, spielte Benoît den Unbedarften.

»Das, das du im Auftrag der *coopérative* an Henri Moreau verkauft hast. Le Terrain-Mer. Gegen Simonettes Willen.«

Er nahm einen kräftigen Schluck vom Weißen. »Du hast dich informiert.«

»Wie gesagt, ich bin quasi hier geboren.« Geboren hörte sich besser an als gezeugt.

Als das Schweigen zwischen ihnen zu lang zu werden drohte, rief er einen Garçon, der die leeren Teller abräumte und eine neue Karaffe Wein brachte. Diesmal roten. Zusammen mit frischen Gläsern. Benoît schenkte ihnen betont gelassen ein. Als die Unterseite seines Armes für den winzigen Bruchteil einer Sekunde ihr Handgelenk streifte, stellten sich die Härchen auf ihrem Unterarm auf, und sie überlief eine Gänsehaut. Lag ihre Reaktion am Wein oder an der knisternden Spannung zwischen ihnen, die keinesfalls von ihr beabsichtigt war? Andererseits gab er sich seltsam unbeteiligt. War das seine Art, ihre Begierde zu wecken?

Die Filets wurden serviert, und Conny schnitt ihr Filetsteak an. Es war medium rare. Innen blutrot, außen dunkel und kross. Die grob gehackten weißen und schwarzen Pfefferkörner verschmolzen mit der Grillkruste und verströmten einen verführerisch scharfen Duft.

Benoît schob sich ein großes Stück Fleisch in den Mund. »Ich hatte keine Wahl, was den Verkauf betrifft«, brummte er schließlich zwischen zwei Bissen. »Mehrheitsbeschluss.«

»Und Simonette?«

»Du weißt doch bestimmt, dass sie dagegen war.« Er tupfte sich die Mundwinkel mit der Serviette ab.

»Und damit war sie allein?«

»Nein, aber eine Zweidrittelmehrheit hat für den Verkauf gereicht.«

»Wer war noch auf Simonettes Seite?«

»Was meinst du denn, wie so etwas abläuft?« Er wirkte ungeduldig, blickte sich im Gastraum um.

Conny folgte seinem Blick. »Suchst du jemanden?«

»Madeleines Mann. Émile. Er kommt oft her. Du solltest dich mit ihm unterhalten.«

Conny nickte, war sich aber nicht sicher, ob sie heute eine weitere Begegnung mit einem Mitglied der Familie Ruon ertragen würde.

»Er ist der Letzte in Saint-Tropez, der noch als Fischer tätig ist«, erklärte Benoît. »Bald achtzig Jahre, aber topfit. Er kann dir alles erzählen. Mir scheinst du ja nicht zu glauben.«

Er erhob sich, drehte den Stuhl um, setzte sich wieder hin, lehnte sich zurück und funkelte sie wütend an. »Die Zeiten haben sich geändert. Wir sind heute für die Zukunft verantwortlich. Dafür, dass der Tourismus auf ein anderes Niveau gehoben wird. Wir müssen die Fehler unserer Eltern und Großeltern, die sie in ihrer Begeisterung über den Aufschwung begangen haben, wiedergutmachen. Go local, so heißt der aktuelle Trend, und wir haben ganz hervorragende regionale Produkte, mit denen wir ihn bedienen können. Die müssen die Touristen kennen und schätzen lernen. Aber Qualität hat seinen Preis, deshalb brauchen wir Gäste, die bereit sind, diese Preise zu bezahlen.« Jetzt winkte er ab. »Aber lassen wir das. Eigentlich wollte ich über ganz andere Themen mit dir reden.«

Conny verstand ihn. Auch ihr lag die Zukunft des ehemals kleinen Fischerdörfchens am Herzen. Es gab Zeiten, in denen Saint-Tropez, ähnlich wie Venedig und Barcelona, unter Overtourism litt. Sie selbst hatte einen Teil dieser Verwandlung miterlebt. Dabei hatte die Region noch Glück, dass die architektonische Struktur an der Küste ihren ursprünglichen Charakter bewahrt hatte.

»Und du meinst, Moreau wäre der Garant für liquide Gäste und sanften Tourismus gewesen?«, fragte sie ironisch und gabelte ein Salatblatt auf, das mit frischen Kräutern bestreut war. Sie steckte es sich in den Mund und verzog genüsslich das Gesicht. Die Vinaigrette war mit Olivenöl und Zitrone angemacht. »Das Essen ist übrigens vorzüglich.«

»Danke.« Benoît hielt ihr sein Rotweinglas hin, und ihre Gläser trafen sich am Punkt ihrer stärksten Wölbung. Der Kristallton ertönte voll und klar, doch Benoît sah an ihr vorbei.

»Beim Anstoßen schaut man sich an«, sagte sie.

Er beugte sich ihr über den Tisch entgegen und blickte ihr tief in die Augen. So tief, dass sie schon bereute, ihn dazu aufgefordert zu haben.

»So?«, fragte er charmant.

Sie führte das Glas zum Mund und entschied sich, es langsam angehen zu lassen. Daher sagte sie kühl, obwohl ihr Bauch warme Wellen aussendete: »In etwa.«

Er lehnte sich wieder zurück und fuhr fort. »Moreau

war gut in dem, was er tat. Er hat sich engagiert, auch wenn du denkst, dass ich mit meiner Einschätzung falschliege. Er wollte etwas hier im Ort bewegen und war bereit, dafür Geld in die Hand zu nehmen.«

»Wie viele Mitglieder hat eure Genossenschaft?« Sie tauchte eine Frite in die auf dem Teller entstandene Pfeffersoße.

»Acht.«

»Und du? Hast du für den Kauf gestimmt?« Sie wollte, dass er es zugab.

»*Bien sûr.*«

»Aber das kapier ich einfach nicht. Wer verkörpert denn besser den Charakter der Region als *La Maison des Pêcheurs*? Dir muss doch klar gewesen sein, welche Konsequenzen der Verkauf von Le Terrain-Mer an Moreau haben würde. Er besiegelt das Aus für *La Maison*.« Wütend schob sie sich das letzte Stück Filet in den Mund. Es war aus der Mitte, und sie hatte es sich bis zum Schluss aufgespart. Es zerging auf der Zunge. Trotzdem hatte sie das Gefühl, sich daran die Zähne auszubeißen.

Benoît untermalte seine Worte gestenreich. »Der Ort ist nicht mehr, was er einmal war. Bis auf die Jachtbesitzer kommen kaum noch Leute mit Geld. Und die bleiben meist nur wenige Tage, verbringen die meiste Zeit an Bord, lassen sich von ihren eigenen Köchen bekochen, mit Zutaten, die sie mitgebracht haben. Aber dann hat uns Moreau ein gigantisches Angebot unterbreitet. Le Terrain-Mer ist für uns doch nur eine Wiese, die seit Jahrzehnten brachliegt.«

Damit hatte er ihre Frage nur zum Teil beantwortet. Sie hakte nach. »Wofür braucht ihr das Geld?«

Er holte weit mit einem Arm aus. »Zum Investieren. In die Weinberge. Modernere Produktion, bessere Qualität, professioneller Vertrieb, höhere Erträge. Wir wollen der Region wieder ein Gesicht geben. Mit einem Marketingkonzept, das auf den Kern unserer Philosophie zugeschnitten ist. Aber so etwas kostet natürlich. Moreau war Feuer und Flamme für die Idee und hat uns zusätzlich zum Kaufpreis finanzielle Rückendeckung für die nächsten zehn Jahre zugesagt. Sein Tod ist für uns eine Katastrophe, damit haben wir ein Stück Zukunft verloren. Schau dich bloß mal um! Wenn nicht bald etwas passiert, fällt mir das Dach auf den Kopf, und den anderen Mitgliedern der *coopérative* geht es nicht besser.«

»Hättet ihr lieber Simonette tot gesehen als Moreau?«, provozierte Conny ihn.

»*Putain!* Natürlich nicht! Jeder Tote bedeutet, dass die Region etwas mehr stirbt.«

Conny stellte sich vor, wie Simonette den anderen Mitgliedern der *coopérative* die Stirn geboten hatte, und allmählich kristallisierte sich ein Bild heraus. Sie war es, die den anderen im Weg gewesen war. Nicht Moreau.

»Ist es das, was ihr ihr vorwerft? Lasst ihr sie deshalb fallen? Weil sie angeblich eure goldene Gans geschlachtet hat?«

Ein trauriger Schatten legte sich über seine Augen. »Mit Moreau sind auch unsere Perspektiven und Hoffnungen gestorben.«

Sie überlegte. Sollte sie den Katasterplan erwähnen, den Jacques ihr gezeigt hatte? »Mit einer brachliegenden Wiese ist wenig anzufangen. Außer«, begann sie, »sie wird Bauland!«

Er sprang vom Stuhl auf. »*C'est stupide!*«

Sie schnellte ebenfalls hoch, sodass der Tisch wackelte. Die Weingläser fielen um, und bevor Benoît reagieren konnte, breitete sich auch schon Rotwein auf seiner hellen Hose aus. Direkt im Schritt. Conny wich blitzschnell zurück, sodass ihr Kleid nichts abbekam, und im nächsten Moment eilte auch schon der Garçon zu Hilfe, der sie die ganze Zeit über nicht aus den Augen gelassen hatte. Benoît fluchte und wischte an seiner Hose herum, was den Fleck nicht kleiner machte. Sie vermied es hinzusehen.

»Du bist ganz schön neugierig, was Simonette und Moreau anbelangt, Conny. Weit weniger, was mich betrifft. Seit wir hier sitzen, haben wir nicht mal drei persönliche Sätze gewechselt. Ich dachte, wir verbringen einen schönen Abend miteinander. Glaub mir, eine schöne Frau einzuladen, die ich kurz zuvor vor einem Unfall bewahrt habe, ist sonst nicht mein Stil.« Er zog die Unterlippe hoch. Es war nicht zu übersehen, wie peinlich ihm die Situation war.

Doch in Conny arbeitete es.

»Wenn Le Terrain-Mer Bauland würde«, dachte sie ihren Gedanken laut weiter, »dann wäre das hochpikant! Die Tatsache, dass das Grundstück Bauland wird, wurde im Angebot noch nicht berücksichtigt, oder? Normalerweise dauert so eine Umwidmung Jahre. Die Mitglieder

der *coopérative* würden platzen vor Wut, weil sie übervorteilt wurden, und jeder käme als Mörder infrage. Auch du! Und vermutlich würde jeder gerne in Kauf nehmen, dass jemand anderes an seiner statt im Gefängnis sitzt. Am besten diejenige, die vorher allen im Wege gestanden hat«, schleuderte sie Benoît entgegen. »Ich werde jeden von euch unter die Lupe nehmen, darauf kannst du dich verlassen. Oder wart ihr es alle zusammen?«

Im nächsten Moment stöhnte sie innerlich auf. Wie sollte sie sämtliche Mitglieder der *coopérative* abklappern und gleichzeitig ihren Artikel schreiben? Am Freitag war ihre Deadline!

Aber war nicht im *Nice Matin* die Rede davon gewesen, dass es mehrere Täter oder Täterinnen sein könnten? Das sprach für ihre Theorie, auch wenn sie aus ihrer Erfahrung als Journalistin wusste, dass manches ganz bewusst von den Ermittlern zurückgehalten oder umgedeutet wurde, damit sich bei den Verhören Täterwissen herauskristallisierte. Wobei auf der anderen Seite auch Journalisten gern die eigene Fantasie spielen ließen.

»Du denkst, ich bin ein Mörder? Die ideale Voraussetzung für einen romantischen Abend zu zweit. Bist du etwa nur gekommen, um mir das zu sagen?« Benoît stemmte seine sehnigen Hände in die Hüften, neigte den Kopf und sah mit seiner befleckten Hose äußerst bemitleidenswert aus. »Aber mit deiner Theorie bist du auf dem Holzweg, Conny! Außerdem – vergiss nicht, dass die Polizei seit zwei Wochen ermittelt. Sie hat zahlreiche Untersuchungen und Verhöre geführt, alle Möglichkeiten durchgespielt und überprüft. Und du kannst mir glauben, dass gerade Madame le Commissaire Yvonne Saigret viel dafür gegeben hätte, dass der Verdacht nicht gerade auf Simonette fällt. Aber bitte: Nimm dir gerne unsere Mitglieder vor! Einen nach dem anderen. Du wirst schon sehen, dass kein einziger von ihnen für einen Mord infrage kommt.«

»Genauso wenig wie Simonette.«

»Genauso wenig wie Simonette.«

»Ist Le Terrain-Mer denn wirklich schon Bauland?« Sie griff nach ihrer Lederjacke. Der Abend war nicht mehr zu retten, die Stimmung gekippt. »So eine Umwidmung dauert doch normalerweise Jahre.«

»Du bist also wirklich nur gekommen, um mich auszuquetschen wie Trauben nach der Ernte. Ich hatte dich anders eingeschätzt.« Seine dunklen Augen glänzten vor Wut und Enttäuschung.

Es war nicht mehr zu leugnen, dass sie es verbockt hatte. Sie verbiss sich die Frage nach dem Namen der Anwaltskanzlei, die den Verkauf betreute. Weder würde er sie ihr beantworten, noch würde man ihr dort Einzelheiten verraten.

Conny kramte in der Tasche ihrer Lederjacke nach Geld und förderte ein paar Scheine zutage. Auch sie hatte sich den Abend anders vorgestellt. Warum hatte sie nur so brüsk reagiert? Warum hatte sie sich wieder einmal von ihren Gefühlen und ihrer Wut hinreißen lassen, ihn als Mörder zu bezeichnen. Benoît war überraschend sensibel. Vielleicht hatte sie ihm ja unrecht damit getan, ihn in die Filou-Schublade zu stecken.

»Das Essen war superlecker.« Sie warf ein paar Scheine auf den Tisch. Als sie mit links heftig auftrat, durchfuhr sie der bekannte Schmerz im Knie. Sie hielt inne. »Es tut mir wirklich leid, aber ich kann mich nicht amüsieren, solange Simonette im Gefängnis sitzt.« Dann eilte sie mit Rücksicht auf ihr Knie zur Tür, froh, nicht High Heels, sondern Chucks zu tragen.

Draußen tauchte sie in der flanierenden Menge unter, schlüpfte in die nächste dunkle Gasse. Die letzte Stunde hatte sie kein bisschen weitergebracht. Zudem hatte sie das Gefühl davonzulaufen. Vor Benoît oder vor sich selbst? Sie wusste es nicht, sie wusste nur, dass sie ihn enttäuscht hatte. Aber, so musste sie sich eingestehen, da war er wohl nicht der Einzige. Es schien ihr in die Wiege gelegt worden zu sein, Menschen, die ihr etwas bedeuteten, zu enttäuschen.

16

Nachdem sie erst ziellos durch die schmalen Gassen gelaufen war, vorbei an lachenden, eng umschlungenen und sich küssenden Menschen in Urlaubslaune, bog sie schließlich in einen Weg Richtung Meer ein.

Ihre Gedanken wanderten zum letzten Streit mit ihrer Mutter zurück. Sie hatten sich auf dem Bahnsteig in die Haare bekommen, bevor Conny zu ihrem Schulaustausch nach Nizza aufgebrochen war. In den Minuten ihres Abschieds, als sie ihre Mutter zum letzten Mal sehen sollte.

Céline – ihre Großmutter Katharina hatte ihrer einzigen, noch dazu unehelichen Tochter einen französischen Namen gegeben – hatte von Anfang an die fixe Idee gehabt, Conny mit dem Auto nach Nizza zu bringen, um hinterher Simonette zu besuchen. Da Conny zur offiziellen Abfahrt krank war und einige Tage später als ihre Klassenkameraden fahren musste, wäre das sogar eine realistische Möglichkeit gewesen. Dennoch standen sie jetzt am Bahnsteig, denn sie hatte sich mit Händen und Füßen dagegen gewehrt, von ihrer Mutter gefahren zu werden.

Spätpubertär, so hatte Céline sie genannt und sie noch kurz vor der Abfahrt angefleht, es sich anders zu überlegen. Conny hatte etwas Unfreundliches erwidert und sie stehen lassen. Hatte sich erwachsen und frei gefühlt, als sie in den Zug gestiegen war. Nie würde sie den Ausdruck tiefer Enttäuschung auf dem Gesicht ihrer Mutter vergessen, als sie sie das letzte Mal gesehen hatte. Sie hatte einsam am Gleis gestanden, als der Zug abfuhr.

Diese Momentaufnahme würde sie ihr Leben lang begleiten. Der Schmerz, den sie ihrer Mutter zugefügt hatte, hatte sich ihr als zentnerschwere Schuld auf die Seele gelegt. Ohne Chance auf Wiedergutmachung. Und Benoît hatte unbewusst diesen wunden Punkt getroffen, mit seinem tief verletzten Blick, als würde er innerlich bluten. Wie damals ihre Mutter Céline.

Wäre sie auf ihren Vorschlag eingegangen, würden ihre Eltern aller Wahrscheinlichkeit heute noch leben. Oft hatte Conny sich gefragt, ob Céline damals eine Vorahnung gehabt hatte. Ob sie nach einem Weg gesucht hatte, um zu überleben. Und ob sie dieser Weg gewesen war. Den sie durch ihre Entscheidung zur Sackgasse gemacht hatte.

Damals hatte sie voller Egoismus aus dem Bauch heraus gehandelt. Vorschnell und stur war sie gewesen. Wie jetzt.

Natürlich, Benoîts Worte »Ich hatte dich anders eingeschätzt« hatten die klaffende Wunde in ihr schmerzvoll wieder aufgerissen, dennoch ärgerte sie sich über ihre Reaktion. Warum nur rannte sie immer weg und wollte mit dem Kopf durch die Wand? So würde sie nie etwas herausfinden.

Noch immer hatte sie keine Ahnung, wie es mit Le Terrain-Mer weiterging. Wusste nicht, wer außer Simonette einen Vorteil von Moreaus Tod hatte. Ob Moreau mit dem Erwerb wirklich den Grundstein für ein Luxusresort hatte legen wollen? Und blieb der Vorvertrag bei seinem Tod automatisch bestehen und ging auf den oder die Erben über? Oder würde unter diesen Umständen wieder neu verhandelt werden müssen?

Aber nein, das war unwahrscheinlich, dachte sie, als sie am Alten Hafen vorbeilief und sich dagegen entschied, ins Hotel zurückzukehren, obwohl es bereits auf elf Uhr zuging und sie am Morgen früh aufgestanden war. Henri Moreau war ein Profi gewesen. Mit Sicherheit hatte er die besten Anwälte engagiert, die für sämtliche Szenarien das Optimum für ihn herausgeholt hatten. Aber waren die Mitglieder der Genossenschaft wirklich so unbedarft, dass sie sich darauf eingelassen hatten?

Sie sah Benoît vor sich. Ein kluger Idealist. Als Sprecher der Gruppe war er aller Wahrscheinlichkeit nach das stärkste Glied der *coopérative*, der Meinungsführer. Er hatte den Eindruck gemacht, loyal hinter Moreau zu stehen, voller Hoffnung, in seinem Windschatten einer besseren Zukunft entgegenzusegeln. Wie vermutlich alle, mit denen Moreau sonst noch zu tun hatte und denen er nicht so übel mitgespielt hatte wie Simonette.

Eine mögliche Rückabwicklung wäre die Lösung. Dann hätte Simonette, sobald sie wieder auf freiem Fuß war, wieder eine Perspektive, hätte Zeit, die weiteren Mitglieder umzustimmen, das Grundstück zu behalten und den Bau des Resorts abzuwenden. Allerdings würde ein solcher Vertrag, der mit einer Klausel im Falle des Todes des Käufers aufgelöst werden konnte, auch Simonettes Mordmotiv erheblich stärken. Wenn sie lebenslänglich hinter Gittern saß, würde ihr die Rückabwicklung nichts nutzen. Oder war sie davon ausgegangen, unentdeckt zu bleiben?

Conny erschrak, als sie merkte, wie der Verdacht gegen Simonette sich in ihre Gedanken schlich, obwohl sie ihm bislang doch nur einen Millimeter Platz eingeräumt hatte. Die Motivlage war wirklich erdrückend. Wie sie es drehte und wendete, es wurde immer unwahrscheinlicher, in wenigen Tagen Simonettes Unschuld zu beweisen.

Alles, was sie hatte, war die vage Idee, dass Moreau die *coopérative* hintergangen hatte, indem er für ein brachliegendes Grundstück zwar einen guten Kaufpreis angeboten, die baldige Umwidmung in Bauland dabei aber unberücksichtigt gelassen hatte, womit er die *coopérative* um eine gewaltige Summe betrog. Ein nicht zu unterschätzendes neues Mordmotiv für eine ganze Gruppe. Außerdem musste der Milliardär über weitere Verbündete verfügt haben, die ihn bei seinem Vorhaben unterstützten.

Und wenn der Mord wirklich eine Gemeinschaftsaktion war? Mit Simonettes Hilfe? Deckte sie ihre Mittäter? War deshalb im *Nice Matin* die Rede von einer Bande gewesen? Wenn sie doch nur Zugriff auf die Akten hätte! Da im Artikel mit Informationen gespart worden war, beruhte Connys Verdacht einzig und allein auf einer nicht bestätigten Vermutung.

Und anscheinend gab es konkrete Pläne, Le Terrain-Mer in Bauland umzuwandeln. Jacques hatte ihr davon erzählt, als er ihr die Karte gezeigt hatte.

Simonettes bisheriger heißer Draht ins Rathaus war Yvonne gewesen. Die jedoch keine Bürgermeisterin mehr war. In Connys Kopf begann sich alles zu drehen.

Das erste Mal seit Minuten sah sie sich um. Wie von selbst hatten ihre Füße sie zu ihrem Lieblingsplatz getragen. Hier – auf Le Terrain-Mer – war es windig und frisch. Der Mistral blies unentwegt. Sie war froh um ihre Lederjacke, trotzdem fröstelte sie.

Die Sterne am Himmel leuchteten so hell und klar, dass Conny den Großen und Kleinen Wagen sowie die Milchstraße deutlich erkannte. Die Zikaden sangen ihre Lieder. Der Mond spiegelte sich im Meer und beleuchtete Moreaus Megajacht, deren Präsenz allgegenwärtig schien. Obwohl – oder gerade weil? – ihr Besitzer längst im Reich der Toten weilte.

Während sich ihre Augen an die Dunkelheit gewöhnten, überlegte sie, zu ihren drei Zypressen zu laufen, sich in ihrer Mitte niederzulassen. Sie sehnte sich nach Geborgenheit. Doch sie wiegten sich ein ganzes Stück höher den Hang hinauf, beängstigend riesig und schwarz in ihrem eigenen Takt. Zum ersten Mal wirkten die drei schlanken Bäume auf sie fremd und abweisend. Als ob sie ein Geheimnis in ihrer Mitte verbargen.

Vorsichtig ging Conny durch die kniehohe *garrigue*, die immer wieder von Felsen unterbrochen wurde und den nächtlichen Duft von Kräutern und sonnenverwöhnter Erde verströmte.

Sie kletterte dorthin, wo die Wiese steil zum Meer hin abfiel. Als sie sich nach ihren Zypressen umdrehte, hinter denen die Propeller von Jacques' Hubschrauber schimmerten, gab ihr allein dessen Präsenz ein Gefühl der Sicherheit. Sie war nicht allein. Jacques würde Simonette nicht kampflos den Fängen der Justiz überlassen.

Sie ließ sich auf einem großen Stein nieder und begann, auf dem Handy zu recherchieren. Der Empfang war mäßig.

Zuerst wollte Conny wissen, wer Yvonne Saigret, Madame le Chef de la Police, aus dem Amt gedrängt hatte. Zwar lief die Entscheidung, ob aus einem Fleckchen Erde Bauland wurde, im zentralistisch organisierten Frankreich über das Departement, dennoch war der Bürgermeister involviert. Ebenso wie die Mitglieder des Gemeinderates, le Conseil municipal.

Die Website der Gemeinde baute sich auf ihrem Handybildschirm nur langsam auf. Frauen und Männer posierten stolz, die Tricolore als Band würdevoll über die linke Schulter gelegt. Keiner der Namen sagte ihr etwas. Die Zeit, als Simonette durch Yvonnes Amt lebhaften Anteil am Lokalgeschehen nahm und auch Conny alle wichtigen Entscheider kannte, hatte mit Yvonnes Abwahl ein Ende gefunden.

Von dieser Seite war also kaum Hilfe zu erwarten. Selbst wenn die Mitglieder des Gemeinderats untereinander zerstritten und verfeindet wären, wie in der Politik üblich, gegen eine Fremde wie Conny würden sie sich verbünden und kaum freiwillig Informationen rausrücken.

Sie zerbrach sich den Kopf. Gab es dennoch einen Weg, mehr zu erfahren? Und wie stand der Gemeinderat zu der *coopérative*? Und zu Moreaus Plänen? Zogen sie alle am gleichen Strang? Oder hatte die Genossenschaft sich im Bewusstsein, dass die Wiese bald Bauland sein würde, für den Verkauf entschieden? Weil Moreau sie bestochen hatte?, schoss es Conny durch den Kopf. Genau wie den Gemeinderat, um den Vorgang der Umwidmung zu beschleunigen?

Und was war mit Benoît? Hatte er etwas dafür bekommen, dass er für den Verkauf stimmte? Nur er allein? Sie schüttelte kaum merklich den Kopf. Schwer vorstellbar. Die anderen hätten ihn in der Luft zerrissen, hätten sie davon erfahren. Sein guter Ruf wäre Vergangenheit gewesen. Außerdem trat er für die »gute« Sache ein. Er mochte vieles sein, aber habgierig hatte er auf Conny nicht gewirkt.

Ihre Gedanken wanderten zu Yvonne zurück. Sie musste noch immer Verbündete im Rathaus und im Gemeinderat haben und die einzelnen Strippenzieher seit Ewigkeiten kennen.

Conny googelte Yvonne. Die Trefferanzahl war gigantisch. In den sechs Jahren ihrer Amtszeit hatte sie als Privatperson fast zweihundert Prozesse geführt, bis es schließlich zu vorgezogenen Neuwahlen gekommen war. Conny überflog die Ergebnisse und stutzte. Ihr Gegner in allen Prozessen war ein gewisser Victor Gardin. Die Gründe waren unterschiedlich, aber auffallend häufig Amtsbeleidigung. Victor Gardin. Aha, der nächste Treffer verriet, dass er der aktuelle Bürgermeister war.

Auch wenn Saint-Tropez als Hotspot der Schönen und Reichen galt, war der Ort hinter den Kulissen den Banlieues von Marseille und Paris gar nicht mal so unähnlich. Nur dass man sich hier nicht mit Flammenwerfern gegenüberstand, sondern adrett gekleidet bei Gericht traf.

Sie hatte mindestens zwanzig Beiträge zu der Beziehung von Gardin und Yvonne überflogen, und dennoch ließ Conny ein bestimmtes Foto nicht los. Es zeigte den wesentlich kleineren Victor Gardin neben dem Riesen Pasquale Ruon. Der leicht tölpelhaft wirkende Brigadier in seiner zu kurzen Uniform schaute andächtig auf Gardins glänzende Halbglatze hinab.

Conny glaubte zu sehen, dass er dem aktuellen Bürgermeister durchaus zugetan war. *La famille* Ruon war ihr ein Rätsel. Jeder schien konsequent seine eigenen Interessen zu verfolgen, die sich diametral von denen der anderen

Familienmitglieder unterschieden. Oder kam ihr das nur so vor, und alle wollten doch das Gleiche?

Sie schlang die Arme um ihre Schultern. Obwohl sie sich eine windgeschützte Stelle gesucht hatte, wurde es langsam empfindlich kalt. Sie hob den Blick und sah zur Megajacht hinüber. Im hellen Mondschein zeichnete sich jedes Details deutlich ab. Der helle Rumpf, die verspiegelten Fenster mit den verchromten Akzenten. Die fünf Decks und der Pool, der glitzerte. Dazu der Hubschrauberlandeplatz, der vermutlich unabdingbar war, weil es für Menschen wie Moreau darum ging, zur richtigen Zeit am richtigen Platz zu sein.

Plötzlich flammten Lichter auf, und auf dem unteren Deck schien sich etwas zu tun. Dunkle Gestalten huschten umher. Conny kniff die Augen zusammen. War das die Besatzung?

Eine Zigarette glimmte auf, Stimmen ertönten, aber die Jacht war zu weit entfernt, als dass sie einzelne Worte verstand. Schließlich versammelte sich die Crew an der Reling und starrte in eine Richtung. Conny ließ ihren Blick dem ihren folgen. Das Beiboot hielt auf die Jacht zu. Hatte es die Pakete, deren Verladung Conny beim Schwimmen einige Stunden zuvor beobachtet hatte, an Land gebracht?

Diesmal waren nur zwei Personen an Bord. Der Riese mit dem vollen silberweißen Haarschopf, der die Kartons entgegengenommen hatte, fehlte. Der weit kleinere Mann, dessen Silhouette mit dem Meer verschmolz, ebenfalls. Nur Charlotte und der Asiate in Uniform, der seiner Statur nach schon beim ersten Ausflug dabei gewesen war, machten sich zum Anlegen bereit.

Als die Sträucher hinter ihr knackten, zuckte sie zusammen.

Ein Keuchen drang an ihr Ohr.

Bevor sie herumfuhr, umkrallte Conny den Zimmerschlüssel in der Tasche ihrer Lederjacke. Der Püschel lag weich in ihrer Hand, doch der Schlüssel selbst war spitz und aus Metall. Durchaus möglich, ihn als Stichwaffe zu nutzen. So viele Dinge konnten als Waffen dienen, man durfte nur nicht zögern, sie zu benutzen. Sie hob den Schlüssel auf Brusthöhe. Jeder Muskel ihres Körpers war angespannt.

Benoît. Er war ihr gefolgt. Sie setzte schon zum Sprung an, als er beschwichtigend beide Hände hob.

»Conny!« Seine dunklen Locken klebten feucht an seiner Stirn. »*Voilà*. Hier bist du also.«

»Woher weißt du das?«

»Jacques meinte, du könntest hier sein, wenn du nicht im Hotel bist, weil du diesen Platz liebst. Und als du nicht im Hotel warst, dachte ich, ich schaue hier kurz vorbei.« Benoît presste die Worte hervor. »Er hat in der Brasserie angerufen.«

»Jacques?« Ihr Griff um den Schlüssel lockerte sich. »Warum?«

Benoît kam näher, berührte ihren Arm. »Bei ihm wurde eingebrochen.«

Eingebrochen. Auch das noch! Fassungslosigkeit machte sich in ihr breit. »Geht es ihm gut?«

»Den Umständen entsprechend.«

»Was für Umstände, ist er verletzt?«

»Nein. Gott sei Dank nicht.«

Erleichterung überwältigte sie. Dann griff sie zu ihrem Handy. »Wieso hat er mich nicht angerufen?«

Benoît hob die Schultern. »Er sagte, er habe nur deine Mailbox erreicht.«

Conny kontrollierte das Display. Zehn Anrufe von Jacques. Sie hatte den Ton und die Vibrationsfunktion ausgeschaltet gehabt. »Mist! Wieso um alles in der Welt hat man bei ihm eingebrochen?«

Sie sah, wie Benoîts Blick zu Moreaus Megajacht glitt. »Vermutlich war es einer dieser Ferienhauseinbrüche.«

»Aber er hat doch gar kein klassisches Ferienhaus«, stieß Conny verwundert hervor. »Ich meine, er wohnt das ganze Jahr über hier, also, immer wieder.«

»Schon, aber wer das Haus beobachtet, dem dürfte auffallen, dass es immer wieder wochenlang leer steht. Es gibt hier Banden, die sich auf solche Objekte spezialisiert haben. Wir nennen sie Les Cigales, weil sie aktiv werden, sobald es dunkel wird.« Er hielt kurz inne. »Jacques hat den Einbruch bemerkt, als er vorhin nach Hause kam.«

Die Zikaden. Er wirkte, als wäre er wütend auf die Bande. Vermutlich, weil sie dem Ruf der Region schadete. Conny seufzte schwer. Armer Jacques. Es war furchtbar, wenn das Eigentum durchwühlt, die Privatsphäre verletzt wurde. Auch sie hatte das schon einmal erlebt.

Einen Monat vor dem tödlichen Unfall waren sie nach einem abendlichen Restaurantbesuch zu dritt nach Hause gekommen und hatten ihr Haus auf den Kopf gestellt vorgefunden. Sämtliche Schränke und Schubladen waren aufgerissen, der Inhalt auf den Boden geleert. Bilder und Teppiche lagen kreuz und quer auf dem Boden, die Matratzen waren von den Bettgestellen gerissen, alle Computer, Laptops gestohlen. Conny hatte sich in dem Haus nicht mehr sicher gefühlt, aber dann war sie ja auch bald umgezogen.

Benoît drehte sich mit ratlosem Gesicht zu ihr um. »Ich muss dann mal wieder.«

Conny legte ihm die Hand auf den Unterarm. »Es tut mir leid, dass ich vorhin einfach davongelaufen bin.«

»Schwamm drüber.« Er holte tief Luft.

Sie schob den Zimmerschlüssel in die Tasche ihrer Lederjacke zurück und folgte Benoît den schmalen Pfad bergab. »Weiß man schon, worauf sie es abgesehen hatten?«

Benoît stolperte, als er mit den Schultern zuckte. *»Je sais pas.«*

17

»Du siehst aus, als könntest du den brauchen.« Jacques stellte einen *double café* vor ihr ab. Sie standen an der Kochinsel in seiner geräumigen Küche, die mit modernsten Designgeräten ausgestattet war.

Conny schob ihm die Tasse hin, da er völlig fertig wirkte.

»Trink du mal erst.« Dann hantierte sie wortlos an dem glänzenden italienischen Retro-Kaffeevollautomaten. Gott, war sie müde. Es war nach Mitternacht, und sie war seit fünf Uhr morgens auf den Beinen.

Wenige Sekunden später nippte sie an ihrem hochkonzentrierten doppelten Espresso, der sie hoffentlich aufwecken würde, und ließ sich auf dem Barhocker Jacques gegenüber nieder.

Die Polizei hatte den Einbruch bereits vor einer Stunde aufgenommen, Stellen für die Spurensicherung markiert und das Haus kurz vor ihrem Eintreffen wieder verlassen. Immerhin hielt sich das Chaos auf den ersten Blick in Grenzen.

Überhaupt war das Häuschen von außen im Gegensatz zu seiner Innenausstattung eher unauffällig. Conny hatte es sich gänzlich anders vorgestellt. Sie war überrascht, dass es keine protzige Villa mit Pool, riesigem Garten und Meerblick war. Eher eines der ersten Häuser auf dem Hügel, auf der dem Wasser abgewandten Seite. Zweistöckig und mit prächtig blühenden Bougainvilleen vor der Haustür. Voller Charakter, ja, aber es wirkte keinesfalls so, als könnte es Einbrecher wegen der darin vermuteten Schätze anziehen.

Wobei der eingewachsene Garten beste Bedingungen für Eindringlinge bot. Von der Straße unbeobachtet, konnten sie sich alle Zeit der Welt lassen. Allerdings war ihr auch eine Alarmanlage aufgefallen. Ein rechteckiger Kasten mit rotem Dach, der unterhalb des Giebels an der Fassade hing.

»Sieht so aus, als wären die Einbrecher gezielt vorgegangen.« Sie trank den bitteren Espresso.

»Von der Straße war das Bild nicht zu sehen. Sie müssen gewusst haben, dass es hier hängt.«

Conny dachte sofort an Simonettes Impressionisten und an das Herzstück ihrer Sammlung. Als Jacques sich die Augen rieb, überfiel sie eine furchtbare Vorahnung. »Sag mir, dass es nicht das ist, was ich befürchte.«

Er stützte die Ellenbogen auf die Kochinsel und ließ den Kopf schwer in die Hände sinken. »Was würde ich drum geben, das zu können.«

»Bitte nicht!« Sie stöhnte auf.

»Doch.« Er zog die Brauen bestätigend hoch. »Das Bild, das Simonette am meisten bedeutet: *Die Segelboote im Hafen von Saint-Tropez*. Die Einbrecher haben ein glückliches Händchen bewiesen und einen echten Signac erwischt.«

Conny ließ ihren Kopf in die Hände sinken und brachte kein Wort heraus.

»Das Ölgemälde und sämtliche Studien von ihm.« Jacques' Worte waren nur noch ein heiseres Flüstern.

»Die Studien auch?« Bestürzt blickte Conny auf. Selten hatte sie so traurige blaue Augen gesehen wie jetzt die von Jacques. Sie waren Antwort genug. Er machte sich Vorwürfe.

»Sie hat sie erst vor rund vier Wochen zu mir gebracht, nachdem Moreau diese Pumpe installiert hatte. Sie hat den Lärm nicht mehr ertragen und war öfter hier. Bei meinem letzten Besuch hatten wir darüber gesprochen, dass sie peu à peu bei mir einzieht. Jetzt, wo ich das Häuschen habe, bietet sich das doch an. Der Plan war, dass wir beide unseren Lebensmittelpunkt hierher verlegen. Und ich war sicher, dass ihr ein bisschen Abstand von *La Maison* guttun würde.« Er machte eine Pause, als würde ihn das Sprechen Mühe kosten. »Sie meinte, dann finge sie schon einmal mit ihrem Lieblingsbild und den Studien an. Sie seien bei mir sicherer als bei ihr. Ich sollte es nur nicht an die große Glocke hängen.«

Traurig und wütend starrten sie und Jacques die weiße Wand über dem Sofa an. Das Nichts. Conny konnte sich einbilden, dass sich ein helles Rechteck abzeichnete, doch das war nur eine Illusion. Sicher war, dass hier ein Bild gehangen hatte. Eines, das wie in einem Museum mit einem vergoldeten LED-Strahler beleuchtet worden war, der jetzt seltsam verloren wirkte.

»Ich darf gar nicht daran denken, was das für Simonette bedeutet.« Allein die Vorstellung, wo das Gemälde und die Studien jetzt lagern könnten, verursachte Conny Bauchschmerzen. Es war bekannt, wie respektlos Einbrecher oft mit ihrer Beute umgingen. »Findest du es nicht seltsam, dass kaum, dass Simonette im Gefängnis ist, bei dir eingebrochen wird und gezielt ihre wertvollsten Kunstwerke gestohlen werden?«

»Ich weiß nicht mehr, was ich denken soll.« Jacques sank auf seinem Barhocker in sich zusammen.

Die Segelboote im Hafen von Saint-Tropez von Paul Signac war Teil von Simonettes Lebensgeschichte. Ihre Mutter Claudette hatte den Impressionisten persönlich gekannt, der 1892 im Alter von neunundzwanzig Jahren nach Saint-Tropez gezogen und acht Jahre hier verbracht hatte. Bis heute erinnerte das Musée l'Annonciade am Place Georges Grammont an ihn und weitere hier lebende Künstler. Kurz vor seinem Tod im August 1935 kehrte Signac mit dreiundsiebzig Jahren für einige Monate zurück. Es hieß, er habe Claudette Bandelieu als seine Muse auserkoren, aber was genau zwischen den beiden war, war ihr Leben lang Claudettes Geheimnis geblieben. Jedenfalls hatte der Maler dem damals jungen Mädchen sein Ölgemälde *Die Segelboote im Hafen von Saint-Tropez* vermacht. Mit persönlicher Widmung.

Zusammen mit anderen Werken gehörte das vielfach kopierte Gemälde zu einer 1893 entstandenen Reihe von Motiven und Szenen, die dem Fischerdorf gewidmet war. Das Bild, das dem passionierten Segler laut Simonettes Überlieferung am wichtigsten gewesen war, hatte er seiner Muse geschenkt.

Es war das erste Stück von Simonettes Sammlung gewesen. Inklusive der sechs dazugehörigen Studien. Eine davon war von einem besonderen ideellen Wert. Ein Porträt der jungen Claudette. Mit wenigen Kohlestrichen hingeworfen, stand sie am Kai und war im Begriff, ein Boot zu vertäuen. Mit wehendem Haar und Sommersprossen auf den Wangen lächelte sie den Betrachter geheimnisvoll an. Im Hintergrund das Meer und Segelboote. Eine Art moderne und dynamische Interpretation des in früheren Jahren entstandenen berühmten Bildes *Tor in Saint-Tropez* von Signac und ein ungewöhnliches Motiv für den Künstler, dessen Leidenschaft sonst hauptsächlich Landschaften galt. Mit dieser Studie hatte er es verstanden, Claudettes Persönlichkeit einzufangen, die sich in diesem Alter in ihrer ganzen ungestümen Art zeigte.

Jacques und Conny schwiegen einen Moment, beide waren sich der Tragik der Situation bewusst.

Schließlich lief Jacques in den Nebenraum und kehrte mit einer Flasche zurück. »Ich habe nur einen Armagnac.«

»Ich dachte, du trinkst keinen Alkohol mehr.«

»Jetzt schon. Außerdem ist er uralt.«

Conny beobachtete, wie die honiggelbe Flüssigkeit in zwei Gläser rann. »Jetzt erzähl«, forderte sie Jacques anschließend auf und nahm einen Schluck. Der Armagnac brannte auf der Zunge.

»Ich bin nicht gleich nach Hause, nachdem wir uns vorhin getrennt hatten. Hab noch etwas im Restaurant gegessen und mit den Mitarbeitern geredet. Sie waren alle durch den Wind.«

»Ist Anaïs wiederaufgetaucht?«, warf Conny ein und erinnerte sich, wie sie nach dem Schwimmen Jacques im Gespräch mit Pasquale gesehen hatte. Sollte sie ihn darauf ansprechen? Doch sie war einfach zu müde dafür.

Jacques leerte das Glas auf ex, schüttelte den Kopf und erwähnte weder Anaïs noch deren Bruder. Stattdessen griff er erneut zur Flasche und goss sich nach. »Was soll ich denn Simonette jetzt sagen?«

»Die Bilder sind bestimmt wieder da, bevor sie zurück ist«, versuchte Conny, Zuversicht zu verbreiten, die sie nicht spürte.

»Der war gut.« Jacques hob das Glas zum Mund, verzog

die Mundwinkel zu einem gequälten Lächeln und trank. »Weißt du, dass es Kunstwerke gibt, die nie – ich wiederhole: nie – wiederauftauchen?«

Das wollte sie sich jetzt nicht vorstellen. Schnell wechselte sie das Thema. »Wie war das, als du nach Hause gekommen bist? Wie spät war das überhaupt?«

Er lachte auf. »So gegen zweiundzwanzig Uhr. Da war jemand im Garten, der seelenruhig gepinkelt hat.«

Zu der Zeit also, als sie mit Benoît in seiner Brasserie gegessen hatte. »Ein Mann?«

Jacques nickte, starrte in sein Glas. »Mittelgroß. Hager wie ein Strich. Strähniges mausgraues Haar. Ungepflegter Bart. Er trug dunkle Jeans und ein schwarzes Shirt und war nicht mehr jung, das konnte ich erkennen. Aber dafür verdammt schnell. Ist wie ein Irrer davongeflitzt, als der Bewegungsmelder anging, als ich mich näherte.«

»Hat er dich gesehen?«

»Kann sein.« Jacques wirkte unsicher.

»Und dann?«

»Kurz darauf hat ein Motor aufgeröhrt. Wie bei einem Kavalierstart. Vom Klang her müsste es ein großer, schwerer Wagen gewesen sein. Ich hab gesehen, dass die Terrassentür offen stand und bin dann auf die Straße gerannt, konnte aber nur noch die Rücklichter sehen. Ein dunkler SUV, in dem zwei Männer saßen. Der Beifahrer war hundertprozentig der Mann, der vorher in meinen Garten gepinkelt hatte. Der andere muss sein Komplize gewesen sein. Er trug eine Mütze auf dem Kopf. Aber das habe ich alles schon der Polizei erzählt.«

»Yvonne oder Pasquale?«, fragte sie.

»*Des flic, qu'on ne connaît pas*. Den diensthabenden Polizisten halt. Hatte die noch nie vorher gesehen. Aber die haben alles notiert und aufgenommen.«

Erst jetzt bemerkte Conny die eingeschlagene Scheibe der Terrassentür. »Also waren es mindestens zwei Personen, wobei einer im Auto war, als du kamst. Wahrscheinlich waren sie gerade fertig, und der eine hatte noch ein dringendes Bedürfnis. Und sie sind da rein?« Sie deutete zur Terrassentür. Er nickte. »Was war mit der Alarmanlage?«

Jacques kratzte sich schuldbewusst am Kopf. »Das ist nur eine Attrappe.«

»Was?« Conny meinte, sich verhört zu haben. »Aber Simonette hat mir erzählt, dass dein Haus besser gesichert wäre als ihr ganzes Hotel.«

»Wahrscheinlich hat sie damit den Safe gemeint.« Er rieb sich nachdenklich über die Stirn. »Das Kästchen am Giebel hast du ja gesehen. Es wirkt täuschend echt. Aber anscheinend nicht auf jeden.«

»Du willst mir wirklich erzählen, dass ihr diese verdammt wertvollen Bilder hier aufbewahrt habt und deine Alarmanlage nichts weiter als eine Attrappe ist?« Conny musste sich zusammenreißen, um ruhig zu bleiben. »Du bist doch Geschäftsmann. Du solltest dich damit auskennen, wie man Wertgegenstände schützt!« Sie konnte es einfach nicht fassen.

»Simonette meinte, niemand weiß, dass sie bei mir sind«, begann Jacques, sich zu rechtfertigen. »Und gleich nach meinem Einzug hatte ich einen Spezialisten hier. Weißt du, was der gesagt hat? ›Hängen Sie am besten eine Alarmanlagenattrappe auf. Kein Mensch kann die von einer richtigen unterscheiden, und sie hält genauso viele potenzielle Einbrecher ab. Aber wer reinwill, der kommt immer rein. Auch mit richtiger Alarmanlage. Dagegen sind Sie machtlos.‹«

»War der Typ ein Idiot?«

»Ich glaube eher, er wollte Feierabend machen.«

»Oder steckt er womöglich mit den Einbrechern unter einer Decke?«

»Simonette und ich haben über alle erdenklichen Gefahren für ihre Bilder geredet. Aber sie meinte, solange niemand erfährt, dass sie hier sind, ist das Risiko überschaubar.« Er seufzte. »Du weißt, wie sie ist. Sie hasst übertriebene Vorsicht.«

»Übertriebene Vorsicht«, höhnte Conny.

»Ach was, schau dir nur Moreau an. Im entscheidenden Moment hat ihm seine Alarmanlage auch nichts genützt.«

»Waren die Bilder wenigstens versichert?«, fragte sie, während er ihre Gläser auffüllte. Seins schon zum dritten Mal.

Conny hatte Jacques immer als einen Mann mit Stil und Eleganz wahrgenommen. Jahrzehntelang war er als Industriedesigner in namhaften Unternehmen tätig gewesen, bis er seine Agentur in Paris gegründet hatte. Seine Aufenthalte an der Côte d'Azur waren der Liebe zu Simonette geschuldet und vielleicht auch ein bisschen der Inspiration.

Dementsprechend minimalistisch geschmackvoll war

nicht nur die Küchenausstattung, sondern das gesamte Interieur. Kundige Einbrecher wären mit dem Möbelwagen angerückt, war Conny überzeugt. Doch diese hier hatten sich auf ihren Kunstsachverstand konzentriert und es auf die Rosinen abgesehen gehabt.

»Hausrat«, quetschte Jacques mühsam hervor.

»Hausrat?«, wiederholte Conny dümmlich und sah dabei die farbenprächtigen Segelboote im Hafen auf dem Gemälde vor sich.

»Na ja, ich habe eine Hausratversicherung. Sie orientiert sich am Wert der Einrichtung.«

»Und der beinhaltet auch Simonettes Bilder?«, fragte sie.

Er nahm einen kräftigen Schluck, schenkte ihnen beiden erneut nach. »Die waren natürlich noch nicht hier, als ich das Haus gekauft habe. Leider war ich in letzter Zeit in Paris und viel beschäftigt, sodass ich nicht dazu gekommen bin, mit der Versicherung zu sprechen.«

Wie es halt so ist, dachte sie und drohte in einer Welle der Verzweiflung unterzugehen. Aber natürlich, die Änderung von Versicherungen war das Letzte, an das man dachte, wenn zwei Leben miteinander verschmolzen. Das konnte sie weder ihm noch Simonette vorwerfen.

»Wer wusste außer euch beiden, dass die Bilder hier sind?« Sie ließ den Armagnac ihre Kehle herunterrinnen.

»Nur der allerengste Freundeskreis.«

»Meinst du, jemand davon könnte den Einbrechern einen Tipp gegeben haben?« Ihre Zunge wurde immer schwerer, dennoch hatte sie Lust auf einen weiteren Drink.

Die Angst davor auszusprechen, wen sie dafür in Verdacht hatte, war noch immer zu groß: Madeleine, Anaïs, Pasquale. Die ganze Familie Ruon. Irgendetwas stimmte mit ihnen nicht. Aber Conny musste sich ihren Gedanken stellen. Oft lag die Wahrheit so nah, aber man war zu blind, um sie zu sehen.

»Ich kann mir nicht vorstellen, dass irgendjemand, den wir kennen, solche Kontakte hat«, widersprach ihr denn auch Jacques. »Das sind richtige Verbrecherbanden. Spezialisiert auf Ferienhäuser. Perfekt organisiert. Man nennt sie hier Les Cigales, da sie gerne im Dunkeln aktiv sind.«

Conny nickte, erinnerte sich daran, was Benoît gesagt hatte, und stellte das leere Glas nachdenklich auf den Tresen. War es wirklich Zufall, dass ausgerechnet heute Nacht bei Jacques eingebrochen worden war?

Ihr Kopf begann zu schwirren. Auch die Möbel um sie herum fingen an zu rotieren. Sie sehnte sich nach ihrem Bett. Schlafen. Aufwachen. Sonne. Die Realität sah anders aus. Simonette war im Gefängnis, der wertvollste Teil ihrer Kunstsammlung gestohlen. Noch dazu der Druck, den ersten Artikel für ihren neuen Arbeitgeber zu schreiben. Nicht nur fehlte ihr die Zeit dafür, auch die Inspiration. Denn das Paradies, das sie beschreiben sollte, war gerade dabei, sich aufzulösen. Und Marie Sommer von *La Voyagette* wollte bestimmt keinen Kriminalroman in ihrem Hochglanzmagazin.

Conny ließ sich vom Hocker gleiten und schwankte. Wenn sie jetzt nicht zum Hotel zurückging, würde sie sich auf Jacques' Sofa fallen lassen und dort wie ein Stein schlafen. Das wollte sie auf keinen Fall.

»Soll ich dich begleiten?«, fragte Jacques.

»Alles gut. *Bisou.*« Im Gehen fiel ihr noch etwas ein. »Die Spurensicherung war schon hier?«

»Kommt erst morgen früh.« Jacques gähnte. »Sie werden sich nur auf die markierten Stellen konzentrieren. Alles andere wurde vorhin immerhin fotografiert.«

Sie wankte aus der Tür, drehte sich noch einmal kurz um und sah aus den Augenwinkeln, wie Jacques' Kopf auf die Kücheninsel sank und dort regungslos liegen blieb.

18

Es waren nur wenige hundert Meter bis zum Hotel, aber sie kamen ihr vor wie eine Wanderung über die höchsten Gipfel der Pyrenäen. Der Mistral pfiff beißend kalt. In der Nacht hatte er sich bis in die Gassen vorgewagt. Immer wieder taumelte Conny von einer Straßenseite zur anderen.

Der Weg führte von Jacques' Haus steil bergab, sodass ihre Schritte ungewollt schneller wurden. Konzentriert achtete Conny darauf, in der Straßenmitte zu bleiben, zwang ihre Augen, im Dunkeln zu sehen.

Die Ereignisse des Tages liefen wie ein Film vor ihrem geistigen Auge ab. Bilder von ihrem Flug mit Sven über den Brenner. Von Anaïs hinter dem Tresen. Simonette im Polizeiwagen. Jacques. Le Terrain-Mer. Vom toten Milliardär Henri Moreau und seiner Frau Charlotte. Der Megajacht. Von Benoît, für den mit Moreau vielleicht auch seine Zukunftsvision gestorben war. Von Madeleine, die sich so seltsam verhalten hatte. Von der Exbürgermeisterin Yvonne Saigret, von Anaïs' Bruder Pasquale, dem Brigadier. Vom Einbruch bei Jacques und von Signacs farbenprächtigen Segelbooten im Hafen.

Der Film gefiel ihr kein bisschen. Ihr wurde übel. Der Armagnac ließ die Welt um sie herum rotieren. Conny wollte nur noch ins Bett, sich die Decke bis ans Kinn ziehen und am späten Vormittag aufwachen und feststellen, dass alles nur ein Albtraum gewesen war.

Der Nachtportier, ein freundlich lächelnder Senegalese, ließ sie sofort ins Hotel, obwohl er sie nicht kannte. Er musste zu den neuen Saisonkräften gehören.

In ihrer Suite war die Bettdecke bereits zurückgeschlagen. Der Zimmerservice musste da gewesen sein, nachdem sie zu ihrem Treffen mit Benoît aufgebrochen war. Ein *praliné* als Betthupferl lag auf dem Nachttisch, vor dem Bett ein weißer Vorleger.

Durch das geöffnete Fenster strömte salzige Nachtluft herein, ein Fensterladen klapperte. Conny konnte hören, wie die Wellen gegen die Kaimauer im Alten Hafen schlugen. Alles war bereit für eine geruhsame Nacht, die sie jetzt bitter nötig hatte. Noch im Kleid warf sie sich auf die Matratze und schloss die Augen.

Plötzlich setzte ein Dröhnen ein, das ihre Nerven wie mit einem Vorschlaghammer malträtierte. Nicht sonderlich laut, aber penetrant und unangenehm. Es übertönte nicht nur die Wellen, sondern auch das Aneinanderschlagen der Segelbootmasten. Sämtliche Geräusche der Nacht. Es störte ihre Ruhe.

Das An- und Absaugen von Luft wurde vom Wind genau in ihr Zimmer getragen. In ihren Gehörgängen schwoll das Dröhnen zu einem immer tieferen Wummern von ohrenbetäubender Dimension an. Connys Lider fielen zu, öffneten sich aber sofort wieder. Sie war zu träge, um aufzustehen, hasste es außerdem, bei geschlossenem Fenster zu schlafen. Aber sie ahnte, dass sie unter diesen Umständen kein Auge zutun würde.

Mit einem Schlag war sie hellwach. Hatte Jacques nicht gesagt, dass das Dröhnen aus dem leer stehenden Nachbarhaus kam, das Moreau gehörte, und schon so einige Hotelgäste vergrault hatte? Aber Moreau war tot. Wer würde es merken, wenn dieser Lärmquell verstummte? Ein Stromausfall, was sonst? Jetzt oder nie.

Mit vor Müdigkeit schweren Gliedern schälte sich Conny aus ihrem Kleid, zog ein T-Shirt über und stieg in ihre Jeans, für den Fall, dass sie klettern musste. Auch ihr Handy schob sie in die Gesäßtasche und stellte vorher den Vibrationsmodus ein, damit ihr nicht wieder eine wichtige Nachricht entging. Im letzten Moment dachte sie daran, ihren Zimmerschlüssel und die Kreditkarte einzustecken. Nichts eignete sich besser zum Öffnen einer alten Tür als eine Bankkarte.

Dann schlich sie durch den Hintereingang nach draußen. Als die Tür mit einem Klicken zufiel, wurde ihr klar, dass sie wieder vergessen hatte, etwas zwischen den Türspalt zu klemmen. Ein One-way-Ticket, ärgerte sie sich. Die Tür führte hinaus, aber nicht wieder hinein. Der Nachtportier würde sich später wundern, dass sie zweimal hereingekommen war, ohne zwischendurch hinauszugehen.

Kaum im Freien, erfasste sie eine Windbö und peitschte sie in Richtung des Geräuschs.

19

Das Nachbarhaus war ein renovierungsbedürftiges, denkmalgeschütztes Stadthaus mit einem Durchgang und einem Holztor zum Innenhof, von denen es im Ort mehrere gab. Wie erwartet ließ sich das Schloss der Haustür mühelos mit der Kreditkarte knacken.

Conny trat ein, fand sich in einem kleinen Foyer wieder und schlich die schmale Treppe hinauf, weil von dort das Dröhnen kam. Urplötzlich schlug ihr der süßlich schwere Geruch von Marihuana entgegen. War das Haus doch bewohnt? Diente es Aussteigern als Unterschlupf, denen die Nacht am Strand zu kalt war?

Conny tastete sich in den ersten Stock und dort von Raum zu Raum weiter, bis sie dem Dröhnen immer näher kam. Sie war sich der Tatsache, dass sie keine Waffe bei sich trug, schmerzlich bewusst. Nicht einmal Pfefferspray. Sie konnte sich nur auf die Wirkung ihres Zimmerschlüssels verlassen. Und auf ihre Schlagkraft.

Sämtliche Zimmer waren leer, dennoch hatte sie das Gefühl, nicht allein zu sein.

Plötzlich setzte das Pumpengeräusch aus, und die Ahnung, dass noch jemand anders anwesend war, wurde zur Gewissheit. Jemand, der sie bemerkt hatte und sie als Störung empfand. Conny meinte, eine knisternde Spannung zu spüren, sie konnte die Gefahr, in der sie sich befand, nicht einschätzen.

Neben einer alten Schubkarre mit hart gewordenem Zement, die wohl im Rahmen geplanter, aber nicht durchgeführter Renovierungsarbeiten vergessen worden war, fand sie einen abgebrochenen Besenstil aus Holz und packte ihn mit beiden Händen. Wo war der andere? Oder bildete sie sich dessen Anwesenheit nur ein?

Conny horchte konzentriert, aber es blieb mucksmäuschenstill. Auch das Pumpengeräusch setzte nicht wieder ein. Sie schlich weiter durch das schmale, verschachtelte Haus, bis sie plötzlich, als sie aus einem der hinteren Zimmer mit Balkon in den nächsten Raum gehen wollte, Zugluft spürte. Die Balkontür war geöffnet. In dem Moment nahm die Pumpe wieder ihre Arbeit auf, und Conny fuhr zusammen. Als sie sich wieder gefangen hatte, sah sie sich um. Tatsächlich! Das Corpus Delicti thronte auf dem Balkon. Vom Mond beschienen, dröhnte die Pumpe durch die Nacht. Der circa einen Meter hohe, längliche graue Metallkasten mit Gitterstruktur fand gerade so auf dem kleinen quadratischen Balkon Platz. Er vibrierte und brummte vor sich hin, die Schallwellen übertrugen sich auf das Metallgeländer. Sie war am Ziel.

Mit wenigen Schritten verschaffte sie sich einen Überblick über den Raum und folgte dann dem Kabel zum Stecker. Zog daran. Von einem Moment auf den anderen war es totenstill.

Sie rollte das Kabel vorsichtig bis draußen zur Pumpe auf, schloss leise die Balkontür und atmete durch. Das war leichter gewesen als erwartet. Zumindest dieses Problem hatte sie vorerst für Simonette gelöst. Obwohl es der Freundin aktuell wenig half. Blieb zu hoffen, dass es dem einen oder anderen Gast positiv auffiel.

Conny lauschte in die Stille. War ihre Aktion unbemerkt geblieben?

Plötzlich hörte sie ein Flattern wie von einem aufgeschreckten Fledermausschwarm und gleich darauf schnelle Schritte. Nicht von Stiefeln. Eher von weichen Sohlen auf hartem Zementboden. Sie fuhr herum, die Finger fest um den Besenstiel gekrallt.

Ein dunkler Schatten huschte an der offenen Tür zum Gang vorbei. Mittelgroß, hager und mit dünnem, strähnigem Haar. Ein Mann.

»*Arrêtez!*« Conny löste sich aus ihrer Starre, sprintete ihm hinterher und wollte ihn aufhalten. Aber er war schnell.

Hintereinander hetzten sie die engen Treppenstufen hinunter. Der Besenstiel behinderte Conny, sie ließ ihn zu Boden fallen.

Der Mann flitzte unbeirrt weiter. Er war wendiger als Conny. Als er die Haustür aufriss, erhaschte sie einen Blick in sein Gesicht. Es war faltig mit ungepflegtem Bart und wirkte verlebt. Das eines Aussteigers oder eines gealterten Hippies. Das Türblatt knallte ihr fast auf die Nase.

Als sie es umständlich wieder aufgestemmt hatte und endlich auf die Straße stürmte, war von dem Mann nichts mehr zu sehen. Nachdenklich und zitternd vor Wut starrte sie in die enge nächtliche Gasse.

20

Conny hatte ihn verloren. Unentschlossen kehrte sie in das Haus zurück. Der Unbekannte konnte nur aus einem der hinteren Zimmer unter dem Dach geflüchtet sein, in denen sie sich noch nicht umgesehen hatte.

Tatsächlich stieß sie im hintersten auf ein improvisiertes Nachtlager aus einem fleckigen Schlafsack. Daneben standen eine heruntergebrannte Kerze und leere Flaschen. Ein halbes Baguette lag links davon daneben. Und ein speckiges Handtuch mit Blutflecken. Ein Stirnband. Papier. Insgesamt ziemlich viel Unrat, darunter Stummel von selbst gedrehten Zigaretten und der Rest eines Joints.

Conny berührte nichts davon. Sie bückte sich, um an der Tüte zu riechen. Eindeutig die Ursache des Marihuanageruchs.

Jacques' Beschreibung des Einbrechers, der sich in seinem Garten erleichtert hatte, fiel ihr ein. Handelte es sich um den gleichen Mann? Dem Aussehen nach wäre das sogar möglich. Sie suchte nach der Handynummer von Yvonne, die Simonette ihr vor Jahren wegen der Planung eines Abendessens einmal geschickt hatte, und fand sie. Zwar erreichte sie sie nicht, hinterließ ihr aber eine Nachricht auf der Mailbox mit der dringenden Bitte um Rückruf.

Dann versuchte sie, Jacques ans Handy zu bekommen. Sie tippte auf seine Nummer in der Liste von verpassten Anrufen. Erfolglos. Sie war nicht überrascht. Wahrscheinlich war er kurz nach ihrem Abschied auf der Kücheninsel aufgewacht und hatte es anschließend gerade mal zum Sofa geschafft. Wo er jetzt komatös schlief.

Conny schaute sich um. Ihr Instinkt sagte ihr, dass es sinnvoll wäre, den Schlafplatz zu sichern, damit die Spurensicherung einen Blick darauf werfen könnte, um die Spuren mit denen des Einbruchs bei Jacques zu vergleichen. Aber wie? Die Police municipale anrufen wollte sie nicht, weil sie fürchtete, auf Unverständnis zu stoßen. Allein Yvonne hätte sie sich anvertraut. Übernachten wollte sie allerdings auch nicht hier, um die Stellung zu halten.

Doch so könnte der Unbekannte jederzeit zurückkehren, seine Sachen holen und alle Spuren verwischen. Und wenn sie wenigstens die Zimmertür verriegelte? Da im Schloss kein Schlüssel steckte, tastete sie auf gut Glück die Oberseite des Türstocks ab. Nach wenigen Sekunden spürte sie einen Schlüssel unter der dicken Staubschicht. Ein banaler, vorhersehbarer Aufbewahrungsort. Trotzdem hatte den Schlüssel vor ihr niemand entdeckt.

Sie pustete den Staub vom Schlüssel und musste prompt

niesen. Hausstaub- und Milbenallergie. Die hatte ihr in heiklen Situationen schon die eine oder andere Peinlichkeit beschert.

Sie verließ das Zimmer, schloss hinter sich ab und überlegte, was sie mit dem Schlüssel machen sollte. Mitnehmen wollte sie ihn nicht. Als sie die Treppe hinabstieg, kam sie schließlich auf die Idee, ihn im ersten Stock im kleinsten Raum auf den Türstock zu legen. Die Wahrscheinlichkeit, dass der Aussteiger hier nach ihm suchen würde, ging gegen null.

Mit einigem Kraftaufwand wäre es zwar immer noch möglich, die Tür zum Zimmer mit dem Nachtlager aufzubrechen, aber eine erste Hürde war errichtet. Außerdem schien der Unbekannte high gewesen zu sein, also kaum in Stimmung für größere Aktionen. Und einen gewaltigen Schrecken eingejagt hatte sie ihm auch.

Aber wenn es sich tatsächlich um den Einbrecher aus Jacques' Garten handelte, wo war dann der zweite Mann?, überlegte sie, während sie zurück zum Hotel ging.

Der Nachtportier starrte sie an wie eine Erscheinung, als Conny wenig später erneut vor ihm stand. Er führte sie persönlich zum Lift, fuhr mit ihr auf ihre Etage, wünschte ihr eine erholsame Nacht und versicherte sich, dass sie auch in ihrem Zimmer verschwand.

Conny fiel in Jeans und T-Shirt aufs Bett, genoss es, wieder nur noch die sich brechenden Wellen und die im Wind klackenden Masten der Segelboote zu hören, und wurde endlich von einem tiefen, traumlosen Schlaf übermannt.

21

Simonette konnte nicht einschlafen. Ihre erste Nacht im Gefängnis. Sie lag in einer Einzelzelle auf einer harten Pritsche, nur mit einem dünnen Laken zugedeckt. Für Anfang Juni war es zu kalt, sie fror. Das Fenster ihres Zimmers zeigte auf den geteerten Innenhof, durch die Gitterstäbe schien hell der Mond herein. Gleich würde er hinter den trostlosen Wänden des Nachbargebäudes versinken.

Das Verhör hatte sich als Luftnummer entpuppt. Ausgerechnet Félix war engagiert worden, um sie zu befragen. Danach hatte Madame Gary sie beschworen, sich den Fallanalytiker nicht zum Feind zu machen. Die Anwältin ahnte ja nicht, was sie verband oder – besser gesagt – nicht verband. Simonette hatte ihr kein Wort von ihrer Beziehung zu Félix erzählt.

Ihr war bewusst, dass sie in der Klemme saß. Mit ihm hatte sie nicht gerechnet. Jetzt war sie auf das Untersuchungsergebnis von dem Messer angewiesen, das nicht ihr eigenes war. Ihr Laguiole-Messer, einst ein kostbares Geschenk eines Liebhabers an Claudette, befand sich an einem anderen Ort.

Pierre Bras war nicht irgendein Liebhaber ihrer Mutter gewesen, sondern derjenige welcher. Der auserwählte, der, mit dem es Claudette ernst gewesen war. Und Pierre Bras war es mit Claudette umgekehrt genauso ergangen. Es hätte eine kitschige Liebesgeschichte werden können, doch es wurde eine mit traurigem Ende. Simonette, die sich nur selten Tränen zugestand, wischte sich beim Gedanken an ihre Maman und deren verlorene Chance auf eine außergewöhnliche Liebe eine Träne aus dem Auge.

Claudettes Messer war das schönste aus einem Set, das aus vier Exemplaren bestand. In seiner Verzweiflung hatte Pierre nicht nur ihrer Mutter, sondern drei weitere Menschen mit einem solchen Präsent bedacht. In der Hoffnung, sich damit freizukaufen.

Bei Claudettes Exemplar waren die Augen der geschmiedeten Biene am Übergang zwischen Griff und Klinge mit zwei winzigen Amethysten besetzt. Nicht so bei dem Messer, das man in ihrer Küche gefunden hatte. Es war weit weniger pfleglich behandelt worden, von einem Flügel der Biene war ein winziges Teil abgebrochen. Vermutlich hatte man sie zum Flaschenöffnen missbraucht.

Untersuchungshaft. Simonette blickte sich in dem tristen Zimmer um und suchte schließlich den tröstenden Mond vor dem Fenster, doch er war schon hinter dem Haus gegenüber verschwunden. Sie seufzte. Zwar waren die Bedingungen nicht ganz so miserabel wie im Gefängnis, doch bis zur Anklage konnten Monate vergehen. Sie hatte von einem Fall gelesen, bei dem der Angeklagte vier Jahre darauf warten hatte müssen. Natürlich könnte die Untersuchung des Messers sie entlasten, was ihr aber so gut wie unmöglich schien. Und hatte man erst einmal Anklage erhoben, gäbe es kaum mehr einen schnellen Weg zurück.

Die harte Pritsche drückte sich durch die dünne durchgelegene Schaumstoffmatratze in ihre Wirbelsäule. Die Hüftknochen lagen spitz auf und schmerzten. Dieses Nachtlager war definitiv nicht geschaffen für eine Frau ihres Alters.

Sie hoffte, dass Anaïs die Geschäfte am Laufen hielt. Dabei hatte ihre Nichte zweiten Grades genug eigene Probleme. Anaïs hatte ihr nichts verraten, aber natürlich hatte sie das kleine Bäuchlein bemerkt. Unklugerweise hatte sie sie darauf angesprochen. Jetzt befürchtete sie, dass Anaïs aus dem, was Simonette – in die Enge getrieben – ihr daraufhin anvertraut hatte, die falschen Schlüsse zog.

Aber das Bäuchlein hatte schmerzliche Erinnerungen wachgerufen. Anaïs war ihrer verstorbenen Tante Dominique so ähnlich, dass Simonette manchmal glaubte, ihre jüngste Cousine vor sich zu sehen.

Denn Anaïs war nicht die Erste der Ruons, die eine Schwangerschaft zu verbergen suchte. Es schien in der Familie zu liegen, sich mit den falschen Männern einzulassen. Simonette hatte so ihre Vermutungen, was den Vater von Anaïs' Baby anging.

Sie seufzte erneut schwer. Wenn sie recht damit hatte, würde die Aufdeckung des Geheimnisses für einen Eklat sorgen. Simonette starrte an die graue Betondecke, in deren Ecken sich Schimmelflecken gebildet hatten. Ihre Gedanken glitten zurück zu jenem Tag, als Béla und Yannik wiederaufgetaucht waren. Als Madeleine, durch sie aufgeschreckt, die Flucht ergriffen hatte.

Béla hatte sich vor Simonette am Stand von *Chez*

Maurice aufgebaut und sich selbstbewusst und weltmännisch durch das silberweiße Haar gestrichen.

»Sieh mal einer an«, sagte er mit seinem ungarischen Akzent. »Simonette Bandelieu. Unverkennbar. Das Leben hat es gut mit dir gemeint.«

»Echt jetzt?« Yannik ließ sich auf den Hocker neben ihr plumpsen, auf dem gerade noch Madeleine gesessen hatte, und kippte sich den Rest Rosé aus ihrem Weinglas hinter die Binde. »Ich hätte die Alte nicht erkannt.«

Simonette ärgerte sich nicht. Yannik hatte schon immer jegliches Feingefühl vermissen lassen. Früher aus Gedankenlosigkeit. Heute vermutlich aus Mangel an Einsicht und Übung. Außerdem war er von Haus aus ein Egoist sondergleichen. Seine Stimme war noch fiepsiger als damals. Er rückte so nahe an sie heran, dass sie seinen schwefeligen Atem roch. Sie erhob sich, stellte sich auf die andere Seite des Stuhls. Yanniks grüne Augen waren trüb und blutunterlaufen, seine Bewegungen abgehackt und unkoordiniert. Er trug einen ungepflegten ungleichmäßig wachsenden Bart. Sein Drogenproblem schien er nicht in den Griff bekommen zu haben. Die Tatsache, dass sein Organismus den Konsum mittlerweile seit Jahrzehnten ertrug, grenzte an ein kleines Wunder. Simonette nahm sich vor, ihn zu ignorieren.

»Wo hast du all die Jahre gesteckt?«, wandte sie sich freundlich an den hünenhaften, charismatischen Béla, bemüht, eine positive Gesprächssituation zu schaffen.

»Ich in Ungarn«, erwiderte Béla, die Hände tief in den Taschen seiner weit geschnittenen Leinenhose vergraben.

»Und er in Belgien«, bezog er Yannik mit ein, der nur ein gekünsteltes Hüsteln zustande brachte.

»Und was treibt euch jetzt wieder hierher?« Sie verbiss sich auszusprechen, was ihr tatsächlich auf der Zunge lag: Warum zur Hölle seid ihr aufgetaucht?

»Geschäfte.« Béla grinste breit.

»Drogen?«, fragte sie spitz.

»Interesse?« Yannik beugte sich zu ihr.

»Lass den Quatsch«, herrschte Béla ihn an. »Das ist vorbei.«

»Wieso?« Yannik hauchte ihr einen Luftkuss zu, der die eben noch genossenen Garnelen und den Rosé aus Simonettes Magen in ihre Speiseröhre katapultierte. Sie atmete tief durch und schluckte gegen die Kraft ihres Magenmuskels an.

»Wie in den alten Tagen, oder, Süße?« Yannik lächelte und entblößte seine nikotinbraunen Zahnstummel.

»Ist denn sonst noch jemand da – von der Truppe?«, lenkte Béla ab, der bemerkt haben musste, wie unangenehm ihr das Gespräch war. »Ich meine, außer Moreau.« Er schaute sich um.

Vermutlich nach Charlotte, die, nachdem sie aus dem Wagen ausgestiegen war, in einer Boutique verschwunden war, wie Simonette aus den Augenwinkeln beobachtet hatte. Sicher würde sie jeden Moment zurückkehren.

»Niemand, der sich für Drogen interessieren würde.« Simonette griff schon nach ihrem Korb, weil sie auf eine Begegnung mit Charlotte nun wirklich keine Lust hatte, da horchte sie auf. »Wieso Moreau?«

»Bist du ihm in letzter Zeit begegnet?« Béla richtete sich zu seiner imponierenden Größe auf und steckte beide Hände in die Hosentaschen seiner sommerlichen Leinenhose.

»Er gehört nicht gerade zu den Menschen, die gern im Verborgenen bleiben.« Simonette rückte ihre Einkäufe im Korb zurecht.

»Und? Hast du ihn wiedererkannt, Simonette?«, grinste Béla.

Die Frage überraschte sie so, dass sie fast die Eierschachtel fallen ließ, die sie gerade umsortiert hatte. Sie hatte Moreau nie zuvor gesehen. Nach allem, was sie wusste, war er erst vor Kurzem nach Saint-Tropez gekommen und hatte hier eine opulente Villa gekauft.

»Erinnerst du dich nicht an das Pummelchen, das uns in dem Sommer damals mit dem Fernglas beobachtet hat? Besonders Madeleines jüngere Schwester. Wie hieß sie noch?« Béla wandte sich an Yannik.

»Domi… Domi… Dominique«, stotterte der.

»Genau.« Béla nickte. »Er war mit seinen Eltern hier im Urlaub und hat sich nie getraut, sie anzusprechen. Ihr Mädels habt ihn keines Blickes gewürdigt. Pickelig war er, noch ein Kind. Ich habe mich auch nicht an ihn erinnert, aber er sich an mich. Deshalb hat er Kontakt zu mir aufgenommen. Hat sich gemacht, der Kleine, das muss man ihm lassen. Hätte damals keiner vermutet, was?«

Simonette kramte in ihrem Gedächtnis. Sie konnte sich beim besten Willen nicht an einen Jungen namens Henri Moreau erinnern. Und Madeleine hatte ihn auch nie erwähnt, und das hätte sie doch getan, wenn sie den Hotelmagnaten wiedererkannt hätte.

Dennoch hatte es den Jungen mit dem Fernglas gegeben, über den sie gelacht hatten. Er war ein pickeliges Pummelchen gewesen und hatte Unmengen an Eis verschlungen. Einmal hatte er die schöne Dominique, die als Madeleines kleine Schwester stolz war, wenn sie dabei sein durfte, gefragt, ob er sie auf dem Rücksitz ihrer Vespa mitnehmen könne. Sie hatte ihm einen Vogel gezeigt, und Simonette hatte gerufen, besser nicht, sonst würden sie in der ersten Kurve das Gleichgewicht verlieren.

Die ganze Gruppe hatte sich gebogen vor Lachen.

Das war Moreau gewesen?

Sie schüttelte den Kopf. War er deshalb, weil sie ihn damals nicht akzeptiert hatten, so verbissen hinter dem Grundstück her, das an ihr Hotel grenzte? Hatte er es wegen dieses einen unbedarften Satzes, den sie gleich darauf bereut hatte, auf sie abgesehen und tat alles, um ihre Existenz zu zerstören?

»Außerdem...«, fiel Yannik stockend ein und kippelte auf dem Stuhl. Seine Glieder schienen ein unkoordiniertes Eigenleben zu führen. Mal zuckte ein Arm, dann ein Bein. »Außerdem hab ich heute Domi... Domi... Dominique gesehen. Sie kam aus dem Hotel deiner Maman.« Er grinste und entblößte seine braunen Zahnstummel. »Schön wie eh und je. Schaut noch fast genauso aus wie damals. Im Gegensatz zu manch anderer sieht man ihr nicht an, dass mehr als vierzig Jahre vergangen sind.«

Simonette rutschte das Herz in die Hose. Er konnte nur

Anaïs meinen, die ihrer verstorbenen Tante zum Verwechseln ähnlich sah.

»Dominique ist tot«, sagte sie kalt. Kaum hatte sie die Worte ausgesprochen, wurde ihr bewusst, dass das ein Fehler gewesen war. Doch es war zu spät.

Die beiden hatten bereits vielsagende Blicke gewechselt. Simonette konnte die Gedanken hinter ihrer Stirn rattern hören.

»Da läuft aber eine rum, die sieht genauso aus wie Domi... Domi... Dominique«, fiepte Yannik.

Der Name brachte ihn jedes Mal zum Stottern. Wenigstens das, dachte Simonette. Und dennoch hatte er dabei diesen verschlagenen schweinchenhaften Gesichtsausdruck, an dem abzulesen war, dass er nicht lockerlassen würde, bevor er wüsste, was es mit der Doppelgängerin auf sich hatte.

Simonette konnte den Ärger riechen, der auf sie zukam. Sie ging zum Gegenangriff über, denn auf einmal war ihr klar, was die beiden mit Moreau verband.

»Kunsthandel«, sagte sie.

»Was meinst du?«, fragte Béla, und sein ungarischer Akzent hatte sich verstärkt.

»Die Geschäfte. Das ist der wahre Grund, warum ihr hier seid, stimmt's?« Simonette erinnerte sich an den schicksalhaften Abend.

Als Madeleine und sie wie so oft Bélas *hameau* im Hinterland bei Le Plan-de-la-Tour besucht hatten. Ein Weiler, bestehend aus einem Haupthaus, einem Turm und weiteren kleineren Steinhäusern, den Béla sich von den Werbeeinnahmen nach seinem Olympiasieg im Diskurswurf in Montreal 1976 gekauft hatte.

Verschwiegen und geheimnisvoll. Gesichert von zwei Dänischen Doggen. Es war der Abend nach dem Tag des großen Kunstraubs von Nizza gewesen.

Simonette hatte damals mehr gesehen, als für ihr Gewissen gut und für ihre Augen bestimmt war. Sie hatte sich zusammengereimt, was passiert war, und ihre Mutter damit konfrontiert.

Doch gestanden hatte Claudette ihr alles erst auf dem Totenbett. Auch die grauenvollen Ereignisse, die sich in dieser Nacht nach dem Raub in den dunklen Gemäuern des *hameau* zugetragen hatten und von deren Ausmaß Claudette wiederum durch Rousel, den Vater von Benoît, erfahren hatte, der damals in sie verliebt gewesen war.

Das unangekündigte Auftauchen von Simonette und Madeleine an diesem Abend hatte jedenfalls für Aufregung gesorgt.

Es hatte Streit zwischen Rousel und Yannik gegeben. Doch Béla hatte sie abgelenkt, und nach ein paar Joints schien alles wieder vergessen zu sein. Aber bei Simonette hatten sich die Geschehnisse tief eingeprägt. Seitdem hatte sie ihrem Instinkt vertraut und herausgefunden, dass Béla – obwohl er per se kein krimineller Mensch war – in Nizza den ausbaufähigen illegalen Kunstmarkt für sich entdeckt hatte.

All das war ihr damals bei *Chez Maurice* angesichts der beiden wieder präsent gewesen. Die Erinnerung hatte ihr fast die Luft zum Atmen geraubt.

Als sie dann sah, wie Charlotte, mit Tüten bepackt, aus der Boutique kam, wollte sie nur noch weg. Sie hatte ihren Einkaufskorb fester gepackt und sich an Yannik vorbeigedrückt. Aber bevor sie davonrauschte, hatte sie sich zu Béla gebeugt und ihm leise zugezischt, während sie ihn mit ihrem Blick fixierte: »Denk an Nizza! Monet, van Gogh, Signac und Picasso ...«

Er schien die Drohung verstanden zu haben.

Doch am Tag nach ihrer Begegnung auf dem Markt hatten Béla und Yannik Madeleine einen Besuch abgestattet, wie Simonette später von ihr erfahren hatte.

Seitdem war ihre Cousine außer sich vor Angst und setzte Simonette unter Druck zu tun, was Moreau von ihr verlangte. Kein vernünftiges Wort war mehr mit ihr zu wechseln, denn Madeleine sah das Kartenhaus ihres Lebens in sich zusammenstürzen.

Aber Simonette war zum Gegenangriff übergegangen und hatte Moreau klar und deutlich zu verstehen gegeben, dass sie, auch wenn er vorhatte, sie mit Bélas und Yanniks Hilfe zu bedrohen, auf sein Kaufangebot nicht eingehen würde. Sie hatte ja nicht ahnen können, wie sich die Dinge entwickeln würden.

Und jetzt? Jetzt lag sie hier auf einer harten Pritsche, und es war fraglich, ob sie jemals wieder aus einem Fenster schauen würde, das nicht vergittert war. Und ob es ihr gelingen würde, *La Maison des Pêcheurs* vor dem Ruin zu retten oder zu verhindern, dass es in ein Resort eingegliedert wurde. Sie musste es einfach schaffen. Sie hatte doch das Richtige getan.

Sie beschloss, zur Not Madame Gary zu bitten, sich um den Verkauf der Signacs zu kümmern, die sie nach der Begegnung mit Béla und Yannik heimlich bei Jacques deponiert hatte. So weh ihr der Verlust auch tun würde. Auch ihre Maman hätte lieber das Bild geopfert als das Hotel, obwohl ihr die Erinnerung an den Maler viel bedeutet hatte.

Sie würde Conny um Hilfe bitten. Vielleicht konnte sie in ihrem Beitrag in *La Voyagette* neben dem Hotel auch das Gemälde mit seiner Geschichte erwähnen und so das Interesse von potenziellen Käufern wecken.

Und vielleicht, überlegte Simonette weiter, könnte sie sie auch auf die Spur zu Béla setzen, um dem Fall eine andere Dynamik und Richtung zu verleihen. Denn die Dinge lagen kompliziert. So kompliziert, dass niemand ihr Glauben schenken würde, sollte sie ihr Schweigen brechen, was sie nicht vorhatte zu tun.

22

Als Conny am nächsten Morgen zum Frühstück im Hotelrestaurant erschien, wurde bereits fürs Mittagessen eingedeckt. Sie hatte verschlafen, aber ihr Schädel brummte noch immer vom Armagnac.

Sie war viel zu spät dran und verkatert. Beides konnte sie sich bei ihrem Pensum an Arbeit und dem knappen

Zeitbudget keinesfalls leisten. Sie ärgerte sich, dass sie es versäumt hatte, den Wecker zu stellen. Außerdem hätte sie sich zwingen können, ein paar Zeilen für ihren Artikel ins Handy zu diktieren. Aber jetzt brauchte sie erst einmal einen Kaffee zum Wachwerden.

Die Restaurantterrasse zum Meer hin war geöffnet. Conny trat hinaus. Der Mistral, dessen Kraft man selten bis hierhin spürte, blies mit unverminderter Kraft den tiefblauen Himmel wolkenlos, die Sicht war ausgezeichnet. Die seitlichen Plastikplanen, die auf der Terrasse als Windschutz dienten, flatterten. Passanten flanierten mit wehenden Haaren vorbei, hielten Jacken zu, Sonnenhüte und Mützen fest. Eine Plastiktüte wurde von Böen über den Kai gejagt.

Sie hatte gut daran getan, sich für die Jeans und ein blaues T-Shirt zu entscheiden und sich für alle Fälle den weißen Hoodie über die Schultern zu hängen. Sie liebte dieses Kastenshirt mit übergroßer Kapuze und Bauchtasche, in der man die Hände tief vergraben konnte.

Mit schmerzendem Kopf warf Conny einen Blick zum Nachbarhaus. Hatte Yvonne ihre Nachricht abgehört und gehandelt? Anzeichen dafür, dass die Spurensicherung angerückt war, gab es jedenfalls keine. Oder hatten sich die Beamten Einlass verschafft und waren schon wieder abgerückt, während sie noch geträumt hatte?

Unaufgefordert stellte Anaïs einen *grand café au lait* vor ihr auf einen Tisch ab. »Bonjour. *Bien dormi?*«

Conny hätte sie vor Dankbarkeit umarmen können. Dann erst registrierte sie, dass Simonettes Directrice wieder da war. Gott sei Dank! Aber klang in der Frage nach ihrem Schlaf nicht ein ironischer Unterton mit?

Ungeniert musterte sie Anaïs' Bauch und erkannte deutlich eine kleine Wölbung unter dem dunkelblauen Bleistiftrock, der der jungen Frau trotz des Bäuchleins ausgezeichnet stand. Seit gestern schien die Kugel gewachsen zu sein. Oder lag es daran, dass Anaïs sie heute nicht mehr vor ihr versteckte? Auch objektiv betrachtet, war die junge Frau eine Schönheit mit ihren mandelförmigen tiefblauen Augen, den feinen Gesichtszügen, den vollen Lippen und dem dichten goldbraunen Haar. Doch jetzt wirkte sie erschöpft und übermüdet. Lag das an der Schwangerschaftsübelkeit, oder steckte mehr dahinter?

»Wo warst du gestern, Anaïs?« Conny rührte in ihrem Kaffee und führte einen Löffel voll Milchschaum zum Mund. »Deine Mutter hat dich gesucht.«

»Bei Simonette. In Marseille«, kam die Erwiderung ganz selbstverständlich.

»Du durftest zu ihr?«

»Madame l'Avocat Gary hat das organisiert.«

»Dann muss es wichtig gewesen sein.«

»Ich bin ihre Stellvertreterin hier im Hotel. Wir mussten einiges regeln.«

Ob das stimmte?, überlegte Conny. Hatte man Anaïs wirklich zu Simonette gelassen? Und wieso hatte sie, Conny, nicht einmal versucht, Simonette zu sehen? Das hätte ihr erster Gedanke sein müssen, warf sie sich vor, während sie trotz ihres schlechten Gewissens hörte, wie ihr Magen knurrte.

»Ein Croissant?« Anaïs hatte das Knurren wohl auch gehört.

Die Vorstellung löste bei ihr Appetit aus. »Das wäre fantastisch.«

Die Directrice verschwand in der Küche und kehrte wenig später mit einem köstlich duftenden goldgelben Croissant sowie einem Stück Butter und einem Klecks Aprikosenmarmelade auf einem Teller mit elegantem Streublumendekor zurück.

»Ich habe gestern deine Maman kennengelernt.«

»*Ah oui.*« Es war Anaïs anzumerken, dass sie weiterwollte.

»Sie hatte den zweiten Babyschuh dabei.«

Es dauerte einen Moment, bis es klick bei Anaïs machte, dann versuchte sie sich an einem strahlenden Lächeln. »*Mon Dieu! La chaussure de bébé!* Dann hat sie ihn gefunden. *Voilà.* Ich wusste doch, dass er irgendwo sein muss.« Doch sie wirkte abgelenkt. Aus den Augenwinkeln beobachtete sie gebannt den Restauranteingang.

Conny folgte ihrem Blick und sah, dass jetzt ein untersetzter Herr mit Aktentasche eintrat. Er trug einen eleganten, aber in diesem Ambiente ungewöhnlich förmlich wirkenden dunkelgrauen Seidenanzug, sein haselnussbrauner Haarkranz sah gefärbt aus. Die Gesichtshaut war unnatürlich straff, seine Augen standen dicht beieinander. Die Wölbung seines Bauches entsprach exakt der seiner Nase. Mit einem breiten Lächeln kam er auf Anaïs zu, die ihm entgegenging. Sie war ihm unübersehbar sympathisch. Zur Begrüßung rollte er in seinen glatt polierten Lederschuhen auf die Zehenspitzen und hauchte ihr ein Kompliment ins Ohr.

Conny beobachtete, wie ihre mandelförmigen Augen aufblitzten, als sie sich zu dem um einiges kleineren Mann hinabbeugte. Mit einem Schwung warf Anaïs das goldbraune Haar in den Nacken, ließ ihn wissen, dass ihr sein Schmeicheln gefiel.

Conny war sich unsicher, was den Mann betraf. War er ein Charmeur oder ein alternder Filou? Dass Anaïs spielerisch auf seine Avancen einging, fand Conny jedenfalls geschmacklos, denn sie hatte den Neuankömmling längst erkannt. Ganz offensichtlich war sein Bild auf der Gemeindewebsite gephotoshopt, denn in natura schaute er trotz offenkundigem Gesichtslifting nicht ganz so frisch aus. Die Falten um die tief liegenden Augen waren anscheinend nicht Teil der OP gewesen.

Anaïs entschuldigte sich bei Conny und steuerte mit ihrem Besuch auf einen der hinteren Tische im Gastraum zu. Auf den, an dem Simonette mit exklusiven Gästen zu dinieren pflegte, wenn spezielle Angelegenheiten besprochen werden mussten.

Victor Gardin. Seine Physiognomie war unverwechselbar. Anaïs war also gerade dabei, den amtierenden Bürgermeister von Saint-Tropez zu bezirzen. Den Mann, der Yvonne, die Chefin ihres Bruders, von der Position einer Bürgermeisterin zurück auf die einer Chef de la Police geworfen hatte. Und der vermutlich zur Fraktion Moreau gehörte.

Handelte Anaïs im Auftrag von Simonette oder auf

eigene Faust?, überlegte Conny, als ihr Handy vibrierte. Sie blickte aufs Display. Yvonne – als verfügte sie über einen siebten Sinn, als wären sie und Gardin auf rätselhafte Weise miteinander verbunden.

»Hallo?«, meldete sich Conny und ließ ihre Stimme am Ende des Wortes eine Oktave höher schwingen.

»Conny, Sie haben auf meiner Mailbox eine Nachricht hinterlassen. *Excusez-moi! Je n'ai pas compris...*« Yvonne sprach hektisch, sie war eindeutig gestresst oder in Eile.

»*Ah oui*. Ist die Spurensicherung noch bei Jacques?«, fragte Conny.

»Sie sind gerade wieder abgerückt. Warum?«

»Bitte rufen Sie sie zurück.«

»Aus welchem Grund sollte ich das tun?«

»Ich weiß, wo Sie vermutlich wichtige Hinweise zu einem der Einbrecher finden werden«, erklärte Conny ihr. »Ich glaube, ich habe ihn heute Nacht gesehen.«

»Wo sind Sie jetzt, Conny?«

»*Chez* Simonette.«

»*Restez-là*. Ich bin praktisch schon da, weil ich Pasquale sehen muss. Um die Zeit nimmt er gewöhnlich seinen *petit café* dort ein. Sobald ich mit ihm geredet habe, zeigen Sie mir, was Sie gefunden haben.«

»Warten Sie, Yvonne!«

Doch sie hatte schon aufgelegt. Conny drückte auf die Rückruftaste, aber es klingelte, ohne dass abgenommen wurde. Wahrscheinlich hatte Yvonne den Ton ausgestellt, oder sie ignorierte sie einfach.

Kurz darauf, Conny hatte ihr Croissant erst zur Hälfte

gegessen, winkte ihr die kleine, drahtige Madame le Chef de la Police geschäftig und energiegeladen vom Eingang des Restaurants zu.

Conny sprang auf, um das Schlimmste zu vermeiden, aber Yvonne hatte ihren Widersacher sofort erspäht.

Wie der Blitz schoss sie an ihr vorbei und direkt auf den Bürgermeister zu. »*Vous! Vous! Vous!*«

Yvonnes Augäpfel zuckten hin und her, dann wurde sie puterrot, sodass sie mit ihrem roten Haar strahlte wie ein Leuchtturm bei Sturmwarnung.

Conny kam es so vor, als ob Yvonne im Geiste alle treffenden Bezeichnungen durchgehen würde, um nach der einen zu suchen, die nicht als strafrechtliche Beleidigung zu werten wäre. Das »*Vous! Vous! Vous!*«, das stattdessen aus ihrer Kehle drang, hörte sich an wie das Gebell eines wütenden, bissigen Hundes.

»Was fällt Ihnen ein, hier aufzukreuzen, Gardin!«, blaffte sie den Bürgermeister an.

»*Ah, la voilà!* Madame le Chef de la Police! So kennen wir Sie, immer fleißig. Aber gelegentlich schadet ein Päuschen nicht, *chère* Yvonne. Soll auch gut für den Teint sein. Wollen Sie sich nicht zu uns gesellen?«

Er hatte Chuzpe, das musste ihm Conny zugestehen.

Yvonne wandte sich Anaïs zu. »Wie kannst du nur?«

Das Gleiche hatte Conny sich auch gefragt.

Anaïs schenkte ihr ein sphinxartiges Lächeln. »Yvonne, ich bitte dich! Die Gäste.«

Conny sah sich um. Außer ihnen vieren und zwei Mitarbeitern war niemand im Gastraum.

»Dieser Mann hat Simonette ins Gefängnis gebracht, und du setzt dich mit ihm an einen Tisch, Anaïs?« Yvonne war nicht mehr zu bremsen. »Lädst ihn sogar in ihr Restaurant ein? Wie kannst du das Simonette nur antun? Sie vertraut dir!«

Anaïs senkte den Blick.

»Passen Sie auf mit dem, was Sie sagen, Saigret!«, schaltete sich Gardin ein. »Ein Prozess wegen Beleidigung läuft noch. Bringen Sie den erst mal zu Ende, bevor Sie den nächsten provozieren. Sie sind zwar Chef de la Police, aber wie lange noch?«

»Drohen Sie mir, Gardin? Sie? Ausgerechnet Sie?«

Conny beobachtete, wie Anaïs sich nach allen Seiten umschaute. Die Situation wurde ihr sichtlich unangenehm.

Damit Yvonne den Bürgermeister nicht mehr sehen konnte, trat Conny einen Schritt vor, sodass sie zwischen den beiden stand. Ein banaler Trick, den sie früher von ihrem Beagle gelernt hatte, der schon seine letzte Ruhe gefunden hatte. Hielt man einem von zwei sich wütend ankläffenden Hunden eine Hand vor Augen, verstummte er umgehend. Da Yvonne ebenso wie der Bürgermeister kleiner war als Conny, funktionierte die Taktik auch jetzt.

Einen Moment herrschte Stille, dann packte Conny die Chef de la Police am Unterarm und führte sie zum Ausgang, was sie widerstandslos mit sich geschehen ließ.

Dabei wäre Conny gern im Restaurant geblieben, um zu erfahren, was Anaïs mit dem Bürgermeister zu besprechen hatte. Das Verhalten der Directrice wurde ihr zunehmend suspekt.

23

Vor dem Restaurant legte Conny der Polizeichefin, die immer noch erregt war, beruhigend eine Hand auf den Unterarm und begrüßte sie nochmals herzlich. Die Chef de la Police erinnerte sich gut an sie und ihre Familie. Yvonne war rund fünfzehn Jahre älter als sie, doch sie waren sich immer sympathisch gewesen, hatten sich gesiezt, aber mit dem Vornamen angesprochen.

»Ich weiß gar nicht, wie es so weit kommen konnte«, drückte Yvonne ihr Bedauern aus. Allerdings blieb im Unklaren, ob sie damit den Mord an Moreau oder Simonettes Festnahme meinte. »Ich wollte eigentlich mit Pasquale reden.« Sie machte Anstalten, ins Restaurant zurückzukehren.

Conny hielt sie zurück. »Ich glaube, er ist nicht da. Zumindest habe ich ihn nicht gesehen. Warum wollen Sie ihn sprechen?«

»Intern«, antwortete Yvonne kurz angebunden.

Conny nickte, war aber enttäuscht. Sie hätte den Grund gerne gewusst. Dann berichtete sie von ihrem nächtlichen Erlebnis. Yvonne zeigte sich begeistert und folgte ihr ins Nachbarhaus.

»*Quelle truc, là?*«, rief sie, als ihr im ersten Stock die jetzt stille Wärmepumpe hinter der Balkontür auffiel, aber Conny zog sie eilig weiter und holte den Schlüssel auf dem Türstock des kleinen Zimmers.

Im Dachgeschoss war die Tür zum hinteren Dachzimmer nach wie vor verschlossen. Sie öffnete sie, während sie den Mann beschrieb, den sie überrascht hatte.

Yvonne inspizierte das Lager, roch an dem Marihuanastummel. Ihrer verhaltenen Reaktion nach war es nicht das erste Mal, dass sie so etwas sah.

»Die Drogensituation läuft immer mehr aus dem Ruder. Das hier«, Yvonne hielt den Joint hoch, »ist noch das Harmloseste. Wissen Sie, was in den Sommermonaten bei uns los ist? Als Bürgermeisterin habe ich dem Drogenkonsum und -handel den Kampf angesagt. Nicht nur am Strand, auch auf den Jachten. Aber Gardin hält jetzt die Füße still und schaut weg. Wegen seiner Beziehungen, denen er seine Stimmen verdankt.«

Gemeinsam sicherten sie den Raum mit dem polizeilichen Absperrband, das Yvonne aus der Innentasche ihrer Uniformjacke zog. Dann überreichte Conny Yvonne den Schlüssel, die versuchte, die Spurensicherung zu erreichen. Ohne Erfolg.

»*C'est midi. C'est l'heure de manger.*« Die Chef de la Police zuckte entschuldigend die Achseln.

Das musste man wohl verstehen. *C'etait la France.* Auch als Spurensicherer verzichtete man auf keinen Fall auf sein Mittagessen.

Kurz darauf hatte Yvonne immerhin Pasquale am Telefon und besprach mit ihm das weitere Vorgehen.

»*Écoute*, Pasquale«, fügte sie am Ende nachdrücklich hinzu, »ich habe noch etwas. Mir ist zu Ohren gekommen...« Dann fiel ihr Blick auf Conny, und sie wandte sich ab. »Lass uns darüber besser unter vier Augen reden. Ich möchte dir nur zu verstehen geben, dass ich deine Entscheidung so nicht akzeptieren kann.«

Aus dem sich dennoch anschließenden Wortwechsel schloss Conny, dass es um Pasquales Job ging. Sie wurde hellhörig. Was hatte er vor? Hatte er gekündigt? Aber warum? Und warum gerade jetzt? Sie nahm sich vor, Anaïs' Bruder das nächste Mal, wenn sie ihn sah, in ein unverfängliches Gespräch zu verwickeln.

Nachdem Yvonne das Telefonat mit Pasquale beendet hatte, verabschiedete sie sich eilig. »Sie hören von mir, Conny, sobald ich die Kollegen von der Spurensicherung erreicht habe.«

Zu gerne hätte Conny Yvonne noch nach Simonette befragt und sich erkundigt, ob es möglich war, sie zu besuchen, aber bevor sie sich gesammelt hatte, hetzte Madame le Chef de la Police schon davon.

Conny ließ sich resigniert auf der steilen Treppe nieder und kramte ihr Handy aus der Gesäßtasche ihrer Jeans. Erst jetzt fiel ihr auf, dass sie seit dem Aufstehen noch nicht draufgeschaut hatte. Auf dem Display sah sie, dass Félix heute schon fünfmal versucht hatte, sie zu erreichen. Wenn er so hartnäckig war, musste es wirklich wichtig sein. Ob seinem Vater etwas passiert war? Sie würde sich nie verzeihen, wenn sie in dem Fall nicht reagiert hätte. Der alte Alexander Weißenstein bedeutete ihr viel.

Sie gab sich einen Ruck und drückte auf die Rückruftaste. »Conny hier. Du hast versucht, mich zu erreichen. Was gibt es?«

»Conny! Endlich! Warum rufst du erst jetzt zurück?«

Die Tatsache, dass sie beschäftigt gewesen sein könnte, kam Félix wohl nicht in den Sinn.

»Ist etwas mit Alexander?«, fragte sie geschäftsmäßig.

Er schwieg.

Wusste er vielleicht, was geschehen war?, überlegte sie. Hatte auch er die Artikel über Simonette und den Mord im *Nice Matin* gelesen? Aber warum sollte er sie deshalb anrufen? Wollte er persönlich von ihr hören, dass sie mal wieder mitten ins Chaos geschlittert war?

»*Écoute!*« Seine Stimme war tief und eindringlich. »Es geht um Simonette.«

Sie erwiderte nichts.

»Der Fall ist auf meinem Schreibtisch gelandet.«

»Was?« Die Nachricht traf sie wie ein Schlag ins Gesicht. Warum kam es eigentlich immer noch schlimmer, wenn sie schon glaubte, das Katastrophenlimit längst überschritten zu haben?

»Ich sollte Simonette gestern verhören, aber ich wollte erst mit dir sprechen. Wissen, ob du etwas weißt. Sie schweigt, und das ist nicht gut. Wir müssen sie irgendwie zum Reden bringen. Ich wäre zu dir nach Saint-Tropez gekommen, ich wusste ja, dass du gestern mit Sven gelandet bist, aber vormittags musste ich noch zu einem anderen Tatort in Nizza.« Seine Stimme hallte, als ob er sich in einem großen Raum befand. Er sprach schnell und abgehackt. »Ich bin gerade bei Gericht und muss gleich in einem alten Fall aussagen und dann wieder aufs Commissariat.«

Sie schluckte. Also war auch Félix involviert. »Sorry.« Verzweifelt versuchte sie, ihre Gedanken zu ordnen. »Wenn ich das gewusst hätte ...«

Stille.

»*Merde!*« Er fluchte, und sie stellte sich vor, wie er sich dabei mit der Hand über die Stirn fuhr. »*C'est con, ça!*«

»Total bescheuert«, stimmte sie ihm zu. Die aufsteigende Übelkeit drohte ihr die Kehle zuzuschnüren. Der Kater vom Vorabend tat sein Übriges.

»Conny, wir müssen uns sehen und in Ruhe über alles reden ... Ich habe gerade mit Commissaire Dubois aus Marseille gesprochen, Simonette wird weiter in Untersuchungshaft bleiben. Es wurde sogar ein Kommunikationsverbot verhängt.«

»Aber wieso?« Ein weiterer Tiefschlag. Sie hatte Simonette doch heute besuchen wollen.

»Sie vermuten eine Art Mittäterschaft. Ach, was weiß ich. Wenn du mehr wissen willst, frag ihre Anwältin. *C'est tellement con!*«

»Ja, es ist absolut verrückt! Wir müssen herausfinden, wer Moreau ermordet hat, Félix! Wer wirklich dahintersteckt. Nur so kann Simonettes Unschuld bewiesen werden«, stieß Conny hervor.

»Du bist also davon überzeugt, dass sie unschuldig ist?«

»Du etwa nicht?«

»*Eh bien*, erinnerst du dich nicht an den kleinen Zwischenfall vor Ewigkeiten beim Frühstück in ihrer Küche?«

»Das war doch etwas völlig anderes.«

Er seufzte. »*Bien sûr.*« Überzeugt klang er nicht.

»Félix, ich bin auf vielversprechende Spuren gestoßen.«
Sie war versucht, ihm zu erzählen, was sie herausgefunden hatte. Von dem Verkauf von Le Terrain-Mer. Von Madeleine und dem seltsamen Verhalten der gesamten Familie Ruon. Von Simonettes gestohlenen Bildern und dem illegalen Bewohner im Nachbarhaus, dessen Besitzer Moreau gewesen war oder noch war. Aber dann wurde ihr bewusst, wie wenig Fakten sie in der Hand hatte, und bei Félix ertönte im Hintergrund das Pfeifen eines Lautsprechers nach einer Durchsage.

»Conny, ich muss aufhören«, unterbrach er sie. »Ich komme zu dir, sobald ich mich hier losreißen kann. Dann reden wir.«

Sicher wollte er ihr Zuversicht vermitteln, doch sein Verhalten wirkte auf sie nur arrogant. Hatte er erwartet, dass sie sich freuen würde, von ihm zu hören?

Plötzliche Wut keimte in ihr auf. »Und woher weiß ich, dass du das, was ich dir vielleicht sage, nicht gegen Simonette verwendest?«

»Mach dich nicht lächerlich, Conny«, erwiderte er und beendete das Gespräch.

Sie starrte das Handy an und blieb wütend zurück. Sosehr sich ein Teil von ihr auch – gerade jetzt – nach Félix sehnte, sosehr hoffte sie, dass er nicht hier auftauchen würde. Seine Anwesenheit würde die Lage nur unnötig verkomplizieren, und ein Auf und Ab ihrer Gefühle war das Letzte, was sie jetzt brauchte.

24

Das Gespräch mit Félix hatte sie aufgewühlt, aber gleichzeitig neue Energie in ihr freigesetzt. Sie brauchte handfeste Informationen.

Conny war sich bewusst, dass sie keine professionelle Ermittlerin war. Weder stand ihr ein Polizeiapparat zur Verfügung, noch konnte sie ins Büro des Bürgermeisters spazieren, ihren Ausweis vorzeigen und eine Auskunft verlangen. Ihr Weg musste über die Emotion und ihre Vertrauten in Saint-Tropez führen.

Anaïs würde sich ihr kaum öffnen, aber es war einen Versuch wert herauszufinden, ob Madeleine sich gesprächiger zeigte. Vielleicht würde sie sich jetzt, da ihre Tochter wiederaufgetaucht war, nicht mehr so abweisend ihr gegenüber verhalten.

Mit etwas Glück würde es Conny gelingen, mehr über die Hintergründe ihres Streits mit Simonette zu erfahren, von dem Jacques gesprochen hatte. Und darüber, ob die Familie Ruon etwas mit dem Einbruch bei Jacques zu tun hatte. Denn, das war ihr kurz vor dem Einschlafen eingefallen, wenn jemand von dem Signac bei Jacques gewusst hatte, dann Anaïs und Madeleine.

Conny erinnerte sich vage an Madeleines Adresse. Bei einem ihrer früheren Besuche war sie mit Simonette an dem Haus vorbeiflaniert, das unweit vom Ortszentrum lag. Zu Fuß würde sie nur rund fünfzehn Minuten dorthin brauchen, und ein kleiner Spaziergang täte ihr jetzt gut. Denn sie bräuchte sicher, so wie Madeleine gestern auf sie reagiert hatte, ihre volle Energie, um die alte Frau davon zu überzeugen, sie nicht abzuweisen.

Madeleines Garten war überschaubarer als in ihrer Erinnerung. Der Blick auf die Bucht hingegen war kaum zu übertreffen. Eingerahmt wurde er von wild blühenden Bougainvilleen, üppigem Oleander und wilderndem Buchs. Madeleines Zuhause war noch eines dieser ursprünglichen, aus Stein gemauerten Fischerhäuser mit hellblauen Fensterläden, die früher von bescheidenem Wohlstand gezeugt hatten. Mittlerweile war es windschief, das Dach war baufällig, und die Fenster hatten einen Anstrich nötig. Ansonsten wirkte es gepflegt. Ein Holzbänkchen war so platziert, dass man sich sitzend am Panorama leuchtender Grün-, Blau- und Brombeertöne erfreuen konnte. Ein kleines Paradies, das sich Conny in diesem Licht und bei der vom Mistral freigefegten Sicht von seiner schönsten Seite zeigte.

Sie nahm allen Mut zusammen und suchte die Klingel. Sie schien nicht zu existieren. Also drückte sie die Klinke des Gartentürchens nach unten, und es öffnete sich quietschend.

»Madeleine?«, rief sie, da Simonettes Cousine im nicht einsehbaren Teil des Gartens sein konnte. Doch als Conny sich dem Haus näherte, erkannte sie die alte Frau hinter einem Fenster mit cremefarbenem Vorhang. Sie saß am Küchentisch, den Kopf in die Hände gestützt.

Leise klopfte sie an die Scheibe, um Madeleine nicht zu

erschrecken. Trotzdem fuhr sie zusammen wie in Todesangst.

»Madeleine! *Bonjour!* Gute Nachrichten!« Sie winkte ihr zu.

Madeleine erhob sich, verschwand und öffnete dann die Haustür. »*Mon Dieu!* Sie haben mich erschreckt. *Qu'est-ce qu'il y a?*«

»Meinen Sie, wir könnten uns einen Moment setzen?« Conny deutete auf die Bank. »Vielleicht hier draußen?« Als sie sich wieder Madeleine zuwandte, bemerkte sie Kratzer an der Tür. Einbruchspuren? Es war nicht zu übersehen, dass jemand erst vor Kurzem versucht hatte, sie aufzustemmen. Sie kniff die Augen zusammen. »Wurde bei Ihnen eingebrochen, Madeleine?«

»Wie? Ach so. *Non. Non.* Keinesfalls!« Die alte Frau reagierte so heftig, dass Conny ihr kein Wort glaubte. Aus irgendeinem Grund hatte sie Angst. Doch dann schlich sich zu Connys Überraschung ein Lächeln auf Madeleines Gesicht. »Hier draußen? *Non.* Nicht bei diesem Mistral. Kommen Sie, *la petite-fille de* Katharina.« Ihr Blick glitt an ihr hinab. »Sie sehen ihr ähnlich. Meine Mutter hat Ihre Großmutter sehr gerngehabt. Sie waren altersmäßig nur acht Jahre auseinander, wussten Sie das?«

Das hatte sie nicht, trotzdem nickte Conny und folgte Madeleine erleichtert und gerührt in die Küche. Ja, sie war die Enkelin von Katharina.

Alle, die Conny kannte, die ihre Großmutter gekannt hatten, hatten sie gern gemocht. Sie war ein Jahr vor ihren Eltern gestorben. Auch viel zu jung. Was waren heute schon fünfundsiebzig Jahre? Trotzdem: So traurig sie damals gewesen war, es war ein Glück, dass ihre Mémé den Tod der einzigen Tochter nicht miterlebt hatte. Kinder sollten nie vor ihren Eltern sterben. Eltern allerdings auch nicht, wenn die Kinder noch Kinder waren.

»Simonette hat mir damals vom Tod Ihrer Eltern erzählt«, sagte Madeleine, als hätte sie ihre Gedanken erraten.

Madeleine bot ihr nach einem Umweg durch die Küche, in der es nach frisch gebrühtem Kaffee roch, einen Platz an einem langen Holztisch in der Mitte des Esszimmers an. Obwohl die Luft hier stickig war, strahlte der Raum die typisch französische Gemütlichkeit aus. Steinmauern wechselten sich mit hellgelb und cremeweiß verputzten Wänden ab. Ein helles Landschaftsbild im impressionistischen Stil hing hinter dem Tisch. Conny betrachtete es genauer. Ein Original von einem ihr nicht bekannten Künstler.

»Ja, es war ein tragischer Unfall«, erwiderte sie endlich. »Anaïs ist übrigens wieder da«, fuhr sie bemüht fröhlich fort und ließ sich vorsichtig auf einem Stuhl nieder.

»Ich weiß.« Madeleine trug dieselben Gartenschuhe wie am Vortag, in denen ihre zierlichen Füße verloren wirkten. Sie schlurfte zurück in die Küche und stellte anschließend ungefragt zwei *bols* mit *café au lait* auf dem Tisch ab. Eine davon vor Conny, die andere vor dem Platz ihr gegenüber, wo sie sich nun seufzend niederließ.

»Sie war bei Simonette. In Marseille«, erklärte Conny und hatte schon ihr Pulver verschossen.

Doch Madeleine schien nicht mehr zu erwarten. Nachdenklich nippte die zierliche Frau an ihrem Kaffee.

Da Small Talk Conny nicht lag, kam sie direkt zur Sache. »Wieso der Streit mit Simonette?«

»Von wem hast du das? Von Jacques? Du solltest nicht alles glauben, was er erzählt.« Madeleine war wieder zum Du übergegangen.

»Simonette und du, ihr seid Cousinen«, duzte Conny sie nun ebenfalls. »Noch dazu gute Freundinnen, jedenfalls habe ich das immer aus Simonettes Erzählungen geschlossen. Jetzt sitzt sie in Haft. Wieso hilfst du ihr nicht? Warum sprichst du nicht mit Yvonne und erklärst ihr, dass Simonette das niemals getan haben kann?«

»Würde das denn helfen?« Madeleine zog zweifelnd die Augenbrauen hoch und wechselte das Thema. »Das verstehst du nicht. Es geht um etwas anderes.« Sie starrte ins Leere. Dann sagte sie unvermittelt: »Le Terrain-Mer, das bringt kein Glück.«

Madeleine erhob sich und schlurfte erneut in die Küche, wo der restliche Kaffee auf der Gasflamme vor sich hin köchelte.

Conny hörte, wie das Gas abgedreht wurde. Erst Minuten später, als sie schon nach ihr schauen wollte, kehrte Madeleine zurück.

»Auch meine Maman hat uns früh verlassen«, kam diese indirekt wieder auf den Tod von Connys Eltern zurück, bevor Conny sie auf ihre letzten Worte ansprechen konnte. »Sie hat meine Kinder nie kennengelernt.«

Conny erinnerte sich an das, was Simonette über den

Tod ihrer Tante erzählt hatte. »Sie hat Selbstmord begangen, nicht wahr?«

Madeleine warf ihr einen tief gekränkten Blick zu. »Es war der Kummer, der sie umgebracht hat.«

Nun ja, alles kam auf die Perspektive an. Conny musste tiefer bohren. »Was hat ihr Kummer bereitet?«

Sie wusste, dass es Angehörigen von Selbstmördern oft schwerfiel, über die Tat zu reden. Besonders wenn sie den freiwilligen Tod nie aufgearbeitet, sich von den Schuldgefühlen nie befreit hatten.

»Es ist gut, dass Anaïs wieder da ist«, wich Madeleine ihr wieder aus, aber diesmal war es Conny recht.

»Ich habe gehört, dass sie das Hotel übernehmen soll«, ließ Conny nicht locker.

Madeleines feine Gesichtszüge wurden hart. »Wieso hat sie Anaïs nicht in Ruhe gelassen?«

»Was willst du damit sagen, Madeleine?«

Die abgehärmt wirkende Frau rührte in ihrem Kaffee. Ihre nächsten Worte klangen einstudiert. »Moreau hat Anaïs vergöttert. Alles wär gut geworden. Er hätte sie beschützt.«

Anaïs und Moreau? Schwer vorstellbar. Und wovor hätte er sie beschützen sollen? Das leicht gewölbte Bäuchlein der sonst so schlanken Anaïs kam Conny in den Sinn. »Hat Anaïs einen Freund? *Un fiancé?*«

»Sie kann jeden haben.«

Genervt, weil Madeleine nicht auf ihre Fragen antwortete, blickte sich Conny um und nahm erst jetzt die Familienfotos wahr, die über dem Büfett an der gegenüberliegenden gelben Wand hingen. Unterschiedlich große Fotografien waren in runden, ovalen und eckigen Rahmen gleichmäßig auf der gesamten Fläche angeordnet.

»Eine beeindruckende Sammlung.« Conny erhob sich, betrachtete sie.

Madeleine folgte ihr, wahrte aber Distanz.

Familienfotografien aus einem halben Jahrhundert. Anaïs lächelte Conny als Kleinkind, Teenager und junge Frau entgegen. Sie war schon immer von einer beneidenswerten Schönheit gewesen. Aber auch Madeleine mit Stirnband, in knappen Miniröcken und Hosen mit Schlag war ausgesprochen attraktiv. Genauso wie Simonette. Die Verwandtschaft der drei war nicht zu leugnen. Neben den mandelförmigen Augen, die bei Madeleine und Anaïs besonders ausgeprägt waren, fiel Conny vor allem die ovale Gesichtsform der drei Frauen auf.

Sie entdeckte eine ganze Fotoserie mit Madeleine und Simonette. Die entsprechenden Rahmen waren im Gegensatz zu denen der anderen Bilder nicht verstaubt. Als hätte jemand sie erst kürzlich in der Hand gehabt. Auf den Fotos strahlten ihr die beiden jungen Frauen, eng umschlungen und mit wehendem Haar, knappem Bikinioberteil und üppigem Modeschmuck behangen, entgegen. Wild, ungebunden und frei sahen sie aus.

Conny konnte ihre Verblüffung kaum verbergen. Diese Seite von Simonette war ihr bisher verborgen geblieben. Solange sie sich erinnern konnte, war sie ihr als distinguierte, besonnene Dame begegnet. Auf den Jugendfotos wirkte sie hingegen wie ein zu spät gekommener Hippie, als hätte sie eine ganz andere Persönlichkeit. Die Bilder erzählten von zwei Französinnen, die Spaß am Leben hatten zu einer Zeit, in der in Saint-Tropez eine Menge los gewesen war. Von Simonette, die sich ausprobierte, über die Stränge schlug und ihre Wirkung auf Männer testete.

Ein Ebenbild ihrer Mutter Claudette.

Zumindest hatte Conny sich die legendäre Claudette immer so vorgestellt. Zu der Zeit, als sie ihre Bar führte, die Dreh- und Angelpunkt der rauschenden Nächte in den Siebzigern und Achtzigern gewesen war. Drogen waren an der Tagesordnung gewesen, das hatte man ihr hinter vorgehaltener Hand erzählt. Niemals jedoch hätte Conny vermutet, dass auch Simonette so gelebt hatte.

Aber natürlich mussten sie und Madeleine von der Bar und Claudettes Einfluss profitiert haben. Sie lernten Persönlichkeiten aus aller Welt kennen, tranken, hatten Spaß, feierten ganze Nächte durch. Nächte, von denen Simonette ihr nie ein Sterbenswörtchen erzählt hatte.

Sie trat näher an die Bilder heran. Die Blicke zwischen den beiden Frauen waren eindeutig. Sie waren Verbündete, die durch dick und dünn gingen. Wie zwei Schwestern, von denen jede wusste, was die andere fühlte und dachte. Was war geschehen, dass sie jetzt zerstritten waren? Wodurch oder woran konnte eine so enge und lange Beziehung zerbrechen?

Madeleine schien Connys Neugier unangenehm zu sein. »Ich hätte diese Bilder längst abhängen sollen«, sagte sie.

»Aber warum? Sie sind so ausdrucksstark. So kenne ich

Simonette gar nicht.« Conny überflog die anderen Motive an der Wand.

Plötzlich wirkte Madeleine, als wäre sie in Erinnerungen versunken, sodass sie sie gewähren ließ.

Conny entdeckte Madeleine als Braut auf einem Hochzeitsporträt mit einem ernsten, langgesichtigen Ehemann, der rund fünfzehn Jahre älter aussah als sie. Drahtig und wettergegerbt. Dabei machte er gleichzeitig einen gutmütigen, bescheidenen Eindruck. Émile. Daneben hing ein Bild, das die junge Mutter mit einem Riesenbaby im Arm zeigte. Obwohl Madeleine voller Stolz in die Kamera lächelte, lag ein trauriger Schatten auf ihrem Gesicht. Zudem waren die dunklen Augenringe nicht zu übersehen. Als ob sie kurz vor der Aufnahme geweint hätte. Ungeachtet dessen deutete Conny auf das Baby.

»Pasquale?«, fragte sie.

Madeleine nickte.

Conny grinste. Der kleine Pasquale war schon als Baby von überdurchschnittlicher Größe gewesen. Mit den hellen Augen und dem blonden Haar schlug er unverkennbar aus der Familie. Nur die Form seiner Augen erinnerte an seine Mutter. Von seinem Vater dagegen hatte er anscheinend nichts geerbt. Sie bildete sich ein, Pasquale seine spätere Trägheit ansehen zu können.

»Ein Prachtbaby«, versuchte sie, Madeleine aufzumuntern.

Deren Miene verschloss sich wie eine Auster, die jeder Zange trotzt. »*Allons-y!*«, sagte sie und schob Conny weg.

In dem Moment fiel ihr ein weiteres Foto auf, das in

einem Silberrahmen in der Mitte des Büfetts stand und dessen Schutzglas einen Sprung hatte. Darum herum lag ein kleiner geflochtener Kranz aus frischen Gartenblumen, rechts und links standen zwei Kerzen. Das Bild thronte auf einem Sockel, auf dem etwas lag, dessen Anblick Conny für einen Moment den Atem stocken ließ.

Ein abgegriffenes Knäuel aus Wildleder, liebevoll hindrapiert.

Der Babyschuh. Der ohne den Fleck, den kein Öl, sondern, das wurde ihr jetzt klar, heruntertropfendes Wachs hinterlassen hatte. Der Schuh, der Madeleine gestern aus der Hand gefallen war. Was machte er hier, welche Bedeutung hatte er? Ob der von Anaïs auch hierhergehörte?

Conny zwang sich, das Foto zu betrachten. Auf ihm war ein Teenager abgebildet, der Madeleine und Anaïs auf frappierende Art ähnelte. Es war eine Nahaufnahme.

Das Mädchen hatte die gleiche volle Haarpracht wie die beiden, nur fielen ihr die Haare weit über die Schulter und waren über der Stirn zu einem langen Pony geschnitten. Dazu feine ovale Gesichtszüge mit mandelförmigen Augen. Sie saß auf einer Vespa, ihr Blick war versonnen aufs Meer gerichtet. Gekleidet war sie in ein eng anliegendes gemustertes Minikleid mit breitem Ledergürtel und Fledermausärmeln, unter dem sich ihr mädchenhafter Körper abzeichnete. Obwohl sie jünger war als Madeleine und Simonette zu ihren wilden Zeiten, schien sie ihnen nachzueifern.

Conny konnte sich nicht von dem Arrangement auf

und vor dem Sockel losreißen. Je länger sie diese kleine in sich geschlossen wirkende Welt betrachtete, desto mehr erinnerte sie sie an einen Hausaltar. An einen Schrein, wie sie ihn aus Japan kannte. Einen Schrein, mit dem man seiner Ahnen oder besser gesagt ihrer weiterlebenden Geister gedachte.

Der Kleidung nach zu urteilen, war dieses Foto ebenso wie die Serie mit Madeleine und Simonette Ende der Siebziger, Anfang der Achtziger aufgenommen worden. Die Minikleider und die Frisuren mit dem langen Pony waren typisch für die Zeit.

»Mein Gott«, rutschte es Conny raus. »Die Mode damals! Wann genau war das?«

Madeleine kehrte aus ihren Gedanken zurück, und ein Schatten huschte über ihr Gesicht. »Juli 1980.«

»Du erinnerst dich sogar an den Monat?«, staunte Conny.

Das war ungewöhnlich.

»Wie könnte ich ihn je vergessen«, murmelte Madeleine.

»Wer ist das?«, fragte Conny.

Madeleine schwieg einen Moment lang. Dann sagte sie leise: »Das ist Dominique. Meine kleine Schwester.« Damit drehte sie sich weg und schlurfte wieder in die Küche.

Conny betrachtete das Bild noch einmal genauer. Im Hintergrund erkannte sie Le Terrain-Mer. Ihre drei Lieblingszypressen, heute durch ihre beeindruckende Größe weithin sichtbar, hatten damals als schlanke Bäumchen nur knapp das länger stehende Gras überragt. Sie mussten sich kurz zuvor ausgesät haben.

Madeleines Reaktion war eindeutig. Sie wollte nicht darüber sprechen, was ihr das Foto bedeutete.

Conny folgte ihr und zwang sich, sich auf das zu konzentrieren, was sie hergeführt hatte. »Auf dem Foto ist Le Terrain-Mer zu sehen. Ich habe gehört, es gibt Pläne, es in Bauland umzuwandeln?«

»*Quelles conneries!*« Madeleine, deren Gesicht kurz im Halbdunkel der Küche verschwand, zögerte, bevor sie wütend die Luft ausblies.

Conny war sich sicher, dass das kein Blödsinn war. Madeleines Überraschung war gespielt. »Der Bürgermeister war heute im Hotel bei Anaïs. Kannst du dir vorstellen, warum?«

Madeleine stellte schmutziges Geschirr in das Spülbecken. Sie reagierte mit der rigorosen Deutlichkeit, die Conny schon häufig an älteren Menschen aufgefallen war. »Deine Großmutter war sehr diskret, Conny. Du solltest dir an ihr ein Beispiel nehmen.«

Dann trocknete sie sich die Hände an einem Küchentuch, schlug den Weg in Richtung Haustür ein und erklärte das Gespräch damit für beendet. Dabei hätte Conny sie zu gern noch gefragt, ob sie mit ihrer Vermutung richtiglag und Pasquale kündigen wollte. Und wenn dem so war, warum. Auch dazu, ausführlicher über Moreau mit ihr zu sprechen, war sie nicht gekommen. Damit jetzt anzufangen wäre absolut aussichtslos.

Doch eine Antwort war Madeleine ihr noch schuldig.

»Eines noch, Madeleine. Wusstest du von den Signac-Bildern bei Jacques?« Conny verkniff sich hinzuzufügen, dass sie ungesichert gewesen waren.

Hinter Madeleines Pupillen flackerte rot Angst auf. »*Bien sûr*. Von denen weiß doch jeder.«

Ihre Reaktion war zu klar. Zu schnell. Zu einstudiert.

»Danke für den Kaffee.« Conny ließ die Frau spüren, dass sie gemerkt hatte, dass sie etwas verbarg, als sie sich verabschiedete.

Hinter dem Gartentürchen auf der Straße holte sie demonstrativ ihr Handy heraus. Simonettes beste Freundin und Cousine sollte wissen, dass Conny nicht ruhen würde, bevor sie die Hintergründe von Henri Moreaus Tod kannte. Und warum niemand ein Wort zu Simonettes Verteidigung verlor.

25

Conny schloss nichts mehr aus. Sie traute jeder der drei Frauen alles zu: Simonette, Madeleine und Anaïs. Sie waren nicht nur verwandt, sie verband auch eine lange und tiefe Freundschaft. Von Kindesbeinen an hatten Simonette und Madeleine hier in Saint-Tropez gelebt, abgesehen von Simonettes Studienaufenthalt in Paris, als Connys Großmutter das Hotel führte.

Was hatte diese engen Bande zerstört? Eine Familienfehde? Wovor hatte Madeleine, die ihr nicht mehr so wirr wie gestern erschienen war, Angst? Und warum hatte Simonette niemals Dominique erwähnt, Madeleines jüngere Schwester?

War der Bruch zwischen ihnen so tief, dass Madeleine den Einbrechern den Tipp gegeben hatte, dass die Kunstwerke von Signac leicht zugänglich in Jacques' Haus lagerten? Blut war dicker als Wasser, so sagte man, aber war es vergiftet, so konnte beides tödlich sein, so Connys Meinung.

Immerhin war Madeleines Wut auf Simonette nicht so groß, als dass sie die Fotos mit ihr von der Wand genommen hätte. Oder hatte sie es nur vergessen? Und welche Rolle spielte der alte Émile, Madeleines Mann, der sich bis jetzt noch im Hintergrund hielt, aber ebenfalls Mitglied der *coopérative* war?

Conny kam sich vor wie eine Komparsin in einem Theaterstück, die spontan die Hauptrolle übertragen bekommen hatte. Ohne vorher den Text lernen zu können. Sie fühlte sich überwältigt.

Plötzlich drängte sich ihr ein Gedanke auf, der sie erschaudern ließ. Was, wenn Simonette jemanden deckte, den sie und Madeleine mehr liebten als jeden anderen? Jemanden, für den sie beide alles geben würden, sodass sie jetzt lieber einen Streit vortäuschten, um von ihm abzulenken? Jemanden, dem vielleicht nur ein Fehler unterlaufen war und der sein restliches langes Leben nicht dafür büßen sollte?

Was, wenn Anaïs Moreau getötet hatte? Vielleicht gemeinsam mit Pasquale, der seine Schwester vergötterte?

Als eine heftige Bö Conny erfasste, brummte ihr Handy. Yvonne hatte ihr eine Nachricht geschickt: Die Spurensicherung würde sich morgen das Nachbarhaus vornehmen.

»Das ist zu spät!«, fluchte sie leise.

Und wenn er heute Nacht zurückkehrt?, tippte sie eine Antwort. Wenn es nach ihr ginge, sollte die Polizei das Haus bewachen.

Ob Jacques im Hotel war? Wenn Simonette da war, hielt er sich meistens dort auf. Oder kam ihm das *La Maison* ohne sie trist und leer vor? Erst jetzt fiel ihr ein, dass er bisher nichts von ihrem nächtlichen Erlebnis wissen dürfte. Sie versuchte erfolglos, ihn telefonisch zu erreichen, bevor sie ihm eine kurze Sprachnachricht über WhatsApp schickte: »Hi, melde dich. Hab Neuigkeiten.«

Conny hetzte zurück Richtung Zentrum. Wie schön wäre es jetzt, die wenigen Kilometer über den Hügel zu fahren, an den Klippen von Ramatuelle entlangzuwandern und sich am Plage de Pampelonne irgendwo ein windgeschütztes Plätzchen zu suchen. Aber auch dort hätte sie keine entspannte Minute gehabt. Ihr Kopf schwirrte, und es fiel ihr schwer, den Überblick über die vielen neuen Informationen zu behalten und die richtigen Prioritäten zu setzen.

Eigentlich müsste sie sich an ihren Beitrag für *La Voyagette* setzen, doch dafür fehlte ihr die Konzentration. Sie schrieb ihre Beiträge meist in einem Rutsch, nachdem sie eigene Eindrücke gesammelt hatte und sich alles in einem Moment der Inspiration zu einem Ganzen fügte. Um festzulegen, was die Schwerpunkte des Beitrags sein würden, hatte sie vorher mit Simonette sprechen wollen, doch das konnte sie in nächster Zeit vergessen. Angestrengt überlegte sie, welche Schritte sie am effektivsten weiterbringen würden.

Sollte sie Benoît in der Brasserie aufsuchen und einen zweiten Anlauf starten, um ihm den Namen der Kanzlei zu entlocken, die mit dem Verkauf von Le Terrain-Mer beauftragt war? Oder Informationen über die Mitglieder der *coopérative* sammeln? Versuchen, Kontakt zu Simonette aufzunehmen? Den Bürgermeister befragen? Yvonne bitten, die Polizeiakten zum Mord an Moreau einsehen zu dürfen, um die Indizienlage einschätzen zu können? Aber damit würde sie sie vermutlich nur in Verlegenheit bringen, denn natürlich wäre das illegal.

Alternativ könnte sie sich in ihrem Hotelzimmer an ihren Laptop setzen und zu den letzten Diebstählen in der Region recherchieren. Oder sich einen persönlichen Eindruck von Henri Moreaus Villa verschaffen, sich vergegenwärtigen, was sich dort zugetragen hatte. Sich vorstellen, wie Simonette im Garten gestanden hatte. Oder sogar, wie sie ...

Nein. Das würde sie sich mit Sicherheit nicht vorstellen.

Sie beschloss trotzdem, nach einem kurzen Stopp im Hotel zu Moreaus Villa zu gehen. Vielleicht hätte Jacques sich ja bis dahin zurückgemeldet und Lust, sie zu begleiten.

Jacques. Ihre Gedanken schweiften. Seit rund zehn Jahren waren Simonette und er liiert. Sie hatten sich in Paris kennengelernt. Sie fuhr regelmäßig in die Hauptstadt, um Besorgungen für das Hotel mit dem Besuch ehemaliger Studienfreunde zu verbinden. Simonette hatte einige Semester an der Sorbonne studiert, zuerst Medizin, dann Kunstgeschichte und Romanistik.

Jacques war Simonette bei einer privaten Feier vorgestellt worden, und seitdem war er in ihrem Leben, pendelte zwischen Paris und Saint-Tropez und hatte schließlich hier sogar ein Häuschen erworben, um Simonette nahe zu sein.

Conny hatte bemerkt, dass er kaum von sich, seinen Freunden, seiner Arbeit erzählte. Sie hatte sich schon bei dem Gedanken ertappt, ob es nicht noch eine zweite Frau in seinem Leben gab.

So wie früher in Félix'.

Simonette und sie hatten nur selten über ihre Beziehungen gesprochen. Conny hatte nie von sich aus damit begonnen, weil sie Simonette nicht damit belasten wollte. Vor allem, nachdem die alte Dame so heftig auf die Tatsache reagiert hatte, dass Félix verheiratet war, und ihm sogar Hausverbot erteilt hatte. Félix und sie, das war ihr ganz persönliches Dilemma. Und ebenso schien es wohl Simonette zu sehen, wenn es um Jacques ging.

Trotzdem! Die Frage kam aus dem Nichts: Konnte sie Jacques vertrauen? Warum war er nicht zu erreichen? Unternahm er etwas in Sachen Simonettes Verhaftung und hatte sie nicht eingeweiht? Und hatte er ihr wirklich alles erzählt, was er wusste?

Jacques kannte sich genauso gut aus mit Kunst wie

Simonette. War es also nur zufällige Nachlässigkeit, dass er Simonettes Bilder nicht besser gesichert hatte? Oder Kalkül?

26

Nicht Anaïs, sondern eine ihr fremde junge Frau begrüßte Conny an der Rezeption. »Ah, Madame von Klarg?«

Sie hatte dem Aussehen nach marokkanische Wurzeln und sprach Deutsch mit diesem charmanten französischen Akzent. »*Excusez-moi!* Simonette Bandelieu lässt über ihre Anwältin Madame Gary fragen, ob Sie Madame wohl ein paar private Utensilien aus ihrer Suite zusammenstellen könnten. Madame Gary würde alles abholen und nach Marseille bringen.«

»Selbstverständlich.« Conny überlegte, ob es Sinn machen würde, trotz des Kommunikationsverbots darauf zu bestehen, die Anwältin zu begleiten. Aber angenommen, sie könnte sie sehen, was, wenn Simonette auch ihr gegenüber schweigen würde?

Die Empfangsdame gab Conny eine Liste und den Schlüssel zu Simonettes Reich im Dachgeschoss. Sie kannte es gut. Wenn sie zu Besuch und kein Zimmer frei war, hatte Simonette sie oft bei sich in der Suite, die aus zwei Zimmern bestand, einquartiert.

Auf dem Weg zum Fahrstuhl überflog Conny die Liste,

auf der unter anderem Simonettes ockerfarbener Seidenschlafanzug aufgeführt war, an den sie sich nur zu gut erinnerte. Nicht selten hatten sie beide im Schlafanzug auf dem kleinen Balkon ihrer Suite gesessen, ihre Gedanken vor dem Schlafengehen geteilt und die Fledermäuse beobachtet, die unter den Dachbalken hingen.

Sie fühlte sich geehrt, dass Simonette sie damit betraut hatte, ihre persönlichen Sachen zusammenzustellen. Nicht Anaïs oder Jacques.

Gerne hätte sie Simonette ein paar tröstende Zeilen geschrieben, aber die Tasche würde sicher durchsucht oder ihr in Gegenwart von Anstaltsbeamten übergeben werden. Und die persönlichen Worte waren nicht für fremde Augen bestimmt.

Simonette verlangte nach Bettwäsche, Unterwäsche, diverse Röcke und Blusen. Außerdem nach Briefpapier und ihrem Kalender von Béla da Silva. Letzteres war doppelt unterstrichen. Conny stutzte. Sie hatte von dieser Marke noch nie etwas gehört. Vermutlich war sie sehr exklusiv, denn Simonette liebte schicke Accessoires.

Sie stand schon vor dem Fahrstuhl, da entschied sich Conny, die Treppe zu nehmen. Das würde schneller gehen. Sie hetzte die Stufen hoch, schloss die Tür zur Suite auf, öffnete sie und prallte zurück.

Ein spitzer, schriller Schrei gellte durch den Raum.

Beide erschraken zutiefst.

Anaïs kniete am Boden und starrte Conny entsetzt an. Eine Schublade war aus Simonettes Kommode gerissen, deren Inhalt auf den Boden gekippt worden. Zahlreiche

Papiere und Fotos lagen um sie herum verstreut. Mit einem schnellen Blick entdeckte Conny darunter Polaroids aus den Achtzigern.

»Conny! *Mon Dieu!* Hast du mich erschreckt!«

»Was machst du hier, Anaïs?«

»Simonette hat mich gebeten, ein paar Sachen für sie zusammenzusuchen.«

Conny hielt ihr die Liste hin. »Ich glaube kaum, dass sie sich gleichzeitig an uns beide wendet.«

Betont unauffällig schob Anaïs zwei Polaroids unter einen Stapel anderer Bilder.

Conny warf sich auf die Knie und zerrte die Fotos wieder hervor.

Schuldbewusst schlug Anaïs die Augen nieder. »Na gut, Simonette wollte, dass ich diese Fotos heraussuche und sie dir gebe.«

»Wenn das so ist, wieso versteckst du sie dann vor mir?«

»Ich wollte sie mir zuerst in Ruhe anschauen.« Anaïs war eine miserable Schauspielerin. Sie griff nach den Abzügen, aber Conny hielt dagegen. Schließlich gab Anaïs auf, und Conny konnte die Fotos genauer betrachten.

Das erste zeigte eine Gruppe junger Leute, aufgenommen vor der Bronzestatue von Vizeadmiral Pierre André de Suffren, einem Seehelden, am Neuen Hafen.

Simonette und Madeleine auf knallroten Vespas. Auf dem Rücksitz von Madeleines Roller saß Dominique. Die drei waren umringt von jungen Männern, die lachten, rauchten und Weinflaschen in der Hand hielten. Obwohl alle lange Haare hatten, stach einer durch seine Größe und füllige Haarmähne besonders hervor. Neben ihm stand ein hagerer Blonder. Der dritte junge Mann war muskulös, ein paar Jahre älter und erinnerte sie mit seinen brünetten Locken entfernt an Benoît. Conny drehte das Foto um und las das aufgedruckte Datum. Mai 1980.

Zwei Monate, bevor das Foto von Dominique geschossen worden war, das sie eben bei Madeleine gesehen hatte.

Ihr Blick fiel auf das zweite Polaroid. Ein Schnappschuss, ebenfalls vor dem Denkmal für Pierre André de Suffren im Neuen Hafen aufgenommen. Darauf Simonette mit bunt gebatiktem T-Shirt, Wildlederrock, Stiefeln und langem Pony und Madeleine im Minirock und grell gemusterten Pullover. In ihrer Mitte stand Dominique.

Doch wie hatte sie sich verändert! Die vorher glänzenden Haare trug sie jetzt kurz im Diana-Stil. Sie wirkten strohig und stumpf. Sie hatte eine dunkle Jogginghose und eine silberne Jacke an, die der Wind um den Bauch herum aufbauschte. Ihre Augen lagen in tiefen Höhlen, die blassen Wangen waren eingefallen. Im Hintergrund am Boden die Vespa vor der Statue. Liegend wie ein Symbol für den Zustand, in dem Dominique sich befand. Madeleine und Simonette sahen genauso unglücklich aus.

Conny drehte auch dieses Foto um. Las: April 1981. Sie war erschüttert. Was war in diesem Jahr geschehen? Sie zeigte auf Dominique. »Was ist mit ihr passiert?«

Anaïs verzog das Gesicht.

»Deine Tante, oder?«, hakte Conny nach.

»Ich habe sie nie kennengelernt.« Hastig sammelte

Anaïs die anderen Fotos auf und warf sie in die herausgezogene Schublade.

»Warum nicht?«

»Sie starb drei Monate, nachdem dieses Foto aufgenommen wurde.«

»Als Teenager?«

Nicken.

»Ein Unfall?«

Anaïs schüttelte den Kopf. »Sie war krank.«

»Was hatte sie denn?«

»Das weiß ich nicht.« Anaïs schob die Schublade mit den Fotos mit einem so kräftigen Ruck zurück in die Kommode, dass Conny begriff, dass die Befragung zu Ende war.

»Warum sollst du mir dieses Foto geben?«, fragte sie dennoch.

»Vergiss es. Das war eine Lüge.« Anaïs stand auf.

Conny hielt die Polaroids an sich gepresst. »Simonette wird dir das Hotel überschreiben. Willst du das überhaupt?«

»Ich kann mir nichts Schöneres vorstellen.«

Es klang echt.

»Ich glaube, deine Mutter sieht das anders.«

»Und?«

»Sie hat angedeutet, dass du Chancen auf ein besseres Leben hast oder gehabt hättest. Zum Beispiel durch den jetzt toten Henri Moreau.« Conny starrte demonstrativ Anaïs gewölbten Bauch an.

Anaïs lächelte die Anspielung weg. »Meine Mutter ist eine typische Vertreterin des letzten Jahrtausends.«

»Und?«

»Was?«

»Wie war dein Verhältnis zu ihm?« Conny fixierte sie eisern.

»Henri hat mich ein-, zweimal ausgeführt. Ich wollte ihn überzeugen, in die Region zu investieren, ohne dieses Resort zu bauen.«

Conny konnte nicht mehr an sich halten. »Hast du ihn ermordet, Anaïs? Sitzt Simonette deinetwegen im Gefängnis?«

Anaïs musterte sie entgeistert und legte sich ihre rechte Hand schützend auf den Bauch. Dann lachte sie. »Leider muss ich dich enttäuschen, Conny. Ich bin keine Mörderin. Aber gestatte mir die Offenheit: Moreau war ein«, sie zögerte, »Sadist. Ja, er hat mich angebaggert, und ja, ich bin anfänglich darauf eingegangen. Wegen Simonette. Wegen *La Maison des Pêcheurs*. Aber es war mir unmöglich weiterzugehen, was nicht zur Verbesserung der Situation beigetragen hat. Er hat uns das Leben noch schwerer gemacht als schon zuvor. Diese laute Pumpe installiert, die jetzt Gott sei Dank wieder abgeschaltet ist.«

Conny klopfte sich innerlich ob ihrer nächtlichen Aktion auf die Schulter. »Ist dir bewusst, dass du mir gerade ein Eins-a-Mordmotiv geliefert hast, Anaïs? Moreau hat mit seinen Plänen deine Zukunft und dein Erbe gefährdet.«

»Ist das dein Ernst?« Anaïs lachte wieder hell auf.

Wenn Conny ehrlich war, war sie sich da selbst nicht so sicher. »Was wollte der Bürgermeister heute?«, wechselte sie das Thema.

»Sich erkundigen, wie es Simonette geht?«, antwortete Anaïs schnippisch.

»Das würde ich dir glauben, wenn er ihr wohlgesonnen wäre. Doch das wage ich zu bezweifeln.«

»Genau das habe ich zu ändern versucht.«

Conny seufzte. Es war zwecklos.

Während sie gemeinsam die Bettwäsche und Kleidungsstücke von Simonettes Liste zusammensuchten, dachte sie darüber nach, ob Simonette und Anaïs die Tat nicht doch gemeinsam … Weil der Gedanke abrupte Magenschmerzen auslöste, schob sie ihn beiseite.

Sie fanden alles bis auf den Kalender.

»Der Kalender von Béla da Silva fehlt noch. Sagt dir der Name etwas?«, fragte Conny. »Ist Béla da Silva die Marke?«

»Ich weiß nur, dass sie einen Planer hat, den sie normalerweise immer bei sich trägt.«

»Und der Name?«

Anaïs zuckte merklich zusammen. »Den kenne ich nicht.«

Conny sah auf dem Tischchen neben Simonettes Festnetzanschluss nach. Vielleicht lag der Kalender ja dort, weil sie sich beim Telefonieren gern Notizen machte. Doch nichts.

An seiner statt fand sie ein Blatt Papier, darauf eine mit Kuli gekritzelte Skizze. Sie erkannte sofort, was sie darstellte. Le Terrain-Mer und die drei Zypressen, die in die Höhe ragten. In ihre Mitte hatte jemand ein Kreuz gemalt, in dessen Zentrum sich weitere wütende Striche trafen, sodass eine Art schwarzes Loch entstanden war.

Conny zeigte die Zeichnung Anaïs. »Weißt du, was das soll?«

Anaïs nahm das Blatt und betrachtete es minutenlang. Connys Gefühl sagte ihr, dass die junge Frau sehr wohl etwas damit anfangen konnte.

»Ich werde Simonette beim nächsten Besuch fragen.« Anaïs steckte die Skizze ein. Es schien, als wüsste sie noch nichts von dem Kommunikationsverbot.

Auf dem etwas speckigen Lederkissen von Simonettes Lesesessel, der neben dem mit Unterlagen übersäten Schreibtisch stand, wurde Conny schließlich fündig. Simonettes hochwertiger Kalender aus weichem hellbraunem Vollrindleder von Montblanc. Beim Durchblättern fiel ihr auf, dass eine zusammengefaltete Seite aus einer wenige Tage alten Ausgabe vom *Nice Matin* darinsteckte.

Conny ließ den Kalender in ihrer Tasche verschwinden, ohne dass Anaïs es sah.

27

Während sie zusammen im Lift nach unten fuhren, beobachtete Conny Anaïs aus den Augenwinkeln. Sie wirkte seltsam nervös, ruhelos. Wie jemand, der etwas entdeckt hatte und darauf brannte, die daraus nötigen Konsequenzen zu ziehen.

Sie sollte sie beschatten, doch sie hatte Wichtigeres vor.

Auf ihrer Etage stieg Conny aus. Kaum in ihrem Zimmer, recherchierte sie die Nummer der Anwaltskanzlei von Madame Gary und wurde, nachdem sie ihren Namen gesagt und Simonettes Fall erwähnt hatte, umgehend zur Anwältin durchgestellt.

Conny bat die freundlich besorgte Juristin, Simonette auszurichten, dass sie den Kalender von Béla da Silva zwar gefunden habe, aber zunächst die Termine übertragen wolle, die mit dem Hotelbetrieb zusammenhingen, bevor sie ihn ihr zukommen ließe. Die restlichen Sachen lägen aber zur Abholung bereit.

Nach dem kurzen Gespräch setzte sie sich aufs Bett und blätterte den Kalender Seite für Seite durch.

Die Seite aus dem *Nice Matin* flatterte ihr entgegen. Die untere Hälfte nahm ein Beitrag über einen Kunstraub ein, der sich einige Tage vor dem Mord an Henri Moreau im Musée des Beaux-Arts in Nizza zugetragen hatte. Zwei maskierte, bewaffnete Personen hatten das Gebäude in der Innenstadt gegen dreizehn Uhr gestürmt, das Wachpersonal gezwungen, sich auf den Boden zu werfen, und vier Gemälde von den Wänden gerissen.

Es handelte sich um: *Auf der Steilküste bei Dieppe* von Claude Monet, *Die Mohnblumen* von Vincent van Gogh, *Der Hafen von La Rochelle* von Paul Signac und *Maya mit Puppe* von Pablo Picasso. Der Gesamtwert der Kunstwerke wurde auf an die 100 Millionen Euro geschätzt.

Das Interessante war, dass genau diese Bilder schon einmal im September 1980 geraubt worden waren. Diese Info hatte Simonette oder jemand anders fett unterstrichen und ein Ausrufezeichen dahintergesetzt. Warum?, fragte sich Conny. Sie legte die Seite neben sich und widmete sich wieder dem Kalender. Termine über Termine waren eingetragen.

Sie suchte nach dem Namen Béla da Silva, fand ihn aber nicht. Dafür stieß sie auf massenweise Treffen mit Mitgliedern der Genossenschaft. Den dazugehörigen Notizen konnte sie entnehmen, dass die Abstimmung über den Verkauf von Le Terrain-Mer immer wieder verschoben worden war. Während Conny über ihre weiteren Schritte grübelte, meldete sich Jacques per WhatsApp. *Treffe gleich Charlotte. Bise J*

Charlotte Moreau. Also hatte sie mit ihrer Vermutung recht gehabt, und er stellte eigene Ermittlungen an.

Dann würde sie sich eben als Nächstes den Bürgermeister vorknöpfen. Herausfinden, wie es mit Le Terrain-Mer nach dem Tod von Charlottes Mann weitergehen würde. Denn das Grundstück war Simonette laut den Eintragungen in ihrem Kalender wichtig. Sie könnte zwei Fliegen mit einer Klappe schlagen und vorgeben, den Bürgermeister im Rahmen ihres Artikels für *La Voyagette* zu interviewen. Mit etwas Glück bekäme sie sogar einen O-Ton, den sie tatsächlich für ihren Beitrag verwenden konnte.

Conny googelte die Nummer vom Rathaus und war im Nu mit dem Vorzimmer verbunden.

»*Bonjour*, Madame. Mein Name ist Conny von Klarg.« Sie legte das breiteste Lächeln in ihre Stimme. »Ich schreibe für die deutsch-französische Ausgabe von *La Voyagette* und bin aktuell vor Ort wegen eines Beitrags über Saint-Tropez. Wäre es möglich, ein Interview mit Monsieur Gardin zu führen?«

»*La Voyagette! Quelle surprise! C'est superbe, Madame.*« Die Dame schien begeistert. »Ich öffne gerade den Terminplan. Wie sieht es denn in der kommenden Woche bei Ihnen aus?«

»Kommende Woche? Das ist leider zu spät.« Sie klang jetzt honigsüß. »Wissen Sie, ich bin nur noch heute in Saint-Tropez. Lassen Sie es mich so sagen: Es ist eine einmalige Chance.«

»Das ist nun wirklich ungewöhnlich, normalerweise planen wir Interviews einige Wochen im Voraus. Aber warten Sie, vielleicht finde ich eine Lücke. *Eh bien*, heute um achtzehn Uhr? Werden Sie mit einem kompletten Fototeam kommen?«

»Ähm, nein. Diesmal nicht. Und wäre es nicht ausnahmsweise doch früher möglich, Madame? Ich bin auf dem Weg nach Paris. Wichtige Termine.« Sie lobte sich stumm für ihren Einfall. Paris kam immer gut.

»Oh, auch wir haben gerade sehr viel zu tun. Aber einen Moment, ich frage nach …« Ihre Absätze klapperten davon.

Conny hörte Stimmen, ohne Details zu verstehen.

Dann war die Vorzimmerdame wieder dran. »Hallo?«

»*Oui?*«

»*Alors, vous avez de la chance, Madame. Vraiment!* Ist es Ihnen möglich, sofort vorbeizukommen?«

»*Bien sûr!*« Conny grinste. Hatte sie doch richtiggelegen

mit ihrer Einschätzung, dass kein Politiker sich eine solche Gelegenheit entgehen ließ. »In zehn Minuten?«

»*Parfait!*«

Sie hastete ins Bad, warf sich eine Handvoll Wasser ins Gesicht, trank eilig ein paar Schlucke aus dem Hahn, bürstete ihre Haare, trug roten Lippenstift auf, der perfekt mit dem Blauton des T-Shirts harmonierte, *et voilà: le style à la Voyagette*. Sportlich unkompliziert, dabei zeitlos und stilsicher.

Ihren weißen Hoodie hängte sie sich wieder locker über die Schultern und überlegte, ob sie ihre Pochette von Prada mitnehmen sollte, um darin Handy und einen Notizblock zu verstauen, entschied sich aber dagegen. Ihr Auftritt würde auch ohne zwar casual, aber hochprofessionell sein, und sie wollte keinen unnötigen Ballast mit sich herumschleppen, den sie womöglich noch vergaß. Außerdem notierte sie sich nie Stichworte. Das Wichtigste eines Gesprächs blieb hängen und garantierte dadurch eine natürliche Auslese der interessantesten Informationen für die Leserschaft.

Genau zehn Minuten später wurde Conny von der netten Sekretärin in der Mairie empfangen und zwei Stockwerke höher in den Paradesaal geführt, einen altehrwürdigen Raum mit Stuckdecke und Kronleuchter. An den Wänden verliefen Drähte mit Sicherheitsbefestigungen für Bilder, die es momentan nicht gab.

Demonstrativ warf Conny einen Blick auf die Uhr. »Es wird doch nicht lange dauern, Madame? Spätestens um fünfzehn Uhr muss ich weiter.«

»*Pas de problème!* Wir bereiten hier gerade eine Ausstellung vor. Sie müssen garantiert nicht lange warten, *la grande salle* wird gleich gebraucht.«

Nachdem die Sekretärin den Raum verlassen hatte, trat Conny ans Fenster und sah auf den Rathausplatz hinunter.

Die Boulespieler waren wie gestern schon aktiv. Aber heute fehlte Yvonne. Conny beschlich die Ahnung, dass Madame le Chef de la Police nicht unbedingt wegen des Zeitvertreibs manchmal die Mittagspause hier verbrachte – vielmehr, um Gardin zu ärgern. Indem sie ihm zeigte, dass sie – im Gegensatz zu ihm – nun Zeit zum Boulespielen hatte. Wenn denn kein dringender Fall anlag.

Als Conny sich umdrehte, fielen ihr ein paar lange, rechteckige Pakete auf. Sie lehnten an der Wand, wie gerade abgestellt. Vorsicht, Glas!, las sie auf dem roten Klebeband. Der Verpackung nach waren das die Bilder für die angekündigte Ausstellung. Aber unbeaufsichtigt?

Mit Wehmut dachte Conny an Simonettes gestohlene Signacs.

Um was für eine Ausstellung es sich wohl handelte? Sie wollte die Verpackungen gerade genauer untersuchen, da betrat Victor Gardin den Raum.

Die Ähnlichkeit der Wölbung seiner Nase mit der seines Bauchs war phänomenal. Genauso wie die sich spannende Haut über seinen Wangenknochen. Jede seiner Gesten war übertrieben und sollte wohl seine Wichtigkeit unterstreichen.

»Ah, Madame von Klarg, *quelle surprise*!« Sein Gesicht verzog sich, als hätte er in eine Zitrone gebissen. Mit ihr schien er nicht gerechnet zu haben. »Sind wir uns nicht heute früh schon begegnet? Im *La Maison des Pêcheurs*?«

»Genau. Das hat mich auf die Idee zu diesem Beitrag gebracht.« Was nicht mal gelogen war. Sie lächelte.

Weit weniger euphorisch bot er ihr einen Platz an und setzte sich ihr gegenüber. Die Sekretärin brachte Kaffee, Wasser und Mini-Éclairs und verteilte alles auf zwei Rokoko-Beistelltischchen, die sie in die Mitte rückte. Conny griff spontan zu und verkniff sich die drängende Frage, was er mit Anaïs zu besprechen gehabt hatte.

Der Bürgermeister lehnte sich zurück und faltete die Hände vor dem Bauch.

»Monsieur Gardin«, begann Conny, als die Stille sie zu erdrücken drohte, »ursprünglich wollte ich mich über das Thema Tourismus mit Ihnen unterhalten. Über die Sehenswürdigkeiten, die in neuem Glanz erstrahlen sollen, die aktuelle Lage, Ihre Pläne, Sie wissen schon... Doch der Mord an Henri Moreau hat einen Schatten auf die Stadt geworfen. Was sagen Sie dazu?«

Gardins dichte Augenbrauen stießen fast aneinander, die Hautpartie über den Schläfen war so gestrafft, dass sie gleich reißen musste. Er schien zu merken, dass er aus der Nummer nicht so leicht herauskam.

»*Eh bien*, unsere Polizei hat die Lage vollkommen im Griff. Es gibt eine Verdächtige, die gestern nach Marseille überführt wurde. Aber ich nehme an, Sie wissen davon, schließlich wohnen Sie in ihrem Hotel.« Er sprach, als gäbe er ein offizielles Statement ab.

Conny räusperte sich. »Die Dichte des internationalen

Jetsets in den Sommermonaten in Saint-Tropez ist beachtlich. Und jetzt wurde eine Person, die dazugehörte, getötet. Ist damit nicht die Sicherheit Ihrer exklusiven Gäste gefährdet, Monsieur Gardin?«

Sein eben noch professionelles Lächeln gefror zu einer Maske. »Henri Moreaus Tod ist natürlich von einer erschütternden Tragik. Aber wie gesagt, wir gehen fest davon aus, dass es sich bei seiner Mörderin um eine Einzeltäterin mit persönlichem Motiv handelt. Eine solche Gefahr, wie Sie sie anscheinend heraufbeschwören wollen, gibt es nicht.«

Er krümmt keinen Finger für Simonette, lässt sie fallen wie einen Krümel Baguette vom Vortag, dachte Conny und gab sich alle Mühe, ihre freundliche Miene zu bewahren.

»Nun, ich bin nicht ganz Ihrer Meinung. Auch das Thema Raubmord wurde im *Nice Matin* erwähnt, was Ihrer Darstellung eher widerspricht. Wie ich gehört habe, gibt es organisierte Diebesbanden, die es gezielt auf Wertgegenstände abgesehen haben. Es ist bekannt, dass Moreau Kunstsammler war. In seinem Fall könnten die Einbrecher Unterlagen aus seinem Büro entwendet haben, ohne dass es aufgefallen wäre. Heute Nacht fand übrigens ein weiterer Einbruch statt. Sie haben davon gehört?« Conny sah ihn herausfordernd an. »Ein Signac und die dazugehörigen Studien wurden geklaut. Brisanterweise gehörten sie der Verdächtigen.«

Gardin federte von seinem Sitz hoch. »Madame von Klarg, was soll das? Ich wurde darüber informiert, dass Sie für *La Voyagette* schreiben, nicht für eines dieser ... Na, Sie wissen schon!« Er besann sich in letzter Sekunde. »Ich muss mich doch sehr wundern. Bislang verband uns mit *La Voyagette* eine erfolgreiche Zusammenarbeit. Ist Ihnen bekannt, dass unser Tourismusverband regelmäßig großformatige Advertorials in der Zeitschrift schaltet?«

Conny biss betont gelassen in ihr Éclair. Der Wink war deutlich. Es war Geld im Spiel.

Gardin präsentierte ihr ein mehrseitiges Advertising in der neuesten *Voyagette*, die er mitgebracht hatte. »Ihr Name sagt mir nichts. Wo finde ich Sie unter den Redakteuren?« Er blätterte zum Impressum.

Jetzt war sie in der Bredouille. Da das Magazin mit zwei Monaten Vorlauf produziert wurde, wurde sie in der Ausgabe noch nicht aufgeführt. Aber sie musste sich legitimieren, sonst hätte das Gespräch hier ein Ende. Womöglich würde er die Redaktion kontaktieren, sich nach ihr erkundigen und, wenn er erfuhr, dass sie wirklich dort arbeitete, sich über sie beschweren. Blieb nur zu hoffen, dass das Impressum im Internet schon aktualisiert worden war und sie das Gespräch weiterführen konnte.

Sie kramte ihr Handy aus ihrer Gesäßtasche hervor und verschluckte sich dabei an dem letzten Bissen ihres Éclairs. Ein unkontrollierter Hustenanfall schüttelte sie und trieb ihr das Blut in den Kopf. Schnell spülte sie mit einem Schluck Wasser nach, während Gardin immer ungeduldiger mit der Fußspitze auf den Boden tippte. Sie suchte auf der Website ihres neuen Arbeitgebers und wurde fündig. Da! Ihr Name. Sie hielt dem Bürgermeister das Display hin.

Gleichzeitig wurde ihr klar, dass das, was sie hier tat, ein Fehler war. So oder so würde ihr Besuch eine Beschwerde nach sich ziehen, und negative Publicity gleich auf der ersten Dienstreise war alles andere als ideal.

Conny lenkte ein. »Verstehen Sie mich bitte richtig, Monsieur Gardin. Ich möchte nicht, dass Sie einen falschen Eindruck von mir gewinnen. Ich stelle diese Fragen vor allem, da Sie, wie man so hört, große Pläne haben. Es heißt, dass Sie einen komplett anderen Kurs als Ihre Vorgängerin Yvonne Saigret einschlagen wollen.«

Aber sie merkte selbst, dass ihr Schlichtungsversuch in seinen Ohren wenig nach entspannter Freizeit und Luxus klang, sondern eher nach politischem Tribunal. Zumal Yvonne ein rotes Tuch für ihn war und er gesehen haben musste, wie Conny mit ihr das Restaurant verließ.

»Hat sie Sie geschickt?«, bellte er sie an.

»Wo denken Sie hin!« Wenn sie nur ansatzweise ihr Ziel erreichen wollte, dann hieß es jetzt, eine Hundertachtzig-Grad-Drehung hinzulegen. »Diese Éclairs sind übrigens ganz vorzüglich!« Sie hielt ihm den Teller hin.

Er lehnte brüsk ab.

Verdammt, irgendetwas musste sie ihm jetzt bieten, etwas, das ihn milde stimmen würde.

»Seien Sie versichert, Monsieur Gardin, ich bin eine große Befürworterin Ihrer Pläne.« Innerlich krampfte sich bei diesen Worten alles in Conny zusammen. »Ich kenne die Region seit meiner frühen Kindheit, und ein Wellnessresort hat schon immer hier gefehlt. Auch an der Côte d'Azur gibt es schließlich Regentage. Im Moment liegt der

Fokus der Region auf dem Sommer, aber auch im Winter ist es hier wunderschön. Und mit einem solchen Resort, exklusiv mit Wellnesslandschaft, Ruheraum mit Meerblick, Infinitypool, vielleicht sogar mit Indoor-Golf und Private-Spas ... Nun, da wird der Tourismus das ganze Jahr boomen!«

Sie hatte sich wirklich selbst übertroffen, aber er wirkte immer noch unschlüssig, ob er ihr vertrauen konnte. Erneut hielt sie ihm den Teller mit den Éclairs hin. Diesmal griff er zu, nahm einen Minibissen, kaute lange.

»Schauen Sie sich die Luxushotellerie in anderen Ländern an«, fuhr Conny fort. Alles, was sie darüber wusste, hatte sie sich vor dem Bewerbungsgespräch mit Marie Sommer angelesen, aber das durfte er jetzt nicht merken. »Da wird alles geboten: regionale Bio-Sterneküche mit regionalen Highlights, unterirdische Ruhetempel und Yin- und Yang-Pools. Auch Yogakurse mit eingeflogenen Buddhisten aus dem indischen Hochland sind keine Seltenheit. Genauso wenig wie eine Behandlung mit Chinesischer Medizin durch Shaolin-Mönche, private Lodges mit Hubschrauberservice und Opernarrangements in den nächstgelegenen europäischen Hauptstädten.« Sie bremste sich selbst, bevor noch die Fantasie mit ihr durchging. Nicht dass er wieder misstrauisch wurde, wo er doch gerade begonnen hatte, sich zu entspannen.

Er schluckte seinen Eclair-Bissen hinunter. »Ich stimme Ihnen zu. Da ist einiges an Musik drin.«

Jetzt musste sie alles auf eine Karte setzen. »Wissen Sie, Monsieur Gardin, dieser Mord hat mich deswegen so berührt, weil ich im Rahmen der Eröffnung des neuen Museums in Paris erst kürzlich ein Interview mit Henri Moreau geführt habe. Er hat mir Einblick in seine Pläne gewährt.«

»So?« Wieder dieser lauernde Blick.

Ihm standzuhalten kostete sie Überwindung. Sie war weder eine überzeugende Schauspielerin noch Lügnerin. Am liebsten hätte sie sich weit weggebeamt. Aber dann dachte sie an Simonette und riss sich zusammen. »Nun, bei der Gelegenheit hat mir Monsieur Moreau auch anvertraut, dass er hier ein traumhaftes Grundstück erworben hat. Perfekt für eben genau so ein Resort.«

Sie nahm sich ein weiteres Eclair und schenkte Gardin dasselbe Lächeln, dem sie ihre neue Wohnung zu verdanken hatte. Sein Gesichtsausdruck wurde weicher.

»Sie werden verstehen, Monsieur Gardin, dass dieses Grundstück meine Neugierde weckt.« Sie beugte sich ihm entgegen. »Ich sehe das neue Resort schon vor mir. Direkt am Alten Hafen! Es wird unglaublich sein!« Sie holte weit mit ihren Armen aus, unterstrich ihre Worte mit begeisternden Gesten. Ihr war heiß, ihr Magen rebellierte, doch sie biss so herzhaft in das Éclair, als könnte sie kein Wässerchen trüben.

Er schien sich seine Worte sorgsam zurechtzulegen. »In der Tat gibt es solche Pläne.«

»Darf ich mich freuen und schon bald darüber berichten? Besteht denn Aussicht, dass das Resort trotz des Todes von Monsieur Moreau gebaut wird?«

»Sie werden verstehen, dass das die Sache natürlich erschwert. Monsieur Moreau ist erst seit zwei Wochen tot, aber die Gespräche laufen bereits. Die Holding wird gemeinsam mit seiner Frau Charlotte entscheiden, wie es weitergeht. Einiges ist unter Dach und Fach, anderes noch nicht. Wir befinden uns in einem Prozess, Sie kennen das bestimmt aus Deutschland. *La bureaucratie!* Genehmigungen aller Art müssen mit Siegel und Stempel vorliegen, bevor ein Projekt dieser Dimension in die Realisierungsphase geht.«

Ein Ausspruch ihres Vaters kam Conny in den Sinn: Wir können die Schwerkraft überwinden, aber der Papierkram erdrückt uns.

Der Bürgermeister versuchte gerade geschickt, sich hinter seinem Verwaltungsapparat zu verstecken. »Sie sind ein einflussreicher Mann, Monsieur Gardin.«

Ihre Schmeichelei wirkte. Lächelnd betrachtete er seine Hände. »Nun, die ersten Hürden sind tatsächlich schon genommen, aber mit dem Mord müssen wir abwarten, wie es weitergeht.«

»Die ersten Hürden? Wie darf ich das verstehen?«

»*Eh bien*, wir waren im Hintergrund aktiv und konnten die verantwortlichen Stellen für das Projekt begeistern«, erklärte er. »Die Weichen sind eigentlich gestellt.«

Conny schluckte. Hoffentlich unbemerkt. »Das heißt, dass die Baugenehmigung bereits vorliegt?«

Er erhob sich, rieb sich die Hände. »Sie werden verstehen, Madame von Klarg, dass meine Zeit äußerst knapp bemessen ist. Kann ich sonst noch etwas für Sie tun?« Er lächelte sie gönnerhaft an. »Ich gehe davon aus, dass Sie unser Gespräch vertraulich behandeln und nicht in Ihrem Beitrag erwähnen. Mein Sekretariat wird Sie gern in den Verteiler aufnehmen und mit aktuellem Material versorgen.«

»Merci, dennoch möchte ich noch einmal auf unseren Gesprächsbeginn zurückkommen. Sie verstehen sicher, Monsieur Gardin, warum die Aufklärung des Mordes auch für *La Voyagette* sehr wichtig ist. Nicht auszudenken, wenn Verbrechen dieser Art zukünftig an der Tagesordnung wären. Stellen Sie sich nur die Auswirkungen auf unsere und Ihre exklusive Klientel vor!« Sie drückte sich aus dem Stuhl, während er sie wütend anfunkelte. »Dürfte ich noch kurz die Sanitärräume benutzen?«, fragte sie schließlich zuckersüß.

Die Bitte konnte Gardin ihr nicht abschlagen. Er wies ihr großzügig den Weg und machte Anstalten, nach seiner Sekretärin zu rufen.

Conny winkte ab. »Nicht nötig. Ich finde mich schon zurecht. Hier entlang, nicht wahr? *Bonne journée.*«

28

Conny verschwand durch die Tür neben den Kartons und schlüpfte in den dahinterliegenden Raum. Sie ließ sich Zeit, denn sie wollte nicht Gefahr laufen, Gardin erneut zu begegnen.

Gefühlt zehn Minuten später schlich sie wieder hinaus und hatte Glück. Der Saal war leer. Die Tür zum Vorzimmer stand zwar offen, aber die Sekretärin war nicht zu sehen.

Conny näherte sich den Faltkartons und zählte.

Zwölf Stück in zwei Reihen an die Wand gelehnt. Die erste bestand aus fünf, die zweite aus sechs Paketen. Etwas abseits entdeckte sie ein einzelnes, wesentlich breiteres. Sie schätzte seine Größe auf rund einen Meter mal achtzig mal dreißig Zentimeter. Mindestens zwei Bilder mit Rahmen hätten darin Platz. Es wirkte weit weniger gewissenhaft gepackt als die anderen. Die Einstecktaschen waren nur notdürftig ineinandergesteckt, dann das Paketband mehrere Male um den kompletten Karton gewickelt und dabei verdreht. Als wäre jemand in Eile gewesen. An einer Seite pappte gut sichtbar ein roter Punkt.

Alle anderen Kartons waren säuberlich oben mit rotem Paketband zugeklebt, und der einzige scharfe Gegenstand, den Conny bei sich hatte, war ihr Zimmerschlüssel.

Mit größter Vorsicht ritzte sie das Band des ersten Kartons in der vorderen Reihe an der schmalen Seite ein. Als sich die Seitenlasche aufklappen ließ, wellte sich ihr Pappe entgegen. Der Inhalt war sorgfältig gepolstert worden. Sie zog die Wellpappe heraus, bemühte sich, dabei kein Geräusch zu machen, und zuckte zusammen, als es trotzdem raschelte. Sie musste noch vorsichtiger vorgehen.

Sie ließ ihre Finger in das Paket hineingleiten. Luftpolsterfolie. Conny schob sie beiseite, ertastete Seidenpapier und darunter einen harten Gegenstand. Sie fuhr an einer

Kante entlang. Ein Rahmen. Die Ecke verdickt. Anscheinend ein weiterer Schutz aus Kunststoff.

Geräuschlos zerrte sie das Bild heraus. Wie vermutet handelte es sich um ein Gemälde. Es war ziemlich schwer. Conny legte es umständlich auf den Boden, schlug Luftpolsterfolie und Seidenpapier zur Seite, passte auf, dass Letzteres keinen Schaden nahm. Dabei ließ sie ihren Blick immer wieder zur Sekretariatstür gleiten.

Kleine Schweißtropfen rollten ihr in den Nacken. Sie war sich durchaus bewusst, dass sie ein Riesenproblem hatte, wenn sie erwischt wurde. Wie sollte sie ihre Neugierde erklären? Mit dem Einbruch bei Jacques letzte Nacht? Sollte sie die Wahrheit sagen, nämlich dass sie das Diebesgut in der Mairie vermutete?

Kein Geräusch war zu hören. Nur ihr Herz klopfte wild.

Endlich hatte sie einen Teil des Gemäldes freigelegt. Es war eine impressionistische Ansicht von Saint-Tropez. Stil und Signatur des Künstlers sagten ihr nichts. Die Farbe war dick aufgetragen. Vermutlich von einem der Maler, die sich hier angesiedelt hatten, ohne durchschlagenden Erfolg zu haben. Der war nur einigen wenigen vergönnt.

Conny zögerte. Sollte sie auch die anderen Pakete öffnen? Gewissenhaft verpackte sie das Bild wieder genau so, wie sie es vorgefunden hatte. Da der Schlitz im Klebeband nicht rückgängig zu machen war, drehte sie das Paket um neunzig Grad, sodass sich das beschädigte Klebeband seitlich befand und das Kunstwerk nicht herausfallen konnte, wenn jemand es anhob.

Mit schnellen Griffen warf sie einen Blick in zwei weitere Pakete der Reihe. Die Gemälde schienen ihr ähnlich unspektakulär. Also wandte sie sich der hinteren Reihe zu. Das erste Bild war etwas kleiner als seine Vorgänger und schlug sie sofort in seinen Bann. Das Meer schien blau zu leuchten, die Pier und die Hausdächer strahlten im flammenden Abendrot. Der Künstler hatte intensive Farben verwendet. Ebenfalls ein Impressionist. Sie suchte nach der Signatur. Sie war unlesbar, aber ein schmuckloses weißes Beiblatt klärte sie auf: *Pierre Bonnard, 1912, Post-Impressionismus, von privat.*

Am liebsten hätte sie einen überraschten Pfiff ausgestoßen. Sieh mal einer an. Bonnard war einer der bekannteren Maler, die Simonette zigmal erwähnt hatte. Bei geselligen Abenden wurde sie oftmals nicht müde, Anekdoten über berühmte, hier lebende Künstler zum Besten zu geben. Zum Beispiel über Henri Matisse, der einst ebenfalls in Saint-Tropez geweilt hatte – und über Bonnard. Ihr Liebling jedoch war und blieb wegen der Beziehung zu ihrer Mutter verständlicherweise Paul Signac.

Wenn Conny sich recht erinnerte, hatte Signac seinen Freund Bonnard ebenso wie Matisse zu sich in sein Atelier La Hune für einen längeren Aufenthalt eingeladen und damit Bonnards weiteren Stil entscheidend geprägt.

Nachdem sie auch dieses Gemälde wieder verpackt und das Paket gedreht hatte, stach ihr ein edler Aufkleber mittig am unteren Rand des Kartons ins Auge. Goldene Schrift auf weißem Grund. *Musée Moreau, PARIS.*

Sie brauchte einen Moment, um zu verdauen, was das

bedeutete. Das Bild war eine Leihgabe aus Paris. Von Moreaus neuem Museum. Ebenso wie die weiteren sechs Gemälde in dieser Reihe an der Wand, wie ihr die Aufkleber verrieten.

Nur an dem dickeren Einzelkarton, der etwas abseitsstand, suchte sie vergeblich danach. Dafür prangte der rote Punkt an einer Seite.

Conny beobachtete die Saaltür. Das Risiko, entdeckt zu werden, stieg mit jeder Minute. Doch jetzt, wo sie einmal angefangen hatte, konnte und wollte sie nicht aufhören. Sie musste wissen, was in den restlichen Kartons war.

Das nächste Bild überwältigte sie. Die Ausdruckskraft und Energie, die aus dem Kunstwerk sprachen, machten sie sprachlos. Die Farben harmonierten auf magische Weise. Jeder Punkt, jeder Strich saß am richtigen Platz. Connys Gefühl hatte sie nicht getäuscht. Der Stil war ihr bekannt. Die Signatur eindeutig.

Sie wollte gerade nach ihrem Handy greifen, um ihren Fund zu fotografieren, da hörte sie Schritte auf dem Flur, die lauter wurden. Ihr Herz raste. Sie wagte kaum zu atmen, suchte nach einer unverfänglichen Ausrede dafür, dass sie sich immer noch hier befand – und ein ausgepacktes Bild betrachtete. Verzweifelt drehte und wendete sie ihre Worte in Gedanken hin und her, aber sie klangen nicht überzeugend.

Dann entfernten sich die Schritte.

Lautlos ließ sie den angehaltenen Atem entweichen. Sah wieder das Bild an. Bewunderte die Farben. Die Technik des Künstlers, der sein Motiv aus übereinandergesetzten

Punkten konstruiert hatte. An manchen Stellen waren sie fast transparent, an anderen dick wie mit einem Spachtel aufgetragen.

Kein Zweifel: Vor ihr lag ein Signac.

Nicht Segelboote im Hafen aus Simonettes Besitz, das in der vergangenen Nacht aus Jacques' Haus gestohlen worden war, sondern ein anderes Motiv, das ihr jedoch auch bekannt vorkam und aus Signacs letzten Jahren hier in Saint-Tropez stammen musste. Es zeigte die Häuserfassade am Neuen Hafen, als noch keine Luxusjachten dort ankerten. Davor eine rote Boje. Alles war in warmes Abendlicht getaucht. Conny entdeckte ein Beiblatt. Tatsächlich: *Die rote Boje, Paul Signac, 1895.*

Sie verpackte das Bild wieder, schob es an seinen Platz zurück und wollte sich gerade das letzte und abseitsstehende Paket mit dem roten Punkt an der Seite vornehmen, da hörte sie erneut Schritte und tiefe Männerstimmen. Diesmal kamen sie zielstrebig näher. Ohne nachzudenken, huschte sie auf die Toilette zurück.

Kurz darauf waren die klappernden Absätze der Sekretärin verdächtig laut zu hören. Conny spähte durch den schmalen Türspalt in den Saal. Die Sekretärin gab zwei kräftigen Handwerkern in Blaumännern Anweisungen. Conny konnte sich unschwer vorstellen, was passieren würde, wenn sie entdeckte, dass die Pakete geöffnet worden waren.

»Diese elf Bilder alle hierhin. Die ersten fünf an diese Wand. Die anderen sechs an diese. Vorsicht, bitte! Und das Einzelbild mit dem roten Punkt an der Seite bleibt verpackt, es wird gleich abgeholt. Ich verlasse mich auf Sie!« Die Frau nickte den beiden zu, dann klapperten ihre Absätze davon.

Der dunkelhaarige Mittvierziger, der vor der ersten Bilderreihe stand, krempelte die Ärmel hoch, entblößte dabei dicht behaarte Unterarme und nickte Conny freundlich zu, als sie aus der Toilette trat.

Er nahm das Gemälde aus dem ersten Karton und reichte es seinem blonden Kollegen, der erst die Aufhängung am Bild kontrollierte und es dann an der Drahtvorrichtung einrasten ließ. Der Dunkelhaarige überprüfte währenddessen die elektrische Sicherung, indem er verschiedene Stecker aus einem unauffällig am Rand angebrachten Kästchen zog und sie gegen das Licht hielt. Vermutlich um sicherzustellen, dass die leitenden Metallstreifen nicht unterbrochen waren, sodass der Strom fließen konnte.

Die Tatsache, dass die Verpackung offen gewesen war, schien ihn nicht zu beunruhigen. Conny atmete erleichtert auf und verabschiedete sich. Nicht jedoch, ohne noch einen Blick auf den letzten, wesentlich dickeren Karton mit dem roten Punkt geworfen zu haben. Den, von dem sie nicht wusste, was er enthielt. Denjenigen, der gleich abgeholt wurde. Sie war gespannt, von wem.

Als Conny am Schreibtisch von der netten Sekretärin vorbeihuschte, schob die gerade ihren weißen Bleistiftrock zurecht und fuhr sich versonnen durchs Haar.

Sie erschrak. »Oh, Sie sind noch da, Madame?«

»Magenprobleme.« Conny rieb sich mit schmerzverzerrtem Gesicht ihren Bauch und verließ eilig das Rathaus.

29

Der Bonnard und der Signac gingen ihr einfach nicht aus dem Sinn. Besonders der Signac. Ein faszinierendes Bild. Eins, das man besitzen wollte. Mit einer magnetischen Anziehungskraft. Wie viel mochte es wohl wert sein?

Als sie an einer Boulangerie vorbeikam, kaufte Conny sich ein mit Käse, Tomaten und Salat belegtes Baguette am Außenfenster und suchte sich eine Parkbank unter den Schatten spendenden Platanen, von der aus sie das Rathaus im Blick hatte. Sie begann, abwechselnd zu recherchieren und zu essen.

Ein Artikel im *Figaro* erregte ihre Aufmerksamkeit. In ihm wurden Richtpreise für bislang bei Kunstauktionen versteigerte Gemälde von Signac genannt.

Der Hafen bei Sonnenuntergang von Paul Signac gehörte bei Christie's mit einer Taxe von zwölf bis achtzehn Millionen Pfund anscheinend zu den wertvollsten Werken in der Kategorie Impressionismus und Moderne. Bei der Versteigerung hatte es einen neuen Signac-Rekord aufgestellt; mit über achtzehn Millionen Pfund war der bisherige Höchstpreis von vierundzwanzig Millionen Dollar übertroffen worden.

Conny staunte nicht schlecht. Über achtzehn Millionen Pfund! Das Gemälde im Rathaus ordnete sie in dieselbe Schaffensperiode ein.

Wie viel wohl der Signac und die Skizzen von Simonette wert waren? Von der ideellen Bedeutung mal ganz abgesehen. Hoffentlich hatte sie im Gefängnis bislang nichts von dem Raub mitbekommen. Der Schock könnte sie für immer verstummen lassen.

Conny googelte die Preise für Bonnard-Gemälde. Sie waren für unter einer Million Dollar weggegangen. Schade, dass sie nicht mehr dazu gekommen war, sich das Gemälde im letzten Karton anzuschauen.

Überhaupt war es erstaunlich, wie locker der Bürgermeister mit wertvoller Kunst umging. Die Gemälde waren unbewacht gewesen. Gut, vielleicht nicht lange, denn bis auf das eine wurden sie ja jetzt aufgehängt. An einer gesicherten Vorrichtung, die vermutlich mit einer Alarmanlage gekoppelt war. Trotzdem! Was wohl die Versicherung dazu sagen würde, wenn sie davon Wind bekäme?

Bislang war Conny davon ausgegangen, dass Transport und Aufbewahrung von Kunstwerken an strenge Auflagen gebunden waren, aber anscheinend gab es diesbezüglich eine nicht zu unterschätzende Grauzone. Was erklärte, warum Kunstdiebstähle immer wieder auf verblüffend simple Weise gelangen. Die Zeiten, in denen Kunstraub als die Königsdisziplin der Kriminalität gegolten hatte, gehörten längst der Vergangenheit an.

Werke entsprechenden Kalibers ließen sich am Kunstmarkt auch heute noch hervorragend verkaufen. In Kreisen des organisierten Verbrechens galten sie als begehrtes Zahlungsmittel. Außerdem konnte damit unkompliziert Schwarzgeld gewaschen werden. Mord verjährte niemals, Kunstraub jedoch bereits nach zehn Jahren. Ein wahrlich nicht zu unterschätzender Umstand, der für das Verbrechen sprach.

Der Zeitungsausschnitt in Simonettes Kalender fiel ihr ein. Über die vier Bilder aus Nizza, die nach 1980 jetzt ein zweites Mal gestohlen worden waren.

Sie steckte sich den Rest ihres belegten Baguettes in den Mund und recherchierte weiter.

Der Hafen von La Rochelle, das in Nizza gestohlene Bild von Signac, wurde auf fünfzehn Millionen Dollar geschätzt.

Wie konnte sich eine Gemeinde wie Saint-Tropez eine Ausstellung mit ähnlich teuren Kunstwerken leisten? Wer vertraute ihr solche Schätze an? Die Versicherungsprämien mussten gigantisch sein.

Wären da nicht die Aufkleber vom Pariser Musée Moreau, hätte Conny sie für eine Leihgabe des hiesigen Museums gehalten. Schließlich lag ein Schwerpunkt des Musée de l'Annonciade von Saint-Tropez auf Werken von Künstlern, die hier tätig gewesen waren oder in der Landschaft am Mittelmeer ihre Motive gefunden hatten.

Conny erwog, direkt dort vorbeizuschauen. Wenn sie sich richtig erinnerte, lag es idyllisch in einem Park und hatte über Mittag geöffnet. Das Museum wäre der richtige Ort, um wenigstens einen Moment lang zu entspannen.

Doch die Zeit drängte. Also rief sie im Museum an,

statt hinzugehen. Sie gab sich als die Journalistin aus, die sie war, denn einen Hinweis auf das Museum und eine geplante hochkarätige Ausstellung könnte sie gut in ihrem Beitrag erwähnen.

»*Non*, Madame. Wir haben aktuell keine Leihgaben außer Haus«, beantwortete eine nette Frau ihre Fragen. »Aber ja, im Rathaus ist eine Ausstellung geplant... Ja, Monsieur Moreau. Sie wissen schon. Sehr bedauerlich.« Sie hielt inne und seufzte ob des Unglücks, das ihm in ihren Augen widerfahren war. »*Le malheureux!* Die Bilder sollten im Anschluss zu uns ins Museum kommen. Monsieur Moreau hatte die Schirmherrschaft samt Versicherung übernommen. Saint-Tropez wäre um eine weitere Attraktion reicher gewesen, aber wegen seines Todes findet die Ausstellung nicht statt.«

Conny hatte keine Zeit, die Informationen sacken zu lassen. »Wie viele Bilder hätten Sie denn erwartet?«, erkundigte sie sich.

»Lassen Sie mich kurz schauen.« Einen Moment war es still in der Leitung, dann kam die vermutete Antwort: »Elf. Sechs von unbekannteren Künstlern mit steigendem Wert, eins von Bonnard und fünf von Signac.«

Conny registrierte, dass der einzeln stehende Karton mit dem roten Punkt samt Inhalt anscheinend nicht dazugehört hatte, bedankte sich und legte auf.

Wieder fragte sie sich, wer ihn abholen würde, und entschloss sich zu warten. Von ihrer Bank unter den Platanen hatte sie nicht nur das Rathaus, sondern auch einen Nebeneingang mit Parkplatz bestens im Blick.

Henri Moreau, überlegte sie, war wie eine Spinne gewesen, die alle und jeden in ihr Netz gewebt hatte. Sie war sich sicher, dass an verantwortlicher Stelle kaum eine Person zu finden wäre, die etwas Negatives über ihn sagen würde. Er hatte es verstanden, den Wind die Segel seines Schiffes blähen zu lassen, damit es Fahrt aufnahm.

Es wäre schwer gewesen, dagegen anzusteuern.

Gerne hätte Conny ihre Gedanken mit jemandem geteilt. Aber mit wem? Jacques wollte sie dabei gegenüberstehen, um seine Reaktion zu sehen, und Yvonne konnte wegen ihres persönlichen Problems mit Victor Gardin zum Bumerang werden. Sie hatte keine Lust, ins Kreuzfeuer der beiden Streithähne zu geraten. Nicht jetzt. Aber vielleicht zu einem späteren Zeitpunkt.

Außerdem ließ sie der Gedanke an die im Teenageralter verstorbene Dominique nicht los. Sie musste zeitnah mit Simonette über sie sprechen, auch wenn sie ihr bei der Gelegenheit kein Wort von den gestohlenen Bildern sagen durfte. Kurz war Conny versucht, Félix' Nummer zu wählen, doch in dem Moment wurde ihre Geduld belohnt.

Der eben noch so aufgeblasene Victor Gardin dirigierte den ungelenken Pasquale in seiner zu kurzen Uniform zu einem dunklen Citroën der Luxusklasse, der auf einem Parkplatz im Schatten eines Olivenbaums neben einem Seiteneingang stand.

Der Bürgermeister, den Kopf zwischen die Schultern eingezogen, warf unsichere Blicke nach rechts und links, während er Pasquale heranwinkte und den Kofferraum des Wagens aufschnappen ließ.

Anaïs' Bruder schleppte den unhandlichen Karton. Was tat er da?, fragte Conny sich. Warum half er dem Bürgermeister? Erst hatte Anaïs den Mann so freundlich im Hotel empfangen und jetzt das? Welches Spiel spielten die Geschwister Ruon?

Jetzt verlor der Riese das Gleichgewicht, fing sich aber wieder, als Gardin vor Schreck einen Schrei ausstieß. Schließlich balancierte der Brigadier den offensichtlich schweren Karton zum Kofferraum, in dem sie ihn gemeinsam verstauten.

Conny hatte die Szene mit ihrem Handy aufgenommen, sah sich das Video noch einmal an, zoomte heran.

Das Paket im Kofferraum war unleugbar das mit dem roten Punkt. Das, das etwas abseitsgestanden hatte. Aus welchem Grund auch immer ließ Gardin es mit Pasquales Hilfe beiseiteschaffen. Conny war sich sicher, dass ihr der kurze Film zum gegebenen Zeitpunkt einen nützlichen Dienst erweisen würde. Warum nicht Gardin damit erpressen, ein gutes Wort für Simonette bei den Ermittlern und der Staatsanwältin in Marseille einzulegen? Aber fürs Erste verwarf sie den Gedanken. Es führte kein Weg an der Wahrheit vorbei.

Nachdem Pasquale wieder im Seiteneingang des Rathauses verschwunden war, bretterte Gardin viel zu schnell auf dem Kopfsteinpflaster an Conny vorbei. Im letzten Moment drehte sie sich weg. Sie hätte ihn liebend gern verfolgt, doch es war kein Taxi in Sicht.

Wohin brachte er den Karton mit dem mysteriösen Inhalt?

Auch die Chance, Yvonne zu informieren und sie zu bitten, den Bürgermeister zu beschatten, was ihr sicher größtes Vergnügen bereitet hätte, hatte sie verpasst. Gardins Spur verlor sich an der nächsten Kreuzung.

Connys Hoffnung, ihm etwas nachzuweisen, stützte sich damit ausschließlich auf das Video, das – objektiv betrachtet – nicht allzu viel bewies.

Sie beschloss, als Nächstes Moreaus Villa einen Besuch abzustatten. Mit wenigen Klicks hatte sie die Adresse recherchiert und hinterließ Jacques eine Nachricht, dass sie auf dem Weg dorthin war.

Sie war gespannt auf seine Reaktion und darauf, ob er ihr Vertrauen rechtfertigen oder das Gegenteil der Fall sein würde.

30

Bei Moreaus Villa handelte es sich um einen grauen Flachdachbungalow, der mit seiner Form nicht in die gediegene Villengegend passte. Viel Glas und viel Beton waren verbaut worden, und mit seinen harten Kanten wirkte das Gebäude ultramodern.

Der leicht zum Meer hin abfallende, parkähnliche Garten mit den hohen Palmen, an dessen seitlichen Grenzen Oleander, Hibiskus und Bougainvilleen wuchsen, zog sich bis zum Strand hinunter, wo sich ein Bootsanleger befand.

Einer der Nachbarn war ein bekannter französischer Fußballer, der hier seinen Feriensitz hatte, das hatte Conny in einem der Artikel über Moreau gelesen. Auf der anderen Seite schloss sich ein Naturschutzgebiet an.

Moreaus Grundstück schien äußerlich nur mit einem zweiflügeligen geschmiedeten Eingangsportal und einer mittelhohen Steinmauer gesichert zu sein. Selbst nach dem Mord hatte die Polizei daran nichts geändert. Es wirkte riesig und verlassen.

Conny näherte sich von der Meeresseite her auf einem schmalen Pfad, der durch das Naturschutzgebiet führte, und ließ Revue passieren, was sie in den letzten vierundzwanzig Stunden an Informationen gesammelt hatte.

Sie fand die Stelle an der Grundstücksmauer, an der Simonette ihren Schal verloren hatte. Jacques hatte sie ihr gestern Abend beschrieben, als sie wieder und wieder durchgegangen waren, was sie wussten. Er hatte das Detail von Pasquale erfahren.

Vom Dachgeschossfenster eines Nachbarhauses auf der gegenüberliegenden Straßenseite war diese Stelle neben einer einzelnen, charakteristisch geformten Pinie problemlos zu sehen. In der Mordnacht hatte jemand wahrscheinlich am Fenster gestanden, den Mond über dem Meer betrachtet und dabei Simonette entdeckt. Neben der Tatwaffe ein gravierendes Indiz, das für Simonette als Mörderin sprach. Conny nahm sich vor, die Nachbarn später zu befragen. Wieder bedauerte sie es, keine Möglichkeit zu haben, die Polizeiprotokolle einzusehen.

Aber Félix hätte die, fiel ihr ein. Vielleicht wäre es in

dieser Situation doch ratsam, ihre persönlichen Gefühle, die ihn betrafen, ad acta zu legen und sich mit ihm zu treffen. Er könnte ihr Details aus den Akten verraten, wenn er das denn wollte. Was allerdings zu bezweifeln war.

Jacques hatte berichtet, dass Henri Moreau das Anwesen meist ohne seine Frau Charlotte bewohnte, da sie es vorzog, auf der Jacht zu bleiben. Von gelegentlichen Damenbesuchen – darunter Anaïs? – abgesehen, war er also meist allein in der Villa gewesen.

Ebenfalls hatte Moreau laut Jacques, der das wiederum von Pasquale erfahren haben wollte, bis auf Bewegungsmelder auf Sicherheitsvorkehrungen im Garten verzichtet. In der Villa sollte es zumindest noch eine Alarmanlage geben, die aber abgeschaltet wurde, sobald die Bewohner zu Hause waren. Etwas speziell, fand Conny.

Moreau hatte sich vermutlich für unverwundbar gehalten. Andererseits war bekannt, dass die Verkehrspolizei hier auf dem Prominentenhügel am Meer weitaus häufiger präsent war als anderswo. Man wohnte hier wie in einer Gated Community mit Sicherheitsschutz, doch selbst das war kein Überlebensgarant, wie Moreaus Tod bewies.

Conny hatte sich oft gewundert, wie frei Menschen letztendlich lebten, von denen man gemeinhin annahm, dass sie sich wegen ihres Vermögens oder ihrer politischen Stellung in einer Art stetigem Sicherheitsgewahrsam befanden. Aber weit gefehlt. Sie bewegten sich oft antizyklisch, waren zu Zeiten an Orten, wenn sie dort nicht erwartet wurden. Oftmals erkannte sie außerhalb ihrer Öffentlichkeitsblase kaum jemand.

Seit der Tatort freigegeben war, kam laut Jacques einmal täglich Moreaus Haushälterin vorbei, um nach dem Rechten zu sehen. Die jüngste Schwester von Madeleines Mann Émile, die auch als Zimmermädchen für Simonette arbeitete. Ein Aspekt, der ebenfalls gegen sie angeführt wurde, wie Jacques Conny gestern erzählt hatte. Die Ermittler nahmen an, dass Simonette durch sie an vertrauliche Informationen gelangt sei, die den Mord vereinfacht hätten.

31

Von ihrem Beobachtungsposten vor der Grundstücksmauer am Rand des Naturschutzgebiets aus sah Conny, dass die Haushälterin den Boden wischte. Anscheinend hatte sie ausgerechnet diesen Tag zum Großputz gewählt.

Der Tote sei im Wohnraum seiner Villa gefunden worden, so hatte Conny im *Nice Matin* gelesen. Jacques hatte ihr erzählt, dass sich laut Pasquale die anwesenden Beamten über das wenige Blut am Tatort gewundert hätten.

Jetzt schob die rundliche Frau die Terrassentür auf, trat heraus und ging zum Liegestuhl am türkis in der Sonne funkelnden Swimmingpool, auf dem sie sich genüsslich ausstreckte. Wahrscheinlich gönnte sie sich eine Ruhepause, während der Boden trocknete. Das war Connys Chance.

Sie hoffte, die Haushälterin würde die Terrassentür offen lassen, wenn sie wieder hineinging. In dem Fall müsste sie nur auf die andere Seite der Mauer gelangen und sich so nah wie möglich anschleichen, um die Villa in einem günstigen Moment ungesehen zu betreten.

Im Schutz von Oleander und Hibiskus kletterte sie über die halbhohe Mauer und landete mit einem Sprung sanft auf dem Grundstück. Die Terrasse behielt sie dabei fest im Blick.

Die Haushälterin erhob sich. Hatte sie sie gehört? Conny duckte sich tiefer hinter einen weiß blühenden Oleander. Die Frau sah sich prüfend im Garten um, verschwand dann aber wieder im Haus.

Auf Deckung bedacht, schlich Conny gebückt von Busch zu Busch. Immer wieder streiften Blüten und Äste ihr Gesicht. Schließlich, schon auf Höhe der Terrasse, versteckte sie sich hinter einer hohen Eibe. Nicht einen Moment zu früh.

Die Haushälterin kehrte mit einem Tablett zurück, darauf ein *grand bol café*, ein Glas Wasser und ein großes Stück gelb in der Sonne leuchtender *tarte au citron*. Vorfreudig schmatzend, ließ sie sich wieder auf ihrem angestammten Liegestuhl nieder.

Conny überlegte, ob sie sich zu erkennen geben sollte. Es wäre doch möglich, dass die Frau sie aus Loyalität zu Simonette freiwillig ins Haus lassen würde. Sie legte sich Worte zurecht, doch selbst in ihren Ohren klangen sie wenig überzeugend. Und wenn es ihr nicht gelang, das Vertrauen der Frau zu gewinnen, dann hatte sie ihre einzige Chance vertan. Also übte sie sich in Geduld und wurde nach wenigen Minuten, wie schon zuvor, belohnt.

Ein lautes Klingeln drang bis hinaus in den Garten. Die Haushälterin sprang auf, nahm das Tablett mit und schob mit der Schulter die Terrassentür zu, ließ sie aber einen Spalt breit offen.

Ohne zu zögern, nutzte Conny den Moment und schlüpfte lautlos und flink ins Haus.

Ihr erster Schreck war riesengroß. Das offene Wohnzimmer hatte eine unglaubliche Dimension und war dabei so minimalistisch eingerichtet, dass es schier unmöglich war, sich zu verstecken. Der Boden war an manchen Stellen noch feucht, und es roch intensiv nach Essig, Zitrone und Lavendel. Vom Eingang her ertönten Stimmen.

Conny zwängte sich in aller Eile flach unter das ausladende kamelfarbene Ledersofa in U-Form, das sicher eine Tiefe von zwei Metern hatte und in dessen Mitte ein elfenbeinfarbener Couchtisch stand.

Ihr schlanker Körper füllte den Zwischenraum zwischen Fußboden und Möbel bis auf den letzten Millimeter aus. Während sie dem Schmerz in ihrem linken Knie nachspürte, kämpfte sie gegen einen klaustrophobischen Anfall und gegen einen Allergieschock an. Sie hatte nicht einmal den Spielraum, um den Kopf zu drehen, und die Staubschicht unter dem Sofa war wider Erwarten zentimeterdick. Hinten an der Wand glänzte etwas Gelbes. Sie tastete durch den Staub danach, versuchte, sich die Unmengen an Milben nicht vorzustellen.

Das Gelb entpuppte sich als Gold. Es war ein Würfel

aus Metall mit zwölf statt der gewöhnlichen sechs Seiten. Er mutete fast rund wie ein Ball an. Conny gelang es, ihn sich in die Gesäßtasche ihrer Jeans zu quetschen.

»*C'est trés bien*«, sagte die Haushälterin in dem Moment. »Ich wollte gerade gehen, dachte aber, ich gebe es dir, bevor jemand anderes es noch entdeckt. Muss ja nicht die Runde machen. Ihr Name ist eingraviert, siehst du?«

Conny hörte, wie etwas zu Boden fiel, die Frau sich mit einem Stöhnen danach bückte und es aufhob. Aus dem gemurmelten »*Merci*« schloss sie, dass sie den Gegenstand dann jemandem übergab. Sie hätte gerne einen Blick darauf erhascht, doch sie war unter dem Sofa gefangen.

»Hast du noch was anderes gefunden, Pauline?« Der Besucher war ein Mann.

Die Haushälterin verneinte.

Jetzt, nachdem Conny die Stimme des anderen gehört hatte, war sie sicher, um wen es sich handelte. Er redete langsam, monoton, zögerte manchmal. Quetschte die einzelnen Wörter hervor, als müsste er nach jeder Silbe suchen. So sprach nur einer.

Pasquale Ruon, der Brigadier. Anaïs' älterer Bruder.

Was hatte die Frau ihm gegeben? Conny hatte es nicht sehen können. Ein Beweisstück? Eins, das Simonette entlasten konnte?

Wieder ertönten Schritte. Die Haushälterin begleitete Pasquale zur Tür, die gleich darauf schwer ins Schloss schnappte. Kurze Zeit später telefonierte Pauline und informierte jemanden seufzend, dass sie die Villa bald verlassen würde.

Conny atmete erleichtert auf. Lange hätte sie es in ihrem Versteck nicht mehr ausgehalten. Allerdings beunruhigte sie der Gedanke an die Alarmanlage. Ob es im Haus auch eine Kamera gab, die sich einschaltete, sobald die Haushälterin die Tür hinter sich schloss?

Während Pauline schon lautstark an der Garderobe hantierte, rutschte Conny ein Stück unter dem Sofa hervor und sah sich erneut im Raum um, der mit sicher sechs Meter hohen Wänden Museumsausmaße hatte. Conny war noch nie in einem vergleichbaren Gebäude gewesen.

Der Raum wirkte geschmackvoll, war aber spartanisch eingerichtet. Außer einer breitformatigen, etwa drei mal sechs Meter großen Schwarz-Weiß-Fotografie, ein Porträt eines Kleinkinds, waren die Wände leer. Nichts in dem Zimmer deutete darauf hin, dass Moreau ein Kunstliebhaber gewesen war. Und das, obwohl er laut mehreren Artikeln, die Conny inzwischen über ihn gelesen hatte, als einer der größten Kunstsammler des Jahrhunderts galt.

»Hallo, da bist du ja endlich!«, begrüßte die Haushälterin jetzt jemanden an der Haustür. »*Enfin!* Warum hat das denn so lange gedauert? Ich habe schon gewartet!«

Wurde die Frau abgeholt? Conny hörte Schlüssel klappern, aber nicht die Stimme des Neuankömmlings. Dann fiel die Tür ins Schloss, und Totenstille breitete sich aus.

Sie waren weg! Conny erlaubte sich, dem Niesreiz nachzugeben, und erschrak umso heftiger, als ein metallenes Klirren erklang. Als wäre ein Schlüssel in ein Gefäß geworfen worden.

Wer war noch im Haus? Hatte er oder sie ihr Niesen gehört? Sie legte eine Hand auf Mund und Nase. Mit wem hatte die Frau eben gesprochen? War Pasquale zurückgekehrt? Mit ihm würde sie fertigwerden. Selbst wenn er sich wundern würde, sie hier anzutreffen, er würde ihr nichts tun.

Er liebte Anaïs, also konnte es nur in seinem Sinne sein, wenn Simonette bald wieder freikäme und seine Schwester *La Maison des Pêcheurs* leiten würde. Wenn er ihr dabei helfen würde, Simonettes Unschuld zu beweisen, würde er also auch seiner Schwester einen Gefallen tun. Oder hatte sein Auftauchen etwas mit seinen Plänen zu tun, sich beruflich zu verändern?

Als Conny Geräusche aus der Toilette hörte, schob sie ihren gesamten Körper unter dem Sofa hervor und kroch in Richtung offene Küche. Kurz sah sie an sich hinab. Ihr T-Shirt, ihre Hose und ihr weißes Kapuzensweatshirt waren auf der Vorderseite grau vor Staub.

Der Raum war riesig und transparent. Nur der frei stehende Küchenblock mit den sechs Stühlen bot Schutz. Von dort aus hätte sie auch den Flur und die Toilettentür im Blick und könnte die Person sofort erkennen, sobald sie heraustrat.

Sie versteckte sich hinter dem Küchenblock, war aber zutiefst irritiert zu sehen, dass die Toilettentür offen stand. Instinktiv griff sie in die Gesäßtasche nach ihrem Handy. Es war nicht da. Es musste ihr herausgerutscht sein, als sie sich aus dem engen Spalt unter dem Sofa hervorgezwängt hatte.

Panisch griff sie in die andere Gesäßtasche und förderte zusammen mit ihrer Hand aus Versehen den goldenen Würfel zutage. Er kullerte polternd über die Marmorfliesen, als sie plötzlich ein Schaben hinter sich hörte. Noch bevor sie sich umdrehen konnte, krachte etwas auf ihren Schädel. Sie sackte in sich zusammen.

Ohne zu erkennen, wer hinter ihr stand.

32

Félix wäre nach dem Gerichtstermin am Vormittag gern direkt zu Conny nach Saint-Tropez gefahren, aber er kam einfach nicht weg.

Er nahm einen Schluck des bitteren schwarzen Cafés aus dem unpersönlichen Pappbecher des Kaffeeautomaten, der im Commissariat Nice Central in der Avenue du Maréchal Foch stand, und versuchte, seinen Ärger hinunterzuspülen. Wieso nur war er zuvor am Telefon zu Conny so unwirsch gewesen, obwohl er ihr doch am liebsten gesagt hätte, dass er sie liebte. Immer noch. Ihre Wut über sein Verhalten hatte er gespürt. Aber ein Gespräch am Handy eignete sich nicht für Gefühlsbekundungen. Er wollte ihr dabei in die Augen schauen. Ihre Reaktion sehen. Sie in die Arme schließen. Herausfinden, ob Aussicht auf Vergebung und Versöhnung bestand.

Kurz war er versucht, die Ortungs-App zu aktivieren.

Nur um sich ihr nahe zu fühlen. Aber nach ihrem Streit wäre er sich wie ein Spanner, wie ein Voyeur vorgekommen. Also wandte er sich wieder der Arbeit zu.

Er stand im Hinterhof des Commissariat und gönnte sich eine kurze Verschnaufpause. Die letzten Stunden war Félix weder dazu gekommen, an Conny zu denken, geschweige denn, sich um Sven, seinen besten Freund, zu kümmern, der sich seine Zeit in Nizza wohl oder übel allein vertreiben musste. Als Félix gestern nach knapp zwei Stunden Fahrt zu Hause angekommen war, hatte Sven bereits tief und fest geschlafen. Und heute Morgen, als er das Haus verlassen hatte, um ins Gericht zu gehen, immer noch. Doch jetzt waren beide in seinen Gedanken wieder präsent und verstärkten sein schlechtes Gewissen.

Der Innenminister hatte nach ihm verlangt und drängte auf seinen Bericht. Man wollte im Fall Moreau vorankommen.

Commissaire Denise Vernaux, ein langer, dünner Mann mit Schnurrbart, der im nächsten Monat in Rente gehen würde und mit dem Félix sich gut verstand, kam auf ihn zu.

»Bist du nicht an diesem Fall mit Simonette Bandelieu dran?« Vernaux nickte ihm zu.

Félix horchte auf. »Warum? Gibt es Neuigkeiten?«

Vernaux räusperte sich, strich sich über den Schnurrbart, wie es seine Gewohnheit war. »Ich gehöre ja schon zum alten Eisen. Über vierzig Jahre bin ich jetzt im Dienst, habe als Streifenpolizist angefangen. Der Kunstraub 1980 war einer meiner ersten Fälle als Commissaire. Monet, van Gogh, Signac und Picasso wurden einfach aus dem Museum geklaut. Unglaublich!«

Félix fragte sich, worauf Vernaux hinauswollte.

Der alte Commissaire schien seine Ungeduld zu spüren und kam zur Sache. »Damals hatte ich mit Simonette Bandelieu zu tun. Ich kann mich gut an sie erinnern. Sie war die Art von junger Frau, die man nicht so leicht vergisst.«

»Hatte sie etwas mit dem Kunstraub zu tun?«, fragte Félix, obwohl er sich das nicht vorstellen konnte.

»Es gab Hinweise, dass die Täter in Richtung Saint-Tropez entwischt waren, und wir fanden heraus, dass Simonettes Maman Claudette eine Affäre mit dem Museumsdirektor Pierre Bras hatte. Er war verheiratet, mit einer Rothschild, deren Familie einen Sommersitz in der Nähe von Nizza hatte.«

Félix nickte. »Die Villa Ephrussi oberhalb von Saint-Jean-Cap-Ferrat gehört immer noch den Rothschilds, aber heute wird sie hauptsächlich als Museum genutzt.«

»*Voilà*«, stimmte Vernaux ihm zu. »Die Frau des Museumsdirektors war damals schwer krank, also haben wir dem Wunsch des Mannes entsprochen und seine Untreue nicht an die große Glocke gehängt. Im Gegenzug hat er dafür gesorgt, dass drei der vier Bilder kurz darauf wiederauftauchten. Er steckte also in der Sache mit drin.«

»Ich erinnere mich, dass man das vierte erst Jahre später in Ungarn in der Mülltonne eines Mannes gefunden hat, der wegen einer anderen Straftat gesucht wurde.«

»*C'est ça.* Claudette hatte übrigens nicht nur eine Affäre

mit Pierre Bras, sondern kannte die halbe Côte d'Azur. Sogar die Halbwelt, wenn man den Gerüchten Glauben schenken darf, die sich um sie rankten. Deswegen haben wir damals auch Simonette verhört. Sie hat ihre Maman komplett entlastet, allerdings konnte ich mich des Verdachts nicht erwehren, dass sie uns etwas vorenthielt.«

»Dieser Pierre Bras, der Museumsdirektor, ist nie wieder richtig auf die Füße gekommen, oder?« Félix hatte sich während einer Fortbildung mit dem psychologisch hochinteressanten Fall befasst. »Die Sache hat ihn seine Karriere gekostet.«

»Ganz recht. Und jetzt sind ausgerechnet diese Bilder zum zweiten Mal gestohlen worden.« Vernaux senkte die Stimme. »Man hat den erneuten Raub aus den Medien herausgehalten, so gut es ging. Ein halbseitiger Artikel im *Nice Matin* ist erschienen, aber das war alles. Zu peinlich! *Tu comprends*...«

Er sprach in normaler Lautstärke weiter: »Dieser Coup fand genau eine Woche vor dem Mord an Moreau statt. Er weist das gleiche Muster wie damals auf, wenn du mich fragst. Und für den Mord sitzt jetzt Simonette in U-Haft, die – nebenbei bemerkt – als ernst zu nehmende Kunstsammlerin gilt. Ich meine nur«, Vernaux befühlte seinen Schnurrbart mit Zeige- und Mittelfinger wie unbekanntes Terrain, »es gibt schon seltsame Zufälle.«

»Was ist mit den alten Vernehmungsprotokollen passiert?«, wollte Félix wissen.

Vernaux grinste. »Gut, dass du fragst. Ich habe sie heute früh aus dem Archiv geholt. Sie liegen auf deinem Schreibtisch. Übrigens Kompliment, dass es dir gelungen ist, hier ein eigenes Büro zu ergattern. Klein zwar, aber immerhin. Das zeigt, dass man große Stücke auf dich hält. Glaub mir, ich hab schon einige kommen und gehen sehen. Ein eigener Schreibtisch ist eine Auszeichnung.«

Félix musste husten, weil er sich verschluckt hatte. Es war ihm bewusst, dass der Schreibtisch schnell den Besitzer wechseln würde, wenn er im vorliegenden Fall nicht binnen kürzester Zeit die entsprechenden Erfolge vorwies. Bevor er sich bedanken konnte, wurde Vernaux durch einen Anruf in Anspruch genommen und verabschiedete sich mit einem Winken, das Handy am Ohr.

Auch Félix' Handy machte sich bemerkbar. Eine WhatsApp war eingegangen. Sie war nicht wie erhofft von Conny, sondern von seinem Pariser Freund René. Er arbeitete in der Préfecture de Police auf der Île de la Cité unweit der Cathédrale de Notre-Dame und verfügte über beste Beziehungen zum Palais de Justice am Quai des Orfèvres. Er rief ihn zurück.

»Gerade erfahren, *mon pote. Tu a de la chance.* Die Untersuchung des Laguiole-Messers, der vermeintlichen Tatwaffe im Fall Moreau, wird vorgezogen.«

Nach kurzem Small Talk verabschiedeten sie sich.

Félix blieb nachdenklich zurück. Ob die Information positiv zu bewerten war, würde sich zeigen. Jedenfalls nahmen die Ermittlungen Fahrt auf.

Félix trank den letzten Schluck Kaffee, der bitter und kalt schmeckte, und folgte Vernaux in die Polizeistation.

33

Als sie wieder zu sich kam, zitterte Conny vor Kälte. Sie hatte keine Ahnung, wie spät es war, erinnerte sich aber sofort an den Schlag auf den Kopf. Sie drehte ihre Hände hin und her und war überrascht.

Sie war nicht gefesselt.

Es dauerte einen Moment, bis sie die Situation erfasst hatte. Sie befand sich in einem düsteren Raum mit kleinem Fenster, das vergittert war. Dahinter lag ein Schacht, der, da kaum Licht eindrang, tief zu sein schien. Sie war in einem Keller.

Anscheinend war sie allein und konnte alle Gliedmaßen bewegen. Allerdings schmerzte ihr Hinterkopf höllisch. Als sie ihn betastet hatte und ihre Finger zurückzog, waren sie klebrig und feucht. Blut.

Sie fluchte mit gedämpfter Stimme, während sie ihr weißes Kapuzensweatshirt von den Schultern losband und sich überstreifte.

Jetzt war ihr zumindest nicht mehr kalt. Aber unendlich wütend war sie. Wütend auf sich. Und wütend auf den Angreifer. Einfach wütend auf die ganze Welt! Genau so etwas hatte sie vermeiden wollen. In ihrer Vorstellung hatte ihr neues Leben aus entspannten Tagen, geselligen Abenden und erholsamen Wellnessmomenten bestanden. Sie rappelte sich auf und schaute sich um.

Auch hier viel Beton, aber nicht modern gebürstet wie

in Moreaus Wohnräumen, sondern unbehandelt und fleckig. Feuchte Kälte und staubige Düsternis. In einer hinteren Ecke moderte ein undichter Heizkessel vor sich hin, notdürftig mit Bettlaken umwickelt.

Conny schleppte sich zur Tür. Sie drückte die Klinke, warf sich gegen das Türblatt und wäre fast gestolpert, als die Tür mühelos aufsprang. Verwirrt trat Conny in einen breiten dunklen Flur und tastete sich auf der Suche nach einem Schalter an der unverputzten Wand entlang. Als sie keinen fand, schlich sie im Dunkeln weiter.

Sie hatte keine Ahnung, ob sich ihr Angreifer noch in der Nähe aufhielt. Sie konnte auch geradewegs in eine Falle tappen. Jetzt durfte sie keinen Fehler machen.

Sie vermutete, dass sie sich im Keller von Moreaus Villa befand. Allerdings glich der einem Labyrinth.

Conny kam an einem Heizungskeller, einem Waschkeller und einem Fitnessraum mit Panoramafenster zu einer Tiefgarage mit Oldtimern vorbei. Auch eine Tür führte zur Garage, doch die war verschlossen.

Es folgten Technikräume und leere Zimmer, klein und verschachtelt. Der feuchte Kellergeruch und der Staub reizten ihre Bronchien. Endlich stieß sie auf eine Art Kammer voller Gerümpel. Das Gerümpel eines Milliardärs. Connys Neugier war geweckt.

Sie fand einen Schalter, knipste das Licht an, trat ein. Die plötzlich aufflackernde Helligkeit schoss in ihren dröhnenden Kopf und ließ ihre Augen tränen.

Dreckige Matratzen stapelten sich. Dazu Berge von Klamotten, alten Schuhen und leeren Flaschen. Ein Turm aus vergilbtem Papier stand in einer Ecke. Es roch nach modrigem Schaumstoff.

Ein solcher Raum befand sich normalerweise in unmittelbarer Nähe zum Kellerzugang, sodass man jederzeit etwas schnell hinauf- oder hinuntertragen konnte, überlegte Conny. Durch einen Blick in den Flur überprüfte sie, ob sie eine Treppe oder einen Aufzug erkennen konnte. Aber nichts. Kein direkter Weg von hier nach oben.

Der Raum kam ihr vor wie der vergessene Fundus eines längst geschlossenen Theaters. Ihre Augen streiften viele kleine Kartons, Drahtkörbe, alte Karaffen. Und einen geräumigen Stahlschrank, der ihr Interesse weckte.

Vorsichtig räumte sie den Schrank frei. Immer darauf bedacht, dass jeden Moment jemand den Raum betreten und sie erneut niederschlagen könnte. Auf gut Glück drehte sie am Türknauf und zerrte dann mit aller Kraft daran. Doch das Türblatt bewegte sich keinen Millimeter. Der Schrank war verschlossen. Vom Schlüssel keine Spur.

Wo Moreau ihn wohl aufbewahrt hatte? Bestimmt lag der irgendwo in einem Safe. Ebenso würde sie es ihm zutrauen, dort nur eine Plastikfigur aus einem Kaugummiautomaten platziert zu haben, die einem frech die Zunge rausstreckte, sobald man den Safe öffnete. Sie dachte daran, dass es Menschen gab, die ihren wertvollsten Schmuck in der Gefriertruhe oder zwischen Unterhosen vergruben.

Aber hatte man einen Schlüssel nicht am liebsten in unmittelbarer Nähe des dazugehörigen Schlosses? Der Moreau, den sie sich vorstellte, hatte kaum etwas mehr gehasst, als Zeit zu verlieren.

Als Conny sich schon wieder zurückziehen wollte, fiel ihr Blick noch einmal auf die aufeinandergestapelten Matratzen. War die unterste nicht etwas verrutscht?

In der Hoffnung, dort den Schlüssel zu finden, hielt sie die Luft an und ließ die rechte Hand voller Abscheu in die Ritze zwischen den beiden untersten Matratzen gleiten. Der Schaumstoff umfing feucht ihre Finger, die oberen Matratzen wogen schwer.

Conny grub tiefer und tiefer, bis ihr Unterarm bis zum Ellenbogen im Matratzenturm verschwunden war. Sie wollte ihren Arm schon zurückziehen, da berührten ihre Finger Metall. Sie griff danach und förderte einen kleinen Schlüssel an einer schmucklosen grauen Kordel zutage.

Er passte. Die Tür sprang auf, und wie beim Öffnen eines Kühlschranks schaltete sich automatisch ein Licht an. Doch statt in das Innere eines Schrankes blickte Conny in einen weiteren Raum.

Kurz verschlug es ihr den Atem.

34

Moreaus kleines Privatmuseum. Sein Heiligtum. Farbenfrohe Ölgemälde leuchteten ihr von drei mit rotem Samt bezogenen Wänden entgegen. Die vierte war leer.

Nur bei sehr genauem Hinschauen waren fünf leere Bildhalterungen zu erkennen. Conny drängte sich unwillkürlich der Gedanke auf, ob sie für Simonettes Signac und die gestohlenen vier Bilder aus Nizza reserviert waren.

Im Gegensatz zu den anderen Kellerräumen war das Klima hier angenehm. Sie schätzte die Temperatur auf achtzehn bis zwanzig Grad Celsius. In einer Ecke standen ein Luftbefeuchter und ein anderes Gerät, das sie nicht kannte. Moreau hatte optimale Lagerbedingungen geschaffen.

Plötzlich zuckte Conny jäh zusammen. Aus jeder Ecke des Raumes starrten sie Videokameras an. Hastig drehte sie sich zur Seite und stülpte sich die überdimensionale Kapuze ihres Sweatshirts über.

Hatte man ihre Anwesenheit registriert? Waren die Kameras mit Charlottes Jacht vernetzt? Tauchte gleich die Polizei hier auf? Oder, schlimmer noch, Charlotte und ihre Crew?

Wobei die Möglichkeit bestand, dass Moreaus Witwe diesen Raum überhaupt nicht kannte. Vielleicht hatte ihr Mann die Sammlung vor ihr verheimlicht.

Jeder spinnt anders, pflegte ihre Großmutter zu sagen. Manche Menschen hatten ein Schwimmbad, einige eine Briefmarkensammlung, andere Fitnessgeräte, wieder andere Folterkammern im Keller. Kriminell war etwas erst dann, wenn es eine Gefahr für die Mitmenschen bedeutete und gegen das Gesetz verstieß.

Sämtliche Bilder in dem Raum konnten auch offiziell erworben und aus Angst vor Einbrechern hier gebunkert worden sein. Ein gut gehütetes Privatvergnügen, das sie durch Zufall entdeckt hatte. Oder hatte ihr Angreifer sie gezielt auf diese Fährte gesetzt?

Die Gedanken in Connys Kopf überschlugen sich, während ihr Instinkt sie zur Eile trieb. Und dennoch zwang sie sich, sich den Raum einzuprägen. Das installierte Licht brachte die Farbenpracht der Gemälde perfekt zur Geltung. In der Mitte des Raums thronte ein roter Drehstuhl. Conny stellte sich vor, wie Moreau hier gesessen und seinen Besitz bewundert hatte. Wie er sich von ihm inspirieren hatte lassen. Was das wohl für ein erhabenes Gefühl gewesen war?

Die Kunstwerke hatten seinen Reichtum sichtbar gemacht. Sie waren sein eigentlicher Lohn gewesen. Vielleicht hatte ihn der Besitz dieser Bilder glauben lassen, selbst ein Teil des Genies dieser Künstler zu sein, und seine Hybris genährt.

Aber wäre das verwunderlich gewesen? Er hatte es außergewöhnlich weit gebracht. Conny malte sich aus, wie er hier neue Projekte geplant hatte. Eins größer, mutiger und tollkühner als das andere. Gespeist vom Geist der Kunst.

Nachdem Conny sich von ihrer Überraschung erholt und die Tür mit einer Matratze gesichert hatte, sodass sie nicht zufallen oder zugeschlagen werden konnte, wollte sie die Bilder der Reihe nach fotografieren. Aber Mist, ihr Handy war ja weg!

Also ließ sie ihren Blick noch einmal durch den Raum schweifen. Verknüpfte die Bildmotive zu einer Geschichte, um sich später an sie erinnern zu können, immer darauf bedacht, sich vor den Videokameras in Acht zu nehmen.

Conny liebte Kunst, war aber weit davon entfernt, eine

Expertin zu sein, was Auktionen und Preise anbelangte. Das eine oder andere Bild kam ihr aus einem Katalog oder einem Museum bekannt vor. Mit Sicherheit konnte sie sagen, dass es sich um Originale handelte – sehr wahrscheinlich von Im- und Expressionisten. Sie studierte die Signaturen. Ein Signac war nicht darunter.

Drei Wände mit neun Bildern und eine Glasvitrine. An der vierten Wand Hängevorrichtungen für fünf Bilder. Sie ließ die Gemälde auf sich wirken.

Sie kannte die Künstler aus der Oberstufe. Picasso und van Gogh waren je doppelt vertreten. Picasso mit seinem berühmten Harlekin sowie einem kubistischen Frauenkopf. Van Gogh mit einem Selbstporträt mit Pinsel sowie einem blühenden Kastanienzweig. Das berühmteste Bild von Edvard Munch war ihr noch von der Bildbesprechung einer Klausur in guter Erinnerung. *Der Schrei.* Das von Modigliani zeigte eine Dame mit Fächer. Streng und oval komponiert in Rot- und Orangetönen. Henri Matisse war mit einer Frau an einem Tisch vertreten. Paul Cézanne mit einem nachdenklichen Jungen, dessen rote Weste Conny ins Auge sprang. Fernand Léger mit einem kubistischen Stillleben, bei dem die Farben Gelb und Rot dominierten. In der Glasvitrine lag eine Geige samt Kasten auf einer Stütze. Doch das Schild daran war zu klein, um es aus der Entfernung zu entziffern, und aus Angst vor den Videokameras wagte sie nicht, sich dem Instrument zu nähern.

Wenn Conny mit ihrer Schätzung auch nur ungefähr richtiglag, waren hier Kunstwerke in zwei, wenn nicht gar dreistelliger Millionenhöhe versammelt.

Nachdem sie in aller Eile die Schranktür wieder verschlossen und die Matratze zurückgelegt hatte, wollte sie den Schlüssel in ihre Gesäßtasche gleiten lassen und stutzte.

Der goldene Würfel! Er war weg, genau wie ihr Handy. Das durfte ihr mit dem Schlüssel auf keinen Fall passieren. Sie musste ihren Fund sichern. Kurz entschlossen verknotete sie die Enden der einfachen Jutekordel und streifte sie sich über den Kopf. Farblich hob sie sich kaum von ihrem ehemals weißen Kapuzenpulli ab.

Dann steckte sie sich den Schlüssel in den Ausschnitt, und er verschwand sicher eingebettet dort, wo die Rundungen ihrer Brüste aufeinandertrafen.

35

Während Conny weiter durch den Keller irrte und nach einem Aufgang suchte, überlegte sie, wie sie mit ihrem neuen Wissen umgehen sollte.

Sollte sie direkt Yvonne darüber informieren? Oder doch erst mal in Ruhe weiterrecherchieren und herausfinden, ob die Gemälde legal erworben waren? In jedem Fall hätte sie sich strafbar gemacht, weil sie unerlaubt in die Villa eingedrungen war. Hausfriedensbruch.

Nach einer gefühlten Ewigkeit fand sie die Treppe. Genau in dem Moment, als jemand Sturm läutete. Sie blickte auf die Kamera der Klingelanlage im Flur und atmete auf: Vor dem Eingangsportal stand Jacques.

Woher wusste er, dass sie hier war? Die Nachricht, die sie ihm geschickt hatte, fiel ihr ein.

Sie drückte den Öffner, doch Jacques setzte sich nicht in Bewegung, sondern hielt sein Gesicht dicht an die Kameralinse und schien etwas zu sagen. »Charlotte kommt, verschwinde!«, las Conny von seinen Mundbewegungen ab. Dann schob er sich eine Zigarette zwischen die Lippen und blickte betont cool die Straße entlang, als ob er auf jemanden warten würde.

Erleichterung machte sich in Conny breit. Es tat gut, Jacques zu sehen. Jetzt musste sie schnell das Handy suchen und dann unverzüglich das Haus auf dem gleichen Weg verlassen, auf dem sie es betreten hatte.

In Windeseile rannte sie zum Sofa, bückte sich und fischte ihr Smartphone mit der Fußspitze darunter hervor. Ihr Blick flog über den Küchenboden, aber der goldene Würfel war nicht mehr da. Der Angreifer musste ihn mitgenommen haben.

Sie hörte, wie Jacques in der Auffahrt jemanden begrüßte. Französische Sätze flogen hin und her. Conny erkannte eine tiefe Frauenstimme. Sie musste zu Charlotte gehören.

Es schien, als versuchte Jacques, die Frau des Hauses hinzuhalten. Doch keinen Moment später sprang die Haustür auf, und Conny erhaschte zuerst einen Blick auf ein weißes Wollknäuel, das sich durch den Türspalt drängte, und dann auf Charlottes dunklen Hinterkopf.

»Wirklich nett, dass Sie die Unterlagen mitnehmen wollen, Jacques«, sagte die Witwe. »Ich werde nachsehen, ob ich sie im Arbeitszimmer meines Mannes finde.«

Der kleine weiße Hund fing an zu bellen.

»Napoleon!«, rief Charlotte. »Sei still!«

Conny sprintete zur Terrasse, schlüpfte durch die Tür und schob sie, so geräuschlos wie möglich, von außen zu. Keine Sekunde zu spät.

Der wütende Malteser bog um die Ecke, stürmte auf sie zu und bremste erst ab, als er kurz davor war, gegen die Terrassentür zu prallen.

Conny sprintete los.

Der Weg durch den Garten erschien ihr zu gefährlich. Sie hatte keine Ahnung, wo sich Moreaus Arbeitszimmer befand. Aber wenn es zum Meer zeigte, bestand die Gefahr, dass Charlotte sie sah. Also rannte sie tief gebückt um das Haus herum, während wieder aufgeregtes Hundegebell einsetzte.

Den dröhnenden Kopfschmerz ignorierend, stürmte sie der Einfahrt entgegen. Die beiden Flügel des elektrischen Tors glitten aufeinander zu, vielleicht hatte Jacques im Inneren der Villa den Schalter gedrückt.

Conny beschleunigte, und es gelang ihr hindurchzuhuschen, kurz bevor sich das Tor mit einem metallenen Knall schloss.

Auf der Straße zog sie sich die Kapuze ihres Sweatshirts, die verrutscht war, sofort tief ins Gesicht. Der Malteser funkelte sie aus schwarzen Knopfaugen von der anderen Seite des Tors an und kläffte aus Leibeskräften. Sie trat hinter die Oleanderhecke. Der Hund knurrte noch ein paar Sekunden, verstummte dann aber, hob kurz ein Bein und trollte sich schließlich schwanzwedelnd.

Was sollte sie jetzt tun? Ein paar Meter entfernt auf Jacques warten, der noch im Haus bei Charlotte war? Wie lange würde er bleiben?

Während sie überlegte, fiel ihr auf der gegenüberliegenden Straßenseite ein dunkler Range Rover auf. Als der Mann, der mit dem Rücken zu ihr saß, nun den Kopf zur Mittelkonsole neigte, erkannte sie in ihm den Riesen mit der silberweißen Haarmähne, den sie schon im Beiboot gesehen hatte. Instinktiv schlug Conny die entgegengesetzte Richtung ein.

Nach einigen Minuten hörte sie schnelle Schritte hinter sich und war erleichtert, als sie sich umdrehte und Jacques neben sich sah.

»Und, hat sie die Unterlagen gefunden?«, fragte sie mit einem Augenzwinkern.

»Natürlich nicht«, grinste er.

»Was zu erwarten war?«, gab sie zurück.

Er nickte grinsend. »Weil es sie nicht gibt. Zum Glück hat sie mir den Architektenfreund abgenommen. *Tant pis.* Hauptsache, du bist unversehrt. Ich habe mir nach deiner Nachricht Sorgen gemacht. Und als du nicht geantwortet hast, war mir klar, dass du dich wohl kaum damit zufriedengegeben hast, den schönen Garten zu bewundern.« Er legte beschützend den Arm um ihre Schultern. »Hast du ihn gesehen?«

»Wen?«

»Béla da Silva«, zischte er durch die Zähne. »Charlottes *mec pour tous les jours.*«

»Ihr Mann für alle Fälle?«, flüsterte sie zurück. »Das war der in dem Wagen, oder? Warum ist er draußen geblieben?«

»Um die Straße zu beobachten«, sagte Jacques. »Möglich, dass er mich im Rückspiegel gesehen hat.«

»Meinst du, er hat bemerkt, wie du aus dem Haus gekommen bist?«

»Ich habe aufgepasst.« Sie deutete auf die Kapuze, die sie immer noch über ihren Kopf gezogen hatte. »Außerdem war er abgelenkt. Hat telefoniert.«

»Mit dieser Riesenkapuze könnte man dich fast für einen Mönch halten. Selbst wenn du ihm aufgefallen bist, hat er zumindest nicht dein Gesicht gesehen«, sagte Jacques. »Was wolltest du eigentlich in der Villa?«

»Später.« Die Frage überforderte sie im Moment. »Béla da Silva. Simonette hat den Namen in einem Schreiben erwähnt. Stellt er Kalender her, wenn er nicht für Charlotte arbeitet?«

»*Tu te moques de moi?*« Jacques steckte sich im Laufen eine weitere Zigarette an.

»Nein, ich mache keine Witze«, reagierte Conny etwas verschnupft.

»Was hältst du davon, da anzuknüpfen, wo wir gestern aufgehört haben? Bei unserem Armagnac. Die Flasche ist noch halb voll.« Er inhalierte tief. »Und dann erzählst du mir, was du erlebt hast. Und umgekehrt. Du siehst fertig aus, *chérie*, wenn ich das sagen darf. Ein bisschen Erholung täte dir gut.«

36

Erschöpft sank Conny bei Jacques auf die Designercouch. Sie brauchte einen Moment, um sich zu sammeln.

Er reichte ihr eine mit einem dünnen Baumwollhandtuch umwickelte Kühlkompresse. »Für deine Beule.« Das getrocknete Blut hatte er ihr zuvor vorsichtig mit Mull abgetupft. »Woher ist die eigentlich?«

»Danke.« Sie drückte sich das eingewickelte Eispack an den Hinterkopf und hätte ob des plötzlichen Schmerzes beinahe aufgeschrien. »Erzähl ich dir später.«

Dann tat die Kälte ihre Wirkung. Das Pochen ließ nach, und Connys gesamter Körper entspannte sich.

Ihr Blick fiel durch das von einer zartlila Passionsblume auf der Terrasse umrankte Wohnzimmerfenster auf die unterschiedlichen Grüntöne im Garten. An einem Zitronenbäumchen im Beet vor einer Fläche mit spärlich sprießendem Rasen hingen reife Früchte, deren leuchtendes Gelb sich markant vom tiefblauen Himmel abhob.

Bald würde die Dämmerung einsetzen. Es war die Tageszeit, zu der man sich normalerweise gemütlich mit seinen Liebsten um den Terrassentisch versammelte, um sich einen Aperitif zu genehmigen.

Jacques bereitete ihnen immerhin zwei doppelte Cafés forts zu und schenkte ihnen beiden ein großes Glas vom restlichen Armagnac ein. Conny inhalierte tief. Die Aromen von Kaffee und Brandy ergänzten sich perfekt.

Sie hatte weit mehr Zeit in Moreaus Villa verbracht, als ihr lieb war. Heute war schon ihr zweiter Tag in Saint-Tropez, der Zeitdruck, sowohl was Simonette als auch ihren Artikel anbelangte, wurde mit jeder Stunde, die verging, größer. Genauso wie das Chaos um sie herum.

Der Armagnac löschte das bittere Brennen, das der durch ihre Eingeweide tobende Kaffee ausgelöst hatte. Für ihren Magen wäre es besser gewesen, etwas zu essen, doch das Adrenalin pulsierte in ihren Adern und vertrieb jegliches Hungergefühl.

Jacques setzte sich in den Sessel ihr gegenüber. »*Chère* Conny, was hast du nur angestellt? Wäre ich eine Minute später gekommen, wärst du Charlotte in die Arme gelaufen.«

Sie musste ihm zustimmen.

Während sie die Kompresse an eine andere Stelle schob, überdachte sie ihre Einschätzung von ihm. Sie musste auf Jacques bauen. Sie brauchte einen Verbündeten, und außer ihm gab es niemanden, der dafür infrage kam. Außerdem mochte sie ihn. Aber in den letzten Jahren hatte sie auch gelernt, dass zu viel Vertrauen enttäuscht werden konnte und der Übergang von Vertrauen zu Naivität fließend war.

Zögerlich begann sie zu erzählen. Dass sie sich selbst einen Eindruck vom Tatort hatte verschaffen wollen. Dass die Gelegenheit günstig gewesen war. Dass erst die Haushälterin da gewesen und dann Pasquale auf Stippvisite vorbeigekommen war, dem die Frau etwas gegeben hatte. Was, hatte sie nicht sehen können. Sie erwähnte auch den goldenen Würfel unter dem Sofa.

Die Tatsache, dass sie niedergeschlagen worden war, und ihre Entdeckung der geheimen Galerie im Keller hielt sie zunächst zurück.

»Wir sollten uns mit der Haushälterin und mit Pasquale unterhalten«, schlug sie vor. »Du hast doch einen guten Draht zu ihm.«

Conny überlegte. Wusste Jacques von Anaïs und Moreau? Von Pasquale und seiner Beziehung zum Bürgermeister? Weil sie zu keinem Ergebnis kam, fuhr sie fort und erzählte von ihrem Besuch im Rathaus.

Andächtig lauschte Jacques ihren Worten.

Als sie gerade die geplante Ausstellung und das Bild erwähnen wollte, das Pasquale und der Bürgermeister in dessen Wagen verstaut hatten, unterbrach er sie. »Weißt du, dass Moreau eine Marotte hatte?«

»Welche?«

Jacques nahm das silberne Feuerzeug mit dem eingravierten J von dem transparenten Couchtisch und zündete sich erneut eine Gauloise an. Conny kämpfte mit sich, es ihm nicht gleichzutun.

»Simonette hat mir davon erzählt«, sagte Jacques und legte das Feuerzeug wieder auf dem Tisch ab. »Moreau besaß wohl drei goldene Würfel. Wenn es darum ging, eine Entscheidung zu fällen, hat er gewürfelt, manchmal mit allen dreien, manchmal nur mit einem, je nach Lust und Laune. Vorher hat er die Punktzahl festgelegt, bis zu der die eine oder die andere Entscheidung gelten soll. Manchmal, meinte Simonette, hat er spontan das Gespräch unterbrochen und einen zu einer Wette genötigt.«

»Und wenn er dabei verlor?«, fragte Conny und verrückte das Eispack.

»Kam es darauf an, wo man in seiner Gunst stand. Und auf seine Stimmung. War sie gut, was selten der Fall war, dann hat er seinen Wetteinsatz gehässig lächelnd gezahlt. War sie schlecht, dann hat er so lange weitergewürfelt, bis er gewonnen hat.« Jacques setzte ein schiefes Grinsen auf. »Er hat das Schicksal in seinem Sinne manipuliert.«

»Und das hat man ihm durchgehen lassen?«

»Alle bis auf Simonette. Anaïs hat mitbekommen, wie er sie mit Hilfe der Würfel zur Annahme seines Kaufangebotes für *La Maison* zwingen wollte. Aber sie hat ihn nur ausgelacht und gemeint, er könne sich seine Würfel sonst wohin schieben.«

Conny musste lächeln. Sie konnte sich die Szene nur zu gut vorstellen. Simonette konnte ausgesprochen resolut sein.

»Womit wir beim Thema wären.« Sie schlug die Beine übereinander. »Ich habe nur einen Würfel gefunden. Einen goldenen mit zwölf Seiten.«

»Alle drei sollen so aussehen. Alles Sonderanfertigungen. Einen hielt er fest umklammert, als man ihn gefunden hat.« Jacques rieb sich das Kinn.

»Und woher weißt du das noch mal?«, fragte Conny.

»Indirekt von Pasquale.«

»Das mit der Schweigepflicht sieht er wohl nicht so eng?« Conny beugte sich vorsichtig vor, nahm einen Schluck Armagnac und spülte mit Kaffee nach.

»Er hat es Anaïs erzählt, sie wiederum mir.« Jacques stieß blaue Rauchschwaden aus.

Conny versuchte, sich Moreau in Aktion vorzustellen. »Er könnte mit seinem Mörder gewürfelt haben. Der andere hat verloren, Moreau hat ihn ausgelacht, er wurde wütend ...«

»Ein Mord im Affekt?« Jacques goss nach.

»Nicht ausgeschlossen, meinst du nicht?« Wie gern hätte sie zumindest ein einziges Mal an seiner Zigarette gezogen. Aber sie befürchtete, dass sie dann nicht würde aufhören können.

»Zeig mal den Würfel.« Jacques schraubte den Deckel auf die leere Armagnacflasche.

Nun rückte sie doch damit raus, dass ihre Beule daher stammte, dass sie niedergeschlagen worden war und der Angreifer vermutlich den Würfel an sich genommen hatte.

Jacques' Gesicht versank in blauem Rauch. »Du denkst, dass du Moreaus Mörder begegnet bist?«, fragte er.

Conny dachte das nicht, sie war sich sicher.

Sie nickte. »Er hatte es auf den Würfel abgesehen. Er wusste, dass er irgendwo in der Nähe des Tatorts im Wohnzimmer sein musste. Wenn er vor dem Mord damit gewürfelt hat, dann sind mit Sicherheit seine Fingerabdrücke drauf. Er kann von Glück reden, dass die Spurensicherung das Sofa nicht beiseitegerückt hat.«

»*Peut-être.*« Jacques drückte den Zigarettenstummel im Aschenbecher aus. Ein getöpferter Sturmaschenbecher mit bunten Streifen, typisch für die Provence, der aber so gar nicht zur Designeinrichtung passte. »War es ein Mann oder eine Frau?«

»Eher ein Mann.«

»Du hast die Person nicht gesehen, oder?«

Sie schüttelte den Kopf.

»Wie würdest du seine Aura beschreiben?«

»Seine Aura?« Conny glaubte, sich verhört zu haben, und antwortete erst, als sie sicher wahr, dass Jacques es ernst meinte. »So wie – deine?«

»Danke auch.« Er sah sie lange an. »Vertrau mir, Conny.«

»Das war ein Scherz.«

»Mit so etwas scherzt man nicht.«

Sie verstummte. Die Erinnerung an das Museum im Keller war noch zu frisch. Sie brauchte Zeit, um ihre Gefühle und Gedanken zu sortieren.

»Ganz ehrlich, ich habe keine Ahnung, was für eine Aura er oder sie hatte. Und jetzt – erzähl du, Jacques! Wie hast du es geschafft, dich mit Charlotte zu treffen?«

Er lehnte sich im Sessel zurück und streckte die langen, schlanken Beine in der weißen Hose weit von sich. »Nachdem die Spurensicherung hier ihre Arbeit getan hatte, habe ich im *Nice Matin* nach einem Beitrag über den Einbruch gesucht. *Rien du tout!* Weder in der gedruckten Ausgabe noch online. Das lässt nur eine Schlussfolgerung zu: Man hat die Meldung bewusst zurückgehalten. Dafür bin ich über eine interessante Ankündigung gestolpert. Ein kurzfristiger Kondolenz-Lunch auf der Jacht. Zur Anmeldung war die Nummer einer Agentur angegeben. Ich habe einfach angerufen.«

»Unter welchem Vorwand?« Conny musste sich zusammenreißen. Wenn sie nur noch einen weiteren Schluck Kaffee trank, würde sie auf dem Sofa Trampolin springen, so aufgekratzt war sie. Also griff sie erneut zu ihrem Armagnacglas. Dabei fiel ihr ein, dass Jacques noch nichts von ihrem nächtlichen Erlebnis im Nachbarhaus von *La Maison* mit dem Einbrecher wusste. Aber erst mal wollte sie ihn zu Ende erzählen lassen.

»Ich habe mich als der Architektenfreund ausgegeben, von dem ich dir erzählt habe. Habe gesagt, dass ich Henri Moreau im Zuge des Wettbewerbs kennengelernt habe und wir in Kontakt geblieben sind. Dass ich, auch wenn der Auftrag nicht zustande gekommen ist, schockiert bin über die Nachricht seines Todes. Ich würde gerade in meinem Ferienhaus vor Ort ein paar Tage verbringen, aber die nächsten Monate beruflich in den USA beschäftigt sein, weshalb ich nicht in Paris Abschied von ihm nehmen könne. Nichtsdestotrotz würde ich seiner Witwe gerne kondolieren.«

»Und?«

»Es hat wunderbar funktioniert.« Er schwenkte den Armagnac, genoss es sichtlich, sie auf die Folter zu spannen.

»Auf der Jacht wäre ich zu gern dabei gewesen. War vermutlich entspannter und weniger schmerzhaft als mein Aufenthalt in der Villa. Weiter!«

Er betrachtete die gelbe Flüssigkeit. »Die trauernde Witwe hat ihre Rolle mit Bravour gespielt. Hat ein paar Tränen ins weiße Spitzentaschentuch geweint und freundlich leidend gelächelt. Eine Paradevorstellung.«

»Aber?«, frage Conny ungeduldig.

»Obwohl sich Béla da Silva im Hintergrund gehalten hat, war nicht zu übersehen, dass er ihr aktueller Lover ist.«

»Er wurde dir vorgestellt?«

»Das hat er selbst übernommen.«

»Wer ist er überhaupt?« Conny konnte ihre Neugierde kaum noch bändigen. »Und was sollte der Wink mit dem Kalender von Simonette?«

»Du sprichst in Rätseln, *mon chérie*.«

»Simonette hat mir durch ihre Anwältin eine Liste mit Sachen übermitteln lassen, die ich ihr zusammenstellen sollte. Darunter war auch ein Kalender, angeblich von Béla da Silva. Gefunden habe ich nur einen Terminkalender von Montblanc.«

Jacques zog die Augenbrauen hoch. »War ein Treffen mit ihm eingetragen?«

»Auf die Schnelle habe ich nichts in der Art gesehen. Aber eine Seite aus dem *Nice Matin* lag zusammengefaltet drin. In einem halbseitigen Beitrag ging es über einen Kunstraub in Nizza. Dabei wurden die gleichen Bilder wie schon vor vierzig Jahren gestohlen. Die Seite steckte jedoch nicht bei dem Datum des Diebstahls Mitte Mai, wenige Tage vor Moreaus Tod, sondern zwischen zwei Seiten im April.«

»*Tient doc!* Ich habe diesen Béla da Silva recherchiert, nachdem ich ihn auf der Jacht getroffen hatte. Es gibt sogar einen Wikipedia-Eintrag über ihn.« Jacques atmete kurz durch, bevor er rekapitulierte. »Ein Ungar mit portugiesischer Mutter. Hat 1976 als junger Mann bei der Olympiade in Montreal Gold im Diskuswurf geholt und danach ein Vermögen mit Werbeaufnahmen verdient. Du hast ihn ja im Auto gesehen, ein leibhaftiger Wikinger mit stahlblauen Augen. Früher blondes, heute wallendes silberweißes Haar. Ein charismatischer Typ.«

»Ist er dir früher schon mal begegnet?«

»Nein, ich glaube, das wäre mir aufgefallen.«

»Und was macht Béla da Silva heute?«, hakte Conny nach.

»Von den Werbeeinnahmen hat er damals im Hinterland ein Anwesen erworben. Ein richtiges *hameau*, wie man hier sagt.«

Jacques beugte sich vor und bewegte kratzend den Aschenbecher auf dem Tisch hin und her. Connys Härchen auf ihren Unterarmen stellten sich auf. Sie griff nach dem Aschenbecher und schob ihn auf die von Jacques am weitesten entfernte Ecke des Tisches.

Er lächelte entschuldigend. »Ein Weiler mit einem Herrenhaus, mehreren Steinhäusern und zig Hektar Grund. Dort traf sich wohl Gott und die Welt, wie ich erfahren habe. Menschen aus aller Herren Länder. Aber scheinbar hat er später Teile des Anwesens verkauft. Jetzt lebt er in Ungarn und hat sich wie Moreau einen Namen als Kunstsammler und Mäzen gemacht.«

»Damit kann man Geld verdienen?« Conny musterte Jacques zweifelnd.

»Er bewegt sich in Kreisen, wo man solche Fragen nicht stellt.« Jacques rieb sich das Kinn, wollte sich schon wieder eine Gauloise anstecken, verzichtete dann aber darauf. »Etwas hat mich bei dem Trauerempfang auf der Jacht irritiert …«

»Was?«

»Schwer zu sagen. Die Gäste? Die Gespräche? Moreau hatte sich ein gigantisches Netzwerk an der Küste aufgebaut. Auf der Jacht war alles vertreten, von der Mafia bis zum Erzbischof von Avignon.«

»Auch dein Einbrecher? Ein hagerer Alter mit langem dünnem Haar?«

Jacques sah sie überrascht an. »Wie kommst du auf die Idee?«

Endlich erzählte Conny ihm von ihrem nächtlichen Erlebnis.

Jacques staunte. »Auf der Jacht war der Typ ganz bestimmt nicht. Die Gäste dort waren aus anderem Holz geschnitzt.« Dennoch war sein Interesse sichtbar geweckt. »Aber bei einem der Gespräche, das ich am Rande belauscht habe, ging es um Kunstraub.«

»Hingen auf der Jacht auch millionenschwere Kunstwerke an den Wänden? Ungesichert?« Den Seitenhieb hatte sie sich nicht verkneifen können. Sie legte die warm gewordene Kompresse samt Handtuch auf den Tisch.

»Conny, wenn es uns gelingt, die Bilder zurückzubringen, bevor Simonette von ihrem Raub erfährt ...« So etwas wie Hoffnung flackerte in seinen Augen auf, dann wechselte er das Thema. »Du kennst doch Henri Matisse, oder? Zählt mit Picasso zu den bedeutendsten Künstlern der Klassischen Moderne.«

Conny ging vor ihrem inneren Auge die Gemälde in Moreaus Geheimkeller durch. Ja, unter ihnen war auch ein Matisse gewesen.

Jacques hatte jetzt diesen schrägen Blick aufgesetzt, der typisch für ihn war, wenn er sich konzentrierte. »Matisse lebte seit 1917 in Nizza. Seiner chronischen Bronchitis wegen hatte es ihn nach Südfrankreich verschlagen. Ursprünglich wollte er nur einige Monate bleiben, aber dann verbrachte er den Rest seines Lebens hier. Das Musée Matisse in Nizza ist ihm gewidmet und stellt einen Großteil seiner Werke aus. Er hatte viele Freunde und Bekannte, denen er immer wieder Kunstwerke schenkte. So wie Signac Claudette. Die Bilder sind heute ein Vermögen wert.« Er wickelte das Eispack aus dem Tuch. »Soll ich dir ein neues holen?«

Sie schüttelte den Kopf. »Es geht mir schon viel besser.«

Er begann, die gelartige Füllung der Kompresse hin und her zu drücken. »Diesem Geschäftsmann aus Nizza, mit dem ich auf der Jacht gesprochen habe, diesem Freund von Moreau, ist es unter hohen Versicherungsauflagen gelungen, Gemälde von Matisse für eine exklusive Ausstellung zusammenzustellen. Dabei handelte es sich um Leihgaben von dem Museum in Nizza sowie von privaten Sammlern. In den frühen Morgenstunden vor der Vernissage, die in Cannes am Rande der Filmfestspiele mit prominenten Gästen stattfinden sollte, wurden sämtliche Werke gestohlen. Einige sind in den folgenden Jahren wiederaufgetaucht, andere blieben verschollen. Es wusste nur ein ausgesuchter Kreis von Personen von der geplanten Ausstellung.«

»Und Moreau gehörte dazu?«

Jacques nickte. »Aber das ist nicht alles. Als der Mann

erzählte, dass Moreau ihm bei der Abwicklung mit der Versicherung geholfen hat, lächelte ein anderer Gast süffisant und sagte: ›War auch *Lesendes Mädchen in Gelb und Weiß* unter den Bildern?‹ Daraufhin ist der Geschäftsmann aus Nizza rot angelaufen und von dannen gezogen.«

Conny zückte ihr Handy, um das Bild zu googlen. »Du meinst, Moreau könnte in den Kunstraub involviert gewesen sein? Er könnte beispielsweise bei der Klärung mit der Versicherung geholfen haben. Oder stell dir vor, er hat eine Expertise mit einer höheren Summe ausgestellt, als das Bild tatsächlich wert war. Das wäre eine echte Win-win-Situation für alle Seiten.«

»Ich muss feststellen, dass deine Fantasie genauso verdorben ist wie meine, *ma chère*.« Jacques lächelte zufrieden, lehnte sich zurück und schlug die langen Beine übereinander. »Bevor ich nachhaken konnte, hat sich da Silva in die Unterhaltung eingemischt. Etwas zu offensichtlich. Er zog den Mann, der das *Lesende Mädchen in Gelb und Weiß* erwähnt hatte, beiseite. Das weitere Gespräch der beiden war nicht überaus freundlich, und das ist noch nett ausgedrückt. Da Silva hat dafür gesorgt, dass der andere die Jacht schnell verlässt.«

»Schauen wir mal, was es mit dem Bild auf sich hat.« Conny las murmelnd und ließ dann ihr Handy sinken.

»Volltreffer! *Lesendes Mädchen in Gelb und Weiß* von Matisse wurde 2012 aus der Kunsthal Rotterdam gestohlen. Und weißt du was? Es hängt in Moreaus geheimer Galerie.« Sie zuckte kurz zusammen. Jetzt hatte sie Moreaus verstecktes Museum doch erwähnt.

»Du sprichst schon wieder in Rätseln.« Jacques schaute sie irritiert an.

Conny überwand sich und erzählte von ihrer Entdeckung. Als sie geendet hatte, pfiff er leise durch die Zähne. Gemeinsam googelten sie die Kunstwerke, die Conny sich in aller Eile eingeprägt hatte. Sie führten die Liste der wertvollsten und seit Langem gestohlenen und nicht wiederaufgetauchten Kunstwerke an. Auch auf eine Geige stießen sie, die der im Keller zum Verwechseln ähnlich sah. Demnach handelte es sich um eine Davidoff-Morini-Stradivari-Violine. Conny und Jacques waren für einen Moment perplex.

»Was machen wir jetzt?«, fragte sie schließlich. »Yvonne informieren?«

»Es gibt keine Beweise«, sagte Jacques.

»Aber ich habe doch alles mit eigenen Augen gesehen«, widersprach Conny.

»Du bist illegal ins Haus eingedrungen«, brachte er das Totschlagargument, stand auf und kehrte mit einer Packung Heftpflaster zurück. »Für deine Wunde. Falls sie wieder zu bluten anfängt.«

37

Félix lehnte sich in seinem Bürostuhl zurück und rieb sich die Augen, die vom Licht der Neonröhre brannten. Er hatte die Akte über den Kunstraub von 1980 studiert, die Commissaire Denise Vernaux auf dem Schreibtisch in seinem kleinen, fensterlosen Büro zurückgelassen hatte.

So wie Félix die Sache sah, hatten die Kunstdiebe damals den Museumsdirektor Pierre Bras mit seinem Verhältnis zu Simonettes Mutter erpresst, damit er sie beim Einbruch in das Museum unterstützte. Die Scheidung von seiner todkranken Frau oder eine Enterbung hätte Pierre Bras vom Vermögensstand eines Mitglieds der Familie Rothschild auf den eines Museumsdirektors zurückkatapultiert. Eine Entwicklung, die er sicher hatte vermeiden wollen. Ganz abgesehen davon, dass er seiner Frau kurz vor ihrem Tod verständlicherweise Kummer und Aufregung hatte ersparen wollen.

Wenn es sich tatsächlich so abgespielt hatte, legte das den Gedanken nahe, dass Claudette die Täter gekannt oder sogar mit ihnen kooperiert hatte. Unter Umständen auch Simonette, die laut Vernaux ihre Mutter mit einem Alibi entlastet hatte.

Ob das der Wahrheit entsprach?

Vermutlich war die Affäre in Claudettes legendärer Bar aufgeflogen. Aber konnte man daraus schließen, dass Claudette in den Diebstahl verwickelt gewesen war? Oder sogar dessen Auftraggeberin, wie eine Notiz in der Akte suggerierte? Das schien Félix dann doch etwas zu weit hergeholt. Dennoch wäre dies vielleicht ein neuer Ansatzpunkt, um Simonettes Redeblockade zu lösen. Und wäre der erste Schritt erst mal getan und das Eis gebrochen, würde sie sicher bald mehr erzählen.

Beim Stöbern in der Akte war er auf ein pikantes Detail gestoßen. Während des Raubs war ein Wärter niedergestochen worden und langsam verblutet. Bei der Stichwunde handelte es sich der Beschreibung nach um eine ähnliche Verletzung wie die, die Henri Moreau zugefügt worden war. Form und Tiefe legten nahe, dass es sich um die gleiche Mordwaffe handeln könnte.

Der Stich hatte wie im aktuellen Fall das Opfer im Bauchraum getroffen, allerdings nicht direkt die Beckenarterie. Dieser kleine Unterschied ließ vermuten, dass der damalige Täter nicht über die gleichen anatomischen Kenntnisse verfügt hatte wie der Mörder von Moreau.

Demzufolge handelte es sich wahrscheinlich nicht um denselben Mörder. Es sei denn, er hatte sich das Wissen in den letzten Jahrzehnten angeeignet, was durchaus möglich war. Die Tatwaffen hatten eine ähnliche seltene Klinge. Scharf, schmal und zwanzig Zentimeter lang wie von einem Filetiermesser.

Etwa auch von Laguiole en Aubrac?, fragte Félix sich. Ähnlich der Messer, die in der legendären Laguiole-Sammlung der Rothschilds in der Villa Ephrussi ausgestellt wurden? Immerhin gab es jetzt eine Verbindung zwischen den Rothschilds und Simonettes Mutter Claudette: Pierre Bras, den Museumsdirektor. Hatte er ihr vielleicht das Messer geschenkt?

Ob er Simonette wohl damit provozieren könnte, dass er unterstellte, ihre Mutter wäre in den Kunstraub verwickelt gewesen? Und dass sie den Wärter auf dem Gewissen hatte?

Er wusste inzwischen, dass Simonette über anatomische Kenntnisse verfügte. Seine Nachforschungen an der Sorbonne hatten ergeben, dass sie tatsächlich ein paar Semester Medizin studiert hatte, bevor sie auf Kunstgeschichte und Romanistik umgeschwenkt hatte.

Während Félix sich weiter den Kopf zerbrach, brummte sein Handy. Auf dem Display leuchtete der Name von René aus Paris.

»*Salut*, Félix! Die Untersuchung ging schneller als gedacht.« Trotz der guten Nachricht klang er bedrückt.

»Das Messer wurde schon auseinandergenommen?«

»*Tout à fait!* Der Innenminister hat sich persönlich drum gekümmert. Nachdem er einsehen musste, dass mit Madame l'Avocat Gary nicht zu scherzen ist, hat er die Flucht nach vorne ergriffen. Ein kluger Schachzug, wie sich zeigt.«

»Warum?« Félix griff nach Kugelschreiber und Zettel, um sich, falls nötig, Einzelheiten zu notieren.

»Seine Intuition wurde bestätigt. Ich weiß zwar nicht, auf welcher Seite du stehst, aber mein Gefühl sagt mir, dass ich schlechte Nachrichten für dich habe, *mon ami*.« In der Leitung knackte es.

Félix ahnte, was kommen würde, und schwieg.

René holte tief Luft. »*Alors*, es wurden Spuren von Moreaus Blut und seiner DNA in der guillochierten Platine sichergestellt. Der Milliardär ist mit diesem Messer erstochen worden, es besteht kein Zweifel.«

»Und DNA von Simonette Bandelieu?«, fragte Félix, obwohl die Frage überflüssig war. Man hatte das Messer in ihrer Küche gefunden, wie sollte da keine DNA von ihr daran vorhanden sein. »*Bordel de merde!*«

»Der Innenminister wird das kaum als heilige Scheiße bezeichnen«, stellte René trocken fest. »Kann ich sonst noch etwas für dich tun, *mon vieux*?«

Félix nickte, obwohl ihm klar war, dass René ihn nicht sehen konnte. »Halt das Ergebnis zurück, solange es in deiner Macht steht.«

»Länger als bis morgen Abend wird das leider kaum möglich sein.«

»Das reicht. Ich danke dir.« Mit einem Seufzen legte Félix auf.

Jetzt war genau das eingetreten, von dem er gehofft hatte, dass es ihm erspart bleiben würde. Es gab nur einen Weg aus diesem Dilemma: Er musste Simonette zum Sprechen bringen. Nur die Wahrheit würde ihr helfen – und ihm dabei, Conny davon zu überzeugen, dass er auf ihrer Seite stand und sie nie wieder im Stich lassen würde.

Félix wischte über die Nummer von Sven in seiner Kontaktliste.

»Endlich hast du dich an mich erinnert«, begrüßte ihn der alte Freund, mit dem er doch eigentlich so viel hatte unternehmen wollen.

»Lust auf einen kleinen Ausflug?«

»Klar. Bevor ich hier in deinem Wohnzimmer noch länger durch die Sender zappe.«

»Marseille und dann Saint-Tropez.«

»Heute noch?« Sven klang ungläubig.

»Was denkst du?«

»Und was ist meine Aufgabe dabei?«

»Sämtliche Geschwindigkeitsrekorde zu brechen. Mit deiner Cessna.«

»Stimmt ja. Ich hatte schon vergessen, dass das alte Mädchen in Cannes steht. Aber ich habe mir gerade einen Bandol eingeschenkt.«

»Ich würde jetzt wirklich gern einen Rotwein mit dir trinken.« Félix konnte den schweren Bandol aus dem gleichnamigen Anbaugebiet westlich von Sanary-sur-Mer auf der Zunge schmecken. »Aber keine Chance! Nimm dir ein Taxi auf meine Kosten zum Flugplatz. Wir treffen uns direkt dort. Um zweiundzwanzig Uhr. Früher komme ich hier nicht weg.«

»Saint-Tropez ist kein Problem. Der Flughafen La Môle soll ganz schnuckelig sein. Aber Marseille?«

»Du schaffst das schon, *mon pote*!«

»Aye, aye, Sir! Dann kümmere ich mich mal um die Start- und Landeerlaubnis.«

38

Jacques betrachtete traurig die leere Armagnacflasche. »Irgendwo müsste noch eine sein.«

»Alkohol hilft uns jetzt auch nicht weiter.« Conny befühlte das Pflaster, das Jacques ihr, nachdem er ihre Haare vorsichtig an der Stelle gescheitelt hatte, auf die Kopfwunde geklebt hatte. Sie begann, ihre Erkenntnisse noch einmal zusammenzufassen. »Moreau hat also gestohlene Kunstwerke in seinem geheimen Museum gebunkert. Einige wurden zweimal geraubt. Wie etwa *Lesendes Mädchen in Weiß und Gelb* von Matisse. Es verschwand 2012 in Rotterdam, tauchte aber einige Jahre später in Nizza bei der Vorbereitung einer Privatausstellung wieder auf und wurde vor deren Eröffnung erneut geklaut.« Sie hielt kurz inne. »Macht das Sinn? Es konnte ja keine Versicherung mehr dafür kassiert werden, da das Bild offiziell als gestohlen galt.«

»Trotzdem kann es ein sehr lukratives Geschäftsmodell gewesen sein«, meinte Jacques. »Sieh es mal so, Conny: Beim Kunstraub vor der Vernissage in Cannes, von dem der Geschäftsmann bei der Trauerfeier auf der Jacht erzählt hat, könnte es um Versicherungsbetrug gegangen sein.«

Er beobachtete Conny, die angestrengt zuhörte, bevor er weitersprach. »Wenn Moreau die Expertise der gestohlenen Bilder gefälscht hat, also den Preis viel zu hoch angesetzt hat, dann sprang für die Geschädigten doch ein finanzieller Gewinn heraus. Mit seinem Ruf als Sammler und Mäzen wäre es für Moreau ein Leichtes gewesen, die Expertisen zu manipulieren und damit die Versicherungssumme hochzuschrauben.«

Das leuchtete Conny ein. Sie nickte.

Jacques legte den Zeigefinger an die Oberlippe. »Es geht sogar noch besser: Am Ende konnten Geld und Bilder je nach Gusto unter den vermeintlich Geschädigten neu verteilt werden.«

Jacques legte seine Stirn in Falten, und Conny schwieg, da sie seinen Gedankenfluss nicht unterbrechen wollte.

Er pfiff leise durch die Lippen. »Das Bild *Lesendes Mädchen in Gelb und Weiß* könnte, wenn ich die Andeutung des Geschäftsmannes aus Nizza richtig interpretiere, Moreaus private Prämie dafür gewesen sein, dass viel Geld an die verschiedensten Empfänger floss, nachdem die Bilder bei der Vernissage verschwunden waren.«

Conny schluckte. »Ob er sich damit Freunde gemacht hat?«

»Solange jeder seinen gerechten Anteil erhielt.« Jacques starrte die leere Flasche an wie einen guten Freund, den er lange nicht wiedersehen würde.

»Soll ich nicht doch lieber Yvonne anrufen und ihr von unserem Verdacht erzählen?« Conny war unschlüssig.

Er schüttelte den Kopf. »Erstens haben wir keine Beweise. Zweitens ist dein Einbruch in die Villa strafbar. Und drittens ist sie Frühaufsteherin.«

»Was willst du mir damit sagen, Jacques?« Sie verdrehte die Augen.

»Sie geht früh ins Bett und ist unerträglich, wenn sie geweckt wird.«

»Sie wird aber bestimmt auch zur Furie, wenn sie erfährt, was wir ihr verheimlicht haben. Was glaubst du wohl, was Charlotte und Béla da Silva jetzt tun?«

»Hast du in der Villa Spuren hinterlassen?«, fragte Jacques.

Conny zuckte mit den Schultern. »Es gab Videokameras in dem geheimen Museum.«

»Ich an ihrer Stelle würde umgehend die gestohlenen Bilder in Sicherheit bringen«, stellte Jacques fachmännisch fest.

Conny zog triumphierend an der Kordel um ihren Hals und spürte, wie sich das kühle Metall seinen Weg zwischen ihren Brüsten hindurchbahnte. Auffordernd hielt sie Jacques den Schlüssel hin.

»Das wäre eine Möglichkeit, aber Charlotte wird im Besitz eines Zweitschlüssels sein.« Er stand auf, ging in die Küche und inspizierte den Inhalt des Kühlschranks. »Ich fürchte, es wird mal wieder eine lange Nacht. Mit leerem Magen steh ich die nicht durch. Was hältst du von Ratatouille von gestern? Ist schnell aufgewärmt.«

»Und schmeckt auch kalt«, schlug sie vor.

Jacques war ein großartiger Koch, aber wenn sie Charlotte und da Silva in flagranti überraschen wollten, dann durften sie keine Zeit verlieren.

Schnell löffelten beide einige Gabeln aus der Schüssel. Die Kräuter der Provence rundeten den Geschmack der Zucchinis, Auberginen, Paprika und Tomaten auch im kalten Zustand harmonisch ab.

Während Jacques zwei warme dunkle Jacken holte, tauchte vor Connys geistigem Auge schon wieder Dominique auf.

Das Schicksal des Mädchens ging ihr einfach nicht aus dem Kopf.

»Weißt du eigentlich, dass Madeleine eine jüngere Schwester hatte?«, frage sie Jacques, während der überprüfte, dass er Schlüssel und Handy eingesteckt hatte.

»Du meinst Dominique?« Er warf ihr eine der beiden Jacken zu.

»Weißt du mehr über sie?« Sie zog den zwar nicht mehr weißen, aber immer noch hellen Hoodie aus, der in der Dunkelheit zu auffällig gewesen wäre, und schlüpfte stattdessen in die Jacke.

»Viel hat Simonette nicht erzählt. Es war ein Familiendrama. Dominique ist jung an einer seltenen Krankheit gestorben. Ihre Eltern sind ihr bald darauf gefolgt: Der Vater hatte einen Unfall, die Mutter hat Selbstmord begangen. Madeleine konnte das nie verarbeiten. Sie hat noch im gleichen Jahr Pasquale zur Welt gebracht, man sagt, dass er deshalb ein bisschen aus der Art geschlagen ist, wenn ich mich so ausdrücken darf.«

»Ob das der wahre Grund ist?« Conny hatte da eine andere Vermutung, wenn sie an die Fotos dachte. Sowohl, was den Tod des jungen Mädchens betraf, das auf dem Polaroid in Simonettes Schublade so traurig ausgesehen hatte, als auch Pasquale, der Madeleines Ehemann in keiner Weise ähnelte. Doch sie äußerte ihre Bedenken nicht, um Jacques nicht unnötig zu verwirren.

Sie traten vor die Tür und wurden sofort von einer Brise erfasst.

Dank des Mistrals war der Sternenhimmel überwältigend klar und die Luft frisch, aber angereichert vom Duft der Bougainvilleen und des Lavendels. Die Silhouetten von Zypressen, Palmen und breit wie gewaltige Schirme wachsenden Schwarzkiefern zeichneten sich deutlich vor dem Firmament ab, und Zikaden zirpten. Eine riesige

Woge der Liebe zu dieser Landschaft mit all ihren Facetten erfasste Conny und schenkte ihr Zuversicht. Selbst in der aktuellen schwierigen Situation.

Sie kuschelte sich in die zu große Jacke. »Jacques, noch mal zu dem Einbruch bei dir gestern Abend... Ich bin mir sicher, dass die Spurensicherung Hinweise darauf finden wird, dass der Einbrecher und der Mann aus dem Nachbarhaus vom Hotel identisch sind. Auf beide passt die gleiche Beschreibung: hager, lange, dünne Haare, älter und überraschend schnell. Das kann doch kein Zufall sein.« Überzeugt, auf der richtigen Fährte zu sein, sah sie ihn an. »Ich glaube, er wurde zu Simonettes Beobachtung dorthin geschickt. Das Haus gehörte Moreau, was bedeutet, dass es eine Verbindung zwischen den beiden gibt. Was wiederum die Vermutung nahelegt, dass der Einbruch bei dir in Moreaus Auftrag geschah.« Ihr Blick wurde ernst. »Hat Moreau von Simonettes Signac gewusst, Jacques? Wenn ja – wovon wir mal ausgehen –, dann wollte er ihn bestimmt haben. Er war schließlich Sammler.«

»Der Auftrag, für ihn die Bilder zu klauen, wäre mit seinem Tod hinfällig gewesen«, stellte Jacques trocken fest, während sie in Richtung Villa aufbrachen.

»Wenn Charlotte nicht unverzüglich seine Nachfolge angetreten hat«, gab sie zu bedenken. »Liegt es nicht nahe, dass sie und Béla da Silva das Geschäft übernehmen? Es floriert immerhin. Et voilà, schon haben wir ein weiteres Mordmotiv. Sie haben sich des überflüssigen Ehemannes entledigt und Simonette als Tatverdächtige gleich mit aus dem Weg geräumt. Praktisch, oder?«

»Mhm!«

Sie liefen am Hang entlang, nutzten die Abkürzungen durch die schmalen Gassen.

Connys Gedanken kreisten wieder um Simonette. »Warum hat sie sich nicht gegen Moreau gewehrt? Zum Beispiel den Stecker von dieser Pumpe gezogen? Es war so einfach. Kam sie dir in letzter Zeit verändert vor?«, fragte sie, als sie durch das Naturschutzgebiet schlichen, das an Moreaus Anwesen angrenzte.

Jacques stoppte so abrupt, dass sie gegen seinen Rücken lief. »Du hast den Stecker gezogen?« Er drehte sich um.

Conny nickte.

»*Chapeau!*« Jacques fuhr sich durch die Haare.

»Dieser Victor Gardin«, fiel Conny ein, während sie weitergingen, »er plant doch diese Ausstellung im Rathaus. Ich habe heute beobachtet, wie er gemeinsam mit Pasquale ein Gemälde weggetragen hat.« Sie erzählte Jacques die Details und hielt ihm das Handyfoto hin, das sie im Rathaus von der Verpackung mit dem roten Punkt gemacht hatte.

»Dubios«, war alles, was Jacques dazu sagte.

»Ein Signac wird bei Auktionen mit zwölf bis knapp über achtzehn Millionen Pfund gehandelt.«

Er setzte einen Jetzt-hätte-ich-gerne-eine-Zigarette-oder-zumindest-einen-Armagnac-Blick auf. »Yvonne hat mir versprochen, alles in ihrer Macht Stehende zu tun, um das Bild und die Studien zu finden.«

Conny stolperte über eine Wurzel, fing sich aber im letzten Moment. »Ich frage mich, was für ein Bild Gardin beiseitegeschafft hat. Und ob es sich dabei um eine Art Prämie für ihn handelt. Was meinst du? Und wenn ja, wofür?«

Jacques hielt ganz Gentleman den Ast eines Myrrhenbaumes hoch, sodass Conny darunter hindurchschlüpfen konnte. »Dafür, dass er den Vorgang beschleunigt, dass Le Terrain-Mer zum Bauland wird?«

»Genau«, sagte Conny. »Was meinst du, ob die Mitglieder der *coopérative* von der geplanten Umwidmung wissen?«

»Ich kann mir nicht vorstellen, dass man Benoît, Madeleines Mann Émile und alle anderen Mitglieder so einfach täuschen kann, indem man ihnen ein Grundstück zu einem Preis abkauft, der nicht berücksichtigt, dass das Gelände Bauland wird. Sie sind alte Sturköpfe, und Moreau war taktisch geschickt. Wenn es stimmt, was über ihn erzählt wird, hat er seine Geschäfte immer klug eingefädelt.« Jacques hatte jetzt die Stimme gesenkt, um nicht unnötig Aufmerksamkeit auf sie zu ziehen.

Conny erinnerte sich daran, was Benoît ihr gesagt hatte. »Der Grundstücksverkauf könnte Teil des Deals sein. Sie haben Moreau Le Terrain-Mer günstig überlassen, und im Gegenzug hat er in *la coopérative* investiert – oder wollte es«, flüsterte sie.

»So könnte es gewesen sein. Für die *coopérative* bedeutete das weniger Abgaben und Steuern. Für Moreau einen geringeren Kaufpreis, aber im Gegenzug hat er ihnen Investment versprochen, einen neuen Weinberg beispielsweise. Eine Win-win-Situation. Die Summe des bewegten Geldes blieb in etwa gleich, bewirkte aber mehr. Das hört sich ganz nach Moreau an.« Für Jacques schien ein solches Vorgehen logisch und normal zu sein.

Für Conny war es hingegen Neuland. »Du glaubst wirklich, es gab inoffizielle Absprachen?«

»Ich würde das eher als eine Art Sponsorenvertrag beschreiben.«

»Damit hätte die Genossenschaft kein Interesse an seinem Tod gehabt«, wurde Conny klar. »Meinst du, Anaïs weiß mehr über die Beweggründe der Genossenschaft und den Kaufpreis? Beispielsweise von ihrem Vater Émile?«

»Sie ist nicht zu unterschätzen«, gab Jacques zu.

»Wie versteht sie sich eigentlich mit Benoît?« Im Laufe des Tages war vor ihren Augen öfter das zerknirschte Gesicht des Südfranzosen aufgetaucht, als sie seine Brasserie so überstürzt verlassen hatte.

»Ziemlich gut.« Er grinste vielsagend.

»Er ist ihr Lover?«, fragte sie.

»Eher eine On-off-Geschichte«, lachte Jacques, und seine Zähne blitzten.

Conny zuckte innerlich zusammen. Was das bedeutete, war ihr nur zu gut bekannt. »Ein *petit filou, n'est-ce que pas*?«, fragte sie.

Jacques' Kopf wippte abschätzend von rechts nach links und wieder zurück. »Ich glaube, mit Anaïs ist es ihm ernst.«

»Und wie sieht es bei ihr aus?«

»Sie ist schwer zu durchschauen.«

Conny fragte sich unwillkürlich, ob Félix ihr Typ wäre. Die schöne Anaïs und sie schienen männertechnisch den gleichen Geschmack zu haben. Wahrscheinlich waren sie sich ähnlicher, als sie es beide der anderen je zugestehen würden. »Sie soll etwas mit Moreau gehabt haben«, warf sie nonchalant ein.

Jacques nickte. »Dass er von ihr beeindruckt war, war nicht zu übersehen.«

»Was hat Simonette dazu gesagt?«

»Sie hat Anaïs vor ihm gewarnt.«

»Und hat sie die Warnung befolgt?« Conny dachte daran, dass sie die Stimme von Anaïs' Bruder in der Villa erkannt hatte. Es nervte sie, nicht zu wissen, was die Haushälterin ihm gegeben hatte.

Kaum hatten sie das Grundstück von Moreau erreicht und sich einen Weg durch die Büsche gebahnt, legte Jacques einen Zeigefinger an die Lippen. »Psst!«

Sie hatten die Stelle vor der halbhohen Grundstücksmauer erreicht, an der Simonette ihren Schal verloren hatte. Unweit von ihnen rollten die Wellen des Mittelmeers unaufhörlich an den Strand.

»Sollen wir noch näher ran?«, fragte Conny leise.

Von ihrem Standpunkt aus hatten sie einen guten Blick durch die Äste eines Oleanders. Sowohl auf die beleuchtete Villa linker Hand als auch auf den Anlegesteg zur Rechten.

Jacques schüttelte den Kopf und deutete zum Wasser. »Sieh mal einer an!« Er sank in die Hocke.

»Hatte ich es doch vermutet.« Connys Kopfschmerzen meldeten sich zurück, als sie sich ebenfalls bückte und zum Steg sah, an dem ein Boot vertäut lag.

»Das sind Charlotte und Béla da Silva, sie bringen die

Bilder in Sicherheit«, flüsterte sie. »Also haben sie bemerkt, dass jemand in Moreaus geheimem Keller war. Sollen wir nicht doch lieber Yvonne anrufen und auf Verstärkung warten?« Conny zückte ihr Handy.

»Bis die hier sind, sind die beiden da längst auf dem Weg zur Jacht.« Jacques starrte zum Steg. »Und wie ich Charlotte einschätze, hätte sie keine Skrupel, die Bilder im Meer zu versenken, sollte sie dadurch ihre Haut retten können.«

Conny schwieg unschlüssig und beobachtete, wie das Beiboot der Jacht am Anleger schaukelte und die Wellen an den Bug klatschten. Am Anfang des Stegs dirigierten Charlotte und da Silva in gebrochenem Englisch zwei thailändische Crewmitglieder herum, die fünf in Plastikplanen verhüllte Gemälde verluden.

»Vorsichtig!«, rief Charlotte, als einer der Männer über eine Stegplanke stolperte und das verpackte Bild, das er trug und das im Wind wie ein Segel wirkte, ins Meer zu fallen drohte.

Conny hätte fast aufgeschrien. Sie konnte sich gerade noch zurückhalten, verlor aber in der Hocke ihr Gleichgewicht und kippte zur Seite. Ein Ast knackte laut, als sie sich darauf abstützte.

Das Geräusch ließ da Silva aufschauen. »Gleich ist es geschafft«, beruhigte er Charlotte, machte aber ein paar Schritte in Connys Richtung.

In dem Moment vibrierte das Smartphone in ihrer Hand. Erschrocken drückte sie es aus, nachdem sie einen schnellen Blick auf das Display geworfen hatte.

Félix.
Gab es Neuigkeiten von Simonette?

39

Sie waren beide pünktlich. Es war zweiundzwanzig Uhr, als sie vor der Cessna auf der Startbahn am Flughafen in Cannes standen. Félix versuchte, Conny zu erreichen, doch sie drückte den Anruf einfach weg.

»Mach dir nichts draus!« Sven reichte Félix grinsend ein Croque Monsieur. »Damit du nicht verhungerst! Du siehst echt scheiße aus, *mon vieux*.«

Félix biss herzhaft in das mit Kochschinken belegte Sandwich. Das randlose Weißbrot war vor dem Toasten mit verquirltem Ei getränkt worden, wie er es liebte, der geschmolzene Käse lief noch warm herunter.

Sie nahmen ihre Sitzplätze im Cockpit ein und starteten. Von Cannes nach Marseille. Mit dem Flugzeug war es nur ein Katzensprung. Sie flogen auf tausend Metern Höhe in die Nacht hinein.

Félix sah nach unten auf das Lichtermeer der Küste. Wäre der Anlass nicht so ernst, wäre der Flug ein kleines Abenteuer und eine willkommene Abwechslung vom Alltag für ihn gewesen. Der Mistral schien sich eigens für sie etwas gelegt zu haben, was es einfacher gemacht hatte, die Fluggenehmigung zu bekommen.

Nur eine halbe Stunde später war Félix mit einem sich bei jedem Überholvorgang selbst lobenden algerischen Taxifahrer auf dem Weg vom Marseiller Flughafen ins Präsidium der Police nationale am Place Bougainville in der Altstadt. Dorthin, wo Simonette in Untersuchungshaft saß.

Sven war am Flughafen geblieben, wo er sich die Füße bis zu seiner Rückkehr vertreten wollte. Schon bei Félix' Verabschiedung war er mit einem Lotsen und einem Monteur auf der Landebahn für Privatflugzeuge in ein Insidergespräch über Oldtimer-Flugzeuge vertieft gewesen. Die Instandhaltung seiner alten Dame lag ihm am Herzen, und die beiden Männer hatten einige Tipps parat.

In seiner Arbeitstasche hatte Félix die Akte des Kunstraubes von 1980. Er hatte sein Kommen nicht angekündigt und stellte sich auf Schwierigkeiten ein, sollte niemand vor Ort sein, der ihn persönlich kannte. Für ein normales Verhör war es definitiv zu spät am Abend, weshalb man ihn kaum widerstandslos zu Simonette vorlassen würde. Noch dazu waren ihre Haftbedingungen verschärft worden. So war sie gestern noch in eine Zelle im Kellerbereich verlegt worden, wie er gehört hatte, und durfte wegen des Kommunikationsverbotes nur Besuch von ihrer Anwältin empfangen.

Während sich das Taxi seinem Ziel näherte, versuchte Félix erneut, Conny zu erreichen. Er wollte sie über den aktuellen Stand informieren. Doch ihr Handy war aus, nicht einmal die Mailbox ging ran.

Natürlich würde sie entsetzt sein, wenn sie hörte, dass

die Untersuchung der Tatwaffe abgeschlossen war und sich der Verdacht gegen Simonette als Täterin erhärtet hatte. Andererseits hoffte er, dass das Anlass genug wäre, um Conny dazu zu bewegen, ihm alles zu erzählen, was sie bisher herausgefunden hatte. Es stand für ihn außer Frage, dass sie eigene Nachforschungen angestellt hatte.

Diesmal wurde er nicht wütend, weil er sie nicht erreichte. Es war sein Magen, der rebellierte. So intensiv, dass es ihm kurzzeitig den Boden unter den Füßen wegzog.

Hatte sie ernsthaft vor, endgültig den Kontakt zu ihm abzubrechen? Die On-off-Beziehung, die sie über zehn Jahre lang geführt hatten, war alles andere als förderlich für eine verlässliche Basis gewesen. Trotzdem durchströmte ihn, wann immer er an Conny dachte, ein warmes Gefühl. Die Vorstellung daran, sie nicht mehr in seinem Leben zu wissen, löste eine schier unerträgliche Leere in ihm aus.

Er würde nie vergessen, wie sie sich damals am Strand von Nizza das erste Mal geliebt hatten. Seitdem fühlte er sich verantwortlich für sie. Er würde nicht zulassen, dass sie aus seinem Leben verschwand. Je abweisender sie sich ihm gegenüber verhielt, desto klarer wurde ihm das. Die Ungewissheit, was mit ihnen werden würde, brannte wie eine Wunde, die nur sie zu heilen vermochte.

Das Taxi hielt, er bezahlte und eilte die Eingangsstufen des Gebäudes hinauf. Vor der Anmeldung des Untersuchungshafttrakts zwang er sich, sich trotz Magenschmerzen zu voller Größe aufzurichten.

»Zu Simonette Bandelieu, bitte.«

Der Beamte mit den dunklen Locken, der ausgeprägten Hakennase und dem Dreitagebart schob sich das Käppi seiner Uniform in den Stiernacken. »Madame darf keinen Besuch empfangen.«

Félix zückte seinen Ausweis. »Es gibt neue Entwicklungen. Monsieur le Ministre persönlich hat dieses Verhör veranlasst.«

Als der Wachbeamte nicht reagierte, holte Félix sein Handy hervor, scrollte durch seine Kontakte, klickte auf den des Innenministers, legte seinen Daumen direkt unter dessen private Handynummer und drehte das Display dem Beamten hin. »Wollen Sie Rücksprache mit ihm halten?«

Der Mann zog den Kopf ein, auf seiner Stirn glänzten plötzlich feine Schweißtropfen. »Wie lange wird die Befragung denn dauern, Monsieur Weißenstein?«

»Das hängt ganz vom Verlauf ab.«

Der Mann schob Félix unwillig ein dickes Buch hin. »Tragen Sie sich bitte hier ein.«

Félix schrieb Datum, Uhrzeit und den Grund seines Besuchs, eine weitere Befragung von Simonette Bandelieu, auf die dafür vorgesehene Linie, bevor er unleserlich seine Unterschrift daruntersetzte. »Bitte sorgen Sie dafür, dass wir nicht gestört werden.«

»Soll das Verhör aufgezeichnet werden?«

»Keinesfalls.« Und weil er wusste, dass seine Antwort das Gegenteil bewirken würde, fügte er an: »Wir bleiben in der Untersuchungszelle.«

»Das ist aber nicht erlaubt«, druckste der Wärter herum.

»Sie wollen also doch mit dem Innenminister sprechen?«
Félix ließ seinen Daumen nur Millimeter über der Anruftaste schweben.

»*Non*, Monsieur«, gab der Beamte nach, und kurz darauf ertönte das Brummen des Türöffners.

Ein Kollege erschien, führte Félix die Treppen hinunter und durch lange graue Kellerflure mit gleichfarbigen Stahltüren. Er hatte diesen Trakt noch nie vorher besucht. Feuchte und kalte Luft schlug ihm entgegen. Das Erste, was er bewirken musste, war, dass Simonette in einen anderen Stock verlegt wurde, nahm er sich vor. Die bedrückende Stimmung war für die zierliche alte Dame bestimmt noch schwerer zu ertragen als für ihn. Ob man sie damit mürbe machen wollte? War das Commissaire Dubois' Methode, um jemanden zum Sprechen zu bringen?

Je länger sie die Gänge entlangliefen, desto beklemmender wurde die Atmosphäre und desto klammer und feuchter die Luft.

Als sie vor der letzten Zelle stehen blieben, klopfte sein Begleiter gegen die Stahltür. »Besuch!« Ohne eine Antwort abzuwarten, schloss er sie mit einem der Schlüssel seines klappernden Schlüsselbundes auf.

Nachdem Félix sich beim Eintreten vergewissert hatte, dass weder Kamera noch Mikro installiert waren, lächelte er zufrieden. Hier drin würden sie weder beobachtet noch abgehört werden.

Als er auf dem einfachen Holzstuhl Platz nahm, erhob sich Simonette benommen von ihrer Pritsche.

40

Da Silva starrte minutenlang in ihre Richtung. Conny und Jacques hielten die Luft an und duckten sich tiefer hinter der Mauer unter die Äste der Pinie, bis der hünenhafte Mann sich wieder abwendete.

»Ich dachte, ich hätte etwas gehört, aber anscheinend habe ich mich getäuscht!«, rief er Charlotte zu. »Wir sind hier fertig. Die restlichen vier Bilder und die Geige nehme ich wie geplant im Auto mit und bringe sie ins Versteck, während du mit den Jungs zurück zur Jacht fährst.«

»Pass ja auf«, warnte ihn Charlotte. »Wenn die Bilder entdeckt werden, bin ich dran.«

»Glaub mir, niemand wird die Jacht durchsuchen. Du holst sie morgen ab, und wir verwischen alle Spuren, bevor wir uns auf den Weg nach Paris machen.«

Conny hatte das untrügliche Gefühl, dass da Silva Charlotte misstraute.

Tatsächlich rief er ihr jetzt, da sie zu insistieren begann, dass er alle Bilder mitnehmen sollte, in nicht sehr freundlichem Ton zu: »*Non, chérie*, da mache ich nicht mit. Du wirst auch Gemälde mit auf die Jacht nehmen, wie ursprünglich ausgemacht.«

Hatte er Angst, dass sie ihm den Kunstraub in die Schuhe schieben wollte? So gut schien es um die Liebe der beiden doch nicht bestellt zu sein, wenn jeder seinen eigenen Hals retten wollte, sobald es eng wurde.

»Ich verstehe nicht, wie diese verdammte Anaïs ausgerechnet jetzt Henris Keller entdecken konnte«, murrte Charlotte weiter. »Wieso wusstest du nicht, dass sie einen Schlüssel hat?«

»Sie wird die Polizei bestimmt nicht informieren«, suchte da Silva, sie zu beruhigen.

»Aber ihr bescheuerter Bruder ist die Polizei!« Charlottes Stimme klang hysterisch. Sie konnte ihre Panik nicht mehr unterdrücken.

Da Silva war bei ihren Worten zusammengezuckt und schwieg.

Anaïs?, dachte Conny. Sie mussten sie mit ihr verwechselt haben.

Da Silva ließ sie einfach stehen, winkte zwei Crewmitglieder heran und bedeutete ihnen, ihm zu folgen. Dann lief er zurück ins Haus.

Wenig später kehrte er mit zwei weiteren in eine Decke gewickelten Kunstwerken unter dem Arm zurück. Die beiden Thailänder folgten ihm. Einer mit den letzten beiden Bildern, der andere mit der Geige, die er mit ausgestreckten Armen vor sich trug wie ein Priester bei der Prozession das Heiligtum.

Der Kofferraum des Land Rovers, der in der Einfahrt in der Verlängerung des Steges stand, sprang auf, als da Silva auf einen Knopf seines Schlüssels drückte. Die drei Männer verstauten alles, während Charlotte missmutig vom Steg in das Beiboot kletterte. Sobald sich der Kofferraum schloss, liefen die beiden Crewmitglieder zum Boot und machten die Leinen los. Da Silva wartete, bis es durch die vom Bug geteilten Wellen und die Gischt Kurs auf die Jacht nahm, deren Heck in der Dunkelheit leuchtete, dann stieg er in den Land Rover.

»Hinterher!« Conny rammte Jacques den Ellbogen in die Taille. »Er fährt bestimmt gleich los.«

Sie kletterte über das Mäuerchen, bahnte sich ihren Weg durch Bougainvilleen, Oleander, Hibiskus und Palmen. Ab und an knackte ein Ast unter oder hinter ihr, und sie drehte sich besorgt um. Jacques verzog nur das Gesicht.

Im Haus war jetzt alles dunkel. Sie näherten sich der Einfahrt. Erst als sie das tiefe Brummen von da Silvas Land Rover hörten, rannten sie in Richtung Straße los und schlüpften durch das Tor, kurz bevor die schmiedeeisernen Flügel ihnen den Weg versperren konnten.

Im gleichen Moment leuchtete das rote Licht der Alarmanlage an der Hauswand unter dem Dach auf. Da Silva musste sie per Handy-App aktiviert haben.

»*Chapeau!*«, Jacques atmete schwer. »*C'etait moins une!*«
Conny nickte. Das war wirklich knapp gewesen.

Gemeinsam sprinteten sie im Schutz der Straßenbepflanzung hinter Béla da Silvas Wagen her, der am Ende der Straße des Villenviertels seelenruhig um die Ecke bog, bevor er den Weg an der Zitadelle vorbei nahm. Er war rund hundert Meter vor ihnen. Conny feuerte Jacques an, damit der Abstand nicht größer wurde.

Als ihr Zwerchfell zu stechen und die Lunge zu schmerzen begann, fragte sie sich, wie lange sie das durchhalten sollten. Doch am Friedhof stoppte der Wagen unvermittelt.

41

Simonette hatte auf ihrer Pritsche dahingedämmert, nachdem man sie in die Kellerzelle verlegt hatte. Etwas anderes blieb ihr in Einzelhaft auch nicht übrig. Mittag- und Abendessen waren durch einen Schlitz in der Tür geschoben worden. Nichts davon hatte sie angerührt. Sie konnte sich nicht überwinden, in dem gleichen Raum zu essen, in dem die Toilettenschüssel stand.

Sie bemühte sich, Fassung zu wahren. Ein Teil in ihr beschwor sie, dankbar zu sein für diese Zeit, die ihr die Chance bot, ihr Leben zu reflektieren. Ein anderer kämpfte gegen die immer stärker werdende Panik an, dass sie bis ans Ende ihrer Tage in einem solchen Raum gefangen sein würde.

Nie hätte sie vermutet, dass die Vergangenheit einen sogar nach über vierzig Jahren noch einholen könnte. Ihr jugendlicher Leichtsinn. Ihre Lebenslust. Nur für den Bruchteil einer Sekunde war sie vom Weg abgekommen. Hatte den falschen Leuten vertraut.

Dabei hatte alles so vielversprechend begonnen.

Simonette erinnerte sich an den herrlichen Sommertag am Meer, als Madeleine und sie Béla da Silva und Yannik Maes das erste Mal begegnet waren. Ein gemeinsamer Freund hatte sie einander vorgestellt.

Vom ersten Moment an waren sie beide Bélas Charme erlegen. Sie wären ihm überallhin gefolgt. Er strahlte

Selbstbewusstsein und Zuversicht aus, hatte etwas an sich, das schwer zu beschreiben war. Intellekt gepaart mit Charisma. Wäre Béla auf die Idee gekommen, eine Sekte zu gründen, die Anhänger hätten ihm die Tür eingerannt. Mit Simonette und Madeleine vorneweg.

Doch beide erkannten sofort, dass man Béla nicht ohne Yannik haben konnte, der Béla tief ergeben war. Er bewunderte ihn wie ein Jünger den Messias, was für Béla Annehmlichkeiten mit sich brachte, auf die er nur ungern verzichten wollte. Allerdings hatte Simonette von Anfang an den Verdacht, dass Yanniks Loyalität an seinen eigenen Vorteil gekoppelt war.

Sie verbrachten einen einmaligen Sommer miteinander. Manchmal fuhren sie zu Bélas *hameau*, wo sie stets neue Gäste trafen.

Kreative, lebenslustige Persönlichkeiten, mit denen sie in Claudettes Bar die Nächte durchfeierten, sich im Mondschein im Alten Hafen zwischen den Booten nackt in die Wellen stürzten, am Strand am Lagerfeuer saßen, tranken, rauchten und Gitarrensolos lauschten oder über Gott und die Welt philosophierten.

Sie kam nicht umhin, mit einem Hauch von Wehmut zuzugeben, dass dies eine der interessantesten und spannendsten Zeiten ihres Lebens gewesen war. So atemlos und voller Überraschungen, wie sie es sich nie ausgemalt hätte. Bis dahin war sie eine Spätzünderin gewesen, aber nach der Begegnung mit Béla hatte sie sich so lebendig und erwachsen wie nie zuvor gefühlt. Endlich war sie aus Claudettes Schatten herausgetreten.

Sie war eigenständig und glücklich gewesen. Das Leben sonnenhell, fröhlich und leicht. Dabei hätte ihr Instinkt sie warnen müssen, denn langsam, aber stetig bahnte sich das Unglück an.

Was nichts damit zu tun hatte, dass Madeleine und sie auf Béla standen und Yannik auf Abstand hielten, was dessen generelle Stimmung verschlechterte. Und auch nicht damit, dass Dominique – typisch jüngere Schwester – sich mit kindlicher Naivität und Raffinesse in ihre eingeschworene Gruppe drängte und sie sie immer schwerer davon abhalten konnten.

Auch die schmerzende Tatsache, dass beide Männer Dominiques Reizen erlagen, obwohl diese es einzig und allein auf Béla abgesehen hatte, ließ sie die Schwierigkeiten, die auf sie zurollten, nicht erahnen. Mit alldem hätten sie umgehen können. Das Problem waren Bélas neue Gäste, die plötzlich auftauchten.

Bestanden sie anfangs aus Künstlern, Musikern und Philosophen, so reiste nun, gegen Ende des Sommers, eine ganz andere Klientel an. Gestalten aus Bélas Vergangenheit. Geister, die er nicht gerufen hatte, die aber dennoch vor seiner Tür standen und Einlass begehrten. Äußerlich zunächst noch darauf bedacht, den schönen Schein zu wahren, aber in Wirklichkeit von Anfang an kompromisslos brutal.

Seine Mutter – aus verarmtem portugiesischen Adel – hatte ihn alleine in einem Vorort von Budapest großgezogen. Seinen Vater hatte Béla nie kennengelernt. Simonette hatte ihn sich als einen Wikinger vorgestellt, der sein Aussehen eins zu eins an seinen Sohn weitergegeben hatte. Ein Mann wie eine Eiche. Mit stechend blauen Augen und wallendem Haar. Ein Fell um die Lenden geschlungen, eine Keule in der Hand.

Béla hatte der stadtbekannten Gang angehört, bis er eines Tages im Alter von zwölf Jahren wegen seiner auffallenden Größe und Statur von einem Scout für den Diskuswurf entdeckt wurde. Ein Naturtalent. Acht Jahre hatte er neben all seinen anderen Aktivitäten hart trainiert, dann war er belohnt worden. Mit olympischem Gold in Montreal.

Es hatte eine Weile gedauert, aber dann hatte sich sein Erfolg auch bis zu seiner ehemaligen Gang rumgesprochen. Die Jungs kamen, um die Bezahlung einer alten Rechnung einzufordern.

Denn ihr Anführer, Jano, hatte Béla nicht nur ermutigt weiterzutrainieren, wenn er mal einen Durchhänger hatte, er hatte ihn auch kurz vor den Spielen gerettet, als Béla mit Drogen erwischt wurde. Jano hatte angegeben, ihm die Drogen ohne sein Wissen zugesteckt zu haben. Er war ein Jahr für Béla ins Gefängnis gegangen, Béla dagegen nach Montreal geflogen. Jetzt war Jano der Meinung, er hätte einen erheblichen Anteil an Bélas Erfolg; auch an seinem finanziellen. Er hatte seine Jungs zusammengetrommelt, um seinen Return on Investment in Empfang zu nehmen, notfalls mit Gewalt.

Leider zu einem Zeitpunkt, als Béla kaum mehr flüssig war. Die Einnahmen aus der Zeit nach seinem Olympiasieg waren verbraucht, und die Kosten für die Renovierung und den Unterhalt des *hameau* überstiegen bereits die Höhe seiner stetig sinkenden Einkünfte. Die Werbeanfragen waren versiegt. Seine Stimmung schlug um, je hartnäckiger die Forderung der Gäste und je unangenehmer ihr Verhalten wurde. Die Atmosphäre lud sich auf.

Simonette hatte die Veränderung zu spät gemerkt, obwohl sie für derlei Situationen eigentlich hochsensible Antennen hatte. Grund dafür war, dass sie – wie sie alle, seit allabendlich ein Joint nach dem anderen kreiste – längst in einem Trancezustand lebte, in dem Realität und Vorstellung miteinander verschwammen. Sie hatten das undefinierbare Angstgefühl beiseitegedrängt.

Doch dann passierten die Ereignisse rasant schnell und spitzten sich genau in dem Moment zu, als ihre Maman Claudette ihre Jugendliebe wiedertraf.

Dr. Pierre Bras, Direktor eines Museums in Nizza und inzwischen mit einer Rothschild verheiratet.

Es war Yanniks Idee. Yannik, dessen Drogenkonsum sich zu einem ernsten Problem auswuchs. Dem Gras längst nicht mehr genügte. Der abhängig war und alles nahm, was er in die Finger bekam. Unter dem Druck der Abhängigkeit ließ er sich auf ein doppeltes Spiel mit Bélas prolligen Freunden ein.

Irgendwann ließ Simonette ihn gewähren, als sie am Lagerfeuer Yanniks tastende Finger unter ihrer Bluse spürte. Obwohl sie sich insgeheim wünschte, dass es Bélas kräftige Schultern wären, auf die sie im nächsten Moment verträumt ihren Kopf sinken ließ. Doch der hatte sich für Madeleine entschieden, in deren Leben es damals schon Émile gab, der den Sommer aber bei seinem Onkel in Toulon verbrachte, der einen Fischstand auf dem Markt betrieb.

Die Lage spitzte sich zu, als die Mitglieder von Bélas ehemaliger Budapester Gang partout nicht abreisen wollten, ungeduldig und aufdringlich wurden und immer neue seltsame Gestalten erschienen. Béla musste sie loswerden. Und dafür brauchte er Geld. Viel Geld.

Eine Lösung bot sich an, als Yannik das Gemälde über dem Stammtisch in Claudettes Bar mit dem schlafwandlerischen Instinkt des Abhängigen für eine mögliche Geldquelle als ein Original von Signac erkannte.

Auf Yanniks Betreiben hin versuchte Béla, Claudette zu überreden, es ihm zu einem guten Preis zu verkaufen, um es seinen Freunden als Pfand mitzugeben, doch sie ließ sich nicht darauf ein. Zu dem Zeitpunkt hatte sich Pierre Bras in die Verhandlungen zwischen Béla und Claudette eingeschaltet.

Simonette würde sich nie verzeihen, dass sie es gewesen war, die den Jungs erzählt hatte, dass er Direktor des Musée des Beaux-Arts in Nizza war.

Seit diesem Moment waren Béla und Yannik entschlossen gewesen, ihr Vorhaben, das auf Yanniks Idee beruhte, durchzuziehen. Sie hatten vor, die alten Kumpels mit wertvoller Kunst abzuspeisen. Und zwar mit Pierre Bras' Hilfe. Und als der freiwillig nicht dazu bereit war, erpressten sie ihn mit seiner Affäre mit Claudette.

Pierres Frau war damals todkrank und hatte nur noch wenige Wochen zu leben. Bis er Claudette wiedergetroffen hatte, war Pierre seiner Frau immer treu gewesen, und so kurz vor ihrem Tod wollte er ihr die Schmach ersparen, von seinem Betrug zu erfahren.

Schweren Herzens ließ Pierre sich also auf Bélas und Yanniks Erpressung ein und war ihnen beim Einbruch in das Museum behilflich.

Claudette versuchte, ihn zu schützen, so gut es ging, und Rousel, Benoîts Vater, stand ihr dabei zur Seite.

Er konnte sie vor dem Schlimmsten bewahren, trotzdem zerstörte dieser eine Tag alles: ihre Freundschaft und Pierres Karriere. Er ruinierte auch die letzten Tage seiner todkranken Ehefrau, weil sie von seinen Schwierigkeiten mit der Polizei erfuhr, außerdem Claudettes Hoffnung auf ein Leben mit Pierre, Rousels Zukunft und Bélas Pläne. Nur Yannik kam zunächst ungeschoren davon, weil er nichts zu verlieren hatte.

Lediglich eins der gestohlenen Gemälde landete schließlich in Budapest. Der Kunstraub war der Anfang vom Ende einer Reise, mit der sich auch Béla und Yannik letztendlich übernommen hatten, wie es schien. Sie verschwanden für die nächsten vierzig Jahre, und bisher hatte Simonette geglaubt, es sei die Scham der Schuld gewesen, die sie dazu getrieben hatte. Doch sie musste sich wohl eingestehen, dass sie sich auch in diesem Punkt getäuscht hatte. Sie besaßen kein Gewissen mehr.

Claudette hatte Pierre geliebt, doch diese Ereignisse hatten ihre Liebe zerstört. Danach trank Claudette oft mehr, als gut für sie war. Noch schlimmer wurde es nach Dominiques Tod, an dem sie sich eine Mitschuld gab.

In der Stunde seines frühen Todes hatte Rousel Claudette erzählt, was sich in der Nacht nach dem Kunstraub zugetragen hatte, doch abgesehen von dieser Ausnahme hatte sich ein Mantel des Schweigens über das Geschehen gelegt.

Ein Schweigen, das Claudette erst auf ihrem Totenbett Simonette gegenüber brach, unter der Voraussetzung, dass sie das, was sie ihr erzählen sollte, für sich behielt. Woran sich Simonette auch Jahrzehnte hielt. Bis sie ihr Versprechen brechen musste, damit nicht alles ins Rutschen geriet. Um *La Maison* zu retten und endlich Gerechtigkeit walten zu lassen.

Bis zu der Nacht, in der Moreau starb. Und bis zu dem Morgen, an dem Béla und Yannik erst auf dem Markt und dann in Moreaus Dunstkreis wiederaufgetaucht waren. Nachdem Simonette den ersten Schreck überwunden hatte, hatte sie darin eine Chance gesehen. Sie musste nur durchhalten, redete sie sich auf ihrer Pritsche in der Einzelzelle ein. Dann würde alles gut werden.

Ihre Gedanken schweiften zu Félix. Seit der Sache mit Pierre Bras waren ihr verheiratete Männer, die etwas mit anderen Frauen anfingen, suspekt. Hinter der schönen Fassade der Leidenschaft schlummerte meist die Tragik der Konsequenz, ein Ende war vorprogrammiert. Es gab einfach Konstellationen, die führten in eine Sackgasse.

Simonette hatte sich flach auf ihre Pritsche gelegt, froh um ihren ockerfarbenen Seidenschlafanzug, den Madame Gary ihr entsprechend der von ihr geschriebenen Liste mitgebracht hatte und der ihr zumindest einen Hauch von Wohlgefühl vermittelte.

Sie hatte sich auf eine weitere schlaflose Nacht eingestellt, dennoch musste sie weggedämmert sein, denn plötzlich hörte sie wie im Nebel jemanden an die dicke Stahltür klopfen. Als sich ein Schlüssel im Schloss drehte, öffnete sie die Augen.

»Besuch!« Ein Wärter, der mit der Hakennase und dem Dreitagebart, sah kurz zu ihr herein.

Sie setzte sich auf.

»Madame, wir müssen reden.« Félix Weißenstein stand vor ihr und warf eine Akte neben sie auf die Pritsche. Der Karton war vergilbt. »Allein. Und ich werde erst gehen, wenn Sie die richtigen Antworten auf meine Fragen gegeben haben.«

Ein kurzer Blick auf die Mappe genügte, und sie wusste, was sie enthielt. Unterlagen zum Kunstraub in Nizza im Jahr 1980.

Hatte Conny Félix geschickt? Hatte sie den Tipp mit dem Kalender in Richtung Béla falsch verstanden? Sie schickte ein Stoßgebet zum Himmel, flehte, dass Conny nicht alles durcheinandergebracht hatte.

Simonette war bereit zu verzeihen, wenn man schwach wurde und dann Einsicht zeigte. Es gab immer einen Weg, der aus dem Dilemma führte. Aber dafür mussten die Dinge in die richtige Richtung laufen. Idealerweise in der Reihenfolge, die sie vorgesehen hatte. Doch die schien aktuell nicht eingehalten zu werden.

42

Conny und Jacques verharrten wie angewurzelt im Schutz einer Zeder. Die mit Schlaglöchern übersäte Straße war menschenleer, nur vor der Friedhofsmauer parkten ein paar Autos.

Da Silva schuf sich gerade eine Lücke zwischen ihnen, indem er einen Citroën, der, wie in Frankreich üblich, die Handbremse nicht angezogen hatte, einen Meter nach vorne schob.

»Was will der denn hier?«, flüsterte Jacques ihr ins Ohr.

»Keine Ahnung. Aber sieht nicht so aus, als wäre das geplant gewesen.« Conny hätte zu gern gewusst, was den Mann veranlasst hatte, mit seiner Beute im Auto ausgerechnet hier anzuhalten.

Es wirkte, als würde er, erhöht in seinem SUV sitzend, über das Friedhofsmäuerchen blicken und etwas beobachten.

»Wir müssen näher ran«, flüsterte sie.

»Wenn er uns sieht, sind wir geliefert.« Jacques deutete auf eine Ecke der Friedhofsmauer, neben der ein üppiger Olivenbaum wuchs, der sie vor da Silvas Blicken schützen würde. »Wenn wir es unbemerkt dorthin schaffen, können wir auf die Mauer klettern.«

Er hatte kaum ausgeredet, da schlich Conny schon gebückt und auf Zehenspitzen los, Jacques' Schnaufen im Nacken.

So lautlos wie möglich, stemmten sich beide auf die Steinmauer, wobei Conny sich den Unterarm an einem scharfen Stein aufritzte. Doch der Schmerz war schnell vergessen: Der Blick auf den Friedhof war perfekt. Jetzt sahen auch sie, was da Silva anscheinend zum Halten veranlasst hatte.

Der Schein einer Taschenlampe, die in der Erde eingegraben war, beleuchtete drei Gesichter nahe einem Grabstein. Sie gehörten der Familie Ruon. Madeleine, Anaïs und Pasquale, der sich schwer auf eine Schaufel stützte, standen dicht nebeneinander. Nur Vater Émile fehlte.

»Wessen Grab ist das?«, fragte Conny flüsternd.

Jacques wiegte den Kopf hin und her. »Genau weiß ich es nicht, aber es könnte das von Dominique, Anaïs' Tante, sein.«

Die drei waren so vertieft in ihr geflüstertes Streitgespräch, dass sie nicht merkten, dass sie beobachtet wurden. Zusätzlich zur Taschenlampe beschien auch der Mond die Szene und verlieh ihr etwas Gespenstisches.

»Was machen sie um diese Uhrzeit hier?«, stellte Conny die Frage, die auch Béla da Silva durch den Kopf gehen musste.

Anaïs schien auf Pasquale einzureden, der urplötzlich mit einem kräftigen Hieb den Spaten in den Boden trieb. Seine zierliche Mutter stürzte sich auf ihn und versuchte, ihn vom Graben abzuhalten. Anaïs hingegen feuerte ihren Bruder an. Schließlich schmiss sich Madeleine auf die Knie, faltete die Hände und beschwor ihre beiden Kinder.

Ihre Worte konnte Conny nicht verstehen, doch Pasquale ließ den Spaten fallen, wandte sich ab und lief schwankend über den Kiesweg in Richtung des Haupteingangs bei der Kapelle. Anaïs rief seinen Namen und hob den Spaten auf, während Madeleine ihrem Sohn hintereilte.

»Warum sagst du nicht endlich die Wahrheit, Maman?«, schrie Anaïs ihrer Mutter so laut nach, dass es selbst Conny und Jacques deutlich verstanden. Dann warf sie den Spaten hin, fiel vor dem Grab nieder und weinte. Selbst jetzt schien sie nicht zu bemerken, dass sie beobachtet wurde.

Da Conny und Jacques von ihrem Versteck aus den Land Rover nicht im Blick hatten, erschraken sie, als erneut Schritte auf Kies knirschten. Diesmal näherten sie sich auf dem Weg, der vom Nebeneingang dicht an ihnen vorbeiführte.

Da Silva ging zu Anaïs, die so tief in ihren Gedanken versunken war, dass sie sichtbar zusammenzuckte, als sie ihn bemerkte. Er sprach sie an, sie sah überrascht zu ihm auf, erhob sich, antwortete. Was er gesagt hatte, schien ihre Neugierde zu wecken.

Conny, die kein gutes Gefühl hatte, beugte sich zu Jacques. »Wenn da Silva wirklich glaubt, dass sie und nicht ich heute in Moreaus Keller war ...«

»*Putain!* Dann ist sie jetzt in Gefahr!«

»Außer«, kam ihr plötzlich der Gedanke, »er ist der Vater ihres Kindes.«

»Sie ist schwanger?«, fragte Jacques.

»Männer.« Conny schüttelte den Kopf und verdrehte die Augen. »Du hast es nicht gesehen?«

Sie beobachteten, wie da Silva beschützend seinen Arm um Anaïs' schmächtige Schultern legte und ihre Haltung sich entspannte. Widerstandslos ließ sie sich zum Nebenausgang führen.

Conny und Jacques glitten von der Mauer, damit sie einen besseren Blick auf die Straße hatten.

»*Merde!*«, flüsterte Jacques, als Anaïs und da Silva in den Land Rover stiegen, der kurz darauf beschleunigte.

Sie sprinteten los, doch diesmal hatten sie keine Chance. Sie waren auf der Höhe von Le Terrain-Mer, als Jacques rief: »Lass uns den Hubschrauber nehmen!«

In dem Moment schoss ein Renault Clio aus einer Seitengasse und bremste neben Conny. Benoîts Schopf schob sich aus dem Fenster. »Schon wieder in Eile?«, lächelte der Brasseriebesitzer.

Bevor Benoît realisierte, wie ihm geschah, war Conny schon um das Auto herumgelaufen und hatte die Beifahrertür aufgerissen.

»Verfolg sie mit dem Hubschrauber!«, rief sie Jacques zu. Und an Benoît gewandt: »Ich brauche deine Hilfe.«

Der zog fragend die Augenbrauen hoch. *»D'accord?«*

Sie zeigte auf das immer kleiner werdende Heck des Land Rovers von Béla da Silva. »Hinterher!«

43

Félix ließ Simonette, die einen in der tristen Zelle auffallend eleganten Seidenschlafanzug trug, ein paar Sekunden Zeit, um sich zu sammeln und auf sein unerwartetes Auftauchen einzustellen. Doch er war keiner, der lange um den heißen Brei herumredete.

»Simonette«, setzte er an, »das Wichtigste zuerst: Ich bin hier, weil ich Ihnen helfen will. Sie kennen meine Verbindung zu Conny, sie würde mir nie verzeihen, wenn ich nicht alles versuchte, um Sie hier rauszuholen. Niemand, außer dem Wärter, weiß, dass ich hier bin. Schauen Sie sich um, wir werden weder gefilmt noch abgehört. Ich verspreche Ihnen, dass ich kein Mikro am Körper trage.«

Er knöpfte sein Hemd auf, entblößte kurz seine Brust, damit sie sah, dass er die Wahrheit sagte. »Aber um Ihnen zu helfen, muss ich mehr wissen. Leider verdichten sich die Indizien gegen Sie. Ich habe einen Freund in la Préfecture de Police auf der Île de la Cité. Er hat beste Beziehungen zum Palais de Justice am Quai des Orfèvres. Von ihm weiß ich, dass sich der Innenminister persönlich eingeschaltet hat, damit die Untersuchung der Tatwaffe vorgezogen wurde. Das Ergebnis liegt inzwischen vor.«

Pause. Er beobachtete sie, versuchte abzuschätzen, ob sie ahne, was jetzt folgte. Simonette legte den Kopf schief.

»Können Sie sich denken, was herauskam?«

Der Zug um Simonettes Mundwinkel wurde härter.

»In wenigen Stunden wird das Ergebnis der Presse übermittelt werden. Sie wissen, was das heißt.«

Ihre Schultern sackten nach unten, doch sie schwieg immer noch.

»Aus Ihrer Reaktion schließe ich, dass Sie wissen, was jetzt auf Sie zukommt?«

Sie starrte an ihm vorbei.

»Das Ergebnis der Untersuchung war positiv.« Félix stand auf. »Es fanden sich Spuren von Moreaus Blut am Messer aus Ihrer Küche, es ist also die Tatwaffe.«

Simonette saß vor ihm, zierlich, jetzt zerbrechlich wirkend, seufzte tief und schwieg beharrlich weiter.

Félix schlug die Akte auf. »Erinnern Sie sich an Commissaire Vernaux? Er hat Sie vor vierzig Jahren im Zusammenhang mit dem Kunstraub in Nizza befragt.« Er hob die Akte hoch, um sie gleich darauf neben Simonette auf die Pritsche fallen zu lassen.

Sie zuckte zusammen.

»Finden Sie es nicht seltsam, dass die tödliche Verletzung von Moreau der des Museumswärters ähnelt, der damals sein Leben verlor? Die Tatwaffe könnte dieselbe sein. Der medizinische Bericht von damals stützt die These, dass es sich um dasselbe Languiole-Messer handelte, das jetzt untersucht wurde.«

Simonettes Blick war plötzlich hellwach. Ihre Augen funkelten, und sie beobachteten sich gegenseitig.

»Bei dem Kunstraub damals war von vier Tätern die Rede. Der Direktor hat zwar seine Beihilfe gestanden, trotzdem hat er seine Komplizen, die den Raub begangen haben, nie verraten. Es scheint, als wäre das Teil eines Deals untereinander gewesen.«

Simonettes Blick schien sich in der Vergangenheit zu verlieren.

Félix fuhr fort. »Er hat sich damals gestellt, nachdem einem seiner Mitarbeiter aufgefallen war, dass er am Tag des Überfalls die Kameras so manipuliert hatte, dass genau die Stellen, wo man die Täter hätte erkennen können, im toten Winkel lagen. Nach seiner Festnahme sorgte er dafür, dass drei der vier Kunstwerke sofort wieder im Museum auftauchten.«

Félix hielt die Akte hoch. »Im Gegenzug dafür, dass seine Komplizen auf sie verzichteten, schützte er sie. Details zu seiner Verhaftung stehen zwar hier in der Akte, drangen aber nie an die Öffentlichkeit, und er musste seine Haftstrafe erst nach dem Tod seiner Frau, wenige Tage nach dem Urteil, antreten. Einige Jahre später kam er wegen guter Führung frei, war aber ein gebrochener Mann.«

Félix meinte, ein kurzes Zucken um Simonettes Augen herum zu erkennen, doch ihre Haltung blieb unverändert.

Er sprang auf und lief auf und ab, ohne den Blick von ihr zu nehmen. »Er verspielte die Apanage, die seine Frau ihm zu Lebzeiten zur Verfügung gestellt hatte, im Casino in Monaco und versoff den Rest. Bis zuletzt schien es, als wäre es ihm gelungen, die Affäre mit Ihrer Mutter geheim zu halten. Aber Commissaire Vernaux hatte sie durch Zufall entdeckt und aus Rücksicht auf die todkranke Ehefrau und wegen Bras' Unterstützung, als es darum ging, die Bilder zurückzubringen, mit einem Sperrvermerk versehen.«

Täuschte sich Félix, oder blinzelte Simonette jetzt ein paar Tränen weg? Er blieb stehen. »Das muss hart für Ihre Mutter gewesen sein.«

Sie presste die Lippen fester aufeinander.

Er trat einen Schritt auf sie zu. »Der Tod des Wärters war damals sicher nicht geplant«, räumte er ein.

Sie reckte wie aus Trotz ihr Kinn.

Félix hob die zur Faust geballte Hand und streckte den Daumen nach oben. »Punkt eins: Aller Wahrscheinlichkeit nach wurde damals wie heute die gleiche Tatwaffe benutzt. Sind Sie sich bewusst, dass ich diese Information weitergeben muss? Mit den alten Tatortfotos von damals und dem Messer wird die Rechtsmedizin den Zusammenhang problemlos herstellen können.«

Simonette richtete sich in ihrem ockerfarbenen Seidenschlafanzug kerzengerade auf und schlug die Beine übereinander.

Félix hob den Zeigefinger. »Punkt zwei: Einer der damaligen Zeugen war sich sicher, dass eine Frau unter den Tätern war.«

Ihre Brust hob und senkte sich bei jedem Atemzug.

Er setzte sich wieder, beugte sich zu ihr. »War Ihre Mutter bei dem Überfall dabei, Simonette?«

Ihre Nasenflügel bebten kurz, dann wurde ihr Atem flacher.

Er konnte deutlich sehen, dass sie doppelt so lange aus- wie einatmete. Félix kannte das. Selbstmanipulation. Sie zwang sich zur Ruhe, indem sie ihrem Körper ganz gezielt geringe Mengen an Sauerstoff zuführte. So gelang es ihr, selbst in so einer Ausnahmesituation fokussiert zu bleiben.

Die Mauer des Schweigens, die sie um sich herum errichtet hatte, schien mit jeder Sekunde undurchdringlicher zu werden. Er schloss daraus, dass er einen wunden Punkt getroffen hatte, sonst wäre sie jetzt nicht so bewusst bemüht, die Fassung zu bewahren.

Félix spürte, wie sich Wut in ihm regte. Eine unprofessionelle Reaktion, aber Simonettes Starrsinn raubte ihm nicht nur Zeit, sie manövrierte sich dadurch auch immer mehr in die Rolle der Mörderin von Moreau.

»Sie und Ihre Cousine Madeleine haben Ihrer Mutter damals für den Mordabend ein Alibi gegeben«, flüsterte er jetzt. »Angeblich waren Sie, Simonette, mit ihr zusammen in Marseille und haben eine Verwandte besucht. Ihre Cousine hat außerdem bezeugt, dass Sie ihr ein Buch von einer Schulfreundin aus Marseille mitgebracht haben, was diese wiederum bestätigt hat. Damit galt das Alibi als wasserdicht. Aber Commissaire Vernaux hatte dennoch seine Zweifel.«

Als Simonette noch immer nicht reagierte, sprang er auf und brüllte los. »Und ich glaube Ihnen auch nicht. Ich sage Ihnen mal, was damals geschah: Ihre Mutter war bei dem Raub im Museum dabei! Und Sie wissen das ganz genau. Haben Sie vielleicht das Fluchtauto gefahren? Oder Madeleine? Wo waren Sie, Ihre Mutter und Madeleine wirklich zur Tatzeit?«

Sie sah ihn überrascht an.

»Simonette, sprechen Sie endlich mit mir! Wer war damals dabei? Wer, außer Ihrer Mutter und Ihnen, hätte das Laguiole-Messer benutzen sollen? Hat Ihre Mutter es dem Museumswärter in den Bauch gerammt? Hat Mord in Ihrer Familie Tradition?«

Die Provokation zeigte Wirkung.

»*Êtes-vous fou?* Meine Mutter hätte nie einen Menschen getötet.« Damit ließ Simonette sich zurück auf die Pritsche sinken, streckte ihre Beine aus und drehte den Kopf zur Wand.

Félix verließ die Zelle verzweifelter, als er sie betreten hatte. Er war ganz sicher nicht verrückt. Wen deckte Simonette?

44

Jacques schaute dem Renault Clio nach, in dem Conny mit Benoît davonraste, dann rannte er los. Er war nur noch Meter von seinem Helikopter entfernt, als er in seine Jackentasche griff und entsetzt feststellte, dass sich der Hubschrauberschlüssel in der anderen Jacke befand. In der, die Conny trug.

Merde! Er beobachtete, wie sich vor ihm auf dem Meer Charlotte und die Asiaten mit dem Beiboot der Jacht näherten. Die Zeit drängte. Wären die Gemälde erst einmal an Bord, würde die Witwe Wege und Möglichkeiten finden, sie verschwinden zu lassen. Das musste er unbedingt verhindern. Abgesehen davon, dass, wollte man die Jacht auseinandernehmen, ein Durchsuchungsbefehl nötig wäre, was sich bei Charlottes Beziehungen als schwierig erweisen würde.

De facto hatten sie einfach noch immer kaum etwas in der Hand. Auch dadurch, dass Conny die Bilder in Moreaus Geheimkeller nicht hatte fotografieren können, da sie ihr Handy unter dem Sofa verloren hatte. Jetzt war Gefahr im Verzug!

Jacques bog den Arm, hielt das Revers des Jackenärmels fest und stieß seinen Ellbogen mit aller Kraft gegen das Plastikfenster. Es gab sofort nach. Er griff durch das klaffende Loch, öffnete von innen die Tür, ließ sich auf den Sitz fallen, schloss die Batterie an und setzte das System in Gang.

Das Rattern der Propeller ertönte. Durch das kaputte Fenster strömte die aufgewirbelte frische Nachtluft und ließ Jacques' Haar fliegen. Er setzte die Ohrschützer auf, da der Lärm schier unerträglich war, und im nächsten Moment stieg der Heli langsam und gleichmäßig in die Höhe.

Während der Hubschrauber über das Meer flog, versuchte er, Yvonne anzurufen, doch ihr Handy war ausgeschaltet.

Als Nächstes wählte er die Nummer der Police municipale, um den diensthabenden Brigadier darüber zu informieren, dass gerade gestohlen gemeldete Bilder in Millionenwert zur Megajacht von Charlotte Moreau gebracht wurden.

Pasquale meldete sich.

Kurz überlegte Jacques, ob das ein Fluch oder ein Segen war, legte dann aber los: »Pasquale, alarmier die Police de l'Eau! Charlotte Moreau fährt gerade mit gestohlenen Kunstwerken zu ihrer Jacht.«

»*Je m'en fous!*«, lallte der Brigadier.

»Bist du besoffen?«

»Was ... geht ... dich ... das ... an?«

Jacques seufzte. Der Brigadier musste einiges intus haben. »Pasquale, *écoute*! Ich brauch jetzt deine Hilfe! Ruf sofort die Wasserschutzpolizei und Yvonne an, *tu comprends?*«

Statt einer Antwort schluchzte und schniefte Pasquale ins Telefon, dann war ein dumpfer Schlag zu hören. Vermutlich war sein Kopf auf die Schreibtischplatte geknallt.

»Wer hat außer dir noch Dienst?«, brüllte Jacques.

»Niemand«, erklang Pasquales weinerliche Stimme aus der Ferne.

»Reiß dich zusammen!« Eine Windbö warf den Hubschrauber in die Höhe, der durch das beschädigte Fenster stärker als sonst auf Windbewegungen reagierte. Jacques hatte Schwierigkeiten, ihn wieder auf Linie zu bringen.

»Mir reicht's«, heulte Pasquale weiter ins Telefon. »Ich will nicht mehr! Ich kann nicht mehr! Ich, ich, ich will mich erschießen ... aber es geht nicht.«

Vor Schreck ließ Jacques den Steuerknüppel los. Der Hubschrauber jagte jetzt nach unten, wurde von einer weiteren Bö erfasst, die ihn kurz nach oben schleuderte, bevor er metertief absackte. Jacques packte den Knüppel mit aller Kraft.

Er war fast über dem Beiboot und konnte sehen, was auf ihm vor sich ging. Charlotte und die beiden Thailänder beobachteten sein Manöver misstrauisch.

»Mach keine Dummheiten, Pasquale!« Er konnte jetzt einfach nicht auflegen, um Yvonne oder die Feuerwehr zu alarmieren. »Was ist passiert?«

»Maman und Anaïs ... Sie sind völlig durchgedreht«, heulte Pasquale am anderen Ende der Leitung. Er schien völlig außer sich zu sein.

»Warum?«

»Anaïs sagt, dass ich nicht ihr Bruder bin. Dass mein Vater nicht mein Vater ist. Dass meine Mutter nicht meine Mutter ist. Dass es deshalb immer Stress in unserer Familie gibt. Dass ich an allem schuld bin!« Eine weitere Woge des Selbstmitleids überrollte Pasquale.

Jacques horchte auf, während er das Boot in wenigen Metern Höhe umkreiste. »Und wie kommt Anaïs auf die Idee?«

Er beobachtete, wie Charlotte sich mit einer Hand ihre fliegenden Haare aus dem Gesicht hielt und ihm die andere drohend mit der geballten Faust entgegenstreckte.

»Wir haben euch auf dem Friedhof gesehen«, fuhr er fort. »Was habt ihr da gemacht?«

Wieder wurde der Hubschrauber von einer heftigen Bö gepackt, die ihn um neunzig Grad zu kippen drohte.

Die Milliardärswitwe warf sich auf die Bootsplanken, während die beiden Asiaten den Stapel mit den in Plastikfolie verpackten Bildern in dem wild schaukelnden Boot zusammenhielten. Meerwasser spritzte bis zu Jacques auf.

Die Sicht verschwamm, durch seine Jacke spürte er die Nässe.

Das Beiboot gab Gas und kämpfte sich mit dröhnendem Motor und Höchstgeschwindigkeit immer näher zur Jacht. Jacques musste es irgendwie aufhalten.

Die Männer begannen zu schreien und fuchtelten wild mit den Armen, der Bilderstapel geriet ins Rutschen. Charlotte kämpfte gegen den Wind an und warf sich wie eine schützende Decke darüber, während das Boot gefährlich in den Wellen schaukelte.

Jacques wurde heiß und kalt. Den Gemälden durfte nichts passieren! Sie durften auf keinen Fall ins Meer fallen. Millionen versenkt. Durch seine Schuld. Bloß nicht!

Mit dem auf laut gestellten Handy zwischen seinen Oberschenkeln ließ er den Hubschrauber steigen. Dann hörte er, wie das Magazin einer Pistole unter lautem Schluchzen durchgeladen wurde.

»Pasquale, alles wird gut!«

»Ich bin ein Waisenkind!«

»Quatsch, du bist ein vierzigjähriger erwachsener Mann!«

Ein Klopfen in der Handyleitung. Yvonne.

Jacques nahm den Anruf an, während er den von Pasquale hielt. »Yvonne! *Dieu merci!*« Er erklärte ihr kurz die Situation. »Du musst sofort kommen!«

Sie versprach, auf der Stelle die Wasserwacht zur Jacht von Charlotte Moreau und einen Kollegen zu Pasquale in die Polizeistation zu schicken, dann legte sie auf.

»Pasquale? Ich bin wieder da. Alles wird gut ...« Jacques redete so lange weiter beruhigend auf den Brigadier ein, bis er Stimmen im Hintergrund der Polizeistation hörte.

Kurz darauf sah er, wie die Wasserwacht den Hafen verließ, und drehte mit einem flauen Gefühl im Magen ab. Aber vorher machte er noch ein Foto mit dem Handy. Genau in dem Moment, in dem Charlotte das erste Bild ins Meer gleiten ließ.

45

Die Straßen wurden schmaler, ihr Belag unebener. Es ging auf Mitternacht zu.

Jedes Mal, wenn ihnen in der Kurve ein Fahrzeug entgegenkam, befürchtete Conny, frontal mit ihm zusammenzustoßen. Aber sie durften nicht abbremsen, durften den Land Rover nicht aus den Augen verlieren und mussten doch unerkannt bleiben.

Immer, wenn Conny einen Blick ins Innere von Béla da Silvas Wagen erhaschte, hoffte sie, einen Hinweis darauf zu finden, wie es Anaïs ging. Doch sie konnte nichts erkennen. Fuhr sie freiwillig mit? Oder hatte da Silva sie entführt?

»Was ist eigentlich los?«, fragte jetzt Benoît, der bisher ihre Anweisungen stillschweigend befolgt hatte.

Conny zögerte, dachte daran, dass er ihr hinsichtlich

des Grundstücks nicht die Wahrheit gesagt hatte. »Du wusstest, dass Le Terrain-Mer Bauland wird.«

Er stieg auf die Bremse. »Geht das jetzt schon wieder los?«

»Fahr weiter, sonst hängt er uns noch ab!« Die Rücklichter des Land Rovers waren jetzt nur noch so groß wie Stecknadelköpfe.

»Okay, aber dann lässt du mich mit diesem Thema in Ruhe.«

»Wie gut kennst du ihn?«

»Den Mann, den wir verfolgen?« Benoît kratzte die enge Kurve, als ihnen ein Auto entgegenkam. Nur Millimeter schrammten sie an einem Aufprall vorbei.

»*Putain!*«, fluchte Benoît dem anderen Fahrer hinterher, bevor er Connys Frage beantwortete. »Ich hab ihn ein- oder zweimal mit Moreau gesehen.«

»Hat er für ihn gearbeitet?«

»Keine Ahnung. Da Silva sieht nicht so aus, als würde er für jemanden arbeiten, findest du nicht?«

»Er ist Charlotte Moreaus aktueller Liebhaber.«

»Wenn wir ihn deshalb verfolgen, sollten wir besser umdrehen. Das ist ihre Privatangelegenheit.«

»Wusstest du, dass Moreau gestohlene Kunst in seinem Keller gebunkert hatte?«

Benoîts gesamter Oberkörper schnellte zu ihr herum. Unmittelbar vor der nächsten scharfen Kurve. Sie sah sich gezwungen, ins Lenkrad zu greifen. Hinter der Biegung lag die Straße dunkel vor ihnen. Von den Rücklichtern von Béla da Silvas Land Rover keine Spur mehr.

»Wo ist er hin?« Conny zeigte hilflos auf die Fahrbahn.

»Von der Straße hier gehen unzählige Wege ab, die zu verstreut liegenden Häusern führen.«

»Und die sind noch schmaler?« Kaum vorstellbar. Schon jetzt liefen sie Gefahr, dass der Renault rechts oder links von der Straße abkam und in einen Graben rutschte. Conny umklammerte den Haltegriff. »Kennst du dich hier aus?«

»Die Straße führt nach Vidauban. Bis dahin liegt ein *hameau* neben dem anderen.« Benoît drosselte die Geschwindigkeit.

Sie suchten beide am Straßenrand nach der nächsten Zufahrt.

»Weißt du, wo es zu da Silvas *hameau* geht?«, fragte Conny.

Er schüttelte den Kopf. »Hab nur gerüchteweise davon gehört.«

Von Weitem kamen ihnen drei helle Transporter entgegen, die im Mondschein zu leuchten schienen. Einige hundert Meter vor ihnen bogen sie rechts ab.

»Hinterher!«, rief Conny nach kurzem Überlegen. »Aber so, dass sie uns nicht bemerken.«

»Nur auf dein Risiko«, erwiderte Benoît, fuhr jedoch ebenfalls auf einen steinigen Feldweg. Kiesel knirschten unter den Reifen.

»Licht aus!«, befahl Conny.

Benoît tat wie geheißen. Der schmale Weg war gut zu erkennen, auch wenn Zypressen und Pinien lange Schatten warfen.

»Willst du nicht doch lieber wieder umkehren?«, fragte Benoît zögerlich.

Conny überlegte. Sie musste ihm ein neues Argument liefern, damit er jetzt nicht kniff. »Da Silva sitzt nicht alleine im Auto. Anaïs ist bei ihm.«

»Anaïs?« Benoîts Hände umklammerten das Lenkrad, sodass die Knöchel weiß hervortraten.

»Weißt du, wer der Vater ihres ungeborenen Kindes ist?«

Die Schlaglöcher waren so tief, dass Conny und Benoît durchgeschüttelt wurden. Eines der Vorderräder versank zur Hälfte, sodass sie stecken zu bleiben drohten. Das Rumpeln des Renaults musste kilometerweit zu hören sein.

»Sie ist schwanger?« Benoîts Stimme war tonlos.

Conny merkte, dass er sich nur mühsam beherrschen konnte. Er hat es nicht bemerkt, dachte sie. Typisch Mann. Aber es schien ihn zu verletzen. Als sie sah, wie seine Kiefer zu mahlen begannen, bedauerte sie, Anaïs' Geheimnis verraten zu haben.

»Ich weiß, dass ihr eine Beziehung habt oder hattet. Aber auch wenn das Baby nicht von dir ist und du stinkwütend auf Anaïs bist, solltest du mir jetzt helfen. Wenn nämlich da Silva auch nicht der Vater ist, schwebt sie in Lebensgefahr.«

Er schluckte.

»Stopp!«, schrie Conny.

Links von ihnen führte ein steiniger Weg einen Berg hinauf. Ein rostiges, mit einer Kette gesichertes, schmiedeeisernes Tor versperrte die Zufahrt, doch rechts und links daneben stand kein Zaun. Allerdings wuchs die *garrigue* so dicht, dass das Auto keine Chance hätte.

Am Ende des Weges, der in einem runden Kiesplatz auslief, stand ein Steinhaus mit einem Turm dahinter, das wegen seiner opulenten Größe an ein Gutsherrenhaus erinnerte. Es war hell erleuchtet.

Davor parkten da Silvas Land Rover sowie die drei Transporter, die ihnen eben noch entgegengekommen waren. Unter den Männern vor dem Haus herrschte hektische Aktivität.

46

»Stellen wir das Auto hier ab!« Conny deutete auf den Straßenrand.

»Bist du verrückt?« Benoît blickte sie mit panisch geweiteten Augen an. »Wenn jemand den Berg herunterkommt, knallt er direkt hinein.«

Conny sah sich um. »Da drüben geht ein Feldweg rechts ab.«

Im Schritttempo parkten sie das Auto ein und bedeckten es notdürftig mit Ästen, die sie vom Gebüsch abbrachen.

»Wir müssen näher ran«, sagte Conny.

»Ich hab da mal was von zwei großen Doggen gehört«, gab Benoît zu bedenken.

»Von Doggen hab ich auch schon mal was gehört.« Sie grinste. »Die sind zwar riesig, aber lammfromm.«

»Ich wollte eigentlich nicht als Haschee in der Wildnis enden.«

»Bestimmt wärst du als Hackfleisch ungenießbar.«

»Denkst du wirklich, dass die Männer da Anaïs etwas antun?«

»Was sollte sie davon abhalten, wenn da Silva nicht der Vater ist?«

Behutsam öffnete Benoît den Kofferraum, griff hinein und warf ihr eine Plastiktüte zu. »*Saucissons du chasseur.* Heute auf dem Markt in Gogolin gekauft.«

Conny fing die Tüte auf und ertastete darin vier unterarmdicke Salamiwürste. »Die sollten selbst nicht so lammfromme Doggen überzeugen.«

Im hügeligen Bergland hatte sich der Mistral gelegt. Die Zikaden zirpten so laut, dass sie zumindest nicht befürchten mussten, sofort gehört zu werden, wenn sie versehentlich auf einen Ast traten.

Sie schlichen durch die *garrigue* zügig zum Haus, wobei Conny die Führung übernahm. Das gekieste Rondell strahlte hell wie eine Theaterbühne.

Sie erkannte Béla da Silva sofort. Neben ihm stand der hagere ältere Mann aus dem Nachbarhaus von Simonettes Hotel, der vor ihr geflüchtet war. Die restlichen Männer hatte sie noch nie gesehen. Plötzlich verschwanden alle nacheinander im Gebäude und kehrten wenig später zurück. Sie waren schwer mit Kartons und Bildern in verschiedensten Größen bepackt. Einer schob Wache, während die anderen ihre Last erst abstellten und dann haufenweise dreckige Wäsche aus den Transportern warfen, die den Aufdruck einer Wäscherei aus Draguignan trugen. Eilig holten sie auch die Bilder aus da Silvas Wagen und verstauten dann alles, was neben den Transportern stand, auf den Ladeflächen.

Conny kniff die Augen zusammen. Ob Simonettes Signac und die Studien auch darunter waren?

Dann wandte sie sich an Benoît, während sie auf eine Stelle vor dem Haus deutete. »Sehen hungrig aus. Aber der Wind steht günstig«, flüsterte sie.

Sie hatte zwei wahre Prachtdoggen entdeckt, die vor einer geöffneten Rundbogen-Terrassentür auf dem Kies ruhten und das Geschehen interessiert beobachteten.

»Weibliches Fleisch schmeckt bestimmt süßer als die Würste«, grinste Benoît. Er schien die Nachricht von Anaïs' Schwangerschaft überraschend schnell verdaut zu haben.

»Vielleicht, aber ich glaube, die stehen eher auf herzhaft«, gab Conny zurück.

Sie schlichen sich an da Silva und den Dünnen heran, der im Licht der Strahler noch verlebter aussah als zuvor angenommen.

Ein Augenlid hing halb herab, und sein linker Arm zitterte, als er mit piepsiger Stimme auf Anaïs deutete, die noch im Auto saß. »Was ist mit ihr? Willst du den Jungs nicht ein bisschen Freude gönnen?«

»Wehe, du krümmst ihr ein Haar!«, fuhr da Silva seinen Kumpel an. »Wir bringen sie vorerst im Steinverlies unter.« Er öffnete die Beifahrertür seines Land Rovers.

»Hey! Die Kleine hat ja ein richtiges Bäuchlein! Das passt gar nicht zu ihrer sonstigen Figur. Hat sie etwa einen Braten im Ofen?«, krähte der Dünne.

Conny musste sich beherrschen, um nicht aus ihrem Versteck zu stürmen und auf ihn loszugehen. Was hatten sie mit Anaïs vor?

Gemeinsam begannen die beiden Männer, die scheinbar ohnmächtige Anaïs aus dem Auto zu ziehen. Tatsächlich wölbte sich ihr Bäuchlein deutlich unter ihrem Bleistiftrock, den sie immer noch trug. Es war ein Bild des Jammers, wie sie schlaff und leblos in ihren Armen hing. Die Angst um sie raubte Conny kurzfristig den Atem.

»*Putain de merde!* Was haben sie ihr gegeben?«, stieß Benoît aus, trat einen Schritt nach vorne und wollte ihnen folgen.

Conny riss ihn am Unterarm zurück, und im nächsten Moment hob eine der Doggen elegant den Kopf, bellte laut und trabte in ihre Richtung. Die zweite lief hinterher. Sollte sie ihnen jetzt schon die Würste hinwerfen? Conny entschied sich dagegen. Wenn die Männer dadurch auf sie aufmerksam würden, wären sie in der Überzahl. Sie mussten Abstand gewinnen, die Hunde weglocken, dann war die Wahrscheinlichkeit, unentdeckt zu bleiben, größer.

»Weg hier!« Sie zog ihr Handy aus der Tasche, warf einen Blick aufs Display. Kein Netz.

Zurück zum Auto zu laufen kam nicht infrage. Einer der ihr unbekannten Männer leuchtete mit einer Taschenlampe seitlich die Auffahrt entlang. Auch die anderen begannen, das Gelände abzusuchen. Einer rief die Doggen zurück, folgte ihnen aber, als er ihre Aufregung bemerkte, ein Jagdgewehr über der Schulter.

Benoît wies in die entgegengesetzte Richtung. »Wenn mich nicht alles täuscht, fließt da drüben ein Bach. Wir könnten durchwaten, dann verlieren die Hunde vielleicht unsere Witterung.«

»Dann kennst du dich hier also doch aus?« Conny realisierte, dass er das zweite Mal nicht ehrlich zu ihr gewesen war.

Er zog sie mit sich. »Die Weinberge *de la coopérative* grenzen an das Grundstück.«

Die beiden Doggen galoppierten jetzt, ungeachtet der geschrienen Befehle zurückzukommen, entschlossen auf sie zu. Conny und Benoît spurteten.

»Den Trampelpfad entlang zum Bach«, zischte Benoît ihr atemlos zu.

Die *garrigue* mit ihren dornigen Sträuchern und Gräsern riss an Connys Jeans. Immer wieder zerrte sie sich frei, während sie hinter sich das laute Schnaufen der kälbergroßen Hunde hörte.

Es kam näher.

Obwohl sie glaubte, am Ende ihrer Kräfte zu sein, beschleunigte sie erneut. Ihre Zweifel, den Hunden zu entkommen, nahmen zu. Lange würde sie das Tempo mit ihrem lädierten Knie ganz sicher nicht durchhalten.

Laute Männerstimmen mischten sich jetzt unter das Bellen der Doggen. Also hatten auch da Silvas Kompagnons ihre Verfolgung aufgenommen. Waren ganz nah. Im Laufen riss Conny die Plastiktüte mit den Würsten auf, warf alle vier hinter sich und hoffte, dass die Tiere damit einen Moment beschäftigt sein würden.

Der Bach kam in ihr Blickfeld. Glitzernd schlängelte er sich im Mondschein. Das Wasser bedeckte gerade so das steinige Bachbett. An manchen Stellen ragten felsige Inseln hervor. Conny und Benoît streiften ihre Schuhe ab, um später keine Spuren zu hinterlassen, wenn sie wieder das Ufer betraten.

Benoît bot ihr die Hand, zog sie ins Wasser. »Bleib in Deckung!«

Geduckt wateten sie durch den Bach, als plötzlich ein Schuss neben ihnen ins Wasser klatschte. Kurz bevor der Bach eine Kurve um einen Hügel herum machte.

»Hinter der Biegung fangen die Weinberge an«, keuchte Benoît. »Bis dahin müssen wir es schaffen. In den Reben finden sie uns bestimmt nicht.«

Sie rannten wieder los. Spitze Steine bohrten sich in Connys Fußsohlen, aber schließlich kämpften sie sich außer Sichtweite ihrer Verfolger ans Ufer, schlüpften in die Schuhe und kletterten über mehrere Felsen und eine Natursteinmauer, bis sie endlich die Rebstöcke erreicht hatten. Immer wieder die Reihen wechselnd, kämpften sie sich den Berg hinauf.

47

Obwohl es bereits auf Mitternacht zuging, war es Félix und Sven gelungen, am Airport La Mole ein Taxi nach Saint-Tropez aufzutreiben. Der diensthabende Flughafenmitarbeiter hatte ihnen geholfen – wenn auch mürrisch.

»*À la Maison des Pêcheurs!*«, rief Félix dem Taxifahrer zu, dann lehnten er und Sven sich auf dem Rücksitz zurück.

Félix gab sich seinen Gedanken hin, Sven streckte seine langen Beine aus und schien die Fahrt durch die Nacht in Richtung Saint-Tropez zu genießen. Das liebte Félix an ihrer Freundschaft: Sie mussten nicht reden, um sich zu verstehen.

»Die Gasse vorm Hotel ist zu schmal, da komme ich wohl nicht rein...« Der Taxifahrer drehte sich kurz vor *La Maison des Pêcheurs* zu ihnen um, und Félix nickte geistesabwesend.

Sie fuhren gerade den Berg vom Friedhof hinab in Richtung Alter Hafen und hatten freie Sicht auf das Meer.

»Ist da eine Party im Gange?« Sven deutete zum Horizont, wo mehrere Boote – darunter ein Taucherbasisboot, wie Félix es von einem Kurs kannte – nahe einer Megajacht dümpelten. Die meisten hatten helle Scheinwerfer auf das größte Schiff gerichtet.

»Sieht eher nach einem Polizeieinsatz aus«, sagte Félix und beobachtete den Taxifahrer, der nun doch fluchend in die enge Gasse bog, wo der Haupteingang des Hotels lag.

»*Merci bien!*« Er öffnete vorsichtig die Autotür, bedacht darauf, nicht an der Hauswand entlangzuschrammen, drückte sich zwischen Auto und Fassade nach vorn und reichte dem Fahrer durch das runtergelassene Seitenfenster einen Schein.

Der Mann freute sich über das hohe Trinkgeld, legte den Rückwärtsgang ein, fuhr die wenigen Meter in der engen Gasse zurück und verschwand in die Nacht.

Ein Nachtportier empfing sie an der Rezeption. »*Votres réservations, Messieurs?*«

»Wir haben nicht reserviert. Wir möchten zu Conny von Klarg, wo finden wir sie?«

Der Portier drehte sich zum Schlüsselbrett um. »Wie es aussieht, ist sie nicht auf ihrem Zimmer.«

Eine kleine Woge unsinniger Eifersucht überrollte Félix. »Wann haben Sie sie zuletzt gesehen?«

Der ältere Hotelangestellte durchleuchtete ihn mit einem Röntgenblick. Sichtbar hin- und hergerissen zwischen Diskretion und Hilfsbereitschaft, die letztlich die Oberhand gewann. »Gar nicht, seitdem ich hier bin.«

»*Bien*, dann werden wir in der Bar auf sie warten.«

»Die Bar hat schon geschlossen.«

»Wäre es dann vielleicht möglich, in ihrem Zimmer …?« Félix setzte ein freundlich solides und um Verständnis bittendes Lächeln auf.

»*Je suis désolé.*« Bedauernd schüttelte der Nachtportier den Kopf.

»Na gut, dann warten wir dort.« Félix deutete auf eine Sitzecke unterhalb der gerahmten Prominentenporträts.

Hatte Conny sich schon über ihn hinweggetröstet und übernachtete außerhalb?

Da stürzte ein Mann in dunkler Jacke und Jeans atemlos in die Lobby. »Ist Conny schon da?«, rief er dem Nachtportier zu.

»*Et bien ... Non!*« Der Angestellte hob – überfordert von der Situation – die Schultern und zeigte auf Félix und Sven. »*Les deux messieurs là*, sie wollen auch Madame de Klarg sprechen.«

Der Neuankömmling streckte Félix die Hand mit nach oben gedrehter Handfläche hin. »*Bonjour!* Jacques Viscard.«

Félix war erleichtert. Zwar hatte er Simonettes Lebensgefährten in der Zeit, als er noch hier verkehrte, nie kennengelernt, aber der Name war ihm natürlich ein Begriff. Er hoffte, dass es umgekehrt genauso war.

Er drückte die ihm dargebotene Hand kurz und kräftig. »*Bonjour.* Félix Weißenstein *et mon ami* Sven Olafsson.«

»Connys Freund.« Jacques nickte ihm zu.

»Und Simonettes Lebensgefährte«, konterte Félix. »Ich schätze, wir haben jeder schon vom anderen gehört. Wir kommen gerade aus Marseille.«

Sofort war eine große Sympathie zwischen ihnen spürbar. Félix hoffte, dass sie offen und unkompliziert miteinander sprechen könnten.

»Aus Marseille von Simonette?«, fragte Jacques ungläubig. »Man hat euch zu ihr gelassen? Ich dachte, sie hat Kontaktverbot. Ich darf sie jedenfalls nicht besuchen.« Jacques fuhr sich mit den Händen über die Augen, wie um die Spuren der Müdigkeit wegzuwischen. »Wie geht es ihr? Wisst ihr, ob sie seit gestern etwas gegessen hat?«

Félix freute sich, dass der Ältere direkt zum Du übergegangen war. Er wollte den Mann nicht beunruhigen und legte einen Arm um seine Schulter: »*Écoute*, Jacques. Ich bin beruflich in den Fall involviert. Es geht ihr den Umständen entsprechend gut.«

Jacques' Miene verriet, dass er die Brisanz der Situation dennoch erfasste.

»Conny müsste längst zurück sein«, sagte er.

»Wo ist sie?«

Jacques zog Félix und Sven tiefer in die Sitzecke hinein. »Das wird euch interessieren ...« Die Ereignisse der letzten Tage sprudelten geradezu aus ihm heraus.

Félix war völlig perplex, als er von den gestohlenen Kunstwerken in Moreaus Keller hörte, von der nächtlichen Verfolgung zum Friedhof, wo Conny und Jacques sich getrennt hatten, um Béla da Silva und Charlotte zu stellen. Von Jacques' Versuch, Moreaus Witwe Charlotte mitten auf dem Meer des Kunstdiebstahls zu überführen. Und von dem Einbruch in Jacques' Villa und dem verschwundenen Signac samt Studien.

»Du willst mich veräppeln?« Félix hätte beinah laut aufgelacht.

Was hatte Conny alles vor ihm verheimlicht! Vertraute sie ihm denn gar nicht mehr? Und was für ein zusätzlicher Schlag für Simonette, wenn sie erfahren würde, dass ihre Kunstwerke nicht nur verschwunden waren, sondern vielleicht sogar auf dem Meeresgrund lagen.

»Ich wünschte, das Ganze wäre ein Witz, das kannst du mir glauben«, gab Jacques kleinlaut zu.

»Deshalb die Schiffe mit den Scheinwerfern ...« Sven, der vielleicht nicht jedes Wort, aber immerhin den Sinn des Gesagten verstanden hatte, grinste. »Du hattest mal wieder recht, Félix. Keine Party, sondern ein Polizeieinsatz.«

»Die Wasserwacht sollte jetzt nach den Kunstwerken suchen. Ich glaube, Charlotte hat sie alle völlig emotionslos im Meer versenkt.« Jacques raufte sich die Haare.

»Und du vermutest, dass Simonettes Bilder darunter sind?«, fragte Félix ihn.

»In Moreaus Geheimmuseum in der Villa waren sie jedenfalls nicht, sonst hätte Conny sie gesehen. Aber wer weiß ... Wenn ich ehrlich bin, vermute ich sie eher bei da Silva. Nach allem, was wir bisher wissen, hat er bei dem Einbruch bei mir mit einem Komplizen zusammengearbeitet.« Jacques kramte eine Zigarettenschachtel hervor und bot ihnen nacheinander eine Gauloise an.

Als sie beide dankend ablehnten, steckte er sie sich in den Mund, zündete sie aber nicht an. »Ich bete, dass die Gemälde gerettet werden, ansonsten hat Charlotte Moreau Millionen versenkt. Das wäre ein Desaster von gigantischem Ausmaß. Dazu kommt, dass wir außer ein paar unbrauchbaren Fotos von der Aktion heute Nacht absolut nichts gegen sie in der Hand haben. Hoffen wir, dass Conny und Benoît bei da Silva erfolgreicher sind. Vielleicht belasten sich die Witwe und ihr Komplize ja später gegenseitig.«

»Moreau war also in illegale Kunstgeschäfte verwickelt.«

Félix hatte die Akte vor Augen, die in seiner Schreibtischschublade auf der Polizeistation in Marseille lag. »Sagt dir der Kunstraub in Nizza etwas?«

»*Oui*. Aber es gab zwei. Einen vor vierzig Jahren und einen ein paar Tage vor dem Mord an Moreau. Dabei wurden dieselben Bilder gestohlen. *Incroyable!*« Jacques schüttelte ungläubig den Kopf. »Den aktuellen hat man versucht zu vertuschen, weil es so peinlich ist.«

»Was liegt näher, als dass die gleichen Täter am Werk waren, wie vor vierzig Jahren?«, warf Félix eine Hypothese in den Ring. »Die Täter sind in etwa gleich vorgegangen.«

»Du denkst also, dass Moreau seine Finger im Spiel hatte?« Jacques zog die Augenbrauen hoch.

»Würde doch Sinn ergeben.«

»Aber die Frage, die bleibt, ist, wie?«

»Die Welt ist klein.« Félix improvisierte. »Vielleicht hat Moreau die damaligen Täter kennengelernt. Sie haben sich gegenseitig geoutet: Moreau hat Interesse an gestohlenen Kunstwerken bekundet, und Béla da Silva hat damit geprahlt, dass er Experte in deren Beschaffung ist. Er hat von dem weitgehend ungeklärten Überfall auf das Museum in Nizza erzählt. Daraufhin hat Moreau ihn beauftragt, den Einbruch zu wiederholen und die gleichen Bilder wie vor vierzig Jahren zu stehlen.«

Jacques saugte nachdenklich an seiner unangezündeten Zigarette. »Conny hat erzählt, dass eine Wand in Moreaus Privatmuseum leer war. Als ob für etwas Platz geschaffen wurde.«

»Das spräche dafür, dass genau diese Bilder dorthin gehängt werden sollten. Die gestohlenen Werke aus Nizza. Aber was hat Simonette damit zu tun? Was weiß sie davon? Und wo sind diese Bilder zwischengelagert? Zwischen dem Raub und dem Mord lagen einige Tage, und in diesen wurden sie Moreau nicht übergeben. Die Bilder könnten daher ein Motiv für den Mord an ihm sein.« Félix spürte, dass er auf seiner Unterlippe kaute, wie so oft, wenn er angestrengt nachdachte.

Dann fiel sein Blick auf das bizarre Kunstwerk an der Rezeption. Dieser seltsam dünne, gebogene Stab, auf dem ein Ball aus kupfernem Lochblech balancierte. So fragil, dass er jeden Moment zu fallen drohte. Wie ein Symbol für den seidenen Faden, an dem der weitere positive Verlauf des Geschehens hing. Er spürte, wie seine Wut auf Simonette wiedererwachte.

»Was verheimlicht sie uns?«, fragte er in die Runde und musterte vor allem Jacques. Er war ihr Lebensgefährte, kannte sie besser als jeder andere. Aber erst musste er ihn darüber informieren, dass Simonettes Name in der Akte des ersten Kunstraubs in Nizza auftauchte. Also erzählte er, dass Simonette ihrer Mutter ein Alibi gegeben hatte.

»*Bien compliqué*«, kommentierte Jacques die Neuigkeit ratlos.

»Warum redet sie nicht?«, beharrte Félix, als Jacques die jungfräuliche Spitze seiner Zigarette betrachtete. »Ist es wirklich nur ein seltsamer Zufall, dass Simonettes Name im Zusammenhang mit dem ersten Kunstraub auftaucht? Und Moreaus beim zweiten? Dass der eine jetzt tot ist und die andere als seine Mörderin im Gefängnis sitzt?«

»Béla da Silva könnte eine Schlüsselfigur sein«, stellte Jacques fest. »Ich habe mich umgehört und erfahren, dass er als junger Mann hier in der Nähe ein *hameau* gekauft hat. Er war lange weg und ist erst vor Kurzem zurückgekommen. Und bald darauf hatten Simonette und Madeleine Streit. Es war seltsam, aber Simonette ist immer ausgewichen, wenn ich das Thema angeschnitten habe.«

»Ihr denkt, dass Béla da Silva und Moreau Komplizen waren«, schlussfolgerte Sven, der der Unterhaltung anscheinend hatte folgen können.

»Sie teilten sich sogar die gleiche Frau. Charlotte. Das birgt Sprengstoff«, ergänzte Jacques.

Félix dachte an seine eigene komplizierte Situation.

»Und der dünne Alte, der nachts die Bougainvilleen in meinem Garten gedüngt hat, gehört auch zu ihrer Gruppe.« Jacques' unangezündete Zigarette hing ihm wieder zwischen den Lippen.

»Da Silva und Charlotte könnten mit seiner Hilfe Moreau getötet und anschließend Simonette als Schuldige hingestellt haben«, sagte Sven.

»Nicht auszuschließen«, antwortete Jacques.

»Und Conny verfolgt jetzt diesen da Silva.« Félix strich sich nachdenklich über das Kinn.

»Und ist per Handy nicht zu erreichen«, gab Jacques zu bedenken.

Félix' Magen schickte ein Brennen die Speiseröhre hinauf. »Moment!«

Er zückte sein Handy. »Ich hab da diese App ... Die könnte uns weiterhelfen. Sie sagt uns, wo Connys Handy sich das letzte Mal ins Netz eingeloggt hat. Wenn es eingeschaltet ist und Netz hat, können wir es orten.«

Félix aktivierte die App, die er seit ihrem Streit vor vier Monaten nicht mehr benutzt hatte. »Sie ist auf der Straße in Richtung Vidauban!«

»Da liegt da Silvas *hameau*.« Jacques' Augen funkelten beunruhigt.

»Dann sollten wir da schnellstens hin.« Félix war schon an der Tür, Jacques und Sven folgten ihm.

»Wir nehmen meinen Hubschrauber.« Jacques stopfte die Zigarette zurück in die Packung. »Das *hameau* liegt im tiefsten Hinterland. Mit dem Auto wären wir ewig unterwegs, und ein Rest Benzin ist noch im Tank.«

»Ein Hubschrauber?« Sven sah überrascht von einem zum anderen.

»Ziemlich auffällig«, wandte Félix ein.

Jacques zuckte die Schultern. »Nicht wirklich. Bislang hat es kaum geregnet, also fliegen die Hubschrauber jetzt schon Patrouille. Niemand wird uns Beachtung schenken.«

»*D'accord.*« Félix klopfte Jacques auf die Schulter. Er war einverstanden.

Sven strahlte. »Ein Hubschrauberflug? Der stand schon lange ganz oben auf meiner Must-do-Liste.«

Félix' strafender Blick ließ ihn verstummen.

48

Es war ihnen gelungen, die Verfolger abzuschütteln. Connys Herz raste. Außer Atem lehnte sie sich an eine Natursteinmauer, die als Markierung zwischen zwei unterschiedliche Rebsorten gebaut worden war.

Sie hatten den sanft ansteigenden Weinberg zu mehr als zwei Dritteln erklommen. Im Zickzack waren sie durch die Reben gelaufen. Die Mauern aus den Steinen, die man beim Pflanzen aus dem Weg geräumt hatte, hatten ihnen zusätzlich zu den Rebstöcken Deckung geboten.

Sie hörten die Männer unten am Bach weiter nach ihnen suchen und erhaschten dann und wann, wenn sie zurückblickten, zwischen den Kiefern eine dunkle Gestalt. Doch die Doggen schienen – den Würsten und dem Bach sei Dank – die Witterung verloren zu haben.

»Gut, dass Doggen keine Jagdhunde sind.« Conny stützte die Hände auf die Knie. »Nur eine kurze Verschnaufpause. Bitte.«

Benoît blieb neben ihr stehen.

Conny zog ihr Handy hervor. Noch immer hatte sie kein Netz!

»Die Bauern haben lange gegen die Funkmasten demonstriert. Mit dem Erfolg, dass die Gegend jetzt alles andere als erschlossen ist.« Benoît nahm sein Telefon aus der Gesäßtasche, warf einen Blick darauf, steckte es wieder zurück. Währenddessen drückte er seinen Oberschenkel gegen ihren. Conny spürte Benoîts feste Muskeln. Ihre Knie begannen zu zittern, sie machte einen kleinen Schritt nach rechts. Er grinste sie an. »Irgendwie hatte ich mir unsere erste Nacht romantischer vorgestellt.«

»Der Mond gibt immerhin sein Bestes«, lachte sie zurück.

Seine Augen blitzten. Die dunklen Locken und die markanten Gesichtszüge zeichneten sich im Mondschein deutlich ab. Die Luft war mild, es roch nach Natur und den unreifen Trauben, die an den Reben hingen.

Plötzlich fiel alle Anspannung von ihr ab. »Das war echt knapp.«

»Sieht so aus, als würden wir nicht als Haschee enden«, lachte er.

Ihre Gesichter waren sich ganz nah. Die Gefahr hatte die Vertrautheit zwischen ihnen wachsen lassen, obwohl sie wusste, dass er ihr schon mehrmals nicht die Wahrheit gesagt hatte. Doch die Gelassenheit, die er angesichts der bewaffneten Verfolger, die ihnen auf den Fersen waren, ausstrahlte, beruhigte sie.

»Glaubst du, dass sie aufhören, nach uns zu suchen?« Conny betrachtete erneut ihr Handy, bevor sie es zurück in ihre Jeanstasche schob. Kein Balken, und der Akku neigte sich dem Ende entgegen.

»Ein Stückchen weiter oben gibt es einen Unterstand für Ziegen. Lass uns bis dahin gehen. Da haben wir einen guten Überblick und mit etwas Glück auch Netz. Dann können wir Hilfe holen.« Er zog sie mit sich.

Conny stand das Bild des leblosen Körpers von Simonettes Directrice vor Augen. »Wir müssen uns beeilen. Da Silva hat sich zwar schützend vor Anaïs gestellt, aber dem anderen, diesem hageren Alten, ist alles zuzutrauen.«

»Yannik!«, stieß Benoît hasserfüllt aus. »Eine fiese kleine Ratte, die alles für da Silva tut, solange der ihn nur mit Stoff versorgt.«

»Woher weißt du das? Kennst du ihn etwa?«

Benoît schüttelte den Kopf. »Moreau hat ihn mir einmal vorgestellt, als wir uns zufällig begegnet sind. Er saß bei ihm im Auto, erledigt wohl Gelegenheitsjobs für ihn. Er hat mich die ganze Zeit über fies angegrinst. Wenn du mich fragst: ein Exjunkie, der irgendwie überlebt hat. Er war total ausgezehrt, seine Bewegungen unkoordiniert wie bei Menschen, die seit Jahrzehnten auf Drogen sind. Er musste sich bei jedem Wort extrem konzentrieren, konnte die Lautstärke nicht richtig steuern. Schien einen Satz vergessen zu haben, kaum, dass er ihn ausgesprochen hatte. Als Moreau ihm sagte, er solle sich an die Arbeit machen, hat er sich getrollt wie ein geprügelter Hund.«

»Dass Moreau sich mit solchen Leuten umgeben hat!« Dann hatte sie also mit ihrer Vermutung richtiggelegen, dass dieser Yannik, auf den sie im Nachbarhaus des Hotels gestoßen war, für den Milliardär gearbeitet hatte.

»Da Silva war ebenfalls oft mit ihm zu sehen. Ich habe auch nicht verstanden, was er an den beiden fand.«

Sie überlegte, ihm von den gestohlenen Bildern in Moreaus Keller zu erzählen, beschloss aber, sich bedeckt zu halten. »Fragst du dich gar nicht, was die da eben gemacht haben?«

»Was denkst du?« Benoît drehte sich zu ihr um.

»Ich denke, sie sind im illegalen Kunsthandel tätig.«

Er blieb stehen. »Das würde einiges erklären.«

Seine Miene wurde hart, und sie kletterten schweigend weiter bergauf, bis sie einen Verschlag aus Holz und Stein erreichten. Ziegen waren keine da, die Futterkrippe bis auf wenige Halme Heu leer. Die Zikaden zirpten unaufhörlich. Alles schien unwirklich und doch so real.

Kam es durch das Adrenalin, dass sie am ganzen Körper eine Gänsehaut überlief, als Benoît nach ihrem Unterarm griff?

»Warte hier«, sagte er, »ich schau mich erst um.«

Oder daher, dass vom Fluss die Stimmen der Männer heraufhallten, die den Rückzug antraten? Daher, dass Conny von hier aus alles im Blick hatte und sich lebendig und im Moment präsent fühlte wie selten zuvor? Mit einem »Retter« an ihrer Seite, der in Jeans und dem engen dunklen Strickpullover verführerisch wirkte, als er sich strahlend zu ihr umdrehte, nachdem er die Hütte durchsucht hatte. Oder waren der Grund für die Gänsehaut die Wut und der Trotz, die beim Gedanken an Félix aufkeimten?

»*Tout est bien*«, beruhigte er sie.

Sie folgte Benoît zum Unterstand und ließ es geschehen, dass er ihr sanft über die Wangen strich. Lächelnd sah sie zu ihm auf. Seine Lippen suchten ihre, und seine Arme umschlossen sie. Ihre Hand tastete seinen Rücken entlang bis zu der Wölbung, wo die Wirbelsäule in sein Hinterteil überging, das sie eben noch bewundert hatte. Benoît stöhnte.

Das ist der Augenblick, dachte sie. Er gibt sich ihm hin, genau wie ich. Ob er jeden Gedanken an Anaïs genauso fortschieben muss wie ich den an Félix? Ob er es ebenfalls aus Rache, Wut, Trotz und Verzweiflung tut? Weil das Baby von einem anderen ist? Weil er denkt, dass er sich so von ihr befreien kann?

Sie drückte sich fester an ihn, ihre Finger tasteten weiter, bis sie zwei Gegenstände in der Gesäßtasche seiner auf der Hüfte sitzenden Jeans spürte.

Sie waren fast rund, doch ein bisschen eckig. Conny spielte mit ihnen. Ließ sie aneinanderstoßen, drückte sie gegen seinen Pomuskel, den er dabei anspannte. Waren das Steine?

Seine Zunge berührte ihre, seine Hände ertasteten ihre Brüste. Genau in dem Moment, als das laute Rotieren von Hubschrauberpropellern die Stille über ihnen zerriss.

49

Conny ordnete das Geräusch in dem Moment Jacques' Hubschrauber zu, in dem er über sie hinwegdonnerte. Sie stieß Benoît weg, stürmte aus dem Ziegenunterstand, rief und ruderte mit den Armen. Doch es war zu spät. Der Heli war bereits zu weit entfernt. Sie griff nach ihrem Handy, aber sie hatte immer noch kein Netz.

»Benoît!«, rief sie. »Wir müssen ihn auf uns aufmerksam machen. Das war Jacques, Simonettes Lebensgefährte. Du kennst ihn doch. Er sucht nach uns.«

Zögerlich trat er vor die Hütte. »Er fliegt direkt zu da Silvas Haus. Vertraust du ihm?«

Auch wenn Conny sich diese Frage vor Kurzem noch selbst gestellt hatte, irritierte es sie, sie aus Benoîts Mund zu hören.

»Hundertpro!«, antwortete sie überzeugter, als sie war.

»Ich meine, er kennt sich mit Kunst aus. Wer sagt dir, dass er nicht ebenfalls etwas mit der Sache zu tun hat?«

Conny ignorierte seinen Einwand. »Los! Wir müssen zum Haus zurück.« Sie kletterte bereits den schmalen Pfad zwischen den Rebstöcken nach unten, den sie zuvor gekommen waren. »Die Männer sind bestimmt längst über alle Berge.«

»Und wenn da Silva jemanden dort zurückgelassen hat?« Benoît hielt sie fest – wieder am Unterarm. »Lass uns hierbleiben!«

»Nein! Wir müssen zurück.« Conny hatte den Verdacht, dass er sich lieber mit ihr im nicht vorhandenen Heu vergnügt hätte.

Sorgte er sich denn gar nicht um Anaïs, die möglicherweise in Lebensgefahr schwebte? Nur sie beide kannten ihr Versteck und konnten ihr helfen.

Er folgte ihr widerwillig, bis sie zu einer Art Aussichtspunkt kamen und sahen, wie der Hubschrauber über dem *hameau* kreiste. Die hellen Transporter standen immer noch auf dem gekiesten Rondell. Trotz der Entfernung erkannte Conny die schwarzen Silhouetten der Männer, die aufgeregt durcheinanderliefen.

Plötzlich hallten Schüsse durch die sonst nur vom Zirpen der Zikaden gestörte Stille der Nacht.

Der Hubschrauber geriet ins Schlingern, taumelte auf und ab. Connys Herzschlag setzte für eine Sekunde aus. Dann bekam Jacques die Lage wieder in den Griff, und der Helikopter flog stabil auf einer Höhe. Kurz darauf fuhren die Transporter ab, aber der Hubschrauber folgte ihnen nicht, sondern setzte zur Landung an.

»Schneller!« Conny rannte – ungeachtet ihrer Kopf- und wiedereinsetzenden Knieschmerzen – den schmalen Pfad hinab. Ab und an gerieten kleine Steinchen unter ihren Füßen ins Rollen.

Benoît zog an ihr vorbei, übernahm die Führung.

»Gib zu, dass du schon einmal im *hameau* warst!«, rief Conny ihm außer Atem zu.

»Okay, du hast gewonnen. Du hättest es sowieso erfahren.«

»Was?«

»Es ist kompliziert.« Benoît drehte sich im Rennen zu ihr um, wäre beinahe gestolpert und sah wieder nach vorne.

Er lief immer schneller, sie eilte hinterher. Sie kamen wieder zum Bach. Diesmal zog sie ihre Schuhe nicht aus. Das Wasser quietschte in ihren Chucks, als sie hindurchwateten.

»Jetzt sag schon! Warum warst du hier?«, beharrte Conny.

Benoît senkte den Kopf. »Moreau wollte, dass Béla da Silva Mitglied der *coopérative* wird. Er sollte sein Land einbringen. Aber die anderen waren dagegen. Alle von uns stammen aus ehemaligen Fischerfamilien. Sie wollen die Tradition bewahren und niemand Neues aufnehmen.«

»War das Teil des Deals?«, fragte Conny.

»Was für ein Deal?«

»Der von Moreau mit dem Bürgermeister. Du wusstest doch, dass Le Terrain-Mer Bauland werden soll.«

Benoît drehte sich um und zwang sie, stehen zu bleiben, indem er seine Arme ausstreckte. Seine dunklen Augen blitzten sie zornig an. »Bitte, Conny, du musst das verstehen! Wir konnten mit Le Terrain-Mer nichts anfangen, und dann hat Moreau da Silva überredet, uns als Gegenleistung für den Verkauf dieses Land hier zu einem guten Preis zu verpachten. Es schließt an unsere Weinberge an und ist ideal, um die Anbauflächen zu vergrößern.« Er sah sie flehend an. »Zusätzlich verpflichtete sich Moreau, jährlich einen Großteil unserer Produkte abzunehmen. Er wollte sie nicht nur im neuen Resort vor Ort anbieten, sondern in seinen Hotels und Museen auf der ganzen Welt. Jeder der Beteiligten hätte profitiert.«

»Außer Simonette, weil das Resort das Aus für *La Maison* bedeutet hätte. Nicht nur, dass Moreau die Gebäude erwerben wollte und sie deshalb unter Druck gesetzt hat zu verkaufen. Auch wenn sie es geschafft hätte, sich ihm zu widersetzen, mit der Konkurrenz vor der Nase hätte *La Maison* nicht lange überlebt. Das beginnt schon damit, dass das Resort den Blick auf die Bucht verstellt hätte.«

Er zuckte mit den Schultern. »Sie hätte sich einfach zur Ruhe setzen können.«

»Aber das wollte sie nicht!« Conny bezweifelte, dass Moreau so selbstlos gewesen war, sich mit einem Nein zufriedenzugeben. »Was hätte Moreau dann noch von seinem Projekt gehabt?«

Benoît sprang geschickt über einen Stein. »Ansehen. Respekt. Mit der Klientel, die er mit seinem Resort zweifelsohne angezogen hätte, wäre es eine Geschäftsanbahnungsplattform auf höchstem Niveau gewesen. Und denk nur an die perfekte Kulisse für PR-Beiträge in den Glamour-Magazinen.«

Das leuchtete Conny ein. »Und was wäre für dich dabei herausgesprungen?«

»Glaub mir, mir ging es einzig und allein um eine langfristige Perspektive für die Genossenschaft. Zu sichern und auszubauen, was wir schon erreicht haben.« Benoît hob die Arme, wirkte verletzlich und naiv.

Sie glaubte ihm.

Hintereinander kletterten sie über die Steine ans jenseitige Bachufer, als Benoît mitten in der Bewegung innehielt. »Denkst du, dass da Silva Moreau ermordet hat?«, fragte er.

»Warum hätte er das tun sollen? Er war doch an dem Deal interessiert...«

»Bei diesem gemeinsamen Treffen damals im *hameau* gerieten Moreau und da Silva plötzlich in Streit. Wegen Charlotte. Es war zwar bekannt, dass Moreau und Charlotte eine offene Ehe führten, aber die Beziehung mit da Silva ging Moreau zu weit. Er befürchtete wohl, dass es Charlotte mit da Silva ernst sei und sie ihn verlassen könnte.« Benoît schüttelte bei der Erinnerung den Kopf. »Moreau und da Silva gingen wie zwei Kampfhähne aufeinander los.«

»Aber da Silvas Alibi und das der Witwe wurden doch überprüft, oder?« Conny setzte sich wieder in Bewegung.

»Ja, aber von Yannik war nie die Rede. Er ist wie ein Schatten. Unsichtbar. Dank dieser Qualitäten hat er schon immer die Drecksarbeit für da Silva erledigt.«

»Woher weißt du das?«

Benoît kniff die Lippen zusammen. »Gerüchte. Von früher.«

»Was heißt früher?« Conny sah die Zeitungsseite mit dem Artikel über den Kunstraub in Nizza wieder vor sich, den sie in Simonettes Kalender gefunden hatte.

Benoît fuhr sich durch die Haare. »Früher halt. Als sie noch jung waren.«

Sie waren auf der Rückseite des *hameau* angekommen und liefen auf einem schmalen Weg zwischen Steinhäusern hindurch. Zwischen Turm und Haupthaus glitzerte ein Pool verführerisch im Mondlicht.

Sie rannten um das Haus herum und erreichten die Vorderseite in dem Moment, als drei Polizeiautos und ein Krankenwagen mit Blaulicht die Auffahrt heraufrasten, sodass der Kies aufspritzte. Der Hubschrauber stand auf dem Rondell. Zwei Männer knieten neben einem dritten, der auf einer Decke auf dem Boden lag.

Es war Jacques.

Conny traute ihren Augen nicht: Félix und Sven erhoben sich, als Yvonne aus dem ersten Polizeiauto sprang.

Ihr Blick glitt zurück zu Jacques. Die rotvioletten Blüten der Clematis an der Hauswand leuchteten um die Wette mit dem Blut, das aus der Schusswunde an seinem Arm sickerte.

Conny rannte zu ihm. »Jacques!«

50

Die Sanitäter behandelten den am Boden liegenden Jacques, der heftig dagegen protestierte und sich aufrichten wollte. »Nur ein Streifschuss!« Doch er hatte keine Chance. Einer der Männer drückte seine Brust zurück auf den Boden, ein anderer maß seinen Puls. Anschließend hoben sie ihn auf eine Trage und redeten beruhigend auf ihn ein, weil Jacques nicht liegen bleiben wollte.

Conny blieb die ganze Zeit neben ihm und drückte die Hand seines unverletzten Arms.

Er schenkte ihr ein schiefes Lächeln. »Nur ein Kratzer.«

»Untertreib nicht.«

»Leider kann man nicht sagen, dass unsere Unternehmung von Erfolg gekrönt war.«

»Das ist jetzt zweitrangig. Werd erst mal gesund.«

Als die Sanitäter sie beiseiteschoben, spürte sie, dass Félix' Blicke sich in ihren Rücken bohrten, und drehte sich um. »Du hier?«

Es war das erste Mal seit ihrem Streit, dass sie sich begegneten. Er sah übermüdet aus, aber die ausgeprägten Falten, die hervortretenden Grübchen in den Mundwinkeln und die Bartstoppeln ließen ihn noch männlicher, noch charismatischer aussehen als sonst. Am liebsten wäre Conny zu ihm gegangen, hätte sich in seine Arme geschmiegt und alles um sich herum vergessen. Doch ihr Stolz hielt sie zurück. Mit der Sehnsucht nach ihm war auch die tiefe Verletzung in ihr wiederaufgebrochen.

»Wir dachten, wir machen mal Hubschraubersightseeing bei Nacht. Schauen uns die Gegend ein bisschen von oben an.« Er setzte das spöttische Lächeln auf, das sie so gut kannte.

»Es war echt cool, mit einem Hubschrauber zu fliegen«, kam Sven seinem Freund zu Hilfe. »Ohne Start- und Landeerlaubnis und die ganze Bürokratie. Ich überlege mir direkt umzusatteln. Mit einem Hubschrauber ist man um einiges flexibler als mit einem Flugzeug.«

»Sven hat das Steuer übernommen, als Jacques ausfiel«, fuhr Félix fort. »Ohne ihn lägen wir jetzt alle drei im Krankenwagen.«

»War eine Premiere für mich, aber leichter als gedacht.« Sven vergrub die Hände in den Taschen.

Conny hatte keine Lust, den beiden die Chance zu geben, sich in einem männlichen Geplänkel über die Unterschiede zwischen Flugzeug und Hubschrauber zu verlieren. Sie drehte sich kurz nach Benoît um, der bei den Sanitätern stand, bevor sie Félix fixierte.

Er schien sofort zu verstehen. »Ich hab im Laufe des Abends einige Male versucht, dich zu erreichen.«

Conny erinnerte sich an seinen Anruf, als da Silva sie fast bei Moreaus Villa entdeckt hatte.

Félix machte einen Schritt auf sie zu und legte seine Hand auf ihre Schulter. »Wir müssen reden.«

Sie schüttelte sie ab. »Dann fang halt an!«

»In Ruhe. Nicht hier.«

»Ich glaube kaum, dass es dafür einen besseren Ort gibt.« Conny kickte einen Stein weg.

Félix fuhr sich mit den Händen durch seine Locken. »Ich komme gerade von Simonette aus Marseille.«

Sie lachte laut auf. »Das ist doch ein Scherz!«

Er hielt die Finger wie zum Schwur. »Ehrenwort.«

Während sie beharrlich schwieg, berichtete er von seinem Besuch in Marseille, davon, wie er und Sven Jacques im *Maison des Pêcheurs* getroffen hatten und was er ihnen erzählt hatte. Dass sie sich Sorgen um Conny gemacht und nach ihr gesucht hatten. Sie war gerührt, obwohl sie sich dagegen wehrte. Als sie sich umsah, bemerkte sie, dass Benoît sich ihrer Gruppe genähert hatte und sie beobachtete, während er von einem auf den anderen Fuß trat.

Sie wollte die Männer gerade einander vorstellen, da kamen Yvonne und ihre Adjoints de la Police mit hängenden Schultern aus dem Haus, das sie direkt nach ihrer Ankunft gestürmt hatten.

»Keine Spur von irgendwelchen Bildern!«, rief Yvonne. »Und auch nicht von den Bewohnern. Das Haus ist so gut wie leer.«

Conny und Benoît gingen zu ihr und lieferten einen knappen Bericht der Ereignisse.

Sofort ordnete Yvonne eine Großfahndung nach den Transportern an, der Befehl ging an sämtliche Gemeinden im Umkreis. »Sie können sich ja nicht in Luft auflösen«, sagte sie, klang aber nicht besonders hoffnungsvoll.

»Anaïs ist eventuell noch hier«, meinte Conny. »Da Silva hat etwas von einem Steinverlies gesagt.«

»Tous les mondes! Venez!« Yvonne rief die Polizisten zurück. »Kommt, Leute! Wir müssen noch mal rein.«

Als Conny ihr folgen wollte, versperrte Félix ihr den Weg. »Es ist anders, als du denkst.«

Ihr war klar, dass er auf ihre Beziehung anspielte.

»Es ist immer anders, als man denkt«, gab sie patzig zurück, stieß ihn zur Seite und lief hinter Yvonne ins Haus.

Ein riesiger runder Tisch mit einem Durchmesser von mindestens fünf Metern dominierte den Hauptraum. Um ihn herum standen Hocker aus abgesägten Baumstämmen. Vor dem Kamin in einer Ecke thronte ein aus einem Holzbalken gezimmerter Lehnstuhl.

Sie durchquerten den Raum und durchsuchten die angrenzenden kahlen Zimmer, die bis auf die gemauerten Möbel leer waren und an Lager erinnerten.

Immer wieder riefen Yvonne und die Adjoints laut nach Anaïs.

Plötzlich war ein Schaben aus einem unauffälligen Verschlag unter der Treppe zu hören.

»Hier!«, rief Conny. »Hier muss sie sein!«

Die Männer traten so heftig gegen die schwere Holztür, dass die verrosteten Angeln brachen. Mit einem Knall fiel sie zu Boden.

Anaïs lag benommen auf einem weiß getünchten Steinbett, auf das notdürftig eine Decke gebreitet worden war. Ihre Hände und Arme waren mit silbernem Klebeband verschnürt, ebenso wie ihre Füße. Die Absätze ihrer Schuhe sahen abgewetzt aus. Irgendwie hatte sie damit das schabende Geräusch erzeugt, das sie auf ihre Spur gebracht hatte. Ihr Mund war ebenfalls zugeklebt.

Conny eilte zu Anaïs und löste das Band vorsichtig von ihren Lippen. Einer der Polizisten kam ihr mit einem Messer zu Hilfe, das er aus der Küche geholt hatte. Beherzt schnitt er die Fesseln an Füßen, Händen und Oberarmen durch.

Anaïs keuchte, rieb sich erst die Hände, dann die Augen. »Da Silva! *Quel idiot!* Armer Pasquale.« Sie schüttelte den Kopf, als könnte sie nicht verstehen, was passiert war.

Jemand reichte ihr ein Glas Wasser, das sie dankend entgegennahm.

»Bist du verletzt?«, fragte Yvonne.

Anaïs verneinte. Es war ihr anzusehen, dass sie vor lauter Wut den Tränen nahe war, doch sie kämpfte tapfer gegen sie an.

Mit einem Zeichen gab Conny Yvonne zu verstehen, dass sie unter sechs Augen reden sollten.

»Geht schon mal vor!«, rief die Chef de la Police den Männern zu. »Erkundigt euch bei den Kollegen, ob es Neuigkeiten von den Straßensperren gibt. Wir müssen die Transporter einfach stoppen!«

Conny führte Anaïs aus dem Verschlag und zu einem

der Hocker an dem großen Tisch im Hauptraum. Yvonne und sie nahmen rechts und links von ihr Platz.

Dann griff Yvonne nach Anaïs' Hand. »Erzähl, *ma chérie*, was ist passiert?«

51

Anaïs starrte weiter vor sich hin und schüttelte den Kopf. »Ich versteh das einfach nicht. Warum hat er das getan?«

Conny merkte, dass sie so nicht weiterkamen. »Wonach habt ihr auf dem Friedhof gesucht?«

Anaïs sah sie überrascht an. »Das Baby ...«

Conny und Yvonne blickten sich verständnislos an.

Anaïs schlug mit der flachen Hand auf den Tisch. Sie wirkte unendlich wütend. »Maman! Warum hat sie das getan? All die Jahre geschwiegen. Ich hab doch immer gemerkt, dass etwas nicht stimmt.«

»Anaïs, mach jetzt bitte nicht den gleichen Fehler wie Madeleine«, forderte Conny sie auf. »Durchbrich endlich diese Mauer des Schweigens! Sag uns, was los ist!«

Seufzend blickte die junge Frau abwechselnd zu Conny und Yvonne. Sie schien unschlüssig. Yvonne drückte fest ihre Hand.

Schließlich begann Anaïs zu sprechen. »Seit ich mich erinnern kann, steht etwas zwischen Maman und Papa. Ich dachte immer, es sei wegen Pasquale. Dass sie etwas bedrückt, was mit ihm zusammenhängt, obwohl sie Pasquale das nie haben spüren lassen. Aber sie schienen sich oft fremd zu sein, jeder auf seine Weise allein.«

Als die junge Frau verstummte, legte Conny eine Hand auf ihren Arm. Aber Anaïs schien tief in Erinnerungen versunken.

»Liegt es daran, dass Émile nicht Pasquales Vater ist, Anaïs?«, fragte Conny so einfühlsam wie möglich, um ihre Vermutung bestätigt zu wissen.

»Darum ging es nicht!«, stieß Anaïs hervor.

»Worum dann?«

Ein langer Blick, wie um sicherzugehen, dass sie ihr vertrauen konnte. »Um Maman. Darum, ob sie seine Mutter ist. Oder doch Dominique ...« Sie schüttelte sich, bevor sie fortfuhr. »Immer wieder habe ich mir die Fotos von Dominique angesehen. Ich konnte nicht glauben, dass sie auf ihnen schon krank war. Aber jedes Mal, wenn ich nachgefragt habe, wurde das Thema gewechselt. Erst jetzt, seit ich selbst ...« Sie blickte an sich hinab, nahm allen Mut zusammen und sprach endlich aus, was Conny längst wusste. »Ich meine, seit ich selbst schwanger bin ...«

»*Mon Dieu!*« Yvonnes Hand schnellte zum Mund, bevor ihr ein Entsetzensschrei entfahren konnte. Es gelang ihr, ihn als lautes Schlucken zu tarnen.

Warum erschütterte sie die Nachricht so? Conny wunderte sich. Es gab doch weit Schlimmeres als ein uneheliches Kind, oder hing es mit dem Vater zusammen? Ahnte Yvonne bereits, wer er war?

In Anaïs schien sich ein Schalter umgelegt zu haben. Ihr

Redefluss war nicht mehr zu stoppen. »Also, ich habe bemerkt, dass Dominique auf dem letzten Foto, das von ihr existiert«, sie wandte sich an Conny, »auf dem Polaroid, auf dem sie die dunkle Jogginghose und die silberne Windjacke trägt und kurze Haare hat ... schwanger ... gewesen sein muss. Lange Zeit habe ich mir nichts dabei gedacht, dass die Babyschuhe vor dem Bild lagen. Kurz nach Moreaus Tod habe ich Maman auf meine Vermutung angesprochen. Ich meine, zeitlich würde es in etwa passen.«

Conny schaltete als Erste. »Du meinst, dass Pasquale Dominiques Sohn ist?«

Anaïs nickte. »Maman hat nur gemeint, ich spinne. Aber dann habe ich Simonette gefragt, und sie hat das Gesicht wie vor Schmerz verzogen und geschwiegen, deshalb wusste ich, dass etwas nicht stimmt ... Heute Abend haben Maman und ich wieder gestritten. Sie wollte wissen, wer der Vater von meinem Baby ist, und ich habe sie angeschrien, sie solle erst einmal damit rausrücken, wer die Mutter von Pasquale ist.« Sie rieb sich über die Augen. »Ich war mir wirklich nicht mehr sicher, dass sie das ist. Sie hat mir darauf nicht geantwortet. Warum auch immer. Schließlich hat sie zugegeben, dass Dominique schwanger war und kurz vor ihrem Tod ein Baby zur Welt gebracht hat. Es lebte nicht mehr. Pasquale hat das zufällig gehört. Er war völlig durch den Wind. Er meinte, dann müsse das Baby mit Dominique auf dem Friedhof im Grab liegen. Wenn dort aber kein Baby zu finden sei, dann sei das der Beweis, dass er ihr Sohn ist.«

»Aber selbst wenn, dürften nach all den Jahrzehnten die Knochen längst verwest sein«, warf Yvonne in ihrer pragmatischen Art ein.

Anaïs fuhr sich mit den Händen durch das wirre Haar. »Das war mir auch klar, aber Pasquale war nicht aufzuhalten, er war nicht mehr zugänglich für logische Argumente. Er hat einen Spaten aus dem Garten geholt. Ich war fast froh, dass wir das durchziehen, weil ich mir dachte, irgendwann wird Maman reden und die Wahrheit sagen, weil sie das Schweigen nicht mehr aushält.« Sie schien den Moment in Gedanken noch einmal zu durchleben und schüttelte den Kopf. »Wir konnten beide spüren, dass irgendwann etwas Schreckliches passiert war. Etwas, worüber niemand mehr sprechen wollte. Etwas, das es wert war, dass unsere Familie ein furchtbares Schweigegelübde abgelegt hatte.«

»Und?«, fragte Conny. »Hat Madeleine geredet?«

»Auf dem Friedhof haben sie und Pasquale wieder gestritten, weil sie ihn davon abhalten wollte, Dominiques Ruhe zu stören. Er ist weggelaufen, Maman ist hinterher. Ich stand allein an Dominiques Grab, als plötzlich ein Mann auf mich zukam. Ich dachte erst, Pasquale wäre zurück. Aus der Ferne sah er ein bisschen aus wie er.« Anaïs machte eine Pause, atmete tief durch.

»Das war da Silva! Hat er dir gesagt, dass er Pasquales Vater ist?« Conny war froh, dass er anscheinend nicht der Vater von Anaïs' Baby war.

»Nicht sofort.«

»Wieso bist du dann mit ihm mit?«

Anaïs seufzte. »Er hat gemeint, er könne mir ansehen, dass ich Fragen habe, und mir die Antworten darauf liefern.«

»Aber dann hat er dich betäubt?«, fragte Conny ungläubig.

Anaïs nickte. »Er hat mir ein Taschentuch in die Hand gedrückt, damit ich mir die Tränen trocknen kann. Es war feucht und roch so komisch süßlich. Als ich es weglegen wollte, hat er meinen Arm gepackt und ihn mir mit dem Taschentuch auf die Nase gedrückt.«

»Dem Geruch und der Wirkung nach muss es mit Chloroform getränkt gewesen sein«, stellte Yvonne fachmännisch fest.

»Du weißt es nicht, aber er hat dich vor Schlimmerem bewahrt.« Conny dachte an Yanniks dreckiges Grinsen und seinen Vorschlag, den anderen Männern ein bisschen Spaß mit Anaïs zu gönnen.

»Das Mindeste, was man der Frau, die mit seinem Sohn wie eine Schwester aufgewachsen ist, schuldig ist, findest du nicht?« Anaïs rieb sich die wunden Stellen an den Handgelenken.

»Weiß da Silva von Pasquale?«, fragte Yvonne.

»Spätestens auf dem Friedhof ist er ihm zumindest begegnet.« Conny erzählte den beiden, was sie und Jacques beobachtet hatten, während ihre Gedanken rotierten.

»Wo ist Pasquale jetzt?« Anaïs sah ängstlich von Yvonne zu Conny.

»Alles gut«, beruhigte die Chef de la Police sie. »Die Kollegen konnten ihn davon abhalten, eine Dummheit zu begehen. Er ist zu Hause und hat ein Beruhigungsmittel bekommen.«

Anaïs war die Erleichterung anzusehen.

»Weißt du, ob er der Grund für den Streit zwischen Simonette und Madeleine war?«, fragte Conny. »Wollte Simonette deine Mutter überreden, endlich mit der Wahrheit über seine Eltern rauszurücken?«

Anaïs senkte den Kopf. »Keine Ahnung.«

Conny wandte sich an Anaïs. »Stimmt es denn, dass nicht Madeleine Pasquales Mutter ist, sondern Dominique?«

Anaïs hob und senkte die Schultern und wirkte plötzlich sehr müde. »Ich weiß es nicht. Sie hat weder das eine noch das andere bestätigt. Ich glaube, sie hatte Angst, dass sie zu viel sagt, wenn sie erst einmal anfängt zu reden.«

Conny wandte sich an Yvonne. »Da Silva und Yannik haben sich lange im Hintergrund gehalten. Als sie ohne Vorankündigung wieder in Saint-Tropez aufgetaucht sind, muss Madeleine das aus der Fassung gebracht haben. Ich vermute, sie wollte verhindern, dass Pasquale und ihr Mann die Wahrheit erfahren.«

Obwohl man nach so vielen Jahren endlich der Wahrheit ins Gesicht sehen sollte, ergänzte Conny in Gedanken, sprach es aber aus Rücksicht auf Anaïs nicht aus. Außerdem müsste Émile doch wissen, ob seine Frau die Mutter war. Andererseits war er immer wieder in Toulon gewesen. Die ganze Sache schien äußerst kompliziert zu sein.

Statt ihre Gedanken auszusprechen, sagte sie zu Yvonne: »Ich muss immer noch an die Transporter denken. Béla da Silva scheint bestens organisiert zu sein.«

Die anderen sahen sie stirnrunzelnd an.

»Ich meine, innerhalb kürzester Zeit hat er dafür gesorgt, dass das Haus so gut wie leer ist«, erläuterte Conny. »Dafür braucht es ein gutes Netzwerk.«

Yvonne nickte. »Stimmt, einige Räume sind komplett leer. Vielleicht war er vorbereitet.«

»Die Frage ist: warum?« Nachdenklich legte Conny einen Zeigefinger an ihre Lippen. »Was meint ihr, was wurde hier gelagert?«

»Fast könnte man auf Diebesgut tippen.« Yvonne legte den Zeigefinger an den Mund.

Conny folgte einem plötzlichen Einfall und fragte: »Was wisst ihr über diese Bande, die in Ferienhäuser einbricht?« Sie kramte in ihrem Gedächtnis nach dem Namen, den Benoît im Zusammenhang mit dem Einbruch bei Jacques erwähnt hatte. Schließlich fiel er ihr ein. »Diese Les Cigales?«

Yvonne sah sich in dem großen Raum um, der von dem runden Tisch dominiert wurde, an dem sie saßen, und Conny folgte ihrem Blick. Keine Bilder, keine sonstigen Accessoires. Selbst das Sims über dem Kamin war leer. Doch neben der Feuerstelle stand rechts von dem aus einem Brett gezimmerten Lehnstuhl ein seltsames Objekt.

Auch Yvonne hatte es entdeckt. »*Oh, là, là!*«, rief sie, lief hin und hielt es hoch. »Das haben sie in der Eile wohl vergessen.«

Erst auf den zweiten Blick erkannte Conny, dass es sich um einen auf verschlungenen und gebürsteten Edelstahlellipsen stehenden Lautsprecher handelte.

»Ein Cabasse La Sphère! Gilt als einer der besten Verstärker der Welt.« Yvonne grinste wissend. »Der wurde vor Kurzem aus dem Ferienhaus eines Scheichs gestohlen.« Sie ließ den Blick erneut schweifen. »Ich habe den dringenden Verdacht, dass wir mitten im Headquarter von Les Cigales stehen.«

Conny stimmte ihr zu. »Den habe ich auch.«

Yvonne stellte den Lautsprecher ab und stemmte beide Hände in die Hüften. »Wenn wir schon bei Enthüllungen sind, *ma chère* Anaïs, ich kann mir denken, wer der Vater deines Kindes ist. Und wenn dem so ist, dann bin ich alles andere als begeistert.«

»*Taît-toi!*«, rief Anaïs und sah Yvonne mit einem Blick an, der die Kommissarin tatsächlich auf der Stelle verstummen ließ. »Wenn du auch nur ein Wort verrätst, war es das mit unserer Freundschaft!«

52

Sie kamen überein, dass Conny mit Jacques, Sven, Félix und Yvonne zurückfliegen und Benoît sein Auto nehmen würde.

Jacques war verarztet worden und hatte sich im Anschluss daran mit Händen und Füßen dagegen gewehrt, sich im Krankenhaus weiteren Untersuchungen zu unterziehen. Er versicherte, selbst mit der Verletzung in der Verfassung zu sein, um zurückfliegen zu können, zumal er mit Sven im Notfall einen weiteren Piloten an seiner Seite hatte. Mit der beschädigten Scheibe wollte er den Hubschrauber nur ungern unbeaufsichtigt zurücklassen. Sven fühlte sich geehrt und hätte das Steuer am liebsten sofort wieder übernommen, was jedoch weder Jacques noch Yvonne zuließen.

Die Fahndung nach da Silva, Yannik und seinen Leuten lief auf Hochtouren. Inzwischen sogar mit der Hubschrauberflotte, die normalerweise gegen Flächenbrände eingesetzt wurde, wie Yvonne erfahren hatte. Polizisten und Feuerwehrmänner suchten die Gegend mit Wärmebildkameras ab.

Als Jacques auf Le Terrain-Mer zur Landung ansetzte, klingelte Yvonnes Handy. Anstelle des Kopfhörers, den sie gegen den Fluglärm getragen hatte, drückte sie es fest auf ihr rechtes Ohr, lauschte angestrengt und beendete das Gespräch mit einer kurzen Verabschiedung.

Dann berichtete sie. »Zwei Transporter mit vier Bildern wurden gestoppt. Wie es aussieht, handelt es sich um die des Museums aus Nizza.« Sie las die Mail vor, die ihr parallel aufs Handy geschickt worden war: »*Auf der Steilküste bei Dieppe* von Claude Monet, *Die Mohnblumen* von Vincent van Gogh, *Der Hafen von La Rochelle* von Paul Signac und *Maya mit Puppe* von Pablo Picasso.«

»Man könnte meinen, dass diese Bilder partout nirgends

anders hängen wollen als in Nizza«, sagte Conny. »Was ist mit denen aus Moreaus Keller?«

»Von der Geige, den weiteren Gemälden und dem dritten Transporter fehlt jede Spur«, berichtete Yvonne. »Ebenso von da Silva und Yannik. Es gibt Motorradspuren, die vom Transporter wegführen. Vermutlich hatten sie Motorräder dabei und sind mit ihnen geflüchtet. Wir haben die Fahndung ausgeweitet, aber die beiden können inzwischen wer weiß wo sein.«

Jacques drehte sich zu ihr um. »Ich habe gesehen, wie Charlotte Moreau begonnen hat, das erste von vier Bildern vom Beiboot aus zu versenken.«

Conny sah bestürzt zum Meer. Noch immer war die Jacht von hell erleuchteten Polizeibooten umgeben.

»Ich bin informiert worden, dass die Bergung läuft«, sagte Yvonne.

»Fehlen also noch vier Kunstwerke, die Charlotte dabeihatte, und die restlichen aus Moreaus Geheimkeller. Außerdem die Signacs von Simonette«, fasste Conny hochkonzentriert zusammen.

Der Hubschrauber senkte sich wie in Zeitlupe. Bäume und Büsche um sie herum bogen sich unter dem Wind. Trotz des Hörschutzes war der Lärm höllisch.

Sobald sie gelandet waren, hielt Félix, der schweigend neben Conny gesessen hatte, sie zurück. »Lass uns bitte reden.«

Sie warf einen Blick auf ihr Handy. »Sorry, aber gleich fängt es an zu dämmern. Wir sollten versuchen, wenigstens noch ein paar Stunden zu schlafen.«

»Manche Gespräche dulden keinen Aufschub.« Er hatte die Arme verschränkt. Ein klares Zeichen dafür, dass er keinen Widerspruch akzeptieren würde.

Während Jacques mit Svens Hilfe die eingeschlagene Fensterscheibe an der Fahrertür notdürftig mit einer Plastikfolie flickte, die er aus seinem Notkoffer geholt hatte, und Yvonne, mit dem Handy am Ohr, eilig den Berg hinab Richtung Polizeistation lief, folgte Félix Conny.

Eigentlich hatte sie schlafen gehen wollen, doch nun trugen ihre Beine sie zu ihren Zypressen. Sie wusste, dass es keine Gnadenfrist für ein Gespräch mit Félix gab. Als sie im Schutz der Bäume standen, nahm Félix sie wortlos in die Arme. Sie wollte ihn erst wegstoßen, ließ es dann aber geschehen. Ihr Herz klopfte wild. Sie hatte Angst, die Magie des Augenblicks zu zerstören, überlegte, was sie als Nächstes tun sollte. Zögerlich berührten Félix' Lippen ihre, bis sie nicht anders konnte und den Kuss erwiderte.

Doch dann übermannten sie wieder Wut und Zweifel, und sie stieß ihn von sich. »Ich kann und will dir nicht verzeihen.«

»Conny, bitte ...« Félix hob flehend die Hände.

»Ich kann einfach nicht vergessen, dass du mir nichts von der Scheidung erzählt hast.«

»Glaub mir, Conny, es gibt triftige Gründe, die du ganz sicher nicht wissen willst.«

»Du meinst wohl, für dich ist es besser, wenn ich sie nicht weiß. Kein Problem! Dann beenden wir das Ganze eben hier. Ein und für alle Mal.« Sie drehte sich um und machte Anstalten, den Berg hinunterzulaufen. Doch der Weg schien vor ihren Augen zu schwanken. Wenn sie jetzt ginge, wäre es für immer. Plötzlich fühlte sie seine Hand an ihrer Schulter.

Félix' nächster Satz kam ohne Zögern. »Emanuelle ist schwanger.«

Conny verschlug es die Sprache. Sie brauchte einige Sekunden, um zu verstehen, was er gesagt hatte.

Hatte Emanuelle auch eine Affäre gehabt, sich aber im Gegensatz zu Félix und ihr nicht mit einem schlechten Gewissen rumgeplagt, sondern Tatsachen geschaffen?

Ein schwaches Gefühl von Triumph keimte in Conny auf. Das jedoch umgehend von anderen Gefühlen überlagert wurde: von der Enttäuschung verschmähter Liebe und unbändiger Wut. So musste sich ein Stier fühlen, dem ein rotes Tuch vor Augen gehalten und ein Dolch in den Rücken gestoßen wurde. Wieso hatte Félix ihr das so lange verschwiegen?

»Das hättest du mir sofort sagen müssen. Jetzt könnten doch alle glücklich sein, jeder auf seine Art. *Chacun à sa façon.*« Sie betrachtete ihre Hände. »Aber die Tatsache, dass du es nicht getan hast, lässt nur einen Schluss zu.«

Sie wandte sich von ihm ab. Fühlte sich weggestoßen. Er hatte einen Schlussstrich ziehen wollen. Wenn er das noch immer wollte, käme sie ihm besser zuvor. Auch sie hatte ihren Stolz.

»Es ist anders, als du denkst, Conny.« Er klang verzweifelt. »Das Baby ist von mir.«

»Was?« Es tat so weh. Conny sank auf einen Stein nieder. »Du hast gesagt, es läuft nichts mehr zwischen euch. Alles nur Lüge?«

Félix senkte schuldbewusst den Kopf. »Es war nur ein einziges Mal. Es hat sich so ergeben, als ...«

Conny schüttelte immer wieder den Kopf. Wie sollte sie ihm glauben? Wie konnte sie sicher sein, dass er ihr nicht die ganzen Jahre etwas vorgespielt hatte? Gespräche, die sie geführt hatten, liefen wie ein Film vor ihr ab.

Sie zwang sich, ihre Enttäuschung herunterzuschlucken. »Erspar mir die Details«, sagte sie und dachte an Benoît. Hätte sie sich vorhin nicht vom Helikopter ablenken lassen, hätte sie jetzt zumindest das befriedigende Gefühl, mit Félix gleichgezogen zu haben. »Ich weiß, wie sich so was ergibt.«

Sie schwiegen. Das Zirpen der Zikaden schwoll in Connys Ohren zu Orchesterlautstärke an.

Bis ihr auffiel, dass Emanuelles Verhalten unlogisch war. »Aber warum sollte sich eine Frau vom Vater ihres ungeborenen Kindes trennen? Ich weiß, dass Emanuelle sich immer Kinder gewünscht hat.«

Sein Blick sagte ihr, dass jetzt der eigentliche Hammer kam.

»Sie hat von uns gewusst, nachdem sie dich das erste Mal gesehen hatte – bei diesem Abendessen bei meinem Vater, erinnerst du dich? Sie hatte Mitleid mit dir, dachte, es ginge vorbei. Später wollte sie mir nie die Pistole auf die Brust setzen, außerdem mochte sie dich. Doch auf einmal ist alles anders, wahrscheinlich die Schwangerschaftshormone. Sie hat mir zu verstehen gegeben, dass ich unser Kind niemals zu Gesicht bekommen werde, wenn ...«

Er musste gar nicht weitersprechen. »... wir weiterhin zusammen sind«, beendete sie seinen Satz.

Er nickte und fuhr sich mit beiden Händen durchs Haar.

Conny ließ den Kopf hängen und betrachtete ihre dreckigen Chucks. Die Situation wurde immer verfahrener, nicht einfacher! Fast hätte sie laut aufgelacht. Die beherrschte Emanuelle hatte ihnen die ganze Zeit etwas vorgespielt, um dann mit voller Wucht zurückzuschlagen. Jetzt fuhren Connys Gefühle doch Achterbahn. Sie war so verwirrt, dass sie nicht mehr wusste, wo ihr der Kopf stand. Sie fühlte sich leer und ausgebrannt. Unfähig zu einer Reaktion.

Félix sank vor ihr auf die Knie. »Wir werden eine Lösung finden, Conny.«

Sie nahm einen kleinen Ast und begann, Kreise in den sandigen Boden zu zeichnen. »Die Tatsache, dass du mir das alles bisher verschwiegen hast, lässt mich das bezweifeln. Wann kommt das Kind?«

»Eigentlich letzte Woche. Es ist überfällig.«

Plötzlich wusste sie, was sein Plan gewesen war. Er wollte nach wie vor alles. Emanuelle, das Baby und sie. Die Frage war, in welcher Reihenfolge.

Ein abfälliges Schnauben entfuhr ihr. »Und ich dachte immer: Wie kann eine Frau nur so blöd sein und nicht mitbekommen, dass der Mann eine Zweitfamilie hat? Aber Emanuelle hat das schlau eingefädelt. Sie hat dich nicht gedrängt, mich zu verlassen, sie hat dich verlassen. Sie wusste, dass du mit deinem Ego Schwierigkeiten damit haben würdest.«

Sie warf das Stöckchen in den Sand, sprang auf, knickte mit ihrem linken Fuß in der lockeren Erde um und erkannte eine Vertiefung mit einem niedrigen Erdwall daneben. Sie sah genauer hin. Hier war gegraben worden.

Überrascht blickte sie Félix an. Auch er schien es bemerkt zu haben.

Ohne ihn weiter zu beachten, machte Conny ein Foto und schickte es mit ihrem Standort und einer kurzen Notiz an Yvonne. Dann wandte sie sich doch an Félix. Sie war so unendlich müde. »Sei mir nicht böse, aber ich muss jetzt erst mal schlafen.«

Sie war schon einige Meter von ihm entfernt, da drehte sie sich noch einmal zu ihm um. Er starrte mit verschränkten Armen aufs Meer. Der Gedanke, ihn für immer zu verlieren, zog ihr schier den Boden unter den Füßen weg.

Warum keine Ménage-à-trois beziehungsweise mit dem Baby zu viert? Oder eine moderne Patchworkfamilie? Sie lebten nun bereits so lange zu dritt. Warum sollten sie nicht zu viert, zu fünft, zu sechst oder zu acht leben können? Mit ihren Kindern? Das wäre doch eine Lösung, oder nicht? Jetzt, da sie offiziell voneinander wussten, könnten sie ganz offen mit der Situation umgehen und sich gegenseitig unterstützen.

Conny schluckte. Allerdings war das nie ein Lebensmodell gewesen, von dem sie geträumt hatte. Den Mann, den sie liebte, teilen zu müssen. Aber ihn hier und jetzt aufgeben wollte sie auch nicht.

Sie neigte den Kopf, streckte ihm ihre Hand entgegen. »Komm!«

Langsam und würdevoll schritt er auf sie zu und umschloss ihre Finger. Eine bekannte Wärme flutete ihren Körper, und es gab nur noch sie und ihn.

Conny hatte sich entschieden. Sie würde Félix Emanuelle nicht kampflos überlassen. Nie.

Jetzt lag es an Emanuelle einen Weg zu finden, den sie alle gemeinsam gehen konnten.

53

Conny erwachte früh am nächsten Morgen, ein nacktes Bein um Félix' Oberschenkel geschlungen. Das Fenster stand offen. Es duftete nach frischen Croissants. Doch nicht die verführerische Vorstellung auf Frühstück, sondern laute Stimmen und das ungewohnte Geräusch von Autos hatten sie geweckt. Eigentlich war die kleine Gasse vor dem Hotel verkehrsberuhigt.

Sie warf einen Blick nach draußen. Die Sonne musste gerade erst aufgegangen sein. Sie konnten höchstens zwei Stunden geschlafen haben. Dennoch sprang sie auf und lief zum Fenster. Vor dem Nachbarhaus stand das Auto der Spurensicherung. Endlich.

Conny betrachtete Félix, der friedlich schlummerte und von alldem nichts mitbekam. Er war schon immer ein Tiefschläfer gewesen und musste jetzt anscheinend den Anstrengungen und ihrer Versöhnung Tribut zollen.

Sie lief ins Bad, duschte, schlüpfte in Jeans und T-Shirt, nahm diesmal ihre Umhängetasche mit, in die sie ihr Handy und für alle Fälle auch ihre Lederjacke stopfte. Dann zog sie vorsichtig die Zimmertür hinter sich zu.

An der Rezeption kam ihr Yvonne entgegen. Sie wirkte keineswegs überrascht darüber, Conny so zeitig auf den Beinen zu sehen.

Die Augen der quirligen Rothaarigen sprühten Funken. »*Incroyable!* Du errätst nie, was gerade passiert ist.«

Conny, die eher ein Morgenmuffel war, schwieg als Antwort.

Doch Madame le Commissaire war so aufgeregt, dass sie einfach weiterplapperte. »Am Plage de Pampelonne wurde eine Leiche gefunden. Von einer Gruppe Jugendlicher, die dort übernachtet hat.«

Jetzt schien Yvonne doch eine Reaktion von Conny zu erwarten. Aber als die immer noch keine Anstalten machte, fuhr die Chef de la Police wieder fort. »Wir sind dabei, die Leiche zu identifizieren. Deswegen die Spurensicherung nebenan.«

»Ihr habt einen Verdacht?«, machte Conny endlich den Mund auf.

Yvonne nickte. »Eigentlich besteht kein Zweifel. Der Mann ist groß und hager, hat dünnes Haar. Er hat einige Stunden im Wasser gelegen und muss in der Brandung mit dem Kopf gegen Steine und Felsen geschlagen sein. Deswegen sind seine Gesichtszüge nicht mehr eindeutig zu erkennen.«

»Yannik?«, fragte Conny ungläubig.

»Wie gesagt, der Abgleich mit den Spuren des Einbrechers im Nachbarhaus läuft. *Ah, un moment, s'il te plaît*«, sagte Yvonne, als ihr Handy piepte. Sie zog es heraus und schien etwas zu lesen, bevor sie sich wieder an Conny wandte. »*C'est ça!* Bei dem Toten handelt es sich um Yannik Maes, der in Belgien wegen Drogen, Körperverletzung und Zuhälterei gesucht wird. Kein Unbekannter in Polizeikreisen.«

»Vielleicht war es nur ein Unfall«, wandte Conny ein. »Er könnte doch mit dem Motorrad aus der Kurve geflogen und ins Wasser gestürzt sein.«

»Wohl kaum. Ein Motorrad wurde nicht gefunden, und er hat eine Stichverletzung, meinte der Rechtsmediziner bei der ersten Leichenschau. Das, was jetzt kommt, dürfte dich freuen, liebe Conny.« Yvonne hielt kurz inne, um die Spannung ins Unermessliche zu treiben. »Die Verletzung ähnelt der, die Moreau zugefügt wurde. Sogar die Stichwaffe scheint auf den ersten Blick dieselbe zu sein. Näheres werden natürlich erst die weiteren Untersuchungen zeigen.«

Connys kurz geweckte Hoffnung, dass Yannik Moreau getötet hatte, schwand. »Mit dem Messer, das sich noch bei den Spezialisten in Paris befindet, kann er aber im Gegensatz zu Moreau nicht getötet worden sein.« Sie kannte den aktuellen Ermittlungsstand, da sie Félix im Anschluss an ihre leidenschaftliche Versöhnung noch hartnäckig dazu gelöchert hatte. »Was an dem Messer, mit dem Moreau getötet wurde, ist eigentlich so besonders?«, wollte sie jetzt von Yvonne wissen.

»Die Form der Klinge und die Stichwunde, die sie hinterlässt«, antwortete Yvonne. »Es handelt sich um ein Laguiole en Aubrac. Ein scharfes, schmales Küchenmesser von zwanzig Zentimetern Länge. Ein Sammlerstück. Eignet sich perfekt zum Filetieren von Fischen und als Stichwaffe.«

»Könnte es davon nicht mehrere Exemplare geben?« Conny erinnerte sich nur zu gut an das Messer. »Wobei es mit der Biene mit den lilafarbenen Augen zwischen Klinge und Messerrücken schon einzigartig sein dürfte.«

Yvonne betrachtete sie, als ob sie an ihrem Verstand zweifelte. »Lilafarbene Augen?«

»Ja, die Biene hat lila Augen.«

»*Pas du tout!* Aber ein Flügel ist abgebrochen. Simonette muss ziemlich grob damit umgegangen sein.«

Conny stutzte. Simonette hatte das Messer immer pfleglich behandelt und hätte einen beschädigten Flügel sofort ersetzen lassen. Im gleichen Moment durchzuckte sie eine Idee. Sie musste mit Madeleine sprechen.

Yvonne schien gedanklich schon weiter zu sein. »Die Fahndung nach da Silva läuft übrigens auf Hochtouren. Er steht unter Mordverdacht. Könnte doch sein, dass er sich Yanniks entledigt hat, weil der bei seinen krummen Geschäften nicht mehr mitmachen wollte.«

Conny nickte. »Dafür würde sprechen, dass Benoît einen Streit zwischen Moreau und da Silva beobachtet hat.

Er kann sich vorstellen, dass Yannik Moreau in da Silvas Auftrag ermordet hat.«

»Was wiederum zur Messertheorie passen würde«, pflichtete Yvonne ihr bei. »Die übrigens ein weiteres Indiz stützt, das bei Yannik gefunden wurde. Ein zwölfseitiger goldener Würfel, der anscheinend Moreau gehört hat.« Conny horchte auf, während Yvonne fortfuhr. »Yanniks Alibi für dessen Mordzeit wird noch rekonstruiert. Bisher hatten wir ihn ja nicht auf dem Schirm.«

Conny nickte gedankenverloren. Zwei der drei goldenen Würfel des Milliardärs waren wiederaufgetaucht. Der dritte fehlte immer noch.

Hatte wirklich da Silva Yannik ermordet? Sie traute dem charismatischen Riesen viel zu, aber einen Mord? Dafür hatte er auf sie zu überlegt, zu distanziert gewirkt. Wie einer, der einen Mord in Auftrag gab, ja. Aber nicht wie jemand, der ihn selbst ausführte.

»Weiß Pasquale eigentlich schon, dass da Silva sein Vater ist?«, fragte sie Yvonne.

Die zuckte mit den Schultern. »Ich gehe davon aus, weil er schon gestern in keiner guten Verfassung war. Aber darüber gesprochen habe ich mit ihm noch nicht. Ich habe ihn für zwei Tage freigestellt.«

»Wieso will er kündigen?«

»Das hast du mitbekommen?« Yvonne musterte Conny wie ein ungehorsames Kind, bevor sie seufzte. »Nun, Benoît Lapaisse hat ihm einen Job in der *coopérative* angeboten.« Sie zögerte. »Du glaubst doch nicht, dass Pasquale etwas mit den Morden zu tun hat, oder?«

»Ich suche noch nach dem Motiv. Eifersucht?« Ihr Magen machte lauthals auf sich aufmerksam. Conny brauchte dringend etwas zu essen. Dennoch fuhr sie fort: »Könnte doch sein. Er war eifersüchtig auf Moreau, der ihm Anaïs wegnehmen wollte. Und auf Yannik wegen seiner engen Beziehung zu da Silva. Hat Pasquale vielleicht überreagiert, weil sein leiblicher Vater nie Kontakt zu ihm gesucht hat und er unbewusst Yannik die Schuld dafür gab? Weil Yannik an ihm hing wie ein Klotz am Bein? Wie weit ist man bereit zu gehen, wenn man unter Schock steht? Wenn man gerade erfahren hat, wer sein Vater ist? Oder aber wollte Pasquale von Yannik eine Antwort auf die Frage nach seiner Mutter, die der ihm verweigert hat?«

Yvonne bedachte Conny mit einem strafenden Blick. »*Jamais!* Dazu wäre Pasquale niemals imstande. Béla da Silva ist der Hauptverdächtige; wegen seiner Beziehungen zu Moreau, zu Charlotte und zu Yannik. Und er ist noch immer flüchtig.« Damit verabschiedete sie sich.

Conny lief in die Küche, wo gerade frische Croissants auf die Frühstückskörbe verteilt wurden. Schnell griff sie sich zwei Stück und stürmte mit ihnen hinaus. An ihrem lauwarmen Croissant knabbernd, schlich sie auf ihr Zimmer zurück zu Félix, der sich im Schlaf wälzte. Sie legte ihm das andere auf den Nachttisch.

Einige Puzzleteile fehlten noch, aber das Motiv des Mörders nahm Kontur an. Eine Person musste stärker in die Beziehungen zwischen den Beteiligten der Ereignisse verstrickt sein, als sie zugab.

Zwischen ihren T-Shirts im Schrank ertastete sie Simonettes Kalender mit dem Zeitungsausschnitt sowie die beiden Polaroids aus deren Suite. Das eine zeigte Dominique. Das andere die Gruppe um Béla da Silva, Yannik und Rousel, Benoîts Vater. Conny steckte alles in ihre Umhängetasche, schob sich den letzten Croissantzipfel in den Mund und verschwand, bevor Félix erwachte.

54

Sie eilte in der kühlen Morgenluft den gleichen Weg entlang, den sie schon am Vortag genommen hatte. Zu Madeleine. Nach wenigen Minuten stand sie an deren Gartenzaun. Den Pflanzen hatte die Frische der Nacht gutgetan. Es versprach, ein sonniger Tag zu werden, und die zahlreichen Blüten in Madeleines Garten machten den Anschein, als hätten sie sich extra dafür in Schale geworfen.

Conny saugte den Blick auf die Bucht in sich auf, bevor sie das knarzende Gartentor öffnete. Im Näherkommen entdeckte sie Madeleine durch das Fenster. Sie saß am Küchentisch. Conny klopfte sanft an die Scheibe. Madeleine zuckte zusammen. Als sie Conny erkannte, blieb ihre Miene unbewegt. Immerhin schlurfte sie zur Tür und öffnete sie. Bevor sie Conny hereinließ, spähte sie auf die Straße, als ob sie jemanden erwartete. Oder wollte sie sicherstellen, dass sie nicht beobachtet wurden?

»Émile«, sagte Madeleine, während sie die Tür hinter Conny schloss. »Er war die ganze Nacht auf dem Meer und wird jeden Moment zurück sein. Beeilen wir uns besser. Ich will nicht, dass er dich hier sieht. Was gibt es?«

»Wir müssen reden. Yannik Maes ist tot.«

»*Comment?*« Madeleines Erstaunen hätte kaum größer sein können. Sie gab sich keine Mühe, es zu verbergen, und zog Conny in die Küche.

Die Kühle der Nacht, die sich in den dicken Steinmauern hielt, ließ Conny frösteln.

»Ist Pasquale hier?«, fragte sie.

»Was tut das zur Sache?« Madeleine hatte ihr den Rücken zugewandt und widmete sich dem Aufbrühen des Kaffees.

Conny zwang sich, weitere Fragen zurückzuhalten, bis sie beide am Küchentisch sitzen würden.

Unaufgefordert stellte Madeleine ein *bol* mit *café au lait* vor ihr ab, bevor sie auf den Holzstuhl sank. »Pasquale geht es nicht gut.« Ihr Blick verlor sich in der Ferne.

Conny nahm ebenfalls Platz und nippte an dem brühheißen Kaffee. »Kein Wunder«, sagte sie. »Er hat gestern erfahren, wer sein leiblicher Vater ist. Bist du seine Mutter oder Dominique?«

Madeleines Finger strichen das Wachstischtuch glatt, obwohl sich sofort neue Falten bildeten. Sie ging nur auf den ersten Teil von Connys Frage ein. »Das hätte nicht sein müssen.«

Conny beugte sich über den Tisch ihr entgegen. »Ich denke, der Moment ist gekommen, die Wahrheit zu sagen,

Madeleine. Bevor noch mehr Menschen sterben. Du kennst doch Béla da Silva und diesen Yannik Maes. Sie waren gemeinsam mit Moreau in illegale Kunstgeschäfte verwickelt.«

Madeleine hielt ihren Blick immer noch auf die Tischdecke gerichtet. »Émile darf es niemals erfahren, verstehst du? Es wird ihn umbringen. Das hat er nicht verdient. Er war Pasquale ein guter Vater. War für ihn da, obwohl das nicht immer leicht war.«

»Du bist seine Mutter, stimmt's?«, fragte Conny.

Es konnte nur so sein, denn Émile wäre doch aufgefallen, wenn sie vor Pasquales Geburt nicht schwanger gewesen wäre. »Du hast ihn mit Béla da Silva betrogen und wolltest nicht, dass er es erfährt.«

Madeleine nickte und sackte auf ihrem Stuhl in sich zusammen.

»Und er hat wirklich nie Verdacht geschöpft?« Conny hatte Zweifel daran, so anders, wie sein Sohn aussah.

»Er hat Béla nie kennengelernt. Émile war damals fast die ganze Zeit in Toulon. Ich habe ihm gesagt, dass ich mit seinem Kind schwanger bin, und alles in meiner Macht Stehende getan, um zu verhindern, dass er Béla zu Gesicht bekommt. Niemand hat je ein Sterbenswörtchen verraten.« Aus ihrem Blick sprach Dankbarkeit. »Mein Umfeld war auf meiner Seite und hat dichtgehalten. Vielleicht, weil schon so viel Unglück über unsere Familie gekommen war.«

Sie riss ein Stück Küchenpapier von einer Rolle, die auf dem Tisch lag, und knetete es zwischen ihren Fingern.

»Dominique, Maman, Papa, alle drei starben kurz hintereinander. Ich hatte niemanden mehr. Nur Émile. Und eben Pasquale.« Sie wischte sich mit dem Tuch übers Gesicht. »*Mon Dieu!* Was war das für ein Schreck, als ich Béla wiedersah. Ich saß mit Simonette bei Rosé, Garnelen und Weißbrot am Stand von *Chez Maurice* und dachte an nichts Schlimmes.«

»Simonette und du, ihr kanntet Béla und Yannik von früher.« Conny zog das erste Polaroid aus ihrer Umhängetasche und hielt es Madeleine hin.

»Sie sind so plötzlich wiederaufgetaucht, wie sie damals verschwunden sind.« Madeleine schien immer tiefer in ihren Erinnerungen zu versinken. »Damals kam es mir so vor, als hätte uns das Schicksal zusammengeführt. Wir waren unzertrennlich. Sogar Émile, der die meiste Zeit bei seinem Onkel in Toulon war und auf dem Fischmarkt arbeitete, vergaß ich.«

»Und dann?«

»Wurde aus dem Traum ein Albtraum.« Madeleine seufzte.

»Warum?«

»So richtig verstanden habe ich es nie, aber es ging wohl um Geld und falsche Freunde. Béla war zu gut. Wollte es jedem recht machen.«

Conny hielt Madeleine den Zeitungsausschnitt mit dem Artikel über den Kunstraub in Nizza hin. »Damals wurden in Nizza das erste Mal vier Bilder von Signac, Picasso, Monet und van Gogh gestohlen. Was hatten Béla und Yannik mit dem Raub zu tun? Was habt ihr mitbekommen?«

Madeleines Gesicht verschwand hinter dem *bol*. Eine Verzögerungstaktik?

Doch sie schien sich entschlossen zu haben zu reden. »Einmal, als wir beim *hameau* eintrafen, ging alles drunter und drüber. Tante Claudette war da und schimpfte fürchterlich. Und Rousel, Benoîts Vater, der damals noch ein junger Mann war, war in einer seltsamen Stimmung. Béla und Yannik waren gestresst.« Sie stellte den *bol* ab. »Ich hab mich nicht weiter drum gekümmert, aber ich kann mich erinnern, dass Simonette beunruhigt war. Das muss an dem Abend gewesen sein, als Dominique ...« Tränen sammelten sich in ihren Augen. Sie nahm das Foto mit Dominique in die Hand und betrachtete lange ihre Schwester.

»Als Dominique was?«, hakte Conny schließlich nach.

Madeleine schüttelte den Kopf und legte das Polaroid resolut auf den Tisch zurück. »Als sie mich gesucht hat und bevor sie krank wurde.«

Conny wusste, dass das gelogen war. Es blieb ihr nichts anderes übrig, als Madeleine schonungslos mit der Wahrheit zu konfrontieren. »Sie war nicht krank. Sie war schwanger. Genau wie jetzt Anaïs.«

Madeleine ließ den Kopf in die Hände sinken. »Es stimmt. Sie war schwanger. Aber es war anders ...« Dann flüsterte sie so leise, als sollten die Mauern ihre Worte nicht hören. Dennoch schien es befreiend zu wirken, endlich die Wahrheit auszusprechen. »Bei Dominique war es anders als jetzt bei Anaïs.«

»Warum?« Conny konnte Madeleine ansehen, dass sie überlegte, ob sie ihr vertrauen konnte.

Schließlich sagte sie: »Sie wurde vergewaltigt.«

Connys Mund wurde trocken. »Von wem?«

Madeleine schüttelte den Kopf. »Ich weiß es nicht.«

»Von Yannik? Von da Silva?«, riet Conny ins Blaue hinein.

Madeleine ließ die Schultern hängen, schüttelte heftig den Kopf. »Keine Ahnung. Ich habe Simonette angefleht, es mir zu sagen.«

»Sie wusste es und du nicht?«

»Das habe ich vermutet, aber sicher war ich mir nicht. Dominique hat damals keinen Ton gesagt, weil sie sich so geschämt hat. Ich vermute, dass Claudette mehr wusste. Und dass sie Simonette auf ihrem Totenbett alles erzählt hat.« Madeleine hielt einen Moment lang inne, atmete durch.

Conny fühlte sich wie erschlagen. Vor vierzig Jahren war die Situation noch eine andere gewesen. Auch wenn heute immer noch viele Frauen eine Vergewaltigung verschweigen, so war es doch wesentlich einfacher, Anzeige zu erstatten. Die junge Dominique hatte alles mit sich allein ausgemacht. Vermutlich hatte sie sich geschämt und die Schuld bei sich gesucht.

Madeleine knetete wieder das Küchenpapier zwischen den Fingern, als sie weitersprach. »Simonette und ich haben Dominique und das Baby kurz nach der Geburt in dem alten Stall im hinteren Teil unseres Gartens gefunden. Früher haben wir da Hühner gehalten, aber inzwischen waren sie alle tot, und mein Vater hatte einen Lagerraum daraus gemacht.« Sie verharrte einen Moment in der Erinnerung. »Selbst vor uns hat sie sich versteckt. Alles war voller Blut. Eine Totgeburt. Dominique hat uns angefleht, das Baby zu begraben, ohne dass jemand etwas davon erfährt.«

»Und das habt ihr getan?«

Madeleine hielt sich die Hand vor den Mund, als würde ihr erst jetzt klar, was damals passiert war.

»Wo?«, fragte Conny.

Madeleine entfuhr ein lautes Schluchzen. Sie schien diese Nacht jahrzehntelang verdrängt zu haben. »Ein Mädchen.« Sie war kaum mehr zu verstehen. »Wir haben sie in eine rosafarbene Decke gewickelt und in eine mit Kissen ausgelegte Kiste aus Aluminium gebettet. In so eine, in die sonst die Fische kommen.«

»Wo habt ihr das Baby begraben?«, fragte Conny leise. Sie wählte ihre Worte bewusst. Für sie sollte das kleine Wesen geschlechtslos bleiben.

»Zwischen den drei Zypressen auf Le Terrain-Mer, sie waren damals noch nicht mal einen Meter hoch. Wir dachten, von dort aus könnte ihre kleine Seele jeden Tag über das Meer fliegen, und die Bäume würden sie beschützen. Jedes Mal, wenn ich die Zypressen sehe, denke ich an sie.«

Conny schluckte. Zwischen ihren drei Zypressen. Die lockere Erde und der Erdwall fielen ihr ein. Die Stelle, die sie so fotografiert hatte, dass man die Zypressen, den Hügel und das Meer dahinter sah.

Sie zückte ihr Handy. Yvonne hatte die WhatsApp mit dem Foto zwar gesehen, aber nicht darauf reagiert.

Madame le Commissaire hatte der Information offensichtlich nicht die Bedeutung beigemessen, die es gebraucht hätte, um sie auf ihrer heutigen Prioritätenliste nach oben rutschen zu lassen.

Conny überlegte. Sollte sie Félix informieren, dass er die Spurensicherung dorthin schickte?

»An dieser Stelle hier ist letzte Nacht gegraben worden.« Sie hielt Madeleine das Handyfoto hin.

»Ja. Das waren Pasquale und ich. Er war völlig durch den Wind. Anaïs hatte ihm von ihrer Vermutung erzählt, dass er Dominiques Kind wäre. Er wollte Beweise, dass ich seine Mutter bin. Erst waren wir auf dem Friedhof, aber ich wollte nicht, dass er dort gräbt. Wir hätten ohnehin nur die Überreste meiner Schwester gefunden.« Madeleine stand auf, trat ans Küchenfenster und schaute hinaus. Ihre Stimme war wieder leise, als sie sich zu Conny drehte. »Dann ist er weggelaufen. Ich bin ihm nach, hab ihn aber verloren. Yvonne hat mich später angerufen. Er hatte sich betrunken und war im Beisein von Kollegen auf der Polizeiwache. Also bin ich zu ihm und habe ihm erzählt, wer sein Vater ist. Und von der Kiste zwischen den drei Zypressen. Sie war noch da.«

Conny wurde schwer ums Herz. Was für eine traurige Geschichte. Dennoch war es höchste Zeit gewesen, dass sie ans Tageslicht gekommen war. Sie spürte, wie sich eine tiefe Erleichterung in ihr breitmachte. Wie musste es erst Madeleine gehen – und Simonette, wenn sie davon erfuhr. Es war gut, dass die beiden Frauen die Last der Vergangenheit endlich abstreifen konnten. Doch noch war Conny nicht klar, wie genau alles zusammenhing. Sie wusste nur, dass es Zusammenhänge gab.

Wo war der Anfang des roten Fadens, der alles miteinander verband? Den Kunstraub mit einem erstochenen Museumswärter vor vierzig Jahren. Dominiques Vergewaltigung. Die Babyleiche. Den Raub derselben Gemälde einige Tage vor dem Mord an Moreau. Yannik und Béla, die plötzlich wiederaufgetaucht und vermutlich an der Vergewaltigung und beiden Museumsüberfällen beteiligt gewesen waren. Den toten Yannik, den flüchtigen Béla und Simonette, die im Gefängnis saß.

Conny kehrte gedanklich aus der Vergangenheit zurück und legte Madeleine die Hand auf den Unterarm. »Und was war mit Dominique, als ihr das tote Baby begraben hattet und zu ihr zurückgekommen seid?«

Madeleine presste sich das Küchentuch auf die Augen. »Sie war tot. Sie hatte so viel Blut verloren und lag in einer riesigen roten Lache. Weil wir ihr vorher geschworen hatten, nichts von dem Baby zu sagen, verwischten wir alle Spuren. Dann haben wir sie in ihr Bett gelegt, den alten Bernard angerufen, unseren Hausarzt, und ihm etwas von Depressionen erzählt.«

Sie lachte auf und schüttelte den Kopf, als wäre sie heute noch erstaunt darüber, dass ihre Vertuschung damals funktioniert hatte. »Wir haben ihn beschworen, eine unbemerkte Lungenentzündung auf dem Totenschein als Todesursache anzugeben. Wir sagten ihm, dass sie Tabletten geschluckt hat und unsere Maman es nie verkraften würde, sollte sie erfahren, dass Dominique Selbstmord begangen hat. Bernard kannte Maman und ihre labile Psyche und hatte ein Einsehen. Genutzt hat es nichts. Maman hat Dominiques Tod nie akzeptiert und hat ein halbes Jahr später Selbstmord begangen.«

Madeleine warf die beiden feuchten Küchentücher in den Mülleimer unter der Spüle, setzte sich wieder an den Tisch und nahm ein neues Küchentuch, das sie sorgfältig zu einem Rechteck in Taschentuchgröße faltete.

Ob es wirklich eine Totgeburt gewesen war?, überlegte Conny. Oder hatte Dominique schwere Schuld auf sich geladen. Hatte sie sich von dem brutalen Akt seiner Zeugung befreit, indem sie ihr Baby umbrachte? Und wenn es so gewesen war, könnte man das heute noch feststellen? Und wäre es noch wichtig?

»Dann hat das Baby die wildledernen Schühchen nie getragen?«, fragte Conny vorsichtig.

Madeleine schüttelte den Kopf. »Nach Dominiques Tod fanden Simonette und ich einen kleinen Koffer mit Babysachen in ihrem Kleiderschrank. Darin waren auch die Schühchen.«

»Noch mal zu der Vergewaltigung: Du weißt wirklich nicht, ob da Silva und Yannik daran beteiligt waren?«, ließ Conny nicht locker.

Madeleine zuckte mit den Schultern. »Dominique hat nie darüber gesprochen, was damals passiert war, aber diese komischen Freunde von Béla waren mir nie geheuer«, flüsterte sie kaum hörbar.

»Aber warum hat Simonette nichts erzählt?« In Connys Kopf überschlugen sich die Fragen.

»Ich habe immer geglaubt, weil sie mich vor der Wahrheit schützen wollte. Vielleicht hatte Béla ja doch etwas damit zu tun. Jedenfalls hab ich irgendwann bemerkt, dass ich schwanger war. Von ihm! Daran gab es keinen Zweifel.« Madeleine rieb sich die Augen mit den Fingerspitzen.

Conny musste sich eingestehen, dass sie nur eine Ahnung haben konnte, wie ihr damals zumute gewesen sein musste.

Madeleine richtete sich gerade auf. »Aber zu dem Zeitpunkt war Béla schon nicht mehr er selbst. Er war nicht brutal, aber er hat immer mehr Entscheidungen, die getroffen werden mussten, Yannik überlassen. Das war nicht gut. Yanniks Leben wurde damals schon von seiner Drogenabhängigkeit bestimmt.« Sie seufzte schwer. »Ich vermute, dass Béla damals beteiligt war. Yannik hat ihn dazu gebracht. Simonette wusste, dass es mich innerlich zerrissen hätte, das Kind von dem Mann großzuziehen, der eine Mitschuld am Tod meiner Schwester trägt. Sie wollte mich nicht auch noch verlieren, deshalb hat sie mir nichts verraten.«

Eine reine Vermutung, dachte Conny. Was war der wirkliche Grund, warum Simonette Madeleine nicht erzählt hatte, wer Dominique vergewaltigt hatte, wenn Claudette es ihr doch auf dem Totenbett erzählt hatte?

Schnell sah sie zum Fenster hinaus und hoffte, dass Émile sich mit seiner Rückkehr noch etwas Zeit lassen würde. Es gab noch so vieles zu klären.

55

Kurz darauf trat Madeleine ans Fenster und spähte die Straße hinunter.

Die Sonne schob sich hell über den Hügel, der Himmel, zuvor noch milchig, strahlte in tiefem Azurblau. Vor dem Fenster leuchtete der Oleander in hellem Rosé.

Madeleine dreht sich zu Conny um. »Als sie letztens hier auftauchten, wusste ich also immer noch nicht, ob Béla damals an der Vergewaltigung beteiligt gewesen war, wollte es aber herausfinden. Früher oder später wären er und Pasquale sich begegnet, und ihre Ähnlichkeit ist unübersehbar. Pasquale hätte mich zur Rede gestellt.«

Sie schwieg einen Moment und stellte die Kaffeepresse vom Gasherd auf die Arbeitsfläche. »Ich hatte keine Ahnung, wie Béla mit der Situation umgehen würde, ob er versuchen würde, einen Nutzen für sich daraus zu ziehen, mich zu erpressen, die ganze Situation noch schlimmer zu machen. Ich hatte Angst, mich zu meinen jahrzehntelangen Lügen bekennen zu müssen, und davor, was sie noch ans Licht bringen würden.«

Conny dachte an die Einbruchspuren, die ihr beim ersten Besuch an der Haustür aufgefallen waren. »Sie haben dich hier besucht.«

Madeleine nickte. »Ich sollte Simonette überzeugen, Moreau in Ruhe zu lassen und auf sein Kaufangebot für *La Maison* einzugehen, weil es sonst Ärger gäbe. Im Gegenzug haben sie mir versprochen, sich in der Öffentlichkeit rarzumachen.«

Dann hatte Moreau die Männer also auf Madeleine angesetzt, schlussfolgerte Conny. »Hast du da Silva von seinem Sohn erzählt?«

»Ich habe mich Pasquale gegenüber so geschämt.« Madeleine setzte sich wieder und starrte auf die Tischplatte. »Ich konnte ihm das nicht antun. Er ist ein guter Junge, hat einen weichen Kern und ist Polizist. Ein krimineller Vater wäre das Letzte, was ich für ihn will. Wobei Béla sich, im Gegensatz zu Yannik, die Hände eigentlich nie schmutzig gemacht hat. Er war schon immer der Kopf hinter allem, aber ist das nicht sogar noch schlimmer?«

»Und wenn Pasquale seinen Vater schon gesehen hat? Er wohnt doch noch hier, oder? War er heute Nacht zu Hause?«

Zur Abwechslung nickte Madeleine. »Nach seinem Dienst die ganze Nacht.«

Doch Conny überzeugte ihre Antwort nicht. Was hätte eine Mutter auch anderes sagen sollen. Einer spontanen Eingebung folgend, sprang sie auf und zog auf gut Glück eine Küchenschublade auf.

Tatsächlich. Darin lag ein Messer mit einer langen schmalen Klinge und einem geschmiedeten Griff. Es ähnelte dem aus Simonettes Küchenzeile in der Suite – allerdings hatte die Biene keine amethystfarbenen Augen.

Conny betrachtete es versonnen. »Wo ist Pasquale jetzt?«

»Bist du komplett verrückt?« Madeleine federte erstaunlich schnell vom Stuhl hoch und baute sich vor der Küchentür auf. »Es gibt vier von diesen Messern.«

Conny hielt inne. »Vier? Wer hat alles eins?«

»Sie stammen aus dem Besitz der Rothschilds. Claudettes Liebhaber, der Museumsdirektor Pierre Bras, war mit einer Rothschild verheiratet und hat sie verschenkt«, erklärte Madeleine, beantwortete damit aber nicht Connys Frage.

Die warf Madeleine das zweite Polaroid hin und wiederholte: »Wer von denen hier auf dem Foto hat eins?«

»Claudette hat damals das schönste bekommen. Das, das heute Simonette gehört. Das mit der Biene mit den Edelsteinaugen.« Madeleine wartete, bis Conny nickte. »Béla, Rousel und ich hatten auch eins, aber in der einfacheren Ausstattung. Ich nur deshalb, weil Béla mir Yanniks schenkte, der es ihm vorher im Tausch gegen Drogen gegeben hatte.«

Conny deutete auf dem Bild auf den Mann mit den braunen Locken, der einige Jahre älter wirkte als die anderen. »Ist das Rousel?«

Madeleine bestätigte ihre Vermutung. »*Oui. C'est Rousel.*«

»Benoîts Vater, richtig?« Allein bei der Erwähnung seines Namens stand Conny schon wieder gedanklich mit Benoît in dem Ziegenunterstand. Sie spürte seine Fingerkuppen zärtlich in ihrem Nacken. Seine Pobacken. Ertastete die beiden Steine in seiner Gesäßtasche. Waren es wirklich Steine gewesen? Sie zögerte. Es konnten auch Würfel gewesen sein. Zwölfseitige und damit fast rund.

Plötzlich hatte sie einen schrecklichen Verdacht. »Was war mit Rousel? Jacques hat gesagt, er ist früh verstorben.«

»Er ist einige Jahre nach Benoîts Geburt an Lungenkrebs gestorben. War ein Wunder, dass er überhaupt so lange durchgehalten hat und Vater wurde. *Son père* hat die Brasserie geführt, bis er sie vor rund fünf Jahren Benoît überschrieben hat. Kurz vor seinem Tod.«

»Hat Rousel auch zu eurer Clique gehört?«

»Zeitweise. Er war außerdem kurze Zeit Sprecher der *coopérative* – wie sein Vater und heute sein Sohn Benoît. Und Fischer aus Leidenschaft. Manchmal hat er bei Claudette in der Bar ausgeholfen. War bis über beide Ohren in sie verliebt, obwohl er ihr Sohn hätte sein können.« Sie lachte spitz und stolz zugleich auf, eine Mischung aus Neid und Bewunderung sprach aus ihren Worten. »So eine Wirkung hatte Claudette. Ihre Ausstrahlung brachte die Männer reihenweise um den Verstand. Egal welchen Alters. Die Frauen haben sie darum beneidet, aber sie hat sich nie etwas darauf eingebildet. Sie war bei allen beliebt.«

Conny war neugierig geworden. »Welche Aufgaben hatte Rousel in der Bar?«

»Er hat täglich frischen Fisch geliefert. Aber nicht nur den ...«

»Auch Drogen?«, fragte Conny.

Sie stieß wieder dieses hohe, fast zynische Lachen aus. »So ist es. So gesehen trug er auch selbst Schuld. Auf dem Meer wird einiges an Schmuggelware gehandelt. Irgendwann hat Rousel die Gelegenheit ergriffen, die sich ihm bot, und damit seinen Verdienst aufgebessert. Zunächst ging es hauptsächlich um klassische Partydrogen, die in der Bar reißenden Absatz fanden. Später um härteres Zeug. Dann, Anfang der Achtziger, kaufte Claudette Rousels Vater, dem alten Lapaisse, die Gebäude ab, die schließlich zum Hotel umgebaut wurden.«

Conny dachte nach. »Brauchte der alte Lapaisse Geld?«

Madeleine zuckte die Schultern. »Wahrscheinlich. Wer von den Mitgliedern konnte, hat damals in *la coopérative* investiert. Allen voran der alte Lapaisse als ihr Sprecher. Außerdem wollte er seinem Sohn helfen. Rousel war drogensüchtig geworden. Sein Vater hat seine Aufenthalte in Entzugskliniken bezahlt. Aber es hat leider nichts gebracht.« Sie fuhr sich mit dem Handrücken über die Augen. Das zum Taschentuch gefaltete Küchentuch blieb unbenutzt. »Claudette hat Rousel eine neue Aufgabe gegeben, sie dachte, das könnte helfen. Er sollte die Bauleitung des Hotels übernehmen. Aber zu dem Zeitpunkt hat er kaum noch etwas zustande gebracht. Seine Sucht hatte ihn vollkommen im Griff.«

Conny hatte eine Idee. »Hing das vielleicht mit Dominiques Tod zusammen? War er auch in sie verliebt?«

Madeleine schüttelte den Kopf. »Er hatte nur Augen für die Jahre ältere Claudette. Trotzdem hat ihn Dominiques Tod sehr mitgenommen. Er hat sie gemocht, kannte sie von klein auf.«

»War Rousel bei dem ersten Kunstraub vor vierzig Jahren dabei?« Conny hielt ihr die Seite aus dem *Nice Matin* mit dem Artikel über den zweiten Museumseinbruch kurz vor Moreaus Tod hin.

Madeleine tippte sich nachdenklich mit dem Finger an die Lippen. »An dem Abend, als alle so nervös waren, war er jedenfalls auch im *hameau*. Das weiß ich genau, weil er rumgeschrien hat. Claudette versuchte, ihn zu beruhigen, trotzdem gab es Streit zwischen ihm und diesen komischen Freunden von Béla. Ich hasse mich dafür, dass ich damals so viel gekifft und getrunken habe. Ich habe nichts mehr mitbekommen. Wäre es anders gewesen, wäre Pasquale vielleicht nicht ...«

»Das weißt du nicht«, tröstete Conny die alte Frau. »Und es bringt auch nichts, wenn du dich jetzt mit Vorwürfen quälst. Deine Kinder und Émile brauchen dich.«

Madeleine schenkte ihr einen dankbaren Blick.

Conny hielt das Messer hoch, sodass die Biene sie aus geschmiedeten toten Augen anstarrte. »Darf ich das mitnehmen?«

Madeleine bejahte verdutzt. »Wohin willst du jetzt?«

»Zu Benoît.« Weil sie Geräusche an der Tür vernahm, verabschiedete Conny sich eilig. Sie stand auf und sah Émile, der sich im Flur stöhnend aus seiner Fischerkutte schälte.

Madeleine begrüßte ihren Mann, als er die Küche mit einem mürrischen »*Bonjour*« betrat. Conny drückte sich mit einem »*Bonjour, je m'excuse!*« schnell an ihm vorbei.

56

Conny hatte das Messer notdürftig in ihre Lederjacke gewickelt und in ihre Umhängetasche gesteckt. Sollte sie erst mit Félix sprechen? Sie entschied sich dagegen und dafür, die Dinge zu beschleunigen. Entschlossen schlug sie den Weg zur *Brasserie Lapaisse* in der Rue du Portalet ein.

Sie dachte immer noch an die beiden kleinen, fast runden Gegenstände in seiner Gesäßtasche und war sich inzwischen sicher, dass es sich um Würfel gehandelt hatte. Einer davon wahrscheinlich der, den sie im Haus von Moreau unter dem Sofa gefunden hatte. Und gleich wieder verloren.

Da Benoît nun im Besitz von zwei Würfeln war und es nur drei gab, konnte das nur eines bedeuten. Er war der Mann, der sie niedergeschlagen hatte. Denn sie erinnerte sich, dass Jacques, als er von Moreaus Würfelmarotte erzählt hatte, auch erwähnt hatte, dass der tote Moreau einen Würfel in der Hand gehabt hatte. Dieser dritte Würfel musste also bei der Spurensicherung liegen.

Benoît war gerade dabei, frisches Obst und Gemüse, Käse, Fisch und Kräuter aus Holzkisten in Schränken und auf der großen Hauptarbeitsplatte in der Küche zu verstauen und anzuordnen. Gedankenverloren summte er den Song »Papaoutai« von Stromae mit, der in voller Lautstärke aus dem Radio dröhnte.

Als er sie bemerkte, zuckte er kurz zusammen. »Auch schon wach?« Dennoch schien er sich über ihren Besuch zu freuen und drehte die Musik leiser.

Conny sah, dass unter seinen Augen tiefe Schatten lagen. Während sie sich umarmten und sich drei *bises* auf die Wangen drückten, tastete sie unauffällig nach den Würfeln in seiner Gesäßtasche. Nur einer war zu spüren. »Gut geschlafen?«, fragte sie mit leicht ironischem Unterton.

Er lachte. »*Tu te moques de moi?* Das mag ich gar nicht, wenn man sich über mich lustig macht. Ich hatte ja gehofft, dass wir da weitermachen, wo wir aufgehört haben. Aber nun ja, manche Träume bleiben unerfüllt. Wer war der Typ, der dich letzte Nacht die ganze Zeit angestarrt hat?«

Conny musste gegen ihren Willen grinsen. Sie hatte gar nicht bemerkt, dass Félix sie »angestarrt« hatte. »Wie gut kannte dein Vater da Silva und Yannik?«, ließ sie die Frage unbeantwortet und legte das Gruppen-Polaroid auf die Arbeitsplatte, auf der Benoît jetzt pralle Artischocken aufeinanderschichtete.

»Woher hast du das Foto?«

»Das spielt keine Rolle. War dein Vater 1980 beim Kunstraub in Nizza dabei?«

»Leider hatte ich nie das Vergnügen, ein längeres Gespräch mit ihm zu führen.« Benoît ließ sich nicht aus der Ruhe bringen. Der Artischockenberg wuchs. »Er ist gestorben, bevor ich bis zehn zählen konnte.«

Conny setzte sich auf die Arbeitsplatte. »Benoît, wir müssen reden.«

»Wenn dich mein Koch so auf seiner Arbeitsplatte sieht, haben wir gleich eine weitere Tote.« Er drehte sich zum Spülbecken und wusch sich die Hände.

Kurz fragte sich Conny, ob er schon von Yannik wusste. »Als wir uns in diesem Ziegenunterstand umarmt haben, habe ich zwei Gegenstände in deiner Hosentasche gespürt. Ich dachte erst Steine.« Sie machte eine kurze Pause und kam dann schnell zur Sache. »Aber jetzt weiß ich, was es wirklich war. Zwei von Moreaus drei goldenen Würfeln. Einen davon habe ich unter dem Sofa gefunden, als ich in seiner Villa war. Leider wurde er mir sofort wieder entwendet.« Sie starrte seinen Rücken an. »Du hast mich niedergeschlagen und in den Keller gebracht, Benoît, oder? Wolltest du, dass ich Moreaus Geheimmuseum entdecke? Dass ich da Silva und Yannik verfolge?«

Langsam drehte er sich zu ihr um. Er war leichenblass, presste die Lippen fest aufeinander. »Was redest du da?«

Conny stöhnte innerlich auf. So würde sie nicht weiterkommen. In dem Moment bemerkte sie im Augenwinkel neben dem Spülbecken ein Glas mit milchiger Flüssigkeit, in dem ein Messer steckte. Es ähnelte auf verblüffende Weise dem, das Conny, in ihre Lederjacke gewickelt, in ihrer Umhängetasche bei sich trug. Ein Laguiole en Aubrac.

Sie sprang von der Arbeitsplatte, zog es aus dem Glas, strich mit den Fingerkuppen über die geschmiedete Biene und spürte, wie sich ihr ganzer Körper plötzlich versteifte.

Zwei lilafarbene Augen starrten sie an.

Es war das Exemplar, das sie seit ihrer Kindheit kannte. »Das ist Simonettes Messer!«

Benoît entriss es ihr und stellte es zurück ins Glas. »Ich reinige es gerade.«

Conny rümpfte die Nase, schnupperte. »Es riecht nach Natron.« Sie schnüffelte noch einmal. »Und nach Backpulver.«

»Kann sein.«

»Ein beliebtes Hausmittel gegen Blutflecken.« Was zu ihrer Theorie passte, in der es eine neue Komponente gab, seit sie überzeugt war, dass Benoît sie in Moreaus Villa niedergeschlagen hatte. »Wieso hast du Simonettes Messer?«

»Sie hat es mir geliehen.«

»Warum?«, fragte Conny.

»Ich hatte meines verlegt.« Er zuckte gleichgültig mit den Schultern.

Conny holte das Messer aus ihrer Tasche und legte es auf die Arbeitsplatte. »Das hier gehört Madeleine.«

»Wie ich dich kenne, weißt du sicher schon, dass es vier davon gibt.« Benoît trocknete sich in aller Ruhe die Hände ab, bevor er in eine Schublade neben dem ausladenden Gasherd griff. »Hier ist meines, ich habe es wiedergefunden.«

»Damit sind alle vier Messer wieder da«, sagte Conny. »Deins und Simonettes bei dir, Madeleines habe ich. Also muss die Tatwaffe, mit der Moreau getötet wurde und die jetzt in Paris ist, da Silva gehören. Aber wieso hat die Polizei sie in Simonettes Küche gefunden?«

»Wer weiß das schon.« Benoît legte fünf knackige rote Tomaten neben den Herd.

»Zwei davon dürften demnach Mordwaffen sein. Es wird dich nicht überraschen zu erfahren, dass Yannik Maes tot ist. Er wurde heute Morgen erstochen am Plage de Pampelonne gefunden. Seine Flucht vor der Polizei hat ihn in die Arme seines Mörders geführt.«

Benoît hatte sich ein Stück Kreide gegriffen und schrieb die Tagesgerichte auf eine Tafel. »Wofür würdest du dich heute entscheiden?«

»Lass uns dieses Spiel beenden, Benoît. Setz dich zu mir!« Conny nahm an einem kleinen Zweiertischchen Platz und streckte ihm beide Hände entgegen.

Unwillig zog er mit der Fußspitze einen zweiten Stuhl am Stuhlbein zu sich und ließ sich ihr gegenüber daraufsinken. »*Alors?*«

»Weil da Silva Geld brauchte, um seine alte Gang loszuwerden, haben er und Yannik vor vierzig Jahren diesen Kunstraub in Nizza durchgezogen. Sie erpressten den Museumsdirektor mit seiner Affäre mit Claudette, damit er ihnen beim Einbruch in das Museum behilflich sein würde. Er wollte nicht, hat ihnen stattdessen diese vier wertvollen Messer geschenkt, hat an ihre Freundschaft appelliert, aber sie gingen nicht darauf ein. Sie zwangen ihn, ihnen Zutritt ins Museum zu verschaffen. Dabei wurde ein Museumswärter tödlich verletzt. Mit genau so einem Messer.« Sie machte eine kurze Pause. »Was ich nicht verstehe, ist, was dein Vater mit dem Kunstraub zu tun hatte. Denn ich glaube, dass er dabei war. Also, Benoît, was ist damals passiert? Und wer hat den Wärter erstochen?«

»Wie kommst du darauf, dass ich dazu etwas sagen kann?« Er bohrte seinen Fingernagel in eine Ritze der Holztischplatte.

Sie merkte, dass sie ihm mehr bieten musste. »Im *Nice Matin* ist in dem Artikel über den damaligen Raub von vier Personen die Rede. Wer war die Nummer vier? Da Silva, Yannik, dein Vater Rousel? Ein Zeuge hat felsenfest behauptet, eine Frau erkannt zu haben. Claudette?«

Er reagierte immer noch nicht.

Conny lehnte sich ihm entgegen. »Ich weiß, dass dein Vater in sie verliebt war. Wollte er ihr helfen und hat sie begleitet, als sie sich entschloss, bei dem Raub dabeizusein? Wollte er sichergehen, dass alles glattging und ihr Geliebter heil aus der Sache wieder herauskam, für die sie sich schuldig fühlte? Waren sie beide beim Einbruch dabei?« Sie sah ihm fest in die Augen. »Aber es kam anders als erwartet. Der Wärter erwischte ausgerechnet Claudette, und Rousel hat ihn im Affekt erstochen. Zwar konnten alle fliehen, aber ab dem Zeitpunkt hatten da Silva und Yannik deinen Vater, plötzlich ein Mörder, in der Hand.«

Benoît hatte ungläubig den Kopf schief gelegt. »Was für eine wirre Geschichte.«

»O nein, und das weißt du genau.« Sie überlegte weiter. »Ich habe nur noch keine Ahnung, was Dominique damit zu tun hatte. Die Vergewaltigung, wie passt sie da rein?«

Benoît stöhnte, rieb sich mit beiden Händen übers Gesicht, sah Conny dann aber direkt an. »Lass die alten Sachen. Du und ich, wir haben jetzt ein gemeinsames Ziel: Simonette aus dem Gefängnis zu holen.«

»Weißt du, was ich auch nicht verstehe?«, fuhr Conny unbeeindruckt fort. »Dass du Moreau bei all deiner Bewunderung getötet hast. Hat er sein Wort gebrochen? Der Deal war, dass er das Grundstück günstig kauft, es danach Bauland wird und er die gesparte Summe in eure *coopérative* investiert. Wollte er sich nicht mehr an diese Abmachung halten?«

Benoît blies verächtlich die Luft aus.

Conny sprach weiter. »Und wieso schützt dich Simonette, indem sie für dich ins Gefängnis geht? Fühlt sie sich für dich verantwortlich?«

In Benoît schien es zu arbeiten. »Was hat dich auf diese Spur gebracht?«

»Es waren viele kleine Dinge. Das Polaroid mit deinem Vater. Der Hinweis von Madeleine, dass er in Claudette verliebt war. Der Zeuge, der sicher war, eine Frau unter den Kunsträubern erkannt zu haben. Und nicht zuletzt die beiden Würfel in deiner Hosentasche.«

»Es ist nur einer.« Benoît legte den zwölfseitigen goldenen Würfel in die Tischmitte. »Ich hatte gehofft, er könnte mein Talisman sein.«

»Gestern waren es noch zwei. Einen hat man bei Yannik gefunden, was die Vermutung nahelegt, dass du auch ihn getötet hast.«

Conny beobachtete Benoît, war auf der Hut. Aber er blieb erstaunlich gelassen.

57

Als Félix erwachte, tasteten seine Finger sofort suchend nach Conny. Normalerweise war sie vor ihm wach, kuschelte sich eng an ihn. Doch jetzt war das Bett rechts und links von ihm leer.

Er rief sich die Ereignisse der letzten Nacht vor Augen. Die Wärme ihres Körpers, ihren Geruch, ihre sanften Hände. Die aufregende und zugleich vertraute Nähe. Die hemmungslose Leidenschaft, sobald sie einen gewissen Punkt überschritten hatten. Seine Liebe zu ihr, die ihn sie vermissen ließ, sobald sie nicht bei ihm war. So wie jetzt.

Dann erinnerte er sich, was vor ihrer Versöhnung passiert war. Wie sie in der Nacht beim *hameau* von Béla da Silva seinen illegalen Kunstgeschäften auf die Spur gekommen waren, die aller Wahrscheinlichkeit nach mit dem Mord an Henri Moreau in Zusammenhang standen.

Félix griff nach seinem Handy auf dem Nachttisch, scrollte durch seine Kontaktdaten und fand, wonach er gesucht hatte. Er rief einen Kollegen an und erhielt von ihm Yvonne Saigrets Nummer. Kurze Zeit später hatte er sie am Telefon. Sie schien erfreut, von ihm zu hören.

»Verraten Sie mir den aktuellen Stand der Ermittlungen, Madame le Commissaire? Gibt es seit gestern Neuigkeiten?«

»Die Kollegen haben die ganze Nacht durchgearbeitet. Es gibt zahlreiche Spuren, die darauf hindeuten, dass wir es bei da Silva und Yannik mit dem Kopf von Les Cigales zu tun haben.« Sie sprach so schnell, dass er sich konzentrieren musste, ihr zu folgen.

»Sie müssen schon seit Monaten in der Gegend sein, haben sich aber im Hintergrund gehalten. Soeben kam ein Anruf aus Paris. Man beglückwünscht mich zu unserem Erfolg, wobei ich das zum jetzigen Zeitpunkt verfrüht finde.« Sie holte tief Luft. »Immerhin wurde auch der dritte Lastwagen gefunden, und vier der Kunstwerke aus Moreaus Keller konnten sichergestellt werden. Zwei Van Goghs, ein Picasso sowie ein Léger.« Mit den letzten Worten hatte sie die Luft vernehmlich ausgeblasen. »Außerdem die, die die Witwe im Meer versenkt hat. Ein Munch, noch ein Picasso, ein Modigliani und ein Matisse. Gott sei Dank waren sie so gut verpackt, dass sie unbeschädigt geblieben sind. Nicht auszudenken! Im Laufe des Tages werden Spezialisten aus Paris eintreffen und ihre Echtheit prüfen.«

Jetzt atmete sie schwer durch die Nase ein. »Niemand hat damit gerechnet, dass sie jemals wiederauftauchen würden, schließlich galten sie jahrzehntelang als vermisst. Momentan werden sie unter strengsten Sicherheitsvorkehrungen zwischengelagert. Trotz Nachrichtensperre steht die Kunstwelt Kopf, und mein Telefon klingelt im Sekundentakt.«

Sie atmete so schnell, dass er befürchtete, sie könnte sich verhaspeln. »Wir gehen davon aus, dass noch der Cézanne und die Stradivari-Geige fehlen. Und natürlich Simonettes Signac und die Studien. Der Einbruch bei

Jacques scheint auch auf das Konto von da Silva zu gehen.« Sie seufzte tief. »Wir haben übrigens noch weiteres Diebesgut in den Lastwagen gefunden. Die Eigentümer werden im Moment informiert. Sie werden sich freuen.«

Eine kurze Pause, dann fuhr sie kurzatmig fort. »Leider ist da Silva nach wie vor flüchtig, und ich musste Pasquale für ein paar Tage vom Dienst befreien.« Sie stieß ein Pfeifen aus. »Dass man Yannik Maes heute Morgen erstochen am Plage de Pampelonne aufgefunden hat, hat Ihnen Conny bestimmt erzählt?«

»Was?« Félix traute seinen Ohren nicht. Ein weiterer Toter erhöhte den Druck auf ihn gewaltig. »Was sagt die Spurensicherung?«

»Die Waffe könnte die gleiche sein wie die bei dem Mord an Moreau. Weil sich dieses Messer jedoch gerade in Paris befindet, muss es mehrere Messer mit der ungewöhnlichen Klingenform geben.«

»Wurde die Beckenarterie verletzt?«, fragte Félix. »Corona mortis?«

»*Attendez!* Ich schaue nach. Der abschließende Bericht liegt noch nicht vor, aber ich glaube, in den ersten Infos tauchte so ein Begriff auf.« Kurze Stille. »*Oui. C'est ça.* Corona mortis.«

Félix sprang vom Bett. Hatte Moreaus Mörder also ein weiteres Mal zugeschlagen? Es war nicht davon auszugehen, dass massenweise Menschen über die notwendigen anatomischen Spezialkenntnisse verfügten und in so großer geografischer Nähe mordeten. Wenn dem so war, dann lief ein Doppelmörder frei herum.

»Conny ist nicht hier. Haben Sie eine Ahnung, wo sie ist?«

Yvonnes Stimme klang erstaunt. »Ich glaube, sie wollte zu Madeleine.«

»Haben Sie Ihre Nummer?« Félix lief zum Schreibtisch. »Nur die vom Festnetz.«

Er fand ein Blatt Papier sowie einen Kugelschreiber und notierte die Nummer, die die Kommissarin ihm durchgab.

Sie verabschiedeten sich, er wählte sofort und hatte Glück. Sie hob ab.

»*Bonjour*, Madame«, sagte er, weil er ihren Nachnamen nicht kannte. »Félix Weißenstein, der Freund von Conny von Klarg. Madame le Chef de la Police Yvonne Saigret hat mir Ihre Nummer gegeben. Ich bin auf der Suche nach Conny. Ist sie noch bei Ihnen?«

Sie verneinte.

Félix lief stumm fluchend im Zimmer auf und ab. »Haben Sie eine Idee, wohin sie wollte?«

»*Mais oui*. Zu Benoît Lapaisse. In seine Brasserie in der Rue du Portalet.«

»*Merci beaucoup*, Madame.« Félix legte auf, sank auf die Bettkante, recherchierte die genaue Adresse und ließ sich die Route anzeigen.

Dann klaubte er hastig seine um das Bett herum verstreuten Kleidungsstücke zusammen und stürmte aus dem Zimmer. Seine Gedanken rotierten.

Benoît. Auf den ersten Blick ein netter junger Mann. Noch dazu verdammt gut aussehend. Doch die Art, wie er Conny gemustert hatte, hatte Félix missfallen. Zum einen, weil eindeutig eine Art Bewunderung für sie daraus gesprochen hatte. Zum anderen, weil Félix Angst in seinem Blick erkannt hatte. Angst vor ihrer kreativen Intelligenz. Und das, obwohl in der Situation gestern keine Gefahr mehr zu erwarten gewesen war. Normalerweise fiel in so einem Moment die Spannung von einem ab.

Nach ihrem Aufeinandertreffen am *hameau* von da Silva hatte er es auffällig eilig gehabt. So, als hätte er dringend etwas zu erledigen. Félix hatte ihm nachgeblickt, als er zu seinem Auto getrabt war, und gesehen, wie der junge Mann sich in die hintere Hosentasche gegriffen hatte. Hatte da nicht etwas Goldenes in seinen Händen aufgeblitzt?

Sofort hatte er an Connys Erzählung von ihrem Erlebnis in Moreaus Villa gedacht. An den Würfel unter dem Sofa, der ihr kurz darauf abhandengekommen war, nachdem sie einen Schlag auf den Kopf bekommen hatte.

Wenn Benoît eine Brasserie besaß, hatte er naturgemäß mit Lebensmitteln zu tun. Mit Fleisch. Ein Gastronom, der etwas auf sich hielt, servierte frische Ware. Bestimmt hatte er schon Tiere oder zumindest größere Teilstücke zerlegt und war geübt im Umgang mit einem Messer. Kannte das Gefühl, wenn man durch Fett, Sehnen und Muskelfasern schnitt. Mit einigen Recherchen im Internet und etwas räumlichem Vorstellungsvermögen hätte er sich leicht Kenntnisse über die Lage der Beckenarterie beim Menschen aneignen können.

Es war nur sein Instinkt, der Félix zur Eile trieb.

Im Foyer ignorierte er Sven, der ihm vom Buffet aus zuwinkte, wo er sich den Teller voller Köstlichkeiten lud, und stürmte, von Angst getrieben, aus dem Hotel und in Richtung Rue du Portalet.

58

Benoît schob den Topf mit dem Rosmarin zur Seite und beugte sich über den Tisch hinweg ihr entgegen. »Conny, ich möchte dir einen Deal vorschlagen. Wie du schon sagtest, liegt es nahe, dass Yanniks Mörder auch Moreaus Mörder ist. Yanniks Tod wird also Simonette entlasten. Aktuell ist damit da Silva der Hauptverdächtige. Warum machen wir uns das nicht zunutze? Das war von Anfang an unser Plan.«

»Euer Plan?« Conny konnte nicht glauben, dass in diesem Chaos noch irgendetwas nach Plan laufen würde.

Er zögerte. »Simonette hat mir beim Italienischen Fest alles erzählt. Es ist allerdings keine schöne Geschichte.«

»Lass hören!« Conny lehnte sich auf dem Stuhl zurück, schaute sich in der Küche der Brasserie um und verschränkte abwartend die Arme.

»Claudette hat ihr auf dem Totenbett alles gestanden.« Er atmete tief aus. »Du hast richtiggelegen mit deiner Vermutung. Claudette war damals beim Raub in Nizza dabei. Wie mein Vater. Damit fing alles an.« Er machte eine Kunstpause.

»Was war mit dem Museumswärter?«

Benoît nickte. »Er hatte Claudette überwältigt und wollte sie festhalten. Sie hat sich gewehrt. Er versuchte, sie ruhigzustellen, und wollte sie k. o. schlagen. Doch bevor ihm das gelang, riss mein Vater Yannik ein Messer aus der Hand. Es war da Silvas Laguiole-Messer, mit dem Yannik gerade den Picasso aus dem Rahmen schneiden wollte.« Er hob die Hände zu einer entschuldigenden Geste. »Mein Vater wollte den Mann nur verletzen, ist aber abgerutscht. Mit dem unbeabsichtigten Mord hat er Claudette vielleicht das Leben gerettet, wofür sie ihm ewig dankbar war. Aber Yannik hat ihn damit erpresst.« Ein zufriedener Zug umspielte Benoîts Mundwinkel.

Conny erkannte ihn nicht wieder. »Ich kann nicht glauben, dass du stolz auf das bist, was du getan hast.«

»Yannik hat meinen Vater und Dominique auf dem Gewissen. Er hat beide in den Tod getrieben. Ich habe meinen Vater nie kennengelernt, obwohl ich ihn gebraucht hätte. Jahrelang habe ich mich nach ihm gesehnt, aber nicht mal mein Großvater wollte mir von ihm erzählen. Das Einzige, was ich wusste, war, dass er drogenabhängig war. Aber ich habe immer geahnt, dass das nicht alles ist.«

Ein kurzes Lächeln verzog seine Lippen. »Er war ein Held. Er hat Claudette das Leben gerettet. Und seines dafür gegeben. Indirekt. Yannik wurde nie zur Rechenschaft gezogen für das, was er den beiden angetan hat. Und jetzt tauchte er plötzlich wieder auf und wollte erneut alles zerstören. Simonettes Hotel und die Genossenschaft. Er und Béla wollten Moreau davon überzeugen, sich nicht an seine Abmachung zu halten.«

»Woher weißt du das?«

Benoît lachte bitter. »Yannik hat es mir heute Nacht ins Gesicht gesagt. Unmissverständlich. *Le salaud!* Er wollte sich endlich an Simonette rächen. Er hat meinen Vater und sie gehasst, hat immer gespürt, dass ihre Freundschaft mit ihm nur geheuchelt war.«

Conny verkniff sich, Benoît darauf hinzuweisen, dass er selbst, ohne zu zögern, bereit gewesen war, Simonettes Hotel Moreaus Plänen zu opfern, indem er sich auf den Le-Terrain-Mer-Deal eingelassen hatte. Auch er war nur auf seinen und den Vorteil für die *coopérative* bedacht gewesen. Auch er hätte alles, was ihr wichtig war, zerstört.

»Ich bin nicht traurig über Yanniks Tod, falls du das wissen willst«, fuhr Benoît fort. »Ob ich Reue empfinde? Ich war eher erleichtert, als die Wellen über ihm zusammenschlugen, nachdem ich ihn aus dem alten Kahn meines Großvaters geworfen hatte. Nie zuvor habe ich mich meinem Vater so nahe gefühlt. Glaub mir, Yannik war ein durch und durch verdorbener Mensch.«

Conny hütete sich, Benoît zu unterbrechen. Er wollte von ihr keine Bestätigung, keine Absolution für das, was er getan hatte, und es war nicht der Moment, ihn darauf hinzuweisen, dass er nicht über Gut und Böse entscheiden durfte. Dass man nicht einfach Selbstjustiz üben konnte, wenn einem danach war.

Dennoch war sie fassungslos zu sehen, wie gelassen der Mann, den sie noch wenige Stunden zuvor geküsst und der sie in seinen Bann gezogen hatte, jetzt den Mord an Yannik gestand.

Sicher, sie hatte sich gefragt, ob sie ihm trauen konnte. Doch sie hatte sich letztendlich für ihn entschieden. Wer weiß, wie weit sie in der vorherigen Nacht gegangen wäre, wenn nicht Jacques' Hubschrauber über den Ziegenstand hinweggedonnert wäre.

Sie spürte, wie ihr das Blut in den Kopf schoss. Wie hatte sie sich gestern Nacht nur so in ihm täuschen können?

Benoît griff nach dem goldenen Würfel auf dem Tisch. »Es war nicht geplant, dass die Leiche schon jetzt an den Strand gespült wird. Ich hatte die Strömung falsch berechnet. Ich hätte Yannik doch mit einem Stein beschweren sollen.«

Conny schluckte.

»Also, haben wir einen Deal?«, fragte er.

Was für einen Deal?, dachte sie. Seine Abgebrühtheit machte ihr Angst.

»Madeleine hat Simonette von da Silvas und Yanniks Besuch bei sich zu Hause erzählt«, fuhr er fort, als sie nicht antwortete. »Dass sie sie bedroht und gedrängt hätten, Simonette zum Verkauf ihres Hotels zu überreden. Deswegen hatten sie Streit. Simonette hat Moreau Madeleine zuliebe hingehalten. Sie ließ sich Zeit mit der Absage, versuchte, Zeit zu gewinnen. Trotzdem hat sich Moreau entgegen der Abmachung, dass Béla da Silva in Saint-Tropez nicht mehr in der Öffentlichkeit in Erscheinung tritt, mit ihm und Yannik auf dem Italienischen Fest gezeigt.«

Er würfelte, nahm den Würfel aber gleich wieder auf. »Es war also nur eine Frage der Zeit, bis Pasquale, der als

Polizist bei dem Fest Aufsicht hatte, seinen Vater entdecken würde. Madeleine hat versucht, ihn von dem Tisch fernzuhalten, an dem da Silva, Yannik und Moreau sich betranken und schlechte Witze rissen. In der schmalen Gasse direkt vor *La Maison des Pêcheurs*. Die Leute begannen schon zu tuscheln, weil die Ähnlichkeit nicht zu übersehen war.«

Benoît legte den Würfel wieder auf den Tisch. »Dann hat Moreau angefangen, Simonette zu provozieren. Damit, dass er erst jetzt erfahren habe, was für eine kriminelle *salope* ihre Mutter gewesen sei. Dass er sie mit dem, was er wisse, vernichten könne. Ob sie sich noch daran erinnere, wie sie vor vierzig Jahren über ihn gelacht hatte. Aber wer zuletzt lache, der lache am besten. Bald würde sie keinen Fuß mehr über die Schwelle ihres Hotels setzen. Simonette war natürlich außer sich.«

Conny nickte, bedeutete ihm weiterzuerzählen.

»Du hattest recht: Pierre Bras, der Museumsdirektor, handelte damals nach dem Tod des Wärters einen Deal mit der Polizei aus. Er sorgte dafür, dass drei der gestohlenen Bilder zurückgebracht wurden, dafür wurde seine Affäre mit Claudette, die ein Ermittler aufgedeckt hatte, nicht publik. Zudem wurde seine Gefängnisstrafe bis zum Tod seiner Frau ausgesetzt. Die sogenannten Freunde von da Silva tobten, weil der mit den Bildern seine vermeintlichen Schulden bei ihnen hatte bezahlen wollen. Das eine Bild, das ihnen blieb, war ihnen nicht genug.«

Er griff wieder nach dem Würfel und betrachtete ihn, während er ihn in der Hand drehte. »Als Dominique mit ihrer Vespa auf der Suche nach Madeleine zum *hameau* kam, hatten die Männer gerade von Pierre Bras' Deal erfahren. Sie waren stinksauer. Bereits hackedicht. Yannik lockte Dominique ins Haus, und dann ...« Benoîts Blick warnte Conny vor. »Dann hat er sie ihnen im Tausch gegen Stoff angeboten.«

Conny schluckte, ließ die Information sacken. Es war schlimmer, als sie es sich ausgemalt hatte.

Benoît legte den Würfel wieder in die Mitte des Tisches und zupfte einen Stängel vom Rosmarin ab, den er in kleine Stücke riss. Der Duft breitete sich aus, verfehlte jedoch seine beruhigende Wirkung. »Eine Gruppenvergewaltigung. Mein Vater wurde gezwungen, dabei zu sein und – mitzumachen.« Er sah ihr traurig in die Augen.

Als sie schwieg, zerrieb er gedankenverloren einige Blättchen zwischen Daumen und Zeigefinger, sodass der Duft noch intensiver wurde. »Frag mich nicht, warum er sich dazu hat hinreißen lassen. Sie waren alle betrunken, standen unter Drogen, sicher! Vielleicht war es das in Kombination mit der Gruppendynamik? Jedenfalls hat er sich das nie verziehen und wäre im Nachhinein vermutlich lieber selbst damals gestorben.« Er schob die Überbleibsel der Rosmarinblätter sorgfältig zu einem Häufchen zusammen. »Später hat er Claudette davon erzählt, ist die Bilder dieser Nacht aber nie mehr losgeworden und daran zugrunde gegangen.«

Conny starrte Benoît an. Das Dunkelbraun seiner Augen glänzte jetzt rötlich wie bei einem verwundeten Reh. Er zitterte.

Hatte er Moreau und Yannik in diesem Zustand getötet?

Ihr war, als ob die Küchenmauern immer näher an sie heranrückten. Sie rang nach Luft.

Benoît fegte das Kräuterhäufchen mit einer Hand vom Tisch. »Dominiques Tod hat schließlich auch meinen Vater umgebracht. Zusammen mit dem Tod ihres Babys, dessen Vater niemand kannte. Simonette hat mir erzählt, wo sie und Madeleine es begraben haben. Für den Fall, dass ich ihr nicht glaube, könne ich die Kiste ausbuddeln und nachschauen.«

»Zwischen den Zypressen von Le Terrain-Mer«, sagte Conny mit tonloser Stimme.

Er nickte. »Claudette hat meinem Vater versprochen, über alles, was geschehen war, Stillschweigen zu bewahren, und sie hielt Wort. Bis sie Simonette auf dem Totenbett alles gestand. Seit ich das weiß, kann ich Anaïs nicht mehr in die Augen sehen.«

Conny verstand Benoîts Ohnmacht angesichts der Tragödie, die sich damals zugetragen hatte.

Madeleine hatte binnen weniger Jahre ihre gesamte Familie verloren und hätte vermutlich viel dafür gegeben, die Wahrheit zu erfahren, auch wenn diese schmerzhaft gewesen wäre. Aber Simonette hatte wie ihre Mutter geschwiegen. Wahrscheinlich, weil sie befürchtet hatte, dass die Realität ihre Beziehung zu ihrer Cousine zerstören würde. So lange hatte sie den Mund nicht aufgemacht, bis da Silva und Yannik im Dunstkreis ihres Erzfeindes Moreau wiederaufgetaucht waren. Yannik noch dazu direkt im

Nachbarhaus, um die Lärmquelle zu bewachen, die die Hotelgäste vertreiben sollte.

Benoît sah sie an. »Laut Simonette war alles Yanniks Schuld, den seine Sucht dominierte. Bélas Fehler war es, ihn tatenlos gewähren zu lassen.«

»Woher kannten sich Moreau und da Silva eigentlich?«

»Ich glaube, sie sind sich mal bei irgendwelchen illegalen Kunstgeschäften über den Weg gelaufen. Simonette vermutete, dass da Silva ihm von Claudettes Signac und von dem Kunstraub damals in Nizza erzählt hatte. Und davon, dass die Sicherheitsvorkehrungen sich seitdem kaum verbessert hätten. Bestimmt kamen sie schnell ins Geschäft.«

Conny setzte das neue Puzzleteilchen an seinen Platz. Deshalb also hatte Simonette den Signac und die Studien zu Jacques gebracht. Weil sie glaubte, sie wären bei ihm sicher. Und dann hatten sich die Ereignisse überschlagen.

»Simonette kam in der Italienischen Nacht in die Brasserie«, fuhr Benoît fort. »Sie hat mich gewarnt, ich könne mich unmöglich auf Moreau verlassen. Er würde mich zerstören. So wie Yannik und da Silva damals meinen Vater zerstört hätten.«

Er presste die Lippen zusammen, bevor er weitersprach. »Ich wurde hellhörig und fragte nach. Simonette meinte, die Zeit für die Wahrheit sei endlich gekommen. Weil sonst noch mehr Unglück passieren würde, was sie sich nie verzeihen könnte. Dann hat sie mir alles erzählt.«

»Und du bist anschließend zu Moreau?«

Er nickte. »Ich war wütend und fragte ihn, ob er weiß,

mit wem er sich da umgibt. Die Zukunft der Genossenschaft hing an seinen versprochenen Investitionen. Unsere Tradition. Deshalb haben wir uns auf den Deal mit dem Grundstück eingelassen. Schon mein Großvater engagierte sich für den Verein, heute trage ich die Verantwortung für *la coopérative*. Die Mitglieder vertrauen mir.« Kurz sah er aus, als könnte er die Last dieser Verantwortung auf seinen Schultern spüren.

»Was genau ist an dem Abend passiert?« Conny beugte sich zu ihm über den Tisch.

»Moreau hat mich auf der Terrasse empfangen. Da Silva und Yannik waren gerade gegangen, ich hatte sie wegfahren sehen, als ich kam. Es standen drei Gläser und noch eine Flasche auf dem Tisch. Ein Château Margaux Premier Grand Cru Classé von 1999.« Benoît schaute an Conny vorbei, schien den inneren Film seiner Erinnerung zu sehen. »Er war angetrunken. ›Weißt du, was in der Lobby meines Resorts hängen wird?‹, begrüßte er mich. ›Der Signac von Simonette!‹ Ich habe geantwortet, dass sie ihn ihm nie überlassen würde, aber er wollte nichts davon hören. Dann habe ich ihm meine Meinung gesagt, dass es mir nicht gefällt, mit welchen Leuten er sich umgibt.«

Er schüttelte den Kopf, während er die Szene erneut zu durchleben schien. »Es wurde kalt draußen, und wir gingen ins Haus. Er ließ die Terrassentür auf und prahlte damit, was sie alles vorhätten, welche Chancen sich mit dem neuen Resort ergäben und dass er genau die beiden dafür bräuchte. Gerade hätten sie ihre Zusammenarbeit besiegelt. Wir wurden lauter. Als er meinte: ›Entweder bist du für oder gegen uns, Benoît‹, begann ich zu zweifeln. Es gab bereits einen Vorvertrag über den Verkauf des Grundstücks, aber unsere Vereinbarung, was seine Investitionen in die *coopérative* betraf, hatten wir nur mündlich getroffen. Per Handschlag. Immer wieder hatte Moreau mich vertröstet und gemeint, ich solle ihm vertrauen.« Benoît seufzte. »Ich war naiv.«

»Und dann?«

Er nahm den zwölfseitigen Würfel wieder auf. »Hat Moreau seine drei goldenen Würfel hervorgeholt, dreckig gegrinst und mit allen dreien auf dem Couchtisch gewürfelt. Einmal zwölf, einmal elf und einmal zehn Augen lagen vor uns. Dann hat er mir einen der Würfel zugeworfen. ›Mit einer Zwölf bist du im Spiel‹, hat er gesagt. Ich hab's versucht, aber nur eine Fünf gewürfelt.«

Er würfelte, wie um die Szene nachzuspielen. Doch wie schon zuvor griff er im Rollen nach dem Würfel. Hatte er Angst, die Niederlage ein zweites Mal durchleben zu müssen?

»Er hat gelacht, gemeint, dass das Glück auf der richtigen Seite sei. Ich habe ihn angeschrien: ›Vergiss Le Terrain-Mer!‹ Er lachte nur. ›Aus der Sache kommst du nicht mehr raus. Selbst der Bürgermeister ist mit von der Partie.‹ Dann kam er zu mir, hat mir den Arm um die Schulter gelegt und mir seinen Weinatem ins Gesicht gehaucht. ›Stell dich nicht so an! Ich weiß, dass du auf Anaïs stehst, und könnte dir einen Fick organisieren. Es muss ja nicht wie bei deinem Vater und ihrer Tante damals Gewalt im

Spiel sein.«« Benoît schüttelte den Kopf und fuhr sich durch die dunklen Locken.

»Das hat dir wehgetan«, stellte Conny fest.

Er schaute sie an, dankbar für ihr Verständnis. »Ja. Aber mir war auch klar, was das zu bedeuten hatte. Sie hatten ihm alles erzählt. Ihre Version. Moreau dachte, er hätte mich damit in der Hand. Er wusste nicht, dass Anaïs und ich längst ... Er hatte auch sie damit in der Hand ... Ich konnte nicht zulassen, dass er sie damit quälte.«

Es war alles zusammengekommen, dachte Conny voller Mitgefühl.

Sein Atem ging schneller. »Das Laguiole-Messer lag auf dem Couchtisch. Moreau meinte, das hätte da Silva ihm zur Besiegelung ihres Pakts geschenkt. Sie würden bald den kompletten Kunstmarkt an der Küste beherrschen, die Dimensionen könne ich mir in meinen kühnsten Träumen nicht ausmalen. Und da würde er sich von mir bestimmt nicht aufhalten lassen. Plötzlich habe ich rotgesehen. Anaïs' und meine Kindheit, unsere Beziehung, *mon Papa*, Dominique, ihr *bébé*: Alles war überschattet von der Vergangenheit, die Moreau wieder lebendig machte, weil er Béla da Silva und Yannik Maes reaktiviert hatte. Wir hatten keine Chance, je wieder glücklich zu werden.«

Conny konnte nicht anders, als ihn zu verstehen.

Er griff nach ihrer Hand. »*Tu comprends?* Unter dem Einfluss von Béla da Silva und Yannik Maes und mit allem, was sie Moreau über die Geschehnisse vor vierzig Jahren erzählt hatten, war klar, dass er sich nicht mehr an seine Abmachung halten würde. Er hatte mich gelinkt.

Wie würde ich vor *la coopérative* dastehen? Ich hatte mich doch für ihn verbürgt.«

Sie nickte, zog aber ihre Hand weg.

Benoît betrachtete seine Finger, die den Würfel umklammerten, öffnete dann die Faust und würfelte. Diesmal ließ er ihn über die hölzerne Tischplatte rollen. Eine Zehn.

Er lächelte wehmütig. »Ich war so wütend. Als Moreau eine neue Flasche öffnen wollte, um mit mir darauf anzustoßen, dass er schon eine Verwendung für mich finden würde, habe ich das Messer gepackt und in seinen Bauch gestoßen. Knapp oberhalb der Leiste an der Seite. In seinen Wohlstandsbauch. Es war ein gutes Gefühl, kein Werkzeug mehr zu sein. Seine Pläne zu durchkreuzen. Bevor er starb, hat er geröchelt: ›So schließt sich der Kreis. Mit dem Messer soll schon dein Vater getötet haben.‹«

Conny griff nach dem Würfel und ließ ihn über die Tischplatte rollen. Er fiel hinunter, blieb am Boden liegen. Eine Acht.

Sie musste Benoît hinhalten. Bis jemand kam. Der Koch oder andere Mitarbeiter.

Er hob den Würfel auf. »Den, mit dem ich gewürfelt hatte, habe ich vor Wut weggeschleudert. Er ist unter das Sofa gerollt, aber ich konnte ihn dort nicht finden. Den, der Moreau aus der Hand gefallen war, während er starb, habe ich eingesteckt.«

»Deine Fingerabdrücke. Deshalb bist du zurückgekommen. Du hast dich gewundert, dass die Spurensicherung den Würfel mit deinen Spuren unter dem Sofa nicht gefunden hatte, und wolltest noch mal nach ihm suchen.«

»Stimmt. Ich dachte, die Fingerabdrücke würden mich für die Beamten verdächtig machen.«

»Warum hast du mich niedergeschlagen?« Conny erinnerte sich, wie überraschend heftig sie der Schlag getroffen hatte.

»Ich wusste, dass Moreau irgendetwas Wichtiges in seinem Keller versteckte, das mit seinen illegalen Geschäften zu tun hatte. Er hat viel zu oft davon geredet, war ganz heiß drauf, es mir irgendwann zu zeigen. Ich dachte, wenn es jemand findet, dann du mit deiner Hartnäckigkeit, deshalb habe ich dich in den Keller gebracht. Ich hoffte, dass diese Spur dich zu da Silva und Yannik führen würde.«

»Wieso deckt dich Simonette?«, stellte Conny die Frage, die ihr einfach nicht aus dem Sinn gehen wollte. »Fühlt sie sich für dich verantwortlich? Aber warum, wenn du für den Verkauf von Le Terrain-Mer gestimmt hast?«

Benoît wiegte den Kopf hin und her, ließ die Schultern hängen, wirkte plötzlich verletzlich und einsam.

Liebe, Vertrauen und Geborgenheit, dachte Conny. Das hat ihm sein ganzes Leben lang gefehlt. Nur so war zu erklären, dass er auf einen Mann wie Moreau und seine Versprechen hereingefallen war.

»Nach dem Mord bin ich durch den Garten geflüchtet, weil ich auf der Straße Stimmen gehört habe. Wahrscheinlich von Nachbarn, die von der Italienischen Nacht zurückkamen. Auf einmal sah ich hinter einer Oleanderhecke Simonette, die mir gesagt hat, sie habe alles beobachtet. Ich war so durcheinander, aber sie hat mir versichert, ich hätte das Richtige getan, und sie würde alles in

Ordnung bringen. Dann hat sie mich mit zu sich genommen, meine Klamotten gewaschen, die Mordwaffe gereinigt und mir dafür ihr Messer gegeben.«

»Aber wieso?« Conny hatte immer noch keine Ahnung.

Benoît lachte freudlos auf. »Bist du dir wirklich sicher, dass du Simonette kennst, Conny? Sie ist eine schlaue alte Dame. Die Idee, für den Mord an Moreau Yannik und da Silva verantwortlich zu machen, stammte von ihr. Sie wollte ihnen die Mordwaffe unterschieben. Als Rache für damals. Als Gegenleistung versprach ich ihr, alles zu versuchen, um den Verkauf von Le Terrain-Mer rückgängig zu machen.«

Simonette! Kopfschüttelnd dachte Conny an deren wissenden Blick, als sie sie im Polizeiwagen auf dem Weg nach Marseille gesehen hatte.

»Aber dann ist sie zu schnell verhaftet worden. Ein Zeuge hat sie zur Tatzeit vor Moreaus Garten gesehen, dann hat sie noch ihr Tuch dort verloren, und sie hatte keine Zeit mehr, die Mordwaffe wie geplant bei da Silva und Yannik zu deponieren.«

Conny schluckte. Simonette schwieg also, weil sie hoffte, dass Béla da Silva und Yannik Maes für den Mord an Henri Moreau zur Verantwortung gezogen würden. Stellvertretend für das, was mit Dominique geschehen war. Und für Rousels verfrühten Drogentod und die verlorene Liebe ihrer Mutter Claudette. Es war eine sehr persönliche Definition von Gerechtigkeit.

»Und Yannik?«

»Als ich letzte Nacht vom *hameau* zurückgefahren bin,

konnte ich mir denken, dass Yannik am Plage de Pampelonne sein musste. Einige Belgier bewohnen dort mehrere Bungalows; ein Drogennest und ideales Versteck. Also habe ich das Boot meines Großvaters genommen und bin hin. Yannik saß seelenruhig am Strand. Am Feuer. Mit einem Joint.« Benoît sah aus, als könnte er das immer noch nicht glauben. »Er hat mich ausgelacht, wollte wissen, ob ich auch so ein Schlappschwanz sei wie mein Vater. Er hat einfach nicht aufgehört, mich zu provozieren. Aber im Gegensatz zu ihm hatte ich ein Messer in der Hand.«

Connys Blick fiel auf das Glas neben dem Spülbecken. Die milchige Flüssigkeit spiegelte sich in den lilafarbenen Augen der Biene.

»Ich habe zugestochen. An der gleichen Stelle wie bei Moreau. Knapp über der Leiste. Aber Yanniks Körper war knochig und hart, es war nicht einfach, die Arterie zu treffen.«

»Wieso hattest du das Messer dabei?«

»Ich wusste, dass Simonette mich nicht verraten würde, und der Mord mit einem ähnlichen Messer wäre ein starkes Indiz für da Silva. Wer könnte danach noch der Theorie widersprechen, dass er ihr die Mordwaffe untergeschoben hatte?«

Conny nickte. »Geschickt.« Dann wurde ihr bewusst, dass es schier unmöglich war, in dem Fall nicht von Vorsatz zu sprechen. Eine Minderung Benoîts Strafmaßes war also nicht zu erwarten.

Benoît betrachtete erneut seine Hände und drehte sie dabei.

Sie folgte seinem Blick. Seine Finger waren von einer erstaunlichen sehnigen Feingliedrigkeit. Kaum zu glauben, dass sie mit einem Messer zwei Menschen erstochen hatten.

»Du weißt, was wir jetzt tun müssen.« Conny erhob sich, obwohl es ihr schwerfiel.

Blitzschnell fuhr Benoît herum und griff nach dem Messer neben dem Spülbecken. Das Glas fiel um, die Flüssigkeit rann über den steinernen Spültisch.

Er hielt das Messer umklammert, zielte mit der Klingenspitze auf Connys unteren Bauch. »*Pas du tout!* Du kannst uns beiden helfen. Simonette und mir. Du musst nur schweigen, dann wird da Silva für die Morde an Moreau und Yannik Maes ins Gefängnis wandern. Du hast die beiden doch selbst erlebt und weißt, was sie getan haben. Es ist nur gerecht, wenn sie heute für damals büßen.«

In Connys Kopf schwirrten die Gedanken durcheinander und verursachten ihr Übelkeit. Sie konnte nur zu gut verstehen, was Benoît wollte. Sie glaubte auch, dass sein Plan funktionieren könnte, doch es fühlte sich falsch an.

Ihr Körper reagierte, noch bevor ihr Kopf eine Entscheidung getroffen hatte.

Sie packte den Tisch mit beiden Händen und stieß ihn mit aller Kraft in seine Richtung.

Benoît strauchelte und verletzte sich selbst mit dem Messer am Arm. Ungläubig starrte er sie an, als laute Stimmen zu hören waren und sich die Tür öffnete.

Félix, Yvonne und zwei Adjoints de la Police stürmten in die Küche.

Conny lief um den Tisch, und Benoît ließ es zu, dass sie ihm das Messer abnahm.

»*Je suis desolé.*« Schluchzend brach er zusammen.

Auch Conny tat leid, was geschehen war.

Sie übergab das Messer Yvonne und nahm aus den Augenwinkeln wahr, wie die Chef de la Police und ihre Adjoints Benoît Handschellen anlegten. Dann ging sie an Félix vorbei und schenkte ihm ein trauriges Lächeln. Sie brauchte einen Moment für sich.

Als sie hörte, dass er ihr in kurzem Abstand folgte, war sie dennoch froh. Sie schlug die Richtung zu Le Terrain-Mer ein, ging jedoch nicht zu ihrem Platz zwischen den Zypressen, wo die Spurensicherung vermutlich schon hinter einer Absperrung grub. Stattdessen nahm sie den abschüssigen Pfad durch die *garrigue*, der in einer kleinen uneinsehbaren Bucht mündete.

Als sie den feinen Sand unter den Füßen spürte, zog sie ihre Schuhe aus, streifte ihre Kleidung ab und ging langsam ins Meer. Sie wurde eins mit den sie tröstenden Wogen und warf Félix einen dankbaren Blick zu, als er kraulend neben ihr auftauchte.

59

Félix hatte sie überredet, Marie Sommer bei *La Voyagette* anzurufen und ihr alles zu erzählen. Wider Erwarten war es Conny gelungen, die Herausgeberin mit den vergangenen Ereignissen so in den Bann zu ziehen, dass sie ihr für den Artikel eine Frist bis Sonntagabend eingeräumt hatte. Das würde ihr erlauben, ein paar Stunden Schlaf nachzuholen, Simonette bei ihrer Rückkehr aus Marseille zu begrüßen und das Wochenende vor Ort damit zu verbringen, endlich ihren Artikel zu schreiben.

Félix hatte derweil alle Hände voll mit Simonettes Entlassung zu tun. Sie war Mitwisserin, also schuldig, sodass es zu einem Prozess kommen würde. Doch unterlassene Hilfeleistung konnte ihr nicht vorgeworfen werden, denn Moreau war so schnell gestorben, dass jede Hilfe zu spät gekommen wäre. Was dafür sprach, dass sie aus der Untersuchungshaft entlassen werden konnte.

Félix und Sven waren mit Svens Cessna nach Marseille geflogen, um vor Ort zu sein, wenn sich die Türen des Gefängnisses vor Simonette öffneten und hinter ihr schlossen.

Conny hatte ein kurzes Nickerchen gemacht und nutzte nun die Zeit, um sich zu sortieren und erste Notizen zu ihrem Artikel zu verfassen. Kurz hatte sie mit Anaïs sprechen können, die ein Begrüßungsmenü mit allen Raffinessen plante. Sie skizzierte gerade die Struktur ihres Beitrags, als die Zimmertür aufgestoßen wurde.

Die große schlanke Frau mit dem perfekt frisierten weißen Haar und den wissenden Augen breitete weit ihre Arme aus. »*Ma petite!*«

»Simonette!« Conny warf sich ihr entgegen.

»*Viens! On va faire la fête!*« Simonette umarmte sie kurz, zog sie dann aber an der Hand aus dem Zimmer, die

Treppe neben dem Aufzug hinunter, den Conny für gewöhnlich nahm.

Die Lobby war festlich beleuchtet. Die Prominenten auf den Porträts an der Wand schienen ihr freudig entgegenzulächeln, und ein Kellner bot auf einem Tablett Aperitifs an.

Conny nahm sich einen Pastis, ließ den Blick schweifen und prostete lächelnd Simonette und dem Kellner zu. Eisgekühlt und mit Zitronenzesten garniert, rann die Flüssigkeit mit ihrem unvergleichlichen Anisaroma ihre Kehle hinunter.

Sie sah sich um und entdeckte Anaïs, die lebhaft auf einen jungen Mann einredete. Er war groß und schlank, seine Nase phänomenal gekrümmt.

»Wer ist das?«, fragte sie Simonette leise.

»Jean-Luc Gardin, der Sohn des Bürgermeisters«, antwortete die Hotelière mit einem geheimnisvollen Lächeln und setzte sich in Bewegung. »*Viens!* Ich stelle euch vor.«

Conny folgte ihr und begrüßte den jungen Mann mit *bises*. »*Bonjour.*«

Als sie Jacques ansah, zwinkerte der ihr zu und deutete auf einen Karton, der hinter Jean-Luc Gardin an der Wand lehnte. Er war circa einen Meter mal achtzig mal dreißig Zentimeter groß und hatte einen runden roten Aufkleber auf der Seite.

Connys Augen weiteten sich. Das war doch das Paket, das sie im Rathaus nicht hatte öffnen können und das der Bürgermeister mit Pasquale in den Kofferraum des Citroën geladen hatte! Was machte das hier?

»Jean-Luc hat die Signacs zurückgebracht«, flüsterte Jacques ihr zu.

Aber sie verstand immer noch nicht und warf einen Blick zu Simonette, die gut gelaunt mit ihrer goldenen Halskette um die Wette strahlte und so tat, als würde sie von alldem nichts mitbekommen. Sogleich wurde sie von einer jungen Frau, vermutlich einer Journalistin, in Beschlag genommen.

»Weiß Simonette, dass sie gestohlen …?«

»Nicht jetzt«, zischte Jacques ihr zu. »Ich verschwinde mal kurz und bin gleich wieder da.«

Damit packte er den Karton und schlich betont unauffällig zur Tür, wo er mit Madeleine und Pasquale zusammenstieß und Letzteren um Hilfe beim Tragen bat.

»Sie müssen meinem Vater verzeihen«, raunte der gut aussehende Jean-Luc Gardin Conny verstohlen zu. »Ich hab den Signac sofort erkannt, als mein Vater ihn in unserem Wohnzimmer aufhängen wollte. Anaïs hatte mir vom Einbruch bei Jacques erzählt, und als ich von Moreaus Kunstdiebstählen hörte, habe ich meinen Vater zur Rede gestellt. Erst hat er sich geweigert, aber als ich ihm sagte, dass wir heiraten wollen und er einen Enkel bekommt …« Er lächelte in Anaïs' Richtung, die ihrer Mutter gerade ein Glas Champagner anbot. »*Eh bien*, da hat er das Bild und die Studien in den Karton zurückgepackt und gemeint, ich solle alles mitnehmen. Sofort.« Er reichte Conny galant ein Tellerchen mit einem mit Sardellen und Oliven belegten Canapé von einem Tablett, das ein Kellner vorbeitrug.

Sie nahm das Tellerchen entgegen, tauschte ihr leeres Glas Pastis gegen ein neues und hob es lächelnd. »Na dann!«

Als Anaïs sich zu ihnen gesellte, legte Gardin junior den Arm um ihre Schultern.

»Auf die werdenden Eltern!«, prostete Conny den beiden zu, und Anaïs streichelte strahlend mit einer Hand über ihren Bauch.

Conny fiel dabei ein goldenes Kettchen mit einem gravierten Anhänger an ihrem schmalen Handgelenk auf. Sie hatte es bisher nicht bei ihr gesehen. »Hübsches Armband«, sagte sie an Anaïs gerichtet.

Die spielte mit dem gravierten Anhänger. »Stell dir vor, ich hatte es verloren, aber Pasquale hat es wiedergefunden. Es wäre ein Jammer gewesen, wenn es nicht wieder aufgetaucht wäre.«

Conny nickte. Vermutlich hatte Anaïs das Armband bei Moreau verloren, und dessen Haushälterin hatte es Pasquale übergeben, als sie selbst unter dem Sofa lag.

Die Welt war schon verrückt!

Die schöne Anaïs. Jetzt stand sie hier, verliebt lächelnd, mit dem Sohn des Bürgermeisters. Deswegen hatte Anaïs Victor Gardin, ihren zukünftigen Schwiegervater, also so nett empfangen.

Arme Yvonne! Die Nichte von Simonette erwartete ausgerechnet ein Kind vom Sohn ihres größten Widersachers, dem es gelungen war, sie aus ihrem politischen Amt zu kegeln. Als ob die Jagd nach dem immer noch flüchtigen Béla da Silva nicht genug wäre.

»Mein Vater hat übrigens auch eingesehen, dass der Vorvertrag über Le Terrain-Mer unter den bestehenden Bedingungen ungültig ist«, hatte der junge Gardin weitere positive Neuigkeiten für Conny. Gut gelaunt hob er sein Glas. »Charlotte Moreau wird erst einmal andere Probleme haben, als hier ein neues Wellnessresort zu errichten. Sie wird sich für die Kunstdiebstähle ihres Mannes mit verantworten müssen. Und zu guter Letzt, weil ich weiß, dass Sie Yvonne kennen: Die darf sich freuen. Der Platz im Rathaus wird bald frei, weil Papa sich in Zukunft ganz seinem Enkelkind widmen will.«

Conny wurde ganz schwummrig ob der vielen guten Nachrichten. Oder lag das an den zwei Pastis? Sie suchte Simonette und stieß mit ihr an.

»*Ça y est*«, meinte die alte Dame. »Hauptsache, alles ist wieder so wie vorher und bleibt auch so.«

»Und Benoît?«, fragte Conny. Sein Schicksal konnte Simonette doch nicht kaltlassen.

Die alte Dame lächelte zuversichtlich. »Madame l'Avocat Gary wird ihm zur Seite stehen und in beiden Fällen auf Totschlag im Affekt plädieren. Dafür liegt das Strafmaß zwischen einem und zehn Jahren. Solange wird sich *la coopérative* um seine Brasserie kümmern. Pasquale ist übrigens als sein Nachfolger als Sprecher der Genossenschaft im Gespräch.«

»Wieso hast du mich eigentlich mit der Liste der persönlichen Dinge, die Madame l'Avocat Gary dir in die Untersuchungshaft bringen sollte, nach einem Kalender von Béla da Silva suchen lassen?«, fragte Conny.

Simonette legte ihr den Arm um die Schulter. »Ich dachte, du könntest die Dinge beschleunigen, *ma chérie*. Der Verdacht sollte doch so schnell wie möglich auf ihn und Yannik fallen.«

Damit traten sie auf die Terrasse und genossen den Blick über den Alten Hafen, wo die Masten der Fischerboote und Segelschiffe im Takt der Wellen unter dem nächtlichen Sternenhimmel schaukelten, bevor sie sich an die festlich gedeckte Tafel setzten.

Félix rutschte auf den Stuhl neben sie und zwinkerte Simonette zu, die, wie er Conny ins Ohr flüsterte, sein Hausverbot aufgehoben hatte.

»Der Bogen des moralischen Universums ist weit. Aber er neigt sich in Richtung Gerechtigkeit«, sagte er laut und vernehmlich.

»Von dir?«, fragte Conny.

»Leider nicht.« Er grinste. »So oder so ähnlich von Martin Luther King.«

»Dann mal auf die Wahrheit, wo immer sie uns hinführt.« Sie drückte ihm einen Kuss auf die Wange.

Sie breiteten ihre Servietten auf dem Schoß aus und begannen mit der Vorspeise, die schon serviert worden war. Carpaccio von der Jacobsmuschel auf provenzalische Art, mit Champignons, Fleischtomate, Schalotte, Knoblauch, Petersilie, Olivenöl, Meersalz und weißem Pfeffer. Dazu passte ein Rosé der *coopérative*.

Conny lächelte. Diese Stimmung, diese unvergleichliche Atmosphäre, einen lauen Sommerabend mit Freunden an einer großen, festlich gedeckten Tafel bei einem herrlichen

Menü zu verbringen würde die ideale Einleitung ihres Artikels sein.

Auf einen Moment wie diesen hatte sie gehofft, seit sie vor vier Tagen mit Sven in Cannes gelandet war. Er machte Simonettes *Maison des Pêcheurs* so unvergleichlich, dass das Hotel Conny immer ein Quell der Inspiration sein würde. Ihr Kopf war plötzlich wieder klar wie die Luft nach dem Mistral der letzten Tage, und auch die Anspannung war von ihr abgefallen.

Sie sah zu Simonette hinüber, die nach ihrer unfreiwilligen Hungerkur im Gefängnis freudig zugriff. Über die hinter ihr liegenden Ereignisse hatte sie bisher kein Wort verloren, aber ihr Blick signalisierte Conny, wie erleichtert und dankbar sie war, wieder zu Hause zu sein.

60

Es war Montagmorgen, sie fuhren mit Connys weißem Mietcabrio die Küstenstraße entlang in Richtung Cannes. Das Verdeck war offen, die ersten frühen Sonnenstrahlen wärmten sie, obwohl der Fahrtwind noch frisch war. Félix saß hinter dem Steuer.

Conny lehnte sich zufrieden zurück. Sie hatte während der vergangenen beiden Tage ihren Artikel geschrieben und ihn letzte Nacht noch an Marie Sommer gemailt. Die Herausgeberin von *La Voyagette* hatte sich bereits mit einem ersten Feedback zurückgemeldet. Drei gereckte Daumen und ein Smiley.

»Schade, dass du nicht länger bleibst.« Félix beschleunigte.

»Lass das bloß nicht Emanuelle hören.« Sie lachte ohne Bitterkeit.

Behutsam legte er seine rechte Hand auf ihren Schenkel. »Vorhin habe ich die Nachricht bekommen, dass sie im Krankenhaus ist. Die Wehen haben endlich eingesetzt.«

»Dann solltest du bei ihr sein.«

»Das würde ich ja gern, aber sie will es nicht.«

Selbst das beruhigte Conny nicht, doch sie schluckte die Angst, ihn zu verlieren, hinunter. »Du musst platzen vor Glück. Du wirst Papa!«

Er strahlte sie an, ohne seine Hand zurückzunehmen. Als sie ihre darauflegte, zog er sie an seinen Mund und bedeckte ihre Fingerspitzen mit tausend kleinen Küssen. Sie revanchierte sich, indem sie mit ihrem Zeigefinger sanft über seine Lippen strich, die sich öffneten und an ihren Fingern knabberten.

»Hey«, protestierte sie grinsend, »konzentrier dich auf die Straße.« In dem Moment war Conny glücklich, auch wenn sie nicht wusste, wie es mit ihr und Félix weitergehen würde. Sicher war nur eins: Sie würde nach Saint-Tropez zurückkommen.

So bald wie möglich.

Danksagung

Die Idee zu dieser Serie trage ich schon seit Jahren in mir. Doch erst mit der Coronakrise fiel der Startschuss. Der Moment, auf Reisen zu gehen, war endlich für die Journalistin Conny von Klarg gekommen. Etwas, das mir in dieser Zeit unsäglich fehlte. Umso schöner war es, sich in die Ferne zu träumen, an einen Ort, den ich ganz besonders liebe, und dabei gleich mehrere packende Kriminalfälle aufzuklären.

Vor über vierzig Jahren habe ich die Côte d'Azur durch eine glückliche Fügung entdeckt. Das Schicksal führte mich statt nach Paris nach Südfrankreich, wo ich ein Jahr lang Sonne, Wind und Meer genießen durfte. Und natürlich den einen oder anderen Pastis, mit Eiswasser und Zitronenzesten serviert.

Eine Zeit, die ich niemals vergessen werde.

Mögen Sie sich, liebe Leserinnen und Leser, während der Lektüre dieses Krimis genauso in Saint-Tropez verlieben wie ich damals. Lassen Sie sich überraschen von den Geheimnissen, die hinter den pittoresken Häuserfassaden des alten Fischerdörfchens schlummern, streifen Sie gemeinsam mit Conny durch die engen Gassen und spüren Sie das Salz des Mittelmeers auf Ihrer Haut.

Ich freue mich, Kerstin Schaub vom Goldmann Verlag

für die Idee einer Reihe rund um die Reisejournalistin Conny von Klarg begeistert zu haben. Gemeinsam mit ihr und Susanne Bartel, die es ganz wunderbar verstand, die richtigen Fragen zu stellen, entwickelte sich dieser erste Fall zu einer runden Sache.

Mein herzlicher Dank gilt außerdem: meiner Tochter Milena, die als Erste mein Manuskript gelesen hat und ein hervorragendes Auge für entscheidende Details bewies. Meinem Mann Ralf, meinem Sohn Lukas und meinen Freunden, die Verständnis für alle Höhen, Tiefen und Zeitnöte hatten, die gerade in der Endphase eines Buches wohl unvermeidbar sind.

Meinen Freundinnen Valérie Kieffer von Wunder der Stadt und Beate Flach für den französischen Sprachinput. Andreas Uiker von Weinmacht für die Weinempfehlungen. Der Presseabteilung der Deutschen Flugsicherung mit Ute Otterbein-Buxbaum und Gregor Thamm für die Fachinformationen in Sachen Luftfahrt.

Der Bayerischen Architektenkammer mit Katharina Matzig für die Hintergründe zum Thema Architektur. Rechtsanwalt Armin Vigier für die Einblicke in das französische Immobilienrecht. Ebenso Rechtsanwalt Nils Bayer für die Fakten zum französischen Strafrecht. Und Cornelia Eckardt von Dr. Hörtkorn München, die mir als Kunstsachverständige und Expertin für Kunstschätze bei meinen Fragen rund um Versicherungen zur Seite stand. Last but not least möchte ich der Hubschrauberflugschule Heli Transair European Air danken, die in mir den Wunsch weckte, Helikopter fliegen zu können.

Übrigens, Connys Reiseberichte gibt es wirklich. Sie schreibt für den ReiseRubin. Auf der gleichnamigen Website können Sie sich einen Eindruck von ihren neuesten Entdeckungen verschaffen. Natürlich finden sich dort auch ein paar unwiderstehliche Tipps für einen Traumurlaub in Südfrankreich. Wer weiß, vielleicht zieht es Sie ja auch einmal dorthin. Vielleicht sogar ins Hotel *La Ponche*, das mich zu Simonette Bandelieus *La Maison des Pêcheurs* inspirierte.

In Gedanken sitze ich auf der Terrasse und stoße im Sonnenuntergang mit Blick auf den Alten Hafen mit einem Pastis mit Ihnen an. Eisgekühlt und mit Zitronenzesten. *À votre santé!*

Viel Spaß bei der Lektüre!
Herzlich
Ihre Sabine Vöhringer